Die Sünden des Highlanders

Weltbild Taschenbuch

Die Autorin

Hannah Howell hat sich seit ihrem ersten Buch 1988 einen Namen als Autorin romantischer historischer Romane gemacht. Die begeisterte England-Reisende lebt an der Ostküste der USA, wo ihre Familie seit 1630 ansässig ist. Sie ist verheiratet, hat zwei erwachsene Söhne, einen Enkel und fünf Katzen, von denen eine den Namen Oliver Cromwell trägt.

Hannah Howell

Die Sünden des Highlanders

Roman

Aus dem Amerikanischen
von Angela Schumitz

Weltbild

Die amerikanische Originalausgabe erschien 2008 unter dem Titel
Highland Sinner bei Zebra Books, New York.

Besuchen Sie uns im Internet:
www.weltbild.de

Genehmigte Lizenzausgabe für Verlagsgruppe Weltbild GmbH,
Steinerne Furt, 86167 Augsburg

Published by Arrangement with KENSINGTON PUBLISHING CORP.,
New York, NY USA
Dieses Werk wurde vermittelt durch die Literarische Agentur
Thomas Schlück GmbH, 30827 Garbsen

Projektleitung: Eliane Wurzer, München
Übersetzung: Angela Schumitz
Umschlaggestaltung: zeichenpool, München
Umschlagmotiv: Shutterstock (© Lukáš Hejtman; © Edmund Chai);
VIDAN ART INC. via Thomas Schlück GmbH, Garbsen
Satz: Dirk Risch, Berlin
Druck und Bindung: CPI Moravia Books s.r.o., Pohorelice
Printed in the EU
ISBN 978-3-86800-306-2

2013 2012 2011 2010
Die letzte Jahreszahl gibt die aktuelle Ausgabe an.

1

Schottland – Frühsommer 1478

Welch ein Gestank!

Tormand Murray mühte sich, wach zu werden, zumindest so wach, um dem grässlichen Geruch zu entkommen, der ihm entgegenschlug. Stöhnend begann er, sich umzudrehen. Der Schmerz in seinem Kopf wurde zu einem unerträglichen Stechen. Schließlich wälzte Tormand sich zur Seite und befühlte vorsichtig seinen Schädel, bis er die Quelle des Schmerzes entdeckte: eine äußerst empfindliche Beule am Hinterkopf. Die feuchten, verklebten Haare zeigten, dass er geblutet hatte. Doch es schien kein Blut mehr aus der Wunde zu sickern. Offenbar war er längere Zeit bewusstlos gewesen, möglicherweise sogar mehrere Stunden.

Tormand versuchte, seine Kopfschmerzen zu verdrängen und die Augen zu öffnen. Dabei durchzuckte ihn abermals ein stechender Schmerz. Er fluchte. Er war definitiv eine Weile bewusstlos gewesen, und abgesehen von dem Schlag auf den Kopf war ihm wohl noch mehr zugefügt worden, denn seine Augen waren völlig verkrustet. Dunkel konnte er sich entsinnen, dass man ihm etwas ins Gesicht geworfen hatte, bevor ihm die Sinne schwanden, aber er hatte nach wie vor keine klare Vorstellung, was wirklich passiert war.

Behutsam begann er, die Kruste um seine Augen zu entfernen, auch wenn er zugeben musste, dass es nicht nur der Schmerz war, der ihn so vorsichtig sein ließ, sondern auch die Eitelkeit; denn er befürchtete, er könnte sich ein paar Wimpern ausreißen. Doch er wollte die Augen zumindest so weit aufbringen, um zu sehen, ob es Wasser in der Nähe gab, mit dem er den Rest der Kruste entfernen konnte. Und hoffentlich genug Wasser, um sich gründlich zu waschen – falls er die Quelle dieses Gestanks war. Zu seiner Schande war er schon mehrmals übel riechend aufgewacht, weil er zu viel getrunken hatte und dann über irgendeinen Misthaufen auf der Straße gestolpert war. Doch so schlimm war es noch nie gewesen. Ihm war schon richtig schlecht von diesem Gestank.

Plötzlich erstarrte er, denn ihm war klar geworden, wonach es hier roch: nach Tod. Neben dem widerlichen Geruch eines schmutzigen Aborts stank es hier auch nach Blut – nach viel Blut. Es musste so viel Blut sein, dass es unmöglich aus seiner Kopfverletzung stammen konnte.

Als Nächstes bemerkte Tormand, dass er nackt war. Einen Moment lang geriet er in Panik. War er mit Leichen in ein offenes Grab geworfen worden? Doch diese Angst schüttelte er rasch wieder ab. Nein, unter sich spürte er keine Erde oder kaltes Fleisch, sondern das kühle Leinen eines weichen Betts. Bei diesem Gestank aus der Ohnmacht zu erwachen hatte offenbar seinen Verstand verwirrt, dachte er und schimpfte leise mit sich.

Schließlich bekam er die Lider einen Spaltbreit auf, doch das Licht brannte in seinen Augen und ließ seinen Kopf umso heftiger pochen. Er ächzte. Alles war verschwommen, er erkannte nur die Umrisse eines luxuriösen Schlafzimmers, das ihm vage bekannt vorkam. Ihn überfiel eine böse Vorahnung. Plötzlich zögerte er noch mehr, nach der Quelle dieses Gestanks zu suchen. Von einem Kampf rührte er bestimmt nicht her, zumindest wies in dem Teil des Schlafzimmers, der in seinem Blickfeld lag, nichts auf einen Kampf hin.

Wenn in diesem Zimmer eine Leiche liegt, solltest du lieber rasch herausfinden, um wen es sich handelt, sagte ihm eine innere Stimme, die der seines Knappen Walter erstaunlich ähnelte. Tormand konnte diesem Rat nur zustimmen. Da er in dem Teil des Zimmers, den er überblicken konnte, keine Leiche sah, drehte er den Kopf mühsam in die andere Richtung. Beim Anblick, der sich nun seinen tränenden Augen bot, entfuhr ihm ein Laut ähnlich dem, den seine Nichte Anna ausstieß, wenn sie eine Spinne sah. Er teilte sein Lager mit dem Tod!

So hurtig, dass er fast aus dem Bett gefallen wäre, robbte er von der Leiche weg. Um Gleichmut ringend, stand er auf und schleppte sich zur Waschschüssel, um die Augen zu säubern. Er musste sich mehrmals Wasser ins Gesicht spritzen und behutsam reiben, bis sie endlich nicht mehr so brannten und seine Sicht klarer wurde. Nachdem er sich das Gesicht abgetrocknet hatte, entdeckte er auch gleich seine Kleider. Sie lagen ordentlich zusammengefaltet auf einem Stuhl, so, als hätte er dieses Schlafzimmer als Gast und aus freien Stücken betreten. Hastig zog er sich an, dann suchte er den Raum nach weiteren Zeichen seiner Anwesenheit ab und holte seine Waffen und den Umhang.

Schließlich konnte er sich nicht länger davor drücken, die Leiche im Bett in Augenschein zu nehmen. Er straffte die Schultern und trat näher. Als er das betrachtete, was einst eine sehr schöne Frau gewesen sein musste, drehte sich ihm der Magen um. Die Tote war so verstümmelt, dass er eine ganze Weile brauchte, bis er erkannte, dass er auf die sterblichen Überreste von Lady Clara Sinclair blickte. Doch die wirren Strähnen goldblonden Haares, die noch an ihrem Kopf hingen, die großen, starren, blauen Augen und ein herzförmiges Muttermal oberhalb der Stelle, wo sich früher ihre linke Brust befunden hatte, ließen keinen Zweifel. Der Rest des Gesichts war mit so vielen Schnitten entstellt, dass es wohl Claras eigener Mutter schwergefallen wäre, sie ohne zusätzliche Hinweise zu identifizieren.

Inzwischen erfüllte eine kalte Ruhe, um die er sich lange vergeblich bemüht hatte, seinen Körper und seinen Geist, sodass es ihm gelang, die Leiche genauer zu studieren. Trotz der Verstümmelung lag ein Ausdruck auf dem Gesicht der armen Clara, der darauf hinwies, dass sie noch gelebt haben musste, als ihr einige der grauenhaften Wunden zugefügt worden waren. Ein rascher Blick auf ihre Hand- und Fußgelenke zeigten ihm, dass man sie gefesselt und dass sie sich gewehrt hatte. Das bestärkte Tormands düstere Vermutungen. Entweder hatte die arme Clara etwas gewusst, was ihr jemand gewaltsam zu entlocken versucht hatte, oder sie hatte einen Feind besessen, der sie mit kalter, mörderischer Wut gehasst hatte.

Und diese Person musste wohl auch ihn hassen, fiel ihm plötzlich ein, und bei diesem Gedanken überlief es ihn eiskalt. Er wusste, dass er nicht für ein hitziges Liebesspiel in Claras Schlafzimmer gekommen war. Sie war zwar einst seine Geliebte gewesen, aber nach dem Ende ihrer Romanze hatte er ihr Schlafgemach nicht mehr betreten. Vor allem nicht nach ihrer Heirat, denn ihr Gemahl, Sir Ranald Sinclair, war nicht nur mächtig, sondern auch überaus eifersüchtig. Also musste ihn jemand hierhergeschafft haben, um ihm zu zeigen, was aus seiner einstigen Geliebten geworden war. Und wahrscheinlich auch, um ihm die Schuld an dieser Schlächterei in die Schuhe zu schieben.

Dieser Gedanke vertrieb sein Entsetzen und sein Mitleid. »Arme törichte Clara«, murmelte er. »Ich hoffe inständig, du hast nicht meinetwegen gelitten. Du warst vielleicht eitel und ein bisschen boshaft, geistlos und unmoralisch, aber das hast du wahrhaftig nicht verdient.«

Er bekreuzigte sich und sprach ein kurzes Gebet. Ein Blick aus dem Fenster sagte ihm, dass der Morgen graute. Er musste diesen Raum so rasch wie möglich verlassen. »Ich hätte mich gern noch um deine sterblichen Überreste gekümmert, aber ich glaube, ich soll die Schuld an deinem Tod auf mich nehmen. Das kann und will ich nicht. Doch ich schwöre dir, ich werde herausfinden, wer dir das angetan hat – und der wird teuer dafür bezahlen!«

Nachdem er sich noch ein letztes Mal vergewissert hatte, dass nichts mehr auf seine Anwesenheit hindeutete, machte sich Tormand eilig aus dem Staub. Wahrscheinlich sollte er dankbar sein, dass das grauenhafte Verbrechen in diesem Haus verübt worden war, denn hier kannte er alle Schleichwege. Seine Liaison mit Clara war zwar nur von kurzer Dauer gewesen, doch recht lebhaft, und er hatte sich häufig genug in dieses Haus geschlichen. Er glaubte, dass nicht einmal Sir Ranald, der das stattliche Haus nach seiner Vermählung mit Clara übernommen hatte, all die geheimen Wege zum Schlafgemach seiner Gemahlin kannte.

Draußen drückte sich Tormand rasch in die Schatten der frühen Morgendämmerung. Er lehnte sich an die raue Steinmauer, die Claras Haus umgab, und fragte sich, wohin er sich nun wenden sollte. Zu gern hätte er den Vorfall aus seinem Gedächtnis gestrichen und wäre heim nach Dubhlinn geritten, doch er wusste, dass er das nicht tun würde. Obwohl ihm Clara nie richtig ans Herz gewachsen war – auch aus diesem Grund war ihre Romanze so kurzlebig gewesen –, konnte er nicht einfach vergessen, dass sie brutal ermordet worden war. Und falls sich sein Verdacht erhärtete, dass es jemand darauf angelegt hatte, ihn als Mörder hinzustellen – schließlich hatte er sich direkt neben der Leiche befunden –, dann musste er der Sache unbedingt auf den Grund gehen.

Schließlich beschloss er, sich erst einmal nach Hause zu begeben. Seine Kleidung roch noch immer nach Tod. Vielleicht bildete er es sich auch nur ein, aber er brauchte dringend ein Bad und frische Kleider, um diesen Gestank loszuwerden. Zu schade, dass ein Bad nicht auch die Bilder von Claras gefoltertem Körper wegwaschen würde, dachte er, während er sich leise auf den Heimweg machte.

»Wollt Ihr wirklich noch jemand anderem davon erzählen?«

Tormand nagte an einem Stück Käse, während er seinen alternden Begleiter musterte. Walter Burns war nun seit zwölf Jahren sein Knappe, und er hatte auch nie etwas anderes sein wollen. Sein gänzlicher Mangel an Ehrgeiz hatte dazu geführt, dass der Mann, der Tormand in jungen Jahren – er war damals knapp achtzehn gewesen – zum Ritter geschlagen hatte, Walter an ihn übergeben hatte. Sie hatten eine glorreiche Schlacht geschlagen, und Walter hatte gezeigt, was er konnte; doch er hatte sich schlichtweg geweigert, den Ritterschlag zu empfangen. Schließlich hatte Sir MacBain genug gehabt von seinem Knappen, der sich einfach nicht für den Ruhm, die Ehren und die Pflichten interessierte, die mit dem Ritterschlag einhergingen, und hatte ihn zu Tormand geschickt. Walter hatte seinen Wert und seinen Mut, aber auch seine Zufriedenheit, ein einfacher Knappe zu bleiben, weiterhin oft genug bewiesen. Doch momentan war er ganz offenkundig aufgeregt, und mit seinem Mut war es wohl auch nicht weit her.

»Ich muss herausfinden, wer das getan hat«, meinte Tormand und nahm einen kleinen Schluck Ale. Er war zwar hungrig und durstig, doch ihm war noch immer etwas flau, weshalb er mit der Nahrungsaufnahme eher vorsichtig war.

»Wozu?«, fragte Walter, der zu Tormands Rechten saß und sich nun ebenfalls Ale eingoss. »Ihr seid davongekommen. Jetzt ist schon Mittag, und niemand hat an die Tür geklopft und nach Rache geschrien. Deshalb glaube ich, dass Euch niemand verdächtigt. Warum wollt Ihr überhaupt etwas darüber verlauten lassen, dass Ihr Euch in der Nähe der Toten aufgehalten habt? Wollt Ihr Euch selbst den Strick um den Hals legen? Wenn ich mich recht entsinne, habt Ihr an dieser Frau wenig Liebenswertes gefunden, nachdem Ihr Eure Lust gestillt hattet. Also warum sich jetzt darüber Sorgen machen, dass ihr Gerechtigkeit widerfährt?«

»Es ist traurig, aber wahr, ich mochte sie tatsächlich nicht besonders. Aber ein solch grauenhaftes Ende hat sie wahrhaftig nicht verdient.«

Walter verzog das Gesicht und kratzte sich die Pockennarben auf seiner linken Wange. »Das mag schon sein, aber ich behaupte trotzdem, dass Ihr Euch Ärger aufhalst, wenn Ihr jemandem auf die Nase bindet, dass Ihr dort wart.«

»Ich hoffe, dass niemand auf den Gedanken kommt, ich

könnte einer Frau so etwas antun, selbst wenn man mich mit dem Dolch in der Hand in ihrem Blut gefunden hätte.«

»Natürlich würdet Ihr so etwas nie tun, und das wissen die meisten Leute auch. Aber das heißt nicht, dass Euch das retten würde. Ihr kennt nicht alle, die die Macht haben, Euch als Mörder zu bezeichnen und aufzuknüpfen, und nicht alle kennen Euch. Außerdem gibt es Leute, die auf Euch und Euren Klan neidisch sind und nichts lieber täten, als sich gegen einen von Euch zu wenden. Aye, denkt nur an Euren Bruder James. Jeder Narr wusste, dass er seine Frau nie hätte umbringen können. Trotzdem musste er jahrelang als Gesetzloser und als mutmaßlicher Frauenmörder sein Leben fristen.«

»Ich wusste doch, warum ich dich so lange behalten habe. Du hebst meine Stimmung, wenn sie mal auf dem Tiefpunkt ist, und flößt mir Mut und Hoffnung ein, wenn ich es am nötigsten habe.«

»Kein Grund, mich mit Eurer scharfen Zunge zu geißeln. Aber was ich sage, stimmt, und Ihr solltet lieber auf mich hören!«

Tormand nickte, wenn auch verhalten, denn er wollte seinen schmerzenden Kopf nicht zu viel bewegen. »Ich habe ja gar nicht vor, nicht auf dich zu hören. Deshalb habe ich beschlossen, mich nur Simon anzuvertrauen.«

Walter fluchte halblaut und nahm einen großen Schluck Ale. »Aber er ist ein Mann des Königs.«

»Aye, und mein Freund. Und dazu noch ein Mann, der alles versucht hat, um meinem Bruder James zu helfen. Er versteht es meisterhaft, solche Rätsel zu lösen und den wahren Schuldigen aufzustöbern. Es geht nicht nur um Gerechtigkeit für Clara. Jemand will mir den Mord in die Schuhe schieben, Walter. Man hat mich neben die Leiche gelegt, damit ich dort gefunden werde und mich für dieses Verbrechen verantworten muss. Und dafür käme ich an den Galgen. Das heißt, jemand wünscht mir den Tod.«

»Richtig, und nicht nur den Tod. Nay, damit soll auch Euer guter Name beschmutzt werden.«

»Aye. Und deshalb habe ich einen Boten losgeschickt, um Simon zu sagen, dass ich dringend mit ihm sprechen muss.«

Tormand war froh, dass er trotz seiner Entscheidung weitaus zuversichtlicher klang, als er sich fühlte. Er hatte mehrere Stunden gebraucht, um das Schreiben an Simon aufzusetzen. Seine innere Stimme hatte ihm dasselbe gesagt wie Walter, nämlich dass er die Sache einfach auf sich beruhen lassen solle. Diese Stimme war so laut geworden, dass er sie kaum noch hatte überhören können. Nur die Gewissheit, dass das Ganze weitaus mehr mit ihm zu tun hatte als mit Clara, hatte ihm die Kraft gegeben, diese feige Stimme zum Schweigen zu bringen.

Er hatte das Gefühl, dass ein Teil seines flauen Magens von der wachsenden Furcht herrührte, er stünde kurz davor, dasselbe Schicksal zu erleiden wie James. Sein Adoptivbruder hatte drei Jahre gebraucht, bis es ihm gelungen war, seine Unschuld zu beweisen und den Makel, der seiner Ehre anhaftete, zu beseitigen. Drei lange, einsame Jahre war er gezwungen gewesen, sich ständig zu verstecken und davonzulaufen. Tormand befürchtete, dass ihm womöglich ein ähnliches Schicksal drohte. Allein die Vorstellung, wie es seiner Mutter dabei ergehen würde, bereitete ihm größtes Unbehagen. Die Ärmste hatte schon genügend Sorgen und Leid wegen ihrer Kinder erdulden müssen. Zuerst war seine Schwester Sorcha entführt und vergewaltigt worden, dann war seine Schwester Gillyanne verschleppt worden – zweimal sogar. Beim zweiten Mal hatte man sie gezwungen, ihren Entführer zu heiraten. Und schließlich hatte James in den Bergen Zuflucht suchen müssen. Tormand wollte es seiner Mutter wahrhaftig ersparen, um ein weiteres ihrer Kinder bangen zu müssen.

»Wenn Ihr etwas finden könntet, was der Mörder berührt hat, würde es uns vielleicht gelingen, dieses Rätsel rasch zu lösen«, meinte Walter.

Tormand riss sich gewaltsam von dem düsteren Gedanken los, dass auf seiner Familie womöglich ein Fluch lastete. Zweifelnd blickte er seinen Knappen an. »Was meinst du damit?«

»Aye, wenn wir etwas hätten, was der Mörder berührt hat, könnten wir es der Ross-Hexe zeigen.«

Tormand hatte von der Ross-Hexe gehört. Die Frau lebte in einem Häuschen einige Meilen außerhalb der Ortschaft. Obwohl die Dorfbewohner sie vor zehn Jahren aus ihrer Mitte verjagt hatten, suchten einige immer wieder Hilfe bei ihr, denn sie verstand es, ausgezeichnete Kräuterzubereitungen herzustellen. Manche behaupteten auch, die Frau habe Visionen, die dazu beitrügen, ein Problem zu lösen. Obwohl Tormand unter Menschen aufgewachsen war, die über solche Gaben verfügten, bezweifelte er, dass die Frau eine Wunderheilerin war, wie manche behaupteten. Meist handelte es sich bei den sogenannten Hexen einfach um alte Weiber, die sich mit Kräutern auskannten und den Leuten aufschwatzten, dass sie irgendwelche großartigen, geheimnisvollen Kräfte hätten.

»Und weshalb denkst du, sie könnte mir helfen, wenn ich ihr etwas bringe, das der Mörder berührt hat?«, fragte er.

»Weil ihr dann in einer Vision gezeigt wird, wie sich ein Vorfall zugetragen hat.« Walter bekreuzigte sich unwillkürlich, als fürchte er allein bei der Erwähnung dieser Frau um seine Seele. »Der alte George, der Verwalter der Gillespies, hat mir erzählt, dass Lady Gillespie einige Schmuckstücke gestohlen worden waren. Die Lady ging mit dem Schmuckkästchen zur Ross-Hexe, und sobald die Hexe das Kästchen in der Hand hielt, hatte sie eine Vision.«

Als Walter verstummte, fragte Tormand nach: »Und, was hat die Vision der Frau gezeigt?«

»Dass Lady Gillespies ältester Sohn den Schmuck entwendet hat. Er schlich sich ins Schlafgemach seiner Mutter, während sie am Hof weilte, und suchte sich die besten Stücke aus.«

»Um darauf zu kommen, muss man keine Hexe sein. Lady Gillespies Ältester ist bekannt dafür, dass er viel zu viel Geld für teure Kleider, Frauen und das Glücksspiel ausgibt. Das weiß doch jeder Mann, jede Frau und jedes Kind im Ort.«

Tormand nahm einen Schluck Ale, um nicht über Walters

leicht verdrossene Miene grinsen zu müssen. »Jetzt weiß ich wenigstens, warum der Narr auf die Burg seines Großvaters verbannt worden ist, weit weggesperrt von all den Versuchungen des Hofes.«

»Aye, aber trotzdem würde ein Versuch nichts schaden«, entgegnete Walter beharrlich. »Eigentlich müsste doch jemand wie Ihr größeres Vertrauen in solche Dinge haben.«

»Ach, an Vertrauen mangelt es mir nicht. Zumindest habe ich so viel, dass es mir lieber wäre, du würdest die Frau nicht als Hexe bezeichnen. Das ist ein Wort, das einer Frau, die Gott mit einer Gabe gesegnet hat, viel Ärger einhandeln kann, manchmal sogar tödlichen Ärger.«

»Aye, aye, das stimmt wohl. Eine Gabe Gottes, meint Ihr?«

»Glaubst du wirklich, der Teufel würde einer Frau die Gabe verleihen zu heilen oder die Wahrheit zu finden, oder sonst eine Gabe oder Fähigkeit, mit der den Leuten geholfen werden kann?«

»Nay, natürlich nicht. Aber warum zweifelt Ihr dann an dieser Ross?«

»Weil es zu viele Frauen gibt, die sich bestenfalls mit Kräutern auskennen und dennoch behaupten, sie hätten Visionen oder heilende Hände, nur um irgendeinem Gimpel das Geld aus der Tasche zu ziehen. Das sind Betrügerinnen, und oft erschwert das, was sie tun, das Leben der Frauen, die tatsächlich eine Gabe haben.«

Walter verzog das Gesicht, offenkundig dachte er nach. Schließlich stimmte er grummelnd zu. »Ihr werdet also nicht versuchen, von Mistress Ross Hilfe zu bekommen?«

»Nay, so verzweifelt bin ich wahrhaftig nicht.«

»Nun, ich bin mir nicht so sicher, ob ich in dieser Situation Hilfe ausschlagen würde«, erklang auf einmal eine kühle, scharfe Stimme von der Schwelle zu Tormands Großer Halle.

Tormand blickte zur Tür und lächelte Simon an, doch sein Lächeln erstarb rasch. Sir Simon Innes wirkte in diesem Moment vom Scheitel bis zur Sohle wie ein Mann des Königs. Sein bleiches, scharfkantiges Antlitz war von kalter Wut verzerrt. Tormand beschlich das unselige Gefühl, dass Simon bereits wusste, warum er nach ihm geschickt hatte. Schlimmer noch – er befürchtete, sein Freund hege Zweifel an seiner Unschuld. Das tat weh, doch Tormand beschloss, erst einmal darüber hinwegzusehen, bis er mit Simon geredet hatte. Der Mann war sein Freund und glaubte mit allen Fasern seines Seins an die Gerechtigkeit. Bevor er handelte, würde er ihm zuhören.

Dennoch verspannte sich Tormand zusehends, als Simon näher trat. Alles an dem großen, schlanken Mann war vor Wut verzerrt. Aus den Augenwinkeln bemerkte Tormand, dass Walter unwillkürlich nach seinem Schwert griff. Also war er, Tormand, nicht der Einzige, der Gefahr witterte. Erst als sein Blick wieder auf Simon fiel, merkte er, dass der Mann die Faust ballte, seine Finger etwas fest umschlossen.

Er musste nicht lange warten, um zu sehen, was es war. Simon öffnete die Hand und warf den Inhalt auf den Tisch, Tormand direkt unter die Nase. Tormand starrte auf einen schweren goldenen Ring, verziert mit blutroten Granaten. Er traute seinen Augen kaum, sah auf seine Hände, seine ringlosen Finger, und dann wieder auf den Ring. Sofort schoss ihm der Gedanke durch den Kopf, wie er nur aus diesem Zimmer des Todes hatte gehen können, ohne zu bemerken, dass er seinen Ring nicht mehr trug. Sein nächster Gedanke war, dass sich die Spitze von Simons Schwert an seiner Kehle gefährlich scharf anfühlte.

***

»Nay! Tötet ihn nicht! Er ist unschuldig!«

Morainn Ross blinzelte überrascht und sah sich um. Sie war zu Hause und saß kerzengerade in ihrem Bett, nicht in einer Großen Halle, in der sie einen Mann gesehen hatte, der eine Schwertspitze gegen den Hals eines anderen Mannes drückte. Ohne auf ihre murrenden Katzen zu achten, die ihr Schrei aus ihrem gemütlichen Schlaf gerissen hatte, ließ sie sich wieder aufs Bett sinken und starrte an die Decke. Es war nur ein Traum gewesen.

»Nay, kein Traum«, sagte sie nachdenklich. »Eine Vision.«

Sie dachte noch etwas darüber nach, dann nickte sie bestätigend. Es war ganz sicher eine Vision gewesen. Der Mann mit der Schwertspitze am Hals war ihr nicht unbekannt. Sie hatte ihn seit vielen Monaten in ihren Visionen und Träumen gesehen. Er hatte nach Tod gerochen, er war von Tod umgeben gewesen, doch an seinen Händen hatte kein Blut geklebt.

»Morainn? Geht es dir gut?« Morainn sah zur Tür ihrer kleinen Schlafkammer und lächelte den Knaben an, der dort stand. Walin war erst sechs, aber schon eine große Hilfe. Allerdings war er immer höchst besorgt um Morainn. Aber das war wohl kein Wunder. Sie hatte ihn auf ihrer Schwelle gefunden, als er kaum zwei Jahre alt gewesen war, und seitdem kümmerte sie sich wie eine Mutter um ihn und bot ihm das einzige Heim, das er je gekannt hatte. Sie wünschte nur, sie hätte ihm ein besseres bieten können. Inzwischen war er alt genug, um zu verstehen, dass man sie oft als Hexe bezeichnete, und er wusste auch, wie gefährlich das sein konnte. Leider sah er ihr mit seinen schwarzen Haaren und den blauen Augen recht ähnlich, sodass viele glaubten, er sei tatsächlich ein Bastard von ihr, was natürlich zu weiteren Problemen für sie beide führte.

»Es geht mir gut, Walin«, beruhigte sie ihn und begann vorsichtig, um die Katzen nicht zu stören, aus dem Bett zu steigen. »Es ist bestimmt schon ziemlich spät.«

»Aye, fast schon Mittag, aber du hast deinen Schlaf gebraucht. Gestern bist du erst tief in der Nacht von der Geburt zurückgekommen.«

»Ach, schon so spät? Dann solltest du den Tisch für uns decken, ich komme gleich.«

Sie zog sich rasch an und flocht sich die Haare. Dann trat sie zu Walin an den kleinen Tisch im Hauptraum des Häuschens. Als sie das Brot, den Käse und die Äpfel sah, lächelte sie Walin anerkennend an. Er hatte seine Sache gut gemacht. Sie schenkte zwei Becher Apfelmost ein, dann setzte sie sich ihm gegenüber auf die schmale Bank an dem zerfurchten Holztisch.

»Hast du schlecht geträumt?«, fragte Walin, während er ihr einen Apfel reichte, damit sie ihn zerteilte.

»Zuerst habe ich gedacht, ich träume, aber jetzt bin ich mir sicher, dass es eine Vision war. Wieder eine Vision über den Mann mit den unterschiedlichen Augen.« Sie legte den Apfel auf einen kleinen Holzteller und viertelte ihn.

»Du hast oft Visionen von ihm, stimmt's?«

»Es sieht so aus. Sehr seltsam – ich weiß nicht, wer er ist, auch habe ich noch nie in meinem Leben einen solchen Mann gesehen. Und falls meine Vision eintrifft, werde ich ihn wahrscheinlich auch nie sehen.«

»Warum nicht?« Walin nahm den Teller mit den Apfelschnitzen und stopfte sich gleich ein Stück in den Mund.

»Weil ich diesmal einen sehr wütenden grauäugigen Mann gesehen habe, der ihm ein Schwert an die Kehle hielt.«

»Aber du hast doch gesagt, in deinen Visionen siehst du Dinge, die eintreten werden. Vielleicht ist er ja noch gar nicht tot. Vielleicht solltest du ihn suchen und warnen.«

Morainn dachte einen Moment lang darüber nach, dann schüttelte sie den Kopf. »Nay, das glaube ich nicht. Weder mein Herz noch mein Verstand drängen mich dazu. Wenn ich so etwas tun sollte, würde ich einen Drang verspüren, mich sofort auf den Weg zu machen und den Mann aufzustöbern. Außerdem hätte ich ein paar Hinweise erhalten, wo er sich aufhält.«

»Ach so. Dann werden wir also den Mann mit den unterschiedlichen Augen bald sehen?«

»Aye, das nehme ich an.«

»Das wird aber spannend werden.«

Morainn lächelte und machte sich an die Aufgabe, ihren leeren Magen zu füllen. Es würde wirklich spannend werden, wenn der Mann mit den unterschiedlichen Augen an ihrer Schwelle auftauchte. Aber es könnte auch gefährlich werden. Sie durfte nicht vergessen, dass sich der Tod an seine Fersen geheftet hatte. Ihre Visionen sagten ihr zwar, dass er keine Schuld trug, aber es gab eine Verbindung zwischen ihm und den Toten. Ihr war, als würde alles, was er berührte, unter grauenvollem Leid und aus zahllosen Wunden blutend zugrunde gehen. Sie verspürte nicht den geringsten Wunsch, die Lache, die sie stets um seine Füße sah, mit ihrem Blut zu vergrößern. Doch leider würde das Schicksal ihr wohl nicht erlauben, dem Mann aus dem Weg zu gehen. Sie konnte nur beten, dass der Tod nicht mehr auf seinen Schultern hockte, wenn er an ihre Tür klopfte.

2

Simon, willst du zugleich mein Richter und mein Henker sein?«

Tormand beobachtete, wie sich Simon um die Ruhe und Besonnenheit bemühte, für die er landauf, landab bekannt war. Obwohl ihn der Gedanke bitter schmerzte, dass Simon ihm zutraute, Clara oder irgendeine andere Frau so zuzurichten, konnte er seinen Freund doch verstehen. Jeder ehrbare Mann wäre entsetzt gewesen über das, was Clara angetan worden war, und hätte es kaum erwarten können, den Schuldigen für dieses Verbrechen bezahlen zu lassen. Wer eine solch grauenhafte Untat zu Gesicht bekam, konnte leicht von einem Wahn gepackt werden. Das erklärte vielleicht auch, warum Simon in blinder Wut zu Tormand gestürmt war, nachdem er dessen Ring in Claras Hand gefunden hatte. Die Tatsache, dass sein Freund ihn nicht auf der Stelle getötet hatte, gab Tormand allerdings zu verstehen, dass sich unter Simons Entsetzen und Wut auch ein Zweifel regte.

»Warum hatte sie deinen Ring in der Hand?«, fragte Simon barsch.

»Ich fürchte, das kann ich dir nicht sagen«, erwiderte Tormand. »Aber er ist zweifellos von dem oder denen, die mich in Claras Bett verfrachtet haben, dorthin gelegt worden.«

Simon starrte Tormand einen Moment lang stumm an, dann steckte er sein Schwert in die Scheide zurück. Er setzte sich, goss sich einen Becher Ale ein und leerte ihn in einem Zug. Sein großer, hagerer Körper erbebte. Er füllte den Becher abermals.

»Du warst also dort?«, fragte er schließlich in etwas ruhigerem Ton.

»Aye.«

Tormand trank einen Schluck Ale, um sich zu stärken, dann erzählte er Simon alles, was er wusste. Er war mit seiner Geschichte noch nicht fertig, als ihm klar wurde, dass es tatsächlich ziemlich wenig war. Er konnte nur beschwören, was er mit eigenen Augen gesehen hatte – jemand hatte Clara ermordet – und was er in seinem Innersten wusste: dass dieser Jemand nicht er war. Er wusste nicht, wie er überrumpelt und in Claras Zimmer geschafft worden war. Er wusste noch nicht einmal, wie Simon in die Sache hineingezogen worden war. Vielleicht war es nur sein Pech gewesen, doch rein instinktiv spürte Tormand, dass das nicht alles sein konnte. Obgleich er nichts beweisen konnte, war er überzeugt, dass alles zu einem Plan gehörte. Er musste nur noch herausfinden, worin dieser Plan bestand.

»Warum warst du bei Clara?«, fragte Tormand Simon. »Ist ihr Gemahl zurückgekehrt und hat ihre Leiche gefunden und dann nach dir gerufen?«

»Nay, ich hatte eine Aufforderung erhalten, die, wie ich glaubte, von Clara stammte.« Simon zuckte die Schultern. »Ich sollte mich mit einigen meiner Männer zu einer bestimmten Zeit bei ihr einfinden, und zwar so unauffällig wie möglich.«

»Und dieser Aufforderung bist du gefolgt? Kanntest du Clara denn so gut, dass du sofort zu ihr geeilt bist?«

»Ich kannte sie nicht so gut wie du«, erwiderte Simon gedehnt. »Aber ich kannte sie gut genug. Sie war meine Cousine.«

Er grinste schwach, als er sah, wie entsetzt Tormand war. »Keine Angst, ich werde dich nicht zu einem Duell fordern, um ihre Ehre zu verteidigen«, fuhr er fort. »Da war nicht mehr viel zu verteidigen. Die Frau hat ihre Röcke für alle möglichen Burschen hochgehoben, solange sie gut genug aussahen, und zwar schon recht früh. Richtig freundlich war sie nie, ehrlich nur selten. Alles in allem hatte sie wohl das Gefühl, alle Welt müsse ihr huldigen, nur weil Gott ihr ein hübsches Antlitz verliehen hatte. Nay, ich folgte ihrer Aufforderung, weil ich hoffte, sie würde mir endlich einen Beweis für die zahllosen Vergehen ihres Gemahls aushändigen. Mit diesen Vergehen beschäftige ich mich nämlich schon seit einigen Monaten. Ich hatte zwar nur eine schwache Hoffnung, denn Clara profitierte von seinen dunklen Geschäften, aber ich konnte diese Hoffnung nicht aufgeben.«

»Glaubst du, er hat sie umgebracht?« Doch schon in dem Moment, als Tormand die Frage stellte, zweifelte er an dieser Möglichkeit.

»Nay, sie leistete ihm gute Dienste. Selbst wenn sie ihn betrogen hat, war sie bestimmt schlau genug, es vor ihm zu verheimlichen und darauf zu achten, dass er ihr nicht auf die Schliche kam. Aber eigentlich glaube ich gar nicht, dass sie ihm untreu war, denn sie hatte großen Gefallen daran, das Geld, das er mit seinen Verbrechen und Lügen verdiente, mit beiden Händen auszugeben. Dennoch ist es kein Wunder, dass mir beim Anblick ihres verstümmelten Leichnams sofort ihr Gemahl einfiel.«

»Aber dann hast du den Ring in ihrer Hand gefunden.«

»Aye.« Simon verzog das Gesicht und fuhr sich durch sein dichtes schwarzes Haar. »Ich konnte es kaum glauben, aber trotzdem – wie war dein Ring dorthin gekommen? Und dann fiel mir ein, dass du einmal ihr Liebhaber warst. Jesus, ich befürchtete wirklich, du wärst wahnsinnig geworden und man müsste dich umbringen wie einen tollwütigen Hund. Ich glaube, selbst ich bin fast wahnsinnig geworden, denn sonst hätte ich dich nie als Täter in Betracht gezogen. Es war fast, als hätte der, der Clara das angetan hat, jenes Zimmer mit dem Gestank seines Wahnsinns verpestet, und ich atmete zu viel davon ein.«

Tormand nickte. »Ich kann dich gut verstehen. Als ich merkte, dass Clara einige der grauenhaften Dinge, die man ihr angetan hat, wohl noch lebend erdulden musste, fragte ich mich, ob jemand sie gefoltert hat, weil er irgendetwas aus ihr herausbekommen wollte.«

»Das ist eine Möglichkeit, obwohl es nicht erklärt, warum man sich solche Mühe gegeben hat, es so aussehen zu lassen, als ob du das Verbrechen begangen hättest. Vielleicht gibt es ein paar gehörnte Ehemänner, die dich gern tot sehen würden, aber ich verstehe nicht, warum einer von ihnen so etwas tun sollte, um dich damit zu treffen.«

»Ich habe keinem Ehemann die Hörner aufgesetzt, zumindest nicht wissentlich.« Tormand ärgerte sich, dass er so klang, als müsse er sich verteidigen. Er zwang sich zu etwas mehr Gleichmut. »Dennoch werde ich das Gefühl nicht los, dass Clara meinetwegen ermordet wurde – weil sie früher meine Geliebte gewesen ist. Vielleicht ist es eitel zu glauben, dass ...«

»Nein, du bist dorthin verfrachtet worden, damit man dir das Verbrechen anlastet, und deshalb muss es etwas mit dir zu tun haben.« Simon legte die Unterarme auf den Tisch und starrte in seinen Becher. »Ihr Gemahl hat es nicht getan, auch wenn er einen guten Verdächtigen abgäbe. Ich weiß, wo er sich aufgehalten hat, nämlich bei seiner Geliebten, die etwa zehn Meilen vom Ort entfernt wohnt. Er hätte nicht nach Hause kommen, Clara abschlachten und ins Haus seiner Geliebten zurückkehren können. Und ob man sie gefoltert hat, um Informationen aus ihr herauszupressen? Na ja, der Mann hatte bestimmt ein paar Feinde und viele Konkurrenten, die vielleicht dachten, seine Frau wisse etwas von den Geschäften ihres Mannes, das es leichter machen würde, ihn zu vernichten. Aber ich glaube nicht, dass Clara nach dem ersten Angriff auf ihr Gesicht irgendein Wissen zurückgehalten hätte. Danach hätte man sie rasch getötet, mit einem Stich ins Herz oder einem Schnitt durch die Kehle. Und in dem Fall wärst du nicht in die Sache hineingezogen worden.« Er sah Tormand an. »Aye, ich glaube, es hat etwas mit dir zu tun. Die Frage ist nur, was?«

»Und wer.«

»Sobald wir den Grund kennen, können wir nach dem Täter suchen.«

Tormand schnürte es die Kehle zu. Keine Frau hatte es verdient, so zu sterben wie Clara, nur weil sie einst sein Lager geteilt hatte oder er das ihre. Was für ein Feind war das, der herumschlich und unschuldige Frauen ermordete, um dem zu schaden, dem er wirklich schaden wollte? Er konnte es einfach nicht begreifen. Wenn jemand ihm nach dem Leben trachtete, jedoch zu feige war, sich persönlich die Hände schmutzig zu machen, konnte er doch irgendjemanden dafür bezahlen, das üble Geschäft für ihn zu verrichten; leider gab es eine ganze Reihe von Leuten, die einen solchen Auftrag übernehmen würden. Bestand der Plan hingegen darin, seinen Namen vor seinem Tod ein für alle Mal zu besudeln, hätte dazu bestimmt keine Frau abgeschlachtet werden müssen. Durch diesen Mord lief sein Feind Gefahr, erwischt und gehängt zu werden, also genau das Schicksal zu erleiden, das er ganz offenbar Tormand zugedacht hatte. Aber was man Clara angetan hatte, sah ganz nach blankem Wahnsinn aus. Wer konnte sich darauf einen Reim machen?

»Jetzt fallen meine Sünden auf mich zurück«, murmelte Tormand bedrückt.

»Du glaubst also, du hast gesündigt?«, fragte Simon, ein schwaches Lächeln auf den Lippen.

»Maßlosigkeit ist eine Sünde«, stellte Walter trocken fest.

»Danke für die Erinnerung, Walter«, entgegnete Tormand gereizt. »Aber ich glaube, das weiß ich selbst.« Er verzog das Gesicht. »Aye, schließlich habe ich es oft genug von meiner Mutter, den Schwestern, Tanten und allen anderen weiblichen Mitgliedern meines Klans gehört.«

»Und von ein paar Männern sicher auch.« Simons Lächeln wurde breiter, als Tormand ihn finster anfunkelte. »Na ja, du bist ja wirklich ein bisschen maßlos.«

»Ich treibe mich eben gern mit einer warmen Frau zwischen den Laken herum. Welcher Mann tut das nicht?«

»Die meisten Männer versuchen zumindest, etwas – na ja, wie soll ich es sagen – besonnen?, heikel?, wählerisch? zu sein.«

»Die Frauen, mit denen ich ins Bett bin, waren hübsch und sauber.« Die meisten, fügte Tormand im Stillen hinzu.

»Dein Problem war immer, dass die Auswahl zu groß war. Zu viel ist dir zu freigiebig angeboten worden.«

»Jawohl«, pflichtete Walter ihm bei. »Die Frauen werfen sich immer gern in die Arme von bösen Buben.«

»Und die bösen Buben wehren sich nicht dagegen«, fügte Simon hinzu.

»Ich habe dich für einen Freund gehalten, Simon«, meinte Tormand, halb verletzt, halb beleidigt.

Simon lachte leise. »Ach, das bin ich auch, aber das heißt noch lange nicht, dass ich alles billige, was du treibst. Und womöglich bin ich gelegentlich auch ein klein wenig neidisch. Sag mir, Tormand, hast du Clara wenigstens ein bisschen gern gehabt?«

Tormand seufzte. »Nay, aber die Lust hat mich eine Zeit lang geblendet. Clara war sehr geschickt.«

»Das wundert mich nicht. Wie ich schon sagte, war sie kaum dreizehn, als sie anfing, in dieser Kunst Unterricht zu nehmen. Oh, ich gestehe, manchmal bin auch ich nicht besonders wählerisch, aber mir ist es lieber, dass ich das Mädchen, mit dem ich ins Bett steige, zumindest ein wenig kenne, um nicht nur weiche Haut und weibliche Hitze zu genießen.«

Tormand bemerkte, dass wohl nicht sehr viele seiner Geliebten Simons letztlich gar nicht so hohen Ansprüchen gerecht geworden wären. Allerdings weigerte er sich zu denken, dass er im Grunde das war, was seine Cousine Maura ihn einmal genannt hatte – ein Hengst, der zu dumm war, für seine Dienste Deckgebühren zu verlangen. Schließlich hatte er seines Wissens nie einen Bastard gezeugt – und die Zeugung war es doch, worum es bei einem Hengst ging. Doch je länger er darüber nachdachte, desto größer wurde seine Befürchtung, dass er tatsächlich so gedankenlos gierig geworden war, wie Simon ihm unterstellte. In den letzten Jahren hatte er kaum mehr von seinen Bettgespielinnen verlangt, als gut auszusehen und einigermaßen sauber und willig zu sein. Wobei das Letztere entscheidend war. Diese Erkenntnis beunruhigte ihn so, dass er tatsächlich froh war, wieder über Claras brutale Ermordung nachdenken zu können.

»Hast du denn nichts gefunden, was auf einen anderen Schuldigen als mich hingewiesen hätte?«, fragte er und achtete nicht weiter auf das Aufblitzen einer gewissen Belustigung in Simons Augen, dem seine Bemühung, das Thema von seinem Liebesleben wegzulenken, offenbar nicht entgangen war.

»Nay«, entgegnete Simon. »Einzig und allein dein Ring zeigte mir, dass noch jemand mit Clara in dem Zimmer gewesen war. Das und natürlich die schlichte Tatsache, dass sich Clara nicht allein an ihr Bett hätte fesseln und in Stücke schneiden können. Übrigens haben ihre Bediensteten nichts gesehen und nichts gehört.«

»Wie kann das sein? Clara hätte doch schon beim Anblick eines Messers mit ihren Schreien die dünnen Fensterscheiben zum Bersten gebracht.«

»Das mag schon sein, aber ich glaube, sie wurde geknebelt. In dem, was noch von ihrem Gesicht übrig war, fand ich Hinweise darauf.«

Tormand zwang sich, noch einmal sorgfältig alles durchzugehen, was er gesehen hatte. »Aye, so muss es gewesen sein. Allmählich frage ich mich auch, ob sie nicht an einem anderen Ort gefoltert wurde. Wenn man bedenkt, wie man sie zugerichtet hat, hätte ich in einer Lache ihres Blutes aufwachen müssen. Da war zwar ziemlich viel Blut, und ich hatte anfangs auch das Gefühl, dass sie in dem Bett gestorben ist, aber inzwischen bin ich mir sicher, dass die Metzelei nicht dort stattfand.«

Simon nickte. »Das denke ich auch. Trotz des Knebels hätte jemand etwas mitbekommen müssen. Offenkundig hat sie sich heftig gegen die Fesseln an Hand- und Fußgelenken gewehrt. Auch das Bett hätte Geräusche gemacht beim Kampf mit ihrem Mörder. Doch ihre Bediensteten dachten, sie wäre gar nicht zu Hause.«

»Dann hat ihr Mörder also gewusst, wie er ungesehen in das Haus schleichen konnte.«

»Aye, und das bedeutet, er hat sie gekannt, wenn auch nicht unbedingt gut.« Simon runzelte die Stirn. »Wenn man bedenkt, wie viele Liebhaber Clara hatte, bezweifle ich, dass die Geheimwege in ihr Zimmer wirklich so geheim sind. Die Bediensteten hätten Geräusche aus ihrem Schlafzimmer nicht für besorgniserregend gehalten, solange es keine durchdringenden Schreie waren. Höchstwahrscheinlich haben sie wirklich nichts gehört. Ich kehre jetzt zu ihrem Haus zurück, um zu sehen, ob ich noch eine Blutspur finde, die uns bestätigt, dass Clara dorthin gebracht worden ist, nachdem sie gefoltert wurde.« Er nahm einen weiteren Schluck Ale. »Und zwar jetzt gleich. Ich habe ihren Mann benachrichtigen lassen, und ich würde lieber nicht vor Ort sein, wenn er zum ersten Mal sieht, was von seiner Frau übrig geblieben ist. Er hat sie nicht geliebt und sie ihn nicht, doch er wusste ihre Schönheit zu würdigen.«

»Ich habe sie auch nicht geliebt, aber beim Anblick ihrer Leiche wurde mir richtig übel.«

»Ranald hat nicht deinen Mut, um sich diesem Anblick lange zu stellen. Doch nicht nur deshalb will ich dem Mann lieber noch ein Weilchen aus dem Weg gehen. Sobald er sich erholt hat, wird er sich als großer, bedeutender Laird aufspielen und mir befehlen, den Mörder seiner Frau zu finden. Außerdem wird er mir bestimmt noch eine Menge nutzloser Informationen liefern neben ein paar Drohungen, was er mit mir anstellen wird, wenn wir Claras Mörder nicht bald finden. Wenn ich vor ihm stehe, überkommt mich immer der Wunsch, ihm den Hochmut einfach aus dem Leib zu schütteln und sein hübsches Gesicht zu zerschlagen.«

Tormand musste kurz grinsen, doch der Ernst der Lage dämpfte seinen üblichen Sinn für Humor beträchtlich. Zum Glück hatte er Simon rasch von seiner Unschuld überzeugen können, nicht zuletzt wohl auch deshalb, weil sein Freund trotz seiner Wut nicht so recht an seine Schuld geglaubt hatte. Zu schade, dass Simon keinen anderen Hinweis gefunden hatte außer dem, der offenkundig für ihn zurückgelassen worden war. Das bedeutete, dass sie keine Spur hatten, die sie zu dem Mörder führen würde, und außerdem hatte der Täter freie

Bahn, erneut zuzuschlagen. Stimmte Tormands Annahme, dass der Mörder es vor allem auf ihn abgesehen hatte, dann hatte er sein Ziel diesmal nicht erreicht. So würde er höchstwahrscheinlich ein weiteres Mal zuschlagen, und womöglich so lange, bis Tormand am Galgen baumelte.

Tormand goss sich noch einen Becher Ale ein und erwog ernsthaft, sich heillos zu betrinken. Doch dieser Versuchung durfte er nicht nachgeben. Er schwor sich vielmehr, nach dem Becher das Trinken eine Weile bleiben zu lassen. Seine Sinne durften nicht getrübt sein, denn seine Lage war gefährlich. Hier trieb jemand sein Unwesen, der ihn entehrt und tot sehen wollte. Die Erinnerung an Claras verstümmelte Leiche war mehr als genug, um ihn nicht vergessen zu lassen, wie weit sein Feind gehen würde, um sein Ziel zu erreichen. Tormand wusste, dass seine Schuldgefühle eigentlich grundlos waren, aber das machte es nicht leichter. Er fürchtete, dass er bald alle Schuld auf sich nehmen würde, nur damit das Morden ein Ende hatte, falls er und Simon diesem Mörder nicht rasch Einhalt geboten.

»Ich glaube nicht, dass Clara die Einzige bleibt«, meinte Simon in diesem Moment.

Tormand krümmte sich bei diesem Echo seiner Gedanken. Er nickte. »Nay, das fürchte ich auch. Wenn es dem Täter vor allem darum ging, mich an den Galgen zu bringen, dann wird der Fehlschlag ihn dazu bringen, es noch einmal zu versuchen. Doch beim nächsten Mal wird er mich nicht unvorbereitet treffen.«

»Ich glaube, es wäre ratsam, dass du nirgendwo alleine hingehst.«

»Das könnte schwierig werden.«

»Warum?«

»Na ja, an manchen Orten und zu manchen Gelegenheiten ist ein Begleiter höchst unpassend.«

Tormand merkte auch ohne die Blicke seiner Freunde, dass diese Bemerkung töricht gewesen war. Es war wahrhaftig das Vernünftigste und wohl die sicherste Verteidigung, nicht mehr alleine unterwegs zu sein. Er durfte seinem Feind nicht die Chance bieten, ihn noch einmal zu erwischen. Beim nächsten Mal würde er vielleicht nicht mehr das Glück haben, aufzuwachen und sich aus dem Staub machen zu können, bevor ihn jemand neben einer toten Frau antraf.

Wieder verkrampfte sich alles in ihm. Wie gefühllos das klang – so, als ginge es nur um seine eigene Sicherheit. Doch leider musste er so kalt sein, selbst wenn er womöglich eine gewisse Schuld an Claras Tod trug und vielleicht auch noch an dem einer anderen Frau, die ihr ins Grab folgen würde. Doch wenn man ihm die Schuld an Claras Ermordung und möglichen weiteren Morden anlastete, würde der wahre Mörder ungeschoren davonkommen. Tormand nahm sich fest vor, den Mann büßen zu lassen für das, was er Clara angetan hatte – und hoffentlich noch, bevor diese Bestie es einer anderen Frau antun konnte.

Und nicht zuletzt drängte es ihn danach, den Grund zu erfahren, auch wenn dieser Drang zum Teil auf seine Schuldgefühle zurückging, die er nicht loswerden konnte. Vielleicht würde es ihn ein wenig erleichtern, wenn er herausfand, warum dieser Mann ihn so hasste – und wahrscheinlich auch die Frauen, mit denen er ins Bett gegangen war. Claras Schönheit war gänzlich zerstört worden, selbst ihre wunderbaren Haare hatte man ihr abgeschnitten. Hinter diesem Angriff steckten Wut und Hass. Doch so ganz begriff er es dennoch nicht; denn so traurig es auch war, ihm fiel kein Mann ein, ob nun ein Geliebter Claras oder ihr Gemahl, der ihr gegenüber je so tiefe Gefühle empfunden hätte, dass daraus eine derart wahnwitzige Wut hätte entstehen können.

»Auch wenn du mich jetzt finster anblickst wie ein strenger Vater, wird es meine Meinung nicht ändern«, meinte Simon. »Sei kein Narr, Tormand. Du weißt sehr wohl, dass du nicht mehr allein sein solltest, bis dieser Verrückte erwischt worden ist und am Galgen baumelt.«

Simons Worte holten Tormand aus seinen Grübeleien. Er

seufzte tief auf. »Aye, ich verstehe ja, dass es das Klügste ist, aber das heißt noch lange nicht, dass es mir gefällt.«

»Enthaltsamkeit wird dich nicht umbringen, dein Feind aber wird es tun.«

»Enthaltsamkeit?« Tormand hatte keine Lust zuzugeben, dass er seit mehreren Monaten enthaltsam lebte. Vor allem wollte er es allerdings deshalb nicht zugeben, weil er sich nicht mit den Gründen dafür auseinandersetzen wollte. »Jesus, ich glaube, da wäre mir der Galgen noch lieber.«

»Du Narr!«

»Mag sein, aber ich blicke nicht deshalb so finster, weil ich bewacht werden soll. Mir ging gerade durch den Sinn, dass die Art, wie Clara gemeuchelt wurde, auf Wut, ja auf Hass hinweist. Und mir fällt niemand ein, der ihr gegenüber solch starke Gefühle gehegt hätte. So traurig es auch klingen mag: Wenn der Plan darin bestand, mich als Frauenmörder zu brandmarken, wäre eine solche Metzelei nicht nötig gewesen.«

Als Simon ihn eine Weile wortlos anstarrte, rutschte Tormand etwas verlegen auf seinem Stuhl herum. »Es war nur so ein Gedanke.«

»Ein guter Gedanke, einer, auf den ich selbst hätte kommen sollen«, erwiderte Simon grummelnd. »Aye, hinter dieser Schlächterei stecken Wut und Hass, sie zielte auf alles ab, was Clara schön und begehrenswert machte.«

»Es hätte trotzdem auch Folter sein können, um ihr Informationen abzuringen«, wandte Walter ein, auch wenn in seiner Miene Zweifel zum Ausdruck kamen.

Simon nickte. »Das könnte schon sein, aber ganz ehrlich: Clara hätte ihm – oder ihnen – alles gesagt, schon bei der ersten Berührung mit dem Messer. Alles, was sie wusste, wäre aus ihr herausgesprudelt, nachdem man ihr die erste Haarlocke geraubt hatte. Clara war unsagbar eitel, ihre Schönheit bedeutete ihr alles. Und außerdem glaube ich noch immer, dass sie von Anfang an geknebelt war, was meine Vermutung verstärkt, dass es nicht passiert ist, um an Informationen zu kommen.«

»Also haben wir nach wie vor nichts in der Hand.« Tormand starrte in seinen leeren Becher, widerstand jedoch der Versuchung, sich nachzuschenken.

»Nay. Wir haben einen Mord, den jemand dir in die Schuhe schieben wollte«, erwiderte Simon. »Das deutet auf einen Feind von dir hin, egal, aus welchem Blickwinkel ich es betrachte.«

»Vielleicht weist es ja auch auf einen Feind von Ranald hin? Was könnte für einen Mann demütigender sein, als aller Welt zu zeigen, dass seine Frau mit einem anderen ins Bett ging und dann in ihrem Ehebett ermordet wurde?«

»Clara war zu bekannt für ihre lockeren Sitten, und dass Ranald eine Geliebte hat, weiß ebenfalls jeder. Nay, es ist kein Geheimnis, dass sich weder der Gemahl noch die Gemahlin an die Eheschwüre hielten.« Simon stand auf. »Kommst du mit, um zu sehen, ob wir eine Blutspur finden?«

Tormand stand zögernd auf. An den blutigen Ort des Verbrechens zurückzukehren war das Letzte, was er wollte, aber er wusste, dass ihnen das vielleicht helfen konnte, zumindest ein paar Antworten zu finden. Er hoffte nur, dass Ranald nicht schon da war. Der Mann hatte nie ein Hehl aus seiner tiefen Abneigung gegen Tormand gemacht, obwohl die Hälfte der Männer am Hof Clara ebenso gut gekannt hatten wie er. Nun war er wahrhaftig nicht erpicht, Ranalds Abneigung in dessen eigenem Heim über sich ergehen zu lassen, während Claras verstümmelter Leichnam zur Bestattung vorbereitet wurde.

***

»Na, das war aber lustig«, murrte Tormand eine Stunde später, während er Simon in einen der Gänge folgte, durch die Claras Liebhaber so viele Nächte geschlüpft waren.

Die Begegnung mit Ranald war fast so schlimm gewesen, wie Tormand befürchtet hatte. Jeder hatte sehen können, dass der Mann zornig war. Vielleicht trauerte er auch aufrichtig, doch auf alle Fälle sah er in Tormand die perfekte Zielscheibe für seinen Zorn. Ohne Simon mit seiner verblüffenden Fähigkeit, solche spannungsgeladenen Begegnungen zu entschärfen, hätten sich Tormand und Ranald wahrscheinlich in eben diesem Moment in der Großen Halle des Hauses, in dem Clara gestorben war, duelliert.

»Einen Moment lang fragte ich mich, ob er Clara tatsächlich geliebt hat. Aber nein, ich glaube, er betrauert vor allem den Verlust ihres Einflusses«, meinte Simon. Er ging sehr langsam durch den Gang und hielt eine Laterne hoch, während er den Boden vor sich untersuchte. »Sie war zwar eine Hure, aber sie hatte auch ziemlichen Einfluss. Und nicht zuletzt bekam sie Informationen von den Männern, mit denen sie ins Bett ging. Solche Informationen waren für Ranald sehr nützlich. Außerdem schmerzt es ihn wohl auch, was aus seiner schönen Frau geworden ist. Trotzdem muss ich mich noch eingehender mit der Möglichkeit befassen, dass er sie umgebracht hat.« Plötzlich blieb Simon stehen. »Aha, sieh dir das an«, murmelte er und kniete sich auf den Boden.

Tormand kauerte neben Simon und betrachtete den Fleck, den sein Freund eingehend musterte. »Blut?«

Simon berührte den Fleck, dann schleckte er am Finger, ohne auf Tormands angeekelte Miene zu achten, und nickte. »Definitiv. Wir haben Glück. Auf dem Steinfußboden in diesem Gang konnte das Blut nicht versickern, und es ist kühl genug, dass es nicht gleich eingetrocknet ist.« Simon richtete sich auf. »Ich glaube, wir haben unsere Spur gefunden.«

Während Tormand Simon folgte, wuchs in ihm die Hoffnung, dass es für dieses Geheimnis eine rasche Lösung geben könnte. Die Spur führte sie aus dem Gang in eine Gasse hinter dem Haus und weiter nach Norden. Sie verschwand hinter den Ställen, die zu einem der beliebtesten Gasthäuser des Ortes gehörten. Dort hatte der rege Verkehr von Menschen und Pferden sie verwischt. Fast eine ganze Stunde lang suchte Simon alle Richtungen ab, um wieder auf die Spur zu stoßen. Schließlich holte er seinen Hund. Tormand blieb an seiner Seite, auch wenn seine Hoffnung auf eine rasche Lösung zunehmend schwand.

Doch Simons Hund Knochenbrecher stieß rasch auf die Fährte, und während sie dem Hund hinterherhasteten, stiegen Tormands Hoffnungen erneut. Das Rennen endete an einer verlassenen Kate am Ortsrand. Tormand roch Blut, sobald er und Simon die Hütte betraten. Simons Fertigkeiten waren nicht mehr nötig, um zu wissen, dass sie den Ort gefunden hatten, an dem Clara gefoltert worden war. Der Mörder hatte sich nicht die Mühe gemacht aufzuräumen, nachdem er die Frau abgeschlachtet hatte. Tormand drehte sich der Magen um, doch er zwang sich, bei Simon zu bleiben. Simon untersuchte die blutige Stätte so ruhig und sorgfältig, dass Tormand beschloss, seinem Beispiel zu folgen und nicht so zimperlich zu sein.

Er hatte keine ausgeprägte Gabe, wie sie viele Frauen in seiner Familie besaßen, da sein Teil des Klans nicht mit den Übrigen blutsverwandt war, aber er besaß die Fähigkeit, Gefühle zu erspüren. Manchmal stiegen sie ihm wie ein Geruch in die Nase. Es war nicht leicht in dieser Umgebung, in der die Luft erfüllt war von dem Gestank nach Blut, doch Tormand schloss die Augen und versuchte, die Echos der Gefühle zu erahnen, die diejenigen hinterlassen hatten, die vor ihnen hier gewesen waren. Diesen Trick hatte ihm seine begabteste Cousine beigebracht, und so konnte er seine mageren Talente am besten nutzen. Der scharfe Geruch der Angst war nicht weiter überraschend, doch als er sich durch ihn hindurchgekämpft hatte, erahnte Tormand auch andere. Hass und Wut lagen in der Luft, genau das, was er als Grund für die Verstümmelungen angenommen hatte. Diese Gefühle gingen einher mit etwas anderem, was er nur als Wahn ausmachen konnte.

»Und, spürst du etwas?«, fragte Simon.

Tormand öffnete die Augen. Offenbar hatte Simon längst erraten, dass er über eine derartige Gabe verfügte. »Angst, Wut, Hass. Die letzten zwei sind gepaart mit Kälte. Aber es liegt auch noch etwas anderes in der Luft. Ich glaube, es handelt sich um Wahnsinn.«

»Mit Sicherheit.«

»Hast du etwas gefunden?«, fragte Tormand, während er Simon nach draußen folgte und tief einatmete, um den Gestank des Todes aus seiner Nase zu vertreiben.

»Nichts weiter, als dass dies hier der Ort ist, an dem das Verbrechen verübt wurde. Als Clara aus der Hütte getragen wurde, lag sie bereits im Sterben.« Simon streckte die Hand aus. »Das habe ich noch gefunden.«

Tormand runzelte die Stirn. In Simons Hand lag eine kleine Haarnadel. »Gehörte die Clara?«

»Nein, die ist aus gewöhnlichem Knochen. Clara würde so etwas nie tragen.«

Simon steckte die Nadel in seine Tasche. »Vielleicht hat sie der Frau gehört, die früher hier lebte. Aber ich werde sie trotzdem aufheben.«

»Also hat uns das nicht weitergebracht.«

»Ja und nein. Wir haben den Mörder zwar nicht gefunden, aber das habe ich auch nicht erwartet. Nein, das wird wohl noch dauern.«

»Eine weitere Frau könnte sterben.«

»Das befürchte ich auch, aber dagegen können wir nichts tun.«

»Wir müssen also warten, bis es dazu kommt?«

»Wir könnten nicht jeder Frau im Ort einen Bewacher an die Seite stellen. Nein, wir müssen weiter jagen, mein Freund. Jagen, bis wir diesen Mistkerl zur Strecke gebracht haben.«

Und beten, dass ich nicht davor gehängt werde, fügte Tormand im Stillen hinzu.

3

Morainn bemühte sich, nicht weiter darauf zu achten, als der Ladenbesitzer sich bekreuzigte, sobald sie den düsteren, kleinen Raum betrat, in dem er seine Waren feilbot. Sie war zwar versucht, gleich wieder zu gehen, ohne etwas zu kaufen, doch sie brauchte ein paar Holzfässer für Apfelmost und Met, und er war der einzige Böttcher im Ort. Sie nahm sich vor, ihn einfach zu ignorieren, wie sie all die anderen Einheimischen ignoriert hatte, die ihr aus dem Weg gegangen und sich bekreuzigt, ein Gebet gemurmelt oder eine Geste gemacht hatten, von der sie – töricht wie sie waren – dachten, es könne das Böse verhüten. So etwas tat weh, aber eigentlich sollte sie daran gewöhnt sein.

Außerdem sind das lauter Heuchler, dachte sie, während sich ein Teil ihres Schmerzes in Zorn verwandelte. Sie klopften rasch genug an ihre Tür, wann immer ihnen etwas wehtat, sie krank waren oder die Hebamme nicht mehr helfen konnte. Darüber hinaus suchten sie sie auch auf, wenn sie Antworten brauchten, die ihnen kein anderer geben konnte. Doch sobald es ihnen wieder gut ging, mieden sie ihre Nähe, weil sie sie für böse hielten. Elende Heuchler, dachte sie abermals zornig.

Sie atmete tief und langsam durch, um den Zorn zu besänftigen. Doch das führte nur zu Kopfschmerzen und half nicht gegen die Kränkung. So, wie der dickbäuchige Böttcher bei ihrem Anblick erblasste, war wohl nicht all ihr Zorn verflogen. Wahrscheinlich befürchtete der Narr, dass sie ihn gleich in eine Kröte verwandeln würde. Wenn sie solchen Zauber beherrschen würde, wäre sie nicht so freundlich, dachte sie grimmig.

Während sie ihren Handel mit dem Mann besiegelte, spürte sie plötzlich, wie die Luft kalt wurde, und sie wusste, das war kein Wetterwechsel. Rasch unterdrückte sie den Drang, wie ein Hund zu schnüffeln, dankte dem Mann für seine zögerliche Hilfe und trat ins Freie. Ihre Fässer sollten am nächsten Tag geliefert werden, es bestand also kein Grund, länger in dem Ort zu verweilen, aus dem sie vor Jahren so kaltherzig vertrieben worden war. Was auch immer in der Luft lag, es ging sie nichts an, mahnte sie sich und machte sich auf den langen Heimweg.

Am Ortsrand, wo die Leute lebten, die sich ein bisschen Land zu ihrem Haus leisten konnten, stürzte wenige Meter vor ihr ein Mann aus einem recht stattlichen Anwesen. Morainn sah, dass er am ganzen Leib zitterte und sein Gesicht blass und schweißüberströmt war. Er schrie nach einem Sheriff oder einem Mann des Königs. Sie trat ein wenig näher, weil sie dachte, vielleicht könne sie ihm helfen, besann sich jedoch gleich eines Besseren. Die Leute dankten ihr nur selten für ihre spontanen Bemühungen, freundlich zu sein.

Herbeigerufen von den Schreien des Mannes eilten aus den Häusern in der Nachbarschaft und sogar aus dem Ortskern Leute herbei. Morainn verdrückte sich rasch abseits der zusammenströmenden Menge. Sie trat neben das Haus des Mannes in den Schatten eines großen Baumes, der wahrscheinlich älter war als das Haus.

Sie wusste, dass sie einfach um das Anwesen herumschlüpfen und ihren Heimweg fortsetzen konnte, doch das tat sie nicht, und zwar nicht nur aus Neugier. Ihr Instinkt sagte ihr, dass es klüger war, sich einfach unter die Menge zu mischen. Die Kälte, die sie im Böttcherladen verspürt hatte, war hier viel stärker.

Plötzlich wurde ihr klar, dass hier jemand eines gewaltsamen Todes gestorben war. Eine kleine Stimme in ihrem Kopf mahnte sie zur Vorsicht, denn sobald die Leute nach einem Mörder suchen würden, könnte es wie eine Flucht aussehen, wenn sie sich jetzt nach Hause schlich.

»Meine Gemahlin ist tot!«, schrie der Mann. »Tot! In unserem Bett gemeuchelt!« Er beugte sich vor und übergab sich direkt vor die Füße zweier Männer, die zu ihm geeilt waren.

Sie hatte recht gehabt, was den bitteren Geschmack der Kälte anging, dachte Morainn, obwohl es ihr anders lieber gewesen wäre. Einer der beiden Männer, die zu dem gequälten Mann geeilt waren, rannte ins Haus, kam jedoch gleich darauf wieder heraus und sah aus, als müsse er sich ebenfalls übergeben. Viele aus der Menge wirkten, als würden sie zu gerne in das Haus gehen und herausfinden, was zwei starke Männer so aufgewühlt hatte. Morainn konnte diese Art von Neugier nicht verstehen. Welcher vernünftige Mensch wollte sehen, was sich in diesem Haus befand, wenn sich zwei starke Männer in aller Öffentlichkeit deswegen übergaben?

Plötzlich verstummte die Menge, und die Leute wichen vor zwei Neuankömmlingen zur Seite. Morainn erkannte den großen Mann mit den schwarzen Haaren; es war Sir Simon Innes, ein Mann des Königs, von dem es hieß, er könne jedes Rätsel lösen. Als ihr Blick auf den Mann an seiner Seite fiel, hätte sie beinahe laut aufgestöhnt.

Es war der Mann aus ihren Visionen. Ob er verschiedenfarbige Augen hatte, konnte sie aus der Entfernung nicht erkennen, aber sie hatte nicht den geringsten Zweifel, dass er es war. Alles andere war genauso, wie sie es geträumt hatte, angefangen von den langen, kastanienbraunen Haaren bis zu seinem wohlgestalteten, breitschultrigen Körper. Morainn hielt sich immer noch im Schatten auf, schlich jedoch ein wenig näher in der Hoffnung, den Namen des Mannes aufzuschnappen, der sie in ihren Träumen heimsuchte.

»Sir Simon!« Der verstörte Mann packte Sir Simon am Arm. »Jesus, so einen wie Euch brauche ich wahrhaftig! Isabella ist ermordet worden. Sie … sie …« Der Mann brach in Tränen aus.

»Versucht, Euch zu beruhigen, Sir William«, erwiderte Simon, und in seiner Stimme lag eine Ruhe, die sogar Morainn spürte. »Ich werde den Täter finden, das verspreche ich Euch. Aber erst muss ich sehen, was passiert ist.«

»Der Anblick ist grässlich«, murmelte der Mann, der ins Haus gegangen war, nachdem Sir William ihm berichtet hatte, was vorgefallen war. »Ich bin nicht einmal ins Zimmer. Ein Blick hat mir gereicht.«

»Ich bin auch nicht hinein«, meinte Sir William. »Mehr als einen einzigen Blick konnte ich nicht ertragen. Niemand, der Isabella sieht, wird bezweifeln, dass sie tot ist – dass sie brutal ermordet worden ist. Ich musste wirklich nur bis zur Schwelle gehen.« Plötzlich merkte er, dass noch jemand neben Simon stand. »Was hat dieser Schurke hier zu suchen?«

»Sir Tormand Murray hat mir bereits früher geholfen, solche Rätsel zu lösen. Ich möchte, dass er mir auch jetzt hilft, damit wir sicher sein können, die Schlinge um den Hals des Richtigen zu legen.«

Morainn mutete es seltsam an, wie über Sir Tormands mögliche Hilfe gesprochen wurde.

»Woher wollt Ihr denn wissen, dass er …«

»Hütet Euch, Sir William!«, mahnte Simon mit einer Stimme, die so kalt war, dass selbst Morainn erzitterte. »Werft nicht mit Beschuldigungen um Euch, die Ihr nicht mehr zurücknehmen könnt. Ihr versteht Euch auf Zahlen, aber nicht besonders gut auf den Schwertkampf, stimmt's? Tormand beherrscht diese Kunst meisterhaft – und ich ebenfalls.«

Sir William erbleichte ein wenig, offenbar hatte er die Drohung verstanden. Er presste die Lippen zusammen und atmete erst einmal tief durch, bevor er leise sagte: »Er hat meine Isabella gekannt, bevor ich sie heiratete.«

Sir Simon packte den Mann an der Schulter. »Das ist der entscheidende Satz, mein Freund: Bevor ich sie heiratete.«

Die Männer sprachen so leise, dass Morainn sich noch näher heranschlich, um möglichst jedes Wort mitzubekommen.

»Er kannte auch Lady Clara, nicht wahr? Und sie ist vor drei Tagen ermordet worden.« In Sir Williams Stimme schwang eine deutliche Anklage. Offenbar hatte er das drohende Duell bereits vergessen, war aber immerhin klug genug, seine Worte nur zu flüstern.

»Ich fürchte, mein Freund kennt viel zu viele Frauen«, erwiderte Sir Simon. »Aber das macht ihn nur zu einem brünstigen Narren und nicht zu einem Mörder. Hört auf damit, William! Wenn Ihr weiter so redet, vor allem vor anderen, macht Ihr mir meine Aufgabe sehr schwer. Wenn aufgebrachte Leute nach dem Blut eines Unschuldigen schreien, muss ich meine Zeit darauf verwenden, ihn zu beschützen, und kann nicht mehr den wahren Mörder suchen.«

Sir William nickte, funkelte Sir Tormand jedoch noch immer aufgebracht an. Morainn musterte Sir Tormand Murrays gut aussehendes Profil. Wahrscheinlich fiel es dem Mann nicht schwer, sich wie ein brünstiger Narr aufzuführen. Er mochte zwar keinen Mord begangen haben, aber Morainn vermutete, dass er in manch anderer Hinsicht gesündigt hatte. Seltsam, dass diese Vermutung sie so enttäuschte.

»Und jetzt lasst uns sehen, was wir tun können«, bat Sir Simon. »Je eher wir tun, was getan werden muss, desto eher könnt Ihr Euch um Isabellas sterbliche Überreste kümmern. Ihr wollt sie doch bestimmt noch säubern und für die Bestattung herrichten.«

»Ich weiß nicht recht, ob sie gesäubert werden kann«, entgegnete Sir William mit brüchiger Stimme. »Sie wurde abgeschlachtet, Sir Simon. In Stücke zerhackt. Ist Lady Clara wirklich dasselbe widerfahren?«

Ein Blick in Sir Simons Gesicht sagte Morainn, dass es ihm nicht behagte, wie rasch die Kunde über diese Morde die Runde machte. Dass Frauen von Stand ermordet wurden, erregte natürlich Wut und Angst. Dass sie verstümmelt wurden, machte die Sache noch schlimmer, denn die Ängste wurden dadurch nur noch mehr geschürt. Wenn Sir William das dachte, was andere dachten oder bald denken würden, dann schwebte Sir Tormand Murray in größter Gefahr. Je länger es dauerte, den Mörder zu finden, desto argwöhnischer würden die Leute werden, desto häufiger würden sie sich versammeln und gegenseitig in ihrer Wut und ihren Ängsten bestärken. Morainn wusste nur allzu gut, wie gefährlich so etwas werden konnte.

Als die Männer ins Haus gingen, kämpfte Morainn mit sich, ob sie bleiben oder gehen sollte. Bislang war das Glück auf ihrer Seite gewesen, und niemand in der Menge hatte sie bemerkt. Doch wenn das geschah, konnte sich schnell Ärger zusammenbrauen. Eine Hexe sollte nicht in der Nähe eines Ortes entdeckt werden, wo eine Frau ein grauenvolles Ende gefunden hatte. Dennoch verharrte sie weiter, zum Teil aus einer morbiden Neugier heraus. Sie wollte noch genauer wissen, was die Männer gemeint hatten, als sie sagten, Lady Isabella sei abgeschlachtet worden. Also wartete sie seufzend auf die Rückkehr der beiden Männer, nahm sich jedoch vor, beim ersten Zeichen, dass jemand sie gesehen oder erkannt hatte, davonzuschleichen.

Als Tormand sah, was von der einst so schönen Isabella Redmond übrig geblieben war, hätte er am liebsten sofort kehrtgemacht. Ihr dichtes rabenschwarzes Haar war abgeschnitten worden und lag nun am Boden um ihre Leiche verstreut. Allerdings hegte Tormand die Vermutung, dass es nicht in diesem Zimmer abgeschnitten worden war, und wenn, dann wahrscheinlich erst nach ihrem Tod. Jedenfalls wies einiges darauf hin, dass die Szene sorgfältig arrangiert worden war. Wie bei Clara war auch Isabellas Gesicht zerstört worden. Die großen, grünen Augen, mit denen Isabella die Männer so geschickt in Versuchung hatte führen können, lagen in einer kleinen Schale auf dem Nachttisch. Ihre weichen, üppigen Brüste waren völlig zerfetzt worden. Die Leiche wies zahllose grässliche Wunden auf. Tormand fragte sich, wie viel die arme Frau hatte erdulden müssen, bevor der Tod sie von ihren Schmerzen erlöst hatte.

»Das ist ja noch schlimmer«, murmelte Simon. »Viel schlimmer. Entweder hat der Mörder Isabella noch mehr gehasst als Clara, oder er ist wütend, dass du ihm das letzte Mal entwischt bist und noch nicht am Galgen baumelst.«

»Ich bete nur, dass ihr nicht so viel angetan wurde, weil sie so lange brauchte, um zu sterben«, sagte Tormand. Simon hatte mittlerweile begonnen, den Raum nach Spuren des Mörders abzusuchen.

»Sie war schwanger.«

»Oh, mein Gott! Nein!«

»Ich fürchte doch, und ich kann nur hoffen, dass Sir William nichts davon gewusst hat und die Frauen, die ihre Leiche herrichten, es nicht bemerken und ihm sagen. Ich glaube, wenn er es erführe, würde er vor Leid und Trauer völlig außer sich geraten.«

»Und er wird alles auf mich schieben. Ich frage lieber nicht, woher du weißt, dass sie schwanger war.«

»Ja, das ist auch besser so. Du bist ohnehin schon ganz grün.«

»Glaubst du, der Mörder wusste es, und das hat seinen Wahn noch gesteigert?«

»Möglicherweise.« Simon blickte stirnrunzelnd auf den Boden vor dem Fenster. »Sie haben sie durchs Fenster hereingeschafft.«

Tormand trat zu Simon und sah nach draußen. An der Hauswand war aus Fässern und Brettern eine Art Treppe errichtet worden. Eine Blutspur führte vom Fenster bis zum Boden.

»Also suchen wir jetzt einen starken, wendigen Mann.«

»Stark mit Sicherheit, aber wendig nicht unbedingt. Er brauchte nur ein Quäntchen Glück.«

»Sollen wir wieder den Hund holen?«

»Später«, erwiderte Simon. »Sobald Sir William so beschäftigt ist, dass er nichts davon mitbekommt.«

»Hast du Angst, dass er sich unserer Jagd anschließen will?«

»Er und die meisten der anderen Narren, die sich vor diesem Haus versammelt haben.«

Tormand verzog das Gesicht und nickte. Diese Idioten würden viel zu viel Lärm machen. Wenn der Mörder irgendwo in der Nähe war, würde er gewarnt sein und sich aus dem Staub machen. Es war zwar unwahrscheinlich, dass er sich noch in der Nähe aufhielt, aber falls er doch so töricht war und beobachten wollte, wie die Leute auf sein Verbrechen reagierten, wollte Tormand nicht, dass eine nach Vergeltung schreiende Menge ihn dazu brachte, sich in ein sicheres Versteck zu flüchten.

Als er Simon fragen wollte, ob er sonst noch etwas in dem Zimmer gefunden hätte, hörte er, wie der Lärm vor dem Haus zunahm. »Was glaubst du, braut sich dort draußen zusammen?«

»Ich weiß es nicht«, erwiderte Simon und schickte sich an zu gehen. »Aber ich fürchte, es ist nichts Gutes.«

»Sieh mal einer an! Ist das nicht die Ross-Hexe?«

Morainn wurde von einem lauten Ruf unsanft aus ihren Gedanken über Sir Tormand Murray gerissen. Als sie sich langsam den Leuten zuwandte, überlief es sie eiskalt. Sie sah die alte Ide, die Hebamme, die mit einem schmutzigen, gichtigen Finger auf sie deutete. Morainns Unbehagen schlug in Angst um. Die alte Ide hasste sie genauso inbrünstig, wie sie ihre Mutter gehasst hatte, weil sie in ihr eine Rivalin sah. Wann immer sie eine Möglichkeit witterte, versuchte die Alte, Morainn Ärger einzubrocken. Ausgerechnet hier und jetzt auf ihre Feindin zu treffen, war wahrhaftig ungünstig.

»Was hast du hier zu suchen, Hexe?«

Ein leiser Aufschrei entfuhr Morainn, als Sir William sie am Arm packte. Innerlich schalt sie sich wegen ihrer Torheit. Wäre sie nicht so in Gedanken an Sir Tormand versunken gewesen – und diese Gedanken waren nicht alle züchtig gewesen –, hätte sie die alte Ide in der Menge bemerkt, und das hätte sie sofort vertrieben. Vor zehn Jahren war Ide es gewesen, die die Horde gegen Morainns Mutter aufgehetzt hatte. Jetzt steckte Morainn in der Falle, und sie bezweifelte, dass einer der Anwesenden bereit wäre, ihr zuzuhören und ihren Erklärungen oder seiner eigenen Vernunft zu folgen.

»Ich steckte nur in dem Getümmel fest«, erklärte sie und unterdrückte den Schmerz, als Sir Williams Griff fester wurde.

»Sie ist hier, weil das ein Ort des Todes ist«, meinte die alte

Ide, während sie sich einen Weg durch die Menge bahnte. Sie baute sich vor Morainn auf und funkelte sie böse an. »Solche wie die tauchen immer auf, wenn jemand gestorben ist. Sie können es riechen.«

»Spielt Euch nicht noch törichter auf, als Ihr es ohnehin seid«, fauchte Morainn.

»Töricht, hä? Da kann ich nur lachen! Ich weiß genau, was du hier vorhast, Hexe. Du bist gekommen, um die Seele des armen jungen Mordopfers mitzunehmen.«

Morainn wollte der Alten gerade eine scharfe Erwiderung geben, als ihr auffiel, dass die Herumstehenden zu murmeln begannen. Einige Leute stimmten dem Gefasel der Alten tatsächlich mit einem Nicken zu. Es waren zwar nicht sehr viele, aber genügend, dass an ein Entkommen nicht zu denken war. Wenn Ide nicht endlich den Mund hielt, würden wohl immer mehr Leute den Lügen der Alten Glauben schenken. Morainn wusste noch allzu gut, wie leicht sich eine Menge durch Ides Worte in einen gefährlichen Mob verwandeln ließ. Ihrer Mutter hatte es das Leben gekostet, nicht darauf zu achten, wie bedrohlich Ides Hass war.

»Ich wollte nur nach Hause«, sagte sie, wobei sie sich bemühte, möglichst ruhig und gelassen zu klingen.

»Du hättest hier nicht stehen bleiben müssen. Du hättest an uns vorbeigehen können. Aber nein, du drückst dich genau hier im Schatten herum. Ich sage euch«, kreischte Ide, »sie will die Seele der armen Frau.«

Morainn blickte auf Sir William in der Hoffnung, einen Verbündeten zu finden, doch der sah sie an, als würde er ihr durchaus zutrauen, was ihr die alte Ide unterstellt hatte. »Ich bin weder eine Hexe, noch bin ich hier, um Seelen zu fangen«, sagte sie.

»Warum bist du dann hier?«, fragte er. »Sie haben dich doch aus dem Ort verbannt, oder?«

»Ja, sie haben mich verstoßen, Sir William. Aber keiner von ihnen beschwert sich, wenn ich ihn heile oder meine wenigen Münzen in seinem Laden ausgebe.«

»Das erklärt noch lange nicht, warum du dich hier bei meinem Haus herumdrückst.«

»Und warum fragt Ihr nicht all die anderen, was sie hier zu suchen haben?« Sie funkelte die alte Ide wütend an. »Jawohl! Warum fragt Ihr nicht, warum sie hier wie die Krähen zusammenschwärmen und sich an Eurem Elend weiden?«

Morainn wünschte, diese Worte nie gesagt zu haben. Die Schar fühlte sich nur bestärkt, und Ides Lügen und ihre Ängste schürenden Reden fielen auf fruchtbaren Boden. Von Sir William war auch keine Hilfe zu erwarten. Er sah aus, als rechne er damit, dass sie, Morainn, sich jeden Moment vor seinen Augen in einen Seelen raubenden Dämon verwandeln würde. Während sie vergeblich versuchte, sich aus seinem Griff zu winden, bemühte sie sich, mit ihm und der Menge vernünftig zu reden. Doch es war klar, dass nur wenige der Anwesenden bereit waren, der Stimme der Vernunft zu folgen. Morainn beschlich die Angst, dass ihr diesmal weitaus Schlimmeres drohte als die Verbannung.

»Ruhe!«

Der barsche Befehl, der den Lärm der Menge übertönte, überraschte Morainn so sehr, dass sie den Fuß, mit dem sie eben noch nach Sir William hatte treten wollen, rasch wieder aufsetzte. Sir Simon und Sir Tormand standen auf den Eingangsstufen des Hauses, die Hände am Schwertknauf, und funkelten die inzwischen wieder kleinlauter werdende Menge wütend an. Morainn schickte ein Stoßgebet zum Himmel, dass die beiden sich als die Retter herausstellen würden, die sie momentan dringend brauchte.

Als sich die geforderte Ruhe eingestellt hatte, nickte Sir Simon, dann fragte er mit leiserer, doch immer noch sehr fester Stimme: »Was geht hier vor? Habt ihr vergessen, dass in diesem Haus Trauer herrscht?«

»Die Hexe ist da, Sir«, meinte die alte Ide und deutete auf Morainn.

»Jawohl«, erklärte eine dicke, grauhaarige Frau und baute

sich neben der Alten auf. »Ide sagt, die Hexe ist hier, um die Seele der toten Lady zu stehlen.«

Sir Simons Miene trieb mehreren Anwesenden die Schamröte ins Gesicht, andere senkten verlegen den Blick. Morainn war froh, dass sie von Sir Simons deutlicher Missbilligung verschont blieb. Sir Tormands Gesicht konnte sie nicht so deutlich ausmachen, aber sein fein gemeißeltes Profil wirkte angespannt, wahrscheinlich war sein Gesichtsausdruck genauso verächtlich.

»Auf solch abergläubisches Geschwafel sollte keiner von euch hören«, meinte Sir Simon an die Dicke gewandt, dann blickte er auf Ide. »Und du solltest nicht so dumm daherreden. Außerdem solltest du nicht so viel Unruhe vor diesem Haus stiften. Schweig!«, fuhr er sie an, als Ide zu protestieren ansetzte. »Nur ein Narr würde solchen Unfug von sich geben. Entweder ein Narr oder jemand, der mit diesem Unfug einem anderem schaden will. Hast du etwa Angst, deine Stelle als Hebamme in diesem Ort zu verlieren, Ide Bruce?«

Als diese Frage einige dazu brachte, die alte Ide argwöhnisch und verärgert zu beäugen, verschränkte die Frau zornig die Arme vor der breiten Brust und sagte nichts mehr. Morainn spürte, wie sich Sir Williams Griff um ihren Arm lockerte, als Sir Simon sie anblickte. Sie sah, dass Sir William unter Sir Simons kaltem stahlgrauen Blick errötete.

»Ist das die Frau?«, fragte Sir Simon.

Als Sir William nickte, gebot ihm Sir Simon mit einer Geste, sie zu ihm zu bringen. Morainn geriet ins Stolpern, als der Mann sie zu den Stufen zerrte. Ein weiterer kalter Blick von Sir Simon brachte Sir William dazu, sie hastig freizulassen. Sie rieb sich den Arm, während sie zu Sir Simon aufblickte und dem Drang widerstand, Sir Tormand Murray anzusehen, den Mann, der schon so lange in ihren Träumen herumspukte.

»Und wer seid Ihr, Mistress?«, fragte Sir Simon.

»Das ist die Ross-Hexe«, fauchte Sir William unwillig.

»Das ist also die Frau, die ihr vor zehn Jahren vertrieben habt?« Sir Simon betrachtete sie von oben bis unten, dann starrte er wieder auf die Menge. »Sie muss damals fast noch ein Kind gewesen sein, und trotzdem habt ihr sie verstoßen und sich allein überlassen? Vor diesem Kind hattet ihr solche Angst?« Als die meisten Anwesenden es nicht schafften, ihm in die Augen zu blicken, nickte er nur und sah wieder Morainn an. »Euer Name?«

»Morainn Ross«, antwortete sie.

»Ich glaube der Alten nicht.« Er lächelte nur schwach, als die alte Ide empört ächzte. »Denn es liegt ja wohl auf der Hand, dass sie versucht, eine Rivalin loszuwerden. Aber für diejenigen, die sich von ihren Lügen verführen lassen, solltet Ihr mir sagen, warum Ihr hier seid.«

»Ich bin in den Ort gekommen, um ein paar Fässer für meinen Apfelmost und Met zu kaufen.« Aus den Augenwinkeln nahm Morainn eine Bewegung wahr – der Böttcher versuchte, sich aus dem Staub zu machen. »Dort ist der Böttcher, Sir. Er kann Euch bestätigen, dass ich nicht lüge.«

Der Mann hielt inne und blickte Sir Simon an. »Aye, Sir, sie war vor Kurzem bei mir.« Er kratzte sich am Bauch. »Ehrlich gesagt habe ich mich gewundert, dass sie auf ihrem Heimweg schon so weit gekommen ist. Sie ist wahrscheinlich ziemlich schnell gelaufen.«

»Vielleicht geflohen, was meinst du, Ide?«, rief ein Mann.

Als einige Leute kicherten, entspannte sich Morainn spürbar, und ihre Angst nahm ab. Es wäre zwar ein Wunder, wenn diese Auseinandersetzung die Dorfbewohner dazu bringen würde, die Lügen zu überhören, die die alte Ide über sie verbreitete, aber Morainn glaubte nicht an Wunder. Doch einstweilen fühlte sie sich sicher.

»Ich sage Euch, sie ist eine Hexe«, fauchte Ide, die sich nicht so rasch geschlagen geben wollte.

»Ach ja?«, fragte Sir Tormand mit schneidender Stimme. »Hat sie jemandem in diesem Ort ein Leid zugefügt?«

Die Leute verneinten die Frage leise.

»Hat sie euch angelogen? Betrogen? Bestohlen?«

Auch diese Fragen wurden verneint. »Aha. Doch einige von euch hat sie geheilt, oder etwa nicht?«

Ein paar der Versammelten nickten.

»Aber wenn sie keine Hexe ist, warum wurde sie dann verbannt?«, fragte ein junger Mann.

»Ich vermute, jemand hat seine Mitmenschen mit Lügen und abergläubischen Reden aufgewiegelt. Sobald sich genügend Leute zusammengefunden hatten, konnte es nicht mehr zurückgenommen werden.« Tormand lächelte schief, als alle auf die alte Ide starrten. Offenbar hatte diese Frau ihr tödliches Spiel nicht zum ersten Mal gespielt. Er fragte sich, wer wohl noch darunter gelitten hatte. »Geht nach Hause. Schämt Euch, dass ihr euch vor einem Haus der Trauer so aufgeführt habt und ihr den Lügen einer neidischen alten Ziege Gehör geschenkt habt.«

Morainn starrte Sir Tormand Murray an. Ihr Herz sagte ihr, dass er glaubte, was er sagte, und dass er es nicht nur gesagt hatte, um eine rebellische Meute auseinanderzutreiben. Doch sie befahl sich streng, sich dadurch nicht zu einer törichten Verliebtheit verleiten zu lassen. Der Stand des Mannes war viel zu hoch für eine wie sie; und sein Ruf bot keiner Frau Anlass zur Hoffnung, er könne echte Gefühle für sie empfinden oder ihr treu sein. Das Einzige, was sie tun konnte, war, dafür zu kämpfen, dass er nicht für Verbrechen gehängt wurde, die er nicht begangen hatte.

Tormand sah zu, wie sich die Menge zerstreute, dann wandte er sich wieder Morainn Ross zu. Als sich ihre Blicke trafen, verschlug es ihm den Atem: Große, blaue Augen, blau wie das Meer, starrten ihn verwundert und ein wenig zurückhaltend an. Ihr Haar war so schwarz, wie er es kaum je gesehen hatte, und fiel ihr in langen, dichten Wellen bis zur Hüfte. Unter ihrem dunklen Umhang ließ sich kein Blick auf ihre Figur erhaschen, aber er konnte hohe, üppige Brüste und nette Rundungen um ihre Hüften erahnen. Sie war nicht so klein wie die meisten Frauen seiner Familie, aber sie war auch nicht richtig groß. Wahrscheinlich würde ihr Scheitel gerade unter sein Kinn passen.

Doch am meisten faszinierte ihn ihr Gesicht. Ihre dunklen Brauen wölbten sich in einem perfekten Schwung über ihren wunderschönen Augen, und ihre langen, dichten Wimpern betonten die intensive Farbe der Augen. Ihre golden schimmernde Haut war makellos, was wahrhaftig sehr selten war. Er fragte sich, ob ihre Haut am ganzen Körper so beschaffen war. Doch dann merkte er, wie sehr ihn dieser Gedanke erregte, und unterdrückte ihn rasch. Ihre Nase war zierlich und sehr gerade, ihr herzförmiges Gesicht klar konturiert, von den hohen Wangenknochen bis zu dem überraschend festen Kinn. Ihr Mund war ein bisschen groß, ihre Lippen verführerisch prall, fast schon üppig. Das war nicht die Frau, die er sich vorgestellt hatte, als Walter von der Ross-Hexe gesprochen hatte.

»Geht nach Hause, Mistress Ross«, sagte Sir Simon und warf ihr einen beruhigenden Blick zu. »Vielleicht wäre es ratsam, diesen Ort eine Weile zu meiden.«

»Weil Ide es vielleicht doch noch schafft, sich mit ihren üblen Lügen bei ein paar Narren Gehör zu verschaffen?«, fragte Morainn. Zorn regte sich in ihr über die Ungerechtigkeit und das gleichzeitige Wissen, dass die Antwort auf ihre Frage ein lautes »Aye« sein würde.

»Das fürchte ich. Es ist zwar ungerecht, aber jetzt ist nicht der rechte Moment, dagegen vorzugehen.«

Nachdem Morainn einen Knicks gemacht und sich zum Gehen angeschickt hatte, wandte sich Sir Simon Sir William zu. »Ich bin fertig. Nun könnt Ihr Euch um Eure Gemahlin kümmern. Mein tiefstes Beileid.«

Sir William nickte, dann blickte er hinter Morainn her. »Seid Ihr sicher, dass sie keine Hexe ist? Die Kirche sagt …«

»Die Kirche sagt vieles, was die meisten von uns nicht befolgen. Sie ist keine Hexe, Sir William. Sie ist eine gute Heilerin, nichts weiter.«

»Es heißt, sie hat Visionen.«

Sir Simon nickte. »Das habe ich auch gehört. Aber wenn ihre Visionen den Leuten helfen, kann doch nichts Schlechtes daran sein, oder? Geht jetzt, Sir William. Kümmert Euch um Eure Gemahlin und lasst uns den Mörder finden.«

Während Simon und Tormand den traurigen Ort verließen, meinte Simon leise: »Sie haben ein Kind aus ihrer Mitte verbannt.«

»Aye.« Tormand staunte, wie wütend ihn diese Vorstellung machte. »Ich hatte mit einer Frau in mittleren Jahren gerechnet, wenn nicht sogar mit einem alten Weib. Vielleicht sollte ich doch Walters Vorschlag folgen.«

»Was hat er denn vorgeschlagen?«

»Dass ich ihr etwas bringen soll, was der Mörder oder das Opfer berührt hat, um herauszufinden, ob sie eine Vision hat, die uns mehr über das Wer, Was und Warum erzählen kann.«

»Du willst sie nur noch einmal sehen.«

Tormand lächelte stumm, er konnte es nicht abstreiten. Es wunderte ihn nur, wie stark er sich zu Morrain Ross hingezogen fühlte. Noch nie hatte er bei einer Frau so rasch Feuer gefangen. Es beunruhigte ihn richtig, aber ihm war klar, dass das letztlich keine Rolle spielte. Wahrscheinlich war sie keine Hexe, aber sie hatte auf jeden Fall eine gewisse Macht – und er wusste, dass diese Macht ihn bald zu ihr ziehen würde.

4

Seine Augen loderten so leidenschaftlich, dass sie die Hitze auf ihrer Haut spüren konnte. Die unterschiedlichen Farben seiner Augen wurden leuchtender, das Blau und das Grün funkelnder und klarer, als er sie in seine Arme zog. Morainn gurrte wohlig, als sein sündiger Mund sich auf ihre Lippen legte. Sie schlang die Arme um seinen starken Körper, während er ihren Mund eroberte und seine geschickte Zunge eine Hitze in ihr entfachte, die sie noch nie verspürt hatte.

Gierig und gewillt, mehr von ihm zu bekommen, zerrte sie an seinen Kleidern, während er an ihren zerrte, bis sie beide endlich herrlich nackt waren. Sein Anblick verschlug ihr den Atem. Als sich ihre Körper berührten, stöhnte sie vor Lust. Er war ein solch schöner Mann, sehnig und stark, und seine warme Haut fühlte sich unter ihren gierigen Händen weich und glatt an. Sie spürte den harten Beweis seines Verlangens, der sich gegen sie presste, und sie sehnte sich nach ihm. Ihre Brüste spannten, die Spitzen verlangten nach seiner Berührung.

Er drückte sie auf ein breites, weiches Bett. Das feine Leinen fühlte sich kühl an unter ihrem erhitzten Leib. Als er seinen herrlichen Körper auf sie senkte, nahm sie sein Gewicht freudig an. Ihre Körper passten perfekt zueinander, sie stöhnte laut vor Verlangen. Seine warmen, weichen Lippen wanderten über ihren Hals und hinterließen eine Spur köstlichen Feuers. Sie fuhr mit den Händen über seinen muskulösen Rücken. Als sein heißer Mund zu ihren Brüsten glitt, bäumte sie sich ihm entgegen.

Doch dann war er plötzlich verschwunden, und ihre Arme waren leer. Ihr war, als wäre ihr ein Teil ihrer Seele entrissen worden. Als sie sich langsam aufrichtete, um nach ihm zu suchen, wurde sie wieder auf das Bett gestoßen, doch diesmal sehr unsanft.

Auf einmal merkte sie, dass ihre Hand- und Fußgelenke an die Bettpfosten gefesselt wurden. Angst befiel sie so rasch und heftig, dass sie das Gefühl hatte, daran zu ersticken. Der Geruch eines sehr starken Parfüms stieg ihr in die Nase. Sie würgte und rief nach Tormand um Hilfe vor dieser unsichtbaren Bedrohung.

»Dein Geliebter ist dem Untergang geweiht«, wisperte eine leise, eiskalte Stimme. »Und du auch, du Hexe.«

Morainn sah das blutbefleckte Messer in einer zarten Hand und schrie.

Sie fuhr hoch und sah sich um. Ihre Katzen starrten sie erschrocken an. Der Anblick ihrer Schlafkammer konnte ihr heftig pochendes Herz kaum beruhigen. Diesen Traum hatte sie jetzt zum dritten Mal gehabt. Es war stets der gleiche Traum, auch wenn er jedes Mal ein bisschen deutlicher wurde. Sie wusste nicht, ob sie ihn ein weiteres Mal ertragen könnte, selbst wenn in ihm vielleicht ein paar bitter nötige Antworten zu finden waren auf die Frage, warum die armen Frauen ermordet worden waren und wer dahintersteckte. Sie war sich sicher, dass diese Träume ihr etwas über die Morde sagen wollten, doch sie verstand die Botschaft nicht, egal, wie sehr sie darüber nachgrübelte.

»Aber was hat Sir Tormand Murray mit diesen Morden zu tun?«, fragte sie sich laut.

Ein Blick aus ihrem kleinen Fenster zeigte ihr die aufgehende Sonne, deren Licht sich zu einem neuen Tag verbreitete. Halblaut fluchend sank sie wieder aufs Bett zurück. Ein leises Geräusch an der Tür ließ sie aufhorchen. Ihr Herz machte einen ängstlichen Sprung. Als sie merkte, dass Walin auf der Schwelle stand und sie besorgt musterte, atmete sie tief durch, um sich zu beruhigen. Offenbar hatte sie ihn aufgeweckt. Schon wieder.

»Du hast geschrien«, sagte er.

»Aye, das fürchte ich«, erwiderte sie. »Diese Visionen sind sehr beunruhigend. Ich glaube, sie versuchen, mir etwas Wichtiges zu sagen. Jede neue Vision ist ein klein wenig anders als die letzte. Aber ich habe ihre Botschaften noch nicht recht verstanden.« Bis auf eine, musste sie insgeheim zugeben: Ein Teil von ihr, und zwar ein ziemlich großer, sehnte sich danach, von Sir Tormand Murray geliebt zu werden. »Es tut mir leid, dass ich dich aufgeweckt habe, mein Junge, aber ich fürchte, ich kann dir nicht versprechen, dass es nicht wieder passiert.«

»Zumindest hast du uns diesmal fast zur üblichen Aufstehzeit aufgeweckt.«

»Das stimmt. Mach dich fertig, mein Liebling, und dann frühstücken wir und planen unseren Tag.«

Sobald der Junge weg war, starrte Morainn an die Decke. Diese Träume waren wahrhaftig beunruhigend, und nicht nur, weil sie in einer wachsenden Finsternis endeten. Sie hatte noch nie von einem Mann geträumt. Trotz des düsteren Endes war ihr Körper erfüllt von einem Bedürfnis, das sie noch nie empfunden hatte. Und auch das konnte sie nicht so recht verstehen – sie hatte den Mann doch nur ein einziges Mal persönlich gesehen. Er hatte sie zwar vor einer wütenden Menge verteidigt, aber trotzdem gehörte es sich nicht, davon zu träumen, nackt mit ihm zusammen zu sein – und es zu genießen. Vor allem, wenn sein Freund ihn als brünstigen Narren bezeichnete, dachte sie seufzend. Dann stand sie auf, wusch sich und putzte sich die Zähne.

Zwei Frauen waren brutal ermordet worden. Wenn es stimmte, was Sir William vor vier Tagen gesagt hatte, kannte Tormand Murray die beiden Frauen recht gut. Würden weitere Frauen ermordet, die er ebenfalls auf diese Weise gekannt hatte, dann rückte Sir Tormand dem Galgen immer näher.

Morainn hatte von den wenigen Leuten, die sie besuchten oder mit ihr redeten, einiges über die toten Frauen erfahren. Lady Clara und Lady Isabella hatten beide eine Menge Männer gekannt, obgleich Lady Isabella ihrem Mann nach der Hochzeit wohl die Treue gehalten hatte. Dennoch hatte Sir William Sir Tormand verdächtigt, und Morainn wusste, dass andere es ihm gleichtun würden. Ihre Visionen gaben ihr zu verstehen, dass er unschuldig war, und ihr Instinkt behauptete dasselbe, doch sie wusste, dass Tormand es nicht davor schützen würde, als Mörder gehängt zu werden. Es waren schon viele unschuldige Männer am Galgen gelandet.

Sobald sie sich angezogen hatte, setzte sie sich zu Walin an den Frühstückstisch. Sie musste etwas tun, um Tormands Gang zum Galgen aufzuhalten. Dazu drängten sie ihre Visionen, dessen war sie sich sicher. Sie hoffte nur, dass ihr ein Plan einfallen würde, bevor es zu spät war.

Sie waren gerade beim Unkrautjäten, als Walin sie auf ihren Traum ansprach. »Vielleicht solltest du mit Sir Tormand reden. Er ist der Mann mit den unterschiedlichen Augen, nicht wahr?«

»Aye, er ist es«, erwiderte sie. Sie setzte sich in die Hocke und sah Walin an. »Aber was könnte ich ihm schon sagen? Ich träume von Euch, Sir? Er hat mich zwar wortgewandt vor der Menge verteidigt, aber das heißt nicht, dass er meinen Visionen Bedeutung zumisst. Vielleicht glaubt er ja sogar, ich versuche nur, sein Interesse zu wecken.«

»Weil er ein brünstiger Narr ist?«

Morainn musste ein Stirnrunzeln unterdrücken. Wahrscheinlich war es nicht sehr klug gewesen, so etwas vor Walin zu sagen. »Na ja, das ist das Eine. Aber was könnte er schon tun, selbst wenn er an meine Träume glaubte? Er hilft Sir Simon bei der Jagd nach dem Mörder. Wahrscheinlich gehört er nicht zu den Männern, die in einer solchen Lage fliehen würden. Diese Träume, die mich nachts zum Schreien bringen, versuchen mir zu sagen, wer die Frauen getötet hat, aber sie haben mir noch nichts gesagt, womit ich Sir Tormand helfen könnte.«

»Vielleicht hast du etwas übersehen. Das kann leicht passieren, wenn man Angst hat.«

»Stimmt, mein schlauer Kleiner. Ich werde versuchen, meine Träume noch einmal ganz genau zu ergründen.« Selbst wenn ich mich dabei zu Tode fürchte und gleichzeitig vor Lust erbebe, dachte sie reumütig. »Aye, das muss ich wohl, denn er rückt dem Galgen mit jedem Tag ein Stück näher.«

»Morainn!«, rief eine Frau von der Vorderseite ihres Häuschens.

»Hier hinten im Garten, Nora!« Morainn lächelte, als ihre älteste und treueste Freundin in den Garten kam. »Schön, dich zu sehen. Ich wasche mir nur kurz die Hände, dann setzen wir uns hier in den Schatten und trinken einen Schluck Apfelmost.«

»Ja, das wäre mir recht«, sagte Nora und zauste sanft Walins dichte Locken.

Es dauerte nicht lange, bis sich Morainn zu Nora in den Schatten einer großen Buche an der Ecke ihres Häuschens gesellte. Sie reichte ihrer Freundin einen Becher kühlen Apfelmost und setzte sich neben sie auf die aus alten Rundhölzern gefertigte Bank. Eine Weile beobachtete sie Walin, der mit den Katzen spielte, dann nahm sie einen Schluck Apfelmost und wandte sich Nora zu.

»Ich freue mich wirklich sehr, dich zu sehen, aber eigentlich habe ich erst in der nächsten Woche mit dir gerechnet.«

Nora errötete nur und streckte ihre linke Hand aus.

Morainn starrte mit offenem Mund auf den schmalen Silberring, den ihre Freundin trug. »Hat James dich endlich gefragt, ob du ihn heiraten willst? Seid ihr verlobt?«

Als Nora nickte, lachte Morainn und umarmte sie. »Es wird also eine richtige Hochzeit geben?«

»Natürlich, mit Frauen wie mir schließt man keine Ehe auf Probe. Ich heirate, wie sich das gehört; ich will nicht, dass jemand im Ort meine Ehe in Frage stellt«, erklärte Nora mit funkelnden Augen.

Morainn wusste, wie stur ihre Freundin sein konnte und dass es ihr wirklich ernst war. »Dann hat sich James' Familie also mit dir abgefunden?«

»Jawohl. Es sind gute Leute, ich kann ihnen keinen Vorwurf machen, dass sie meinen Mann dazu bringen wollten, sich eine Gemahlin von höherem Stand zu suchen. Ich bin zwar nicht die Tochter eines Schweinehirten, aber eben auch nicht so hochrangig wie sie. Und außerdem bringe ich weder Land noch sonst eine stattliche Mitgift in die Ehe mit. Aber sie wissen, was Liebe ist. James' Eltern lieben sich, und deshalb konnten sie ihrem Sohn diesen Segen nicht verwehren.« Nora richtete sich auf und sah Morainn in die Augen. »Ich habe ihnen gesagt, dass du meine Trauzeugin sein wirst.«

»Oh nein, Nora«, protestierte Morainn.

»Doch. Und sie haben sich gleich gefügt, du brauchst also nicht zu befürchten, dass du bei ihnen nicht willkommen bist. Sie fragten nur, was dann aus Walin wird. Du weißt ja – fast alle munkeln, dass er dein Kind ist.«

»Ich weiß. Manchmal tut es weh, manchmal handelt es mir Ärger bei den Männern ein. Aber ich würde ihn nie weggeben.«

»Das habe ich ihnen auch gesagt. Außerdem habe ich ihnen noch einmal erklärt, wie es dazu gekommen ist, dass er bei dir lebt. Weißt du, dass du den Jungen behalten hast trotz des Ärgers, den du dir damit eingehandelt hast, und trotz des Schadens, den dein guter Name dadurch nimmt ...«

»Welcher gute Name? Die Ross-Hexe?«

Nora sprach unbeirrt weiter. »Und dass du damals ja noch um dein eigenes Überleben kämpfen musstest – das alles hat sie offenbar rasch für dich eingenommen. Das und die Tatsache, dass du kaum dreizehn warst, als du aus dem Ort verstoßen wurdest und ganz allein zurechtkommen musstest. Das hast du geschafft, und obendrein recht gut! Sie wussten gar nicht, dass du damals noch so klein warst. Also, du begleitest mich, abgemacht?«

Morainn hatte noch jede Menge Bedenken, ob sie wirklich an Noras Hochzeit teilnehmen sollte, doch sie vergrub die Zweifel tief in sich. Nora und ihre Familie hatten nicht die Macht gehabt, Morainns Verbannung zu verhindern, aber ihre Hilfe war einer der Gründe, warum sie überlebt hatte und es ihr mittlerweile sogar recht gut ging. Außerdem wiesen sie stets die hässlichen Gerüchte über Morainn zurück, die immer wieder die Runde machten.

»Gut, ich komme. Wann soll das Fest denn stattfinden?«

»Sonntag in vier Wochen. Und Walin kommt natürlich auch.« Noch bevor Morainn etwas dagegen vorbringen konnte, fuhr Nora fort: »Aber ich habe auch noch einen anderen Grund, dich heute zu besuchen. Es gibt Neuigkeiten.« Sie seufzte und nahm einen großen Schluck Apfelmost. »Es ist wieder eine Frau ermordet worden.«

»Oh nein.« Morainn wusste plötzlich, dass sie deshalb das blutige Messer in ihrem letzten Traum gesehen hatte.

»Doch. Lady Marie Campbell, die mit dem Laird von Banloch verheiratet war. Er weilt momentan im Ort, um die Wollsachen zu verkaufen, die sein Klan herstellt, und um zu sehen, ob er mit den hiesigen Lairds noch ein paar andere Handel abschließen kann. Zumindest war diese Frau nicht schwanger.«

»War denn eine der anderen schwanger?«

»Lady Isabella. Ihr Mann tut mir leid, denn dieses Kind konnte nicht von ihm sein. Er war erst kürzlich von einer Reise nach Frankreich zurückgekehrt, wo er sich ein halbes Jahr aufgehalten hat. Das Kind, das seine Frau im Leibe trug, war noch ganz klein.«

»Aber ich dachte, sie sei ihrem Mann treu gewesen, im Gegensatz zu Lady Clara.«

»Offenbar wohl nicht. Aber das wissen nur wenige, es wird nur hinter vorgehaltener Hand darüber gemunkelt. Ich vermute, die meisten sprechen nur über ihren guten Ruf. Schließlich sagt man Toten nicht gern etwas Schlechtes nach. Na ja, zumindest so lange nicht, bis sie allmählich in Vergessenheit geraten sind. Aber Lady Marie war eine gute Gemahlin, sie liebte ihren Mann, und er liebte sie. Er ist am Boden zerstört. Jetzt trifft er Vorkehrungen, ihre Leiche nach Hause zu überführen. Der arme Mann! Nun ist er Witwer mit zwei kleinen Söhnen.«

»Was geht hier nur vor?«, murrte Morainn. »Gut, gewaltsame Todesfälle gibt es immer wieder, aber doch keine wie diese. Normalerweise geht es weder um Frauen von Stand, noch werden Leute so brutal ermordet. Meist sind es doch nur törichte Männer, die sich wegen irgendeiner eingebildeten Beleidigung gegenseitig umbringen, oder es geht um Diebstahl. Aber selbst bei einem Raubüberfall kommt doch nur selten jemand zu Tode.«

Nora schüttelte so heftig den Kopf, dass ihre rotbraunen Locken einen wilden Tanz aufführten. »Ich weiß auch nicht, was hier passiert. Aye, wenn sich der Hof in der Nähe befindet, kann es schon ein paar Probleme geben, die es hier normalerweise nicht gibt, aber doch nichts Vergleichbares, da hast du ganz recht. Ach, und immer wieder fällt der Name eines bestimmten Mannes, Sir Tormand Murray. Offenbar hat er all diese Frauen vor ihrer Heirat gekannt. Manche Leute finden das höchst verdächtig.«

»Er ist unschuldig. Der Mann ist vielleicht ein brünstiger Narr, aber kein Mörder.«

Nora blinzelte überrascht. »Kennst du ihn denn?«

Morainn verzog das Gesicht und rieb sich gedankenverloren die schmerzenden Schläfen. »Nay. Ich habe ihn nur einmal gesehen – außerhalb meiner Träume.«

»Du träumst von Sir Tormand Murray?«

»Ich vermute, dass es vielen Frauen so geht«, erwiderte Morainn gedehnt, wobei sie sich wunderte, dass sie dabei einen kleinen Stich spürte. »Ich glaube, der Mann steckt bis zu seinen hübschen Augenbrauen in der Sünde des Fleisches. Aber er ist kein Mörder. In den letzten drei Nächten waren meine Träume so schlimm, dass ich schreiend und vor Angst zitternd aufgewacht bin. Zuerst ist Sir Tormand da, und alles ist gut.« Sie spürte, wie sie errötete, und sah, dass Nora grinste, aber sie achtete nicht darauf. »Doch die Träume enden immer damit, dass ich mit Händen und Füßen ans Bett gefesselt bin, Sir Tormand nirgends zu sehen ist und es um mich herum nach Gefahr stinkt.«

Nora tätschelte Morainns Hand, die diese zu einer festen Faust geballt in den Schoß gelegt hatte. »Deine Gabe ist manchmal eher ein Fluch, stimmt's?«

»Aye, und das umso mehr, weil ich niemandem davon erzählen kann. Wer würde schon auf mich hören? Na ja, ein paar Leute tun es, aber diese Männer? Wenn sie mich nicht schon von vornherein für verrückt halten, würden sie zumindest denken, dass ich eine Hexe bin. Für sie würde das alles nur beweisen, dass ich genau das bin, was mir so viele vorwerfen.«

»Nicht so viele, wie du glaubst. Aber rede weiter. Zeigen dir deine Traumbilder denn, wer der wahre Mörder ist?«

»Ich glaube, sie wollen mir den Weg weisen. Bei jedem Traum wird der beängstigende letzte Teil deutlicher. Aber ich verstehe einfach nicht, was ich damit anfangen soll. Ich fürchte, der arme Walin bekommt allmählich Angst vor mir.«

»Das wird nie passieren. Er hat Angst um dich, Angst, dass du verletzt werden könntest. Aber ich hoffe, dass du in den Träumen eine Antwort findest, bevor sie dich noch krank machen.«

Morainn lächelte angespannt. »Sehe ich denn so schlecht aus?«

»Nein, meine Liebe, nur sehr müde. Und ich glaube, neben den dunklen Träumen raubt dir noch etwas anderes den Schlaf – das Wissen, dass du ein paar schwere Entscheidungen zu treffen hast.«

»Etwa, ob ich mit Sir Tormand Murray spreche?«

Nora nickte seufzend. »Du hast doch erzählt, dass er dich gegen eine wütende Horde verteidigt hat. Ist das nicht ein gutes Zeichen?«

»Deswegen muss er noch lange nicht glauben, dass ich Traumbilder habe, die ihm vielleicht helfen könnten, einen brutalen Mörder aufzustöbern. Vielleicht denkt der Mann ja nur, dass ich einen neuen, schlauen Weg erprobe, um in sein Bett zu gelangen.« Sie lächelte, als Nora lachte, wurde jedoch gleich wieder ernst. »Ich habe ihm zu wenig zu erzählen. Bislang kann ich nur sagen, dass ich ein blutbesudeltes Messer gesehen, eine leise, kalte Stimme gehört und einen schweren Duft gerochen habe, so einen, wie ihn die Ladys am Hof auflegen. Das reicht nicht. Ich brauche mehr, um ihm zu helfen, den Mörder zu finden. Sonst ist Sir Tormand nämlich dem Untergang geweiht, so, wie die Stimme in meinem Traum immer flüstert.«

***

»Das Raunen des Verdachts wird immer lauter«, sagte Tormand, während er und Simon hinter dem großen Hund herliefen, der eine weitere blutige Fährte gewittert hatte.

»Ich weiß, aber es ist noch immer nur ein Raunen«, erwiderte Simon.

»Versuche nicht, mich zu beruhigen. Der Strick legt sich immer fester um meinen Hals, das wissen wir beide.«

Als der Hund hinter einer verfallenen Schäferhütte stehen blieb, hielt Simon an und sah auf Tormand. »Aye, das wissen wir beide. Was bringt es also, unser armes Hirn auch noch damit zu belasten? Wir brauchen all unsere geistigen und körperlichen Kräfte, um diesen Verrückten zu fassen. Marie war eine gute Frau.«

»Jawohl, das war sie«, pflichtete Tormand ihm bei. Sein Herz wurde schwer vor Leid.

»Aber trotzdem bist du mit ihr ins Bett gegangen.«

»Vor langer Zeit. Es ging ihr damals ziemlich schlecht. Ihr erster Gemahl war ein halbes Jahr zuvor gestorben, und die Einsamkeit nagte an ihrer Seele. Obendrein versuchten ihre Verwandten, ihr das Geld wegzunehmen, das ihr Mann ihr hinterlassen hatte. Es verging kaum ein Tag, an dem sie sich nicht deswegen mit einem von ihnen gestritten hat.« Er sah Simon in die Augen und sagte mit fester Stimme: »Es war keine Verführung, sondern ein Trost. Und außerdem ist es auch nur ein einziges Mal dazu gekommen. Ihr jetziger Gemahl wusste Bescheid, sie hat es ihm vor der Hochzeit gebeichtet, und er hat es verstanden.«

»Das erklärt, warum er kein Gift gegen dich verspritzt.«

»Aye. Aber einige um ihn herum tun es. Marie und ich blieben Freunde, obwohl wir nie mehr miteinander geschlafen haben. Ich fürchte, diese Freundschaft ließ viele Narren glauben, wir hätten eine Liebschaft. Das ist meine Schuld.«

Simon runzelte die Stirn. »Ich würde dir gern widersprechen, aber in gewisser Hinsicht trifft es wohl zu. Du bist jemand, von dem die meisten glauben, er gehe mit einer Frau ins Bett, selbst wenn er nur mit ihr befreundet ist – und nicht nur deshalb, weil du schon mit so vielen Frauen ins Bett gestiegen bist, sondern weil dir das so leichtfällt. Zweifellos vermuten manche, dass du einen Trick hast oder vielleicht sogar einen Zauber einsetzt, um so viele Frauen in dein Bett zu bringen. Sie wissen nicht, dass du ein ganz normaler Mann bist, der nur mit einem Aussehen gesegnet wurde, das bei den Frauen besonders gut ankommt.«

Tormand bedachte Simon mit einem Blick freundschaftlicher Abneigung. »Danke, Simon. Du hast mich wirklich sehr getröstet.«

»Das tue ich doch gerne.« Simon seufzte. »Na gut, genug getrödelt, sehen wir zu, dass wir die Sache hinter uns bringen.«

Es war so schlimm, wie Tormand befürchtet hatte; in mancherlei Hinsicht sogar noch schlimmer, denn er hatte Marie wirklich sehr gern gehabt und als gute Freundin betrachtet. Und auch Duncan, ihren Mann, der nun so tief trauerte, mochte er sehr. Als er auf die blutbefleckte Strohmatratze und die Reste von Maries Kleidung starrte, stiegen ihm die Tränen in die Augen. Er hoffte nur, dass Marie rasch gestorben war und Gott in seiner Gnade dafür gesorgt hatte, dass ihr großzügiges Herz zu schlagen aufhörte, bevor die Schmerzen zu stark wurden.

»Ich will, dass dieser Mann stirbt«, sagte Tormand leise, doch in seiner Stimme war der brennende Rachedurst nicht zu überhören. »Und bevor er stirbt, soll er all die Schmerzen und die Angst durchleiden, die er so kaltherzig seinen Opfern zugefügt hat.«

»Auch ich bete täglich darum«, sagte Simon mit genauso leiser und scharfer Stimme, während er den Fußboden der winzigen Schäferhütte musterte.

Als Simon etwas vom Boden aufhob, trat Tormand neben ihn. »Was hast du gefunden?«

»Wieder eine aus Knochen gefertigte Haarnadel«, erwiderte Simon.

»In der Behausung eines Schäfers?«

»Jawohl. Seltsam, so etwas hier zu finden, nicht wahr? Doch leider benutzen viele Frauen solche Nadeln.«

»Das heißt also, irgendjemand könnte sie hier verloren haben, vielleicht auch eine Frau, die sich mit ihrem Liebhaber auf ein kurzes Stelldichein verabredet hat.«

Simon nickte und ging aus der Hütte. Es überraschte ihn nicht, dass Tormand ihm auf den Fersen folgte. »Ist es nicht trotzdem seltsam, dass wir an all den Orten, an denen die Frauen ermordet wurden, eine solche Nadel gefunden haben?«

Tormand starrte Simon entsetzt an. »Glaubst du etwa, dass eine Frau ihre Hand im Spiel hat? Na gut, ich weiß, dass Frauen genauso boshaft und tödlich sein können wie Männer, aber solche Morde erfordern viel Kraft – nicht nur, um die Frauen festzuhalten, sondern auch, um sie dorthin zu verschleppen, wo sie gefoltert und getötet wurden, bevor man sie wieder nach Hause schaffte.«

»Ich weiß. Und deshalb sehe ich diese Nadeln eigentlich auch nicht als Hinweis auf unseren Mörder. Es ist wirklich ein Rätsel. Vielleicht hat der Mann, der die Frauen ermordet hat, es getan, weil sie unkeusch waren. Und er hat die Haarnadeln einer Frau hinterlassen, die ihn einmal betrogen hat, als eine Art Symbol oder Kennzeichen.«

»Aber warum wählt er dann Frauen aus, mit denen ich im Bett war?«

»Das ist eine sehr gute Frage.«

Tormand fluchte leise, als sie den langen Rückweg antraten. Jeder neue Tatort lag weiter vom Ort entfernt als der letzte. Er hoffte zwar inständig, dass es keinen weiteren Mord geben würde, aber falls doch, wollte er das nächste Mal auf alle Fälle sein Pferd mitnehmen.

Es lief ihm eiskalt über den Rücken. Er glaubte nicht, dass er es ertragen könnte, sich über die Leiche einer weiteren Frau zu beugen. Schuldgefühle raubten ihm den Schlaf. Obwohl es bislang keine hieb- und stichfesten Beweise gab, dass er etwas mit diesen Morden zu tun hatte, ließ sich die Tatsache nicht leugnen, dass alle toten Frauen einst sein Bett geteilt hatten. Immer mehr Leuten fiel das auf, und das argwöhnische Raunen wurde jeden Tag lauter. Er spürte fast, wie sich die Schlinge um seinen Hals zuzog.

Zu Hause angekommen, war Tormand zutiefst erschöpft, nicht nur körperlich, sondern auch seelisch. Ein Blick auf seinen Freund zeigte ihm, dass es Simon nicht viel besser ging. Tormand wollte jetzt nur noch ein heißes Bad und saubere Kleider, an denen nicht der Gestank des Todes haftete. Und dann noch eine gute Mahlzeit und ein weiches Bett. Zweifellos würde Simon der Sinn nach denselben Dingen stehen.

Als Tormand die Tür öffnete, schlugen ihm Stimmen entgegen. Finster zog er die Tür hinter sich zu und blickte in die Große Halle. Er kannte diese Stimmen: Seine Verwandten waren da.

»Aha, da seid Ihr ja«, sagte Walter, der gerade aus dem Küchentrakt in die Große Halle trat, in jeder Hand einen Krug. »Eure Brüder und Cousins sind da. Sie sind nicht besonders glücklich über Euch.«

Bevor Tormand erwidern konnte, wie wenig ihm das ausmachte, verschwand Walter in der Großen Halle. Bestimmt würde der Knappe seinen Verwandten mitteilen, dass der Hausherr heimgekehrt war. Tormand blickte zu Simon, und beide eilten wortlos ins Obergeschoss. Tormand hatte nicht die Absicht, sich von seiner Familie verhören zu lassen, bevor er nicht gebadet und frische Kleider angelegt hatte. Und sei es nur deshalb, weil er seine Verwandten wohl kaum hätte überzeugen können, dass alles in Ordnung sei, wenn an ihm noch immer der Geruch von Blut und Tod hing.

Es dauerte über eine Stunde, bis Tormand sich bereit fühlte, seiner Familie gegenüberzutreten. Zunächst war er so lange im Badezuber gesessen, bis das Wasser zu kalt geworden war, und hatte nachgedacht, was er sagen konnte und was nicht. Instinktiv wusste er, dass es töricht war, vor seiner Familie nicht mit der ganzen Wahrheit herauszurücken, aber er hatte sich vorgenommen, es so knapp wie möglich zu halten. Er wollte seiner Mutter neue Sorgen und Leid ersparen. Wenn er lügen musste, um sie zu beruhigen, würde er es tun. Wenn seine Verwandten die Wahrheit aus ihm und Simon herauspressten, dann würde er sie mit Drohungen dazu bringen, der Mutter möglichst wenig zu sagen.

»Fertig?«, fragte Simon.

Tormand war überrascht, seinen Freund auf der Schwelle seines Schlafgemachs stehen zu sehen, denn er hatte ihn nicht kommen hören. »Aye, ich glaube schon. Ein lästiger Haufen«, murrte er . »Ich habe sie nicht eingeladen, vor allem, weil ich weiß, dass sie mich mit Fragen löchern werden.« Kaum hatte er sich gewaschen, hatte sein Bruder schon an die Tür geklopft und ihn aufgefordert, nach unten zu kommen. »Sie sind nur hier, um ihre langen Nasen in meine Angelegenheiten zu stecken«, fauchte Tormand.

Simon lächelte matt. »Manche Leute wären froh über eine solche Fürsorge, ja, sie wären sogar schon froh über eine Familie.«

Tormand bedachte Simon mit einem missgünstigen Blick. Er wusste zwar, dass sein Freund recht hatte, aber er hatte keine Lust, ihm das zu sagen. Außerdem wusste er, dass Simon fast keine Verwandten mehr hatte, und die wenigen, die er noch hatte, kümmerten sich nicht um ihn. Tormand war klar, dass er großes Glück hatte mit seiner Familie. Doch manchmal hätte er bereitwillig einen Teil seines Glücks einem anderen in den Schoß geworfen.

»Ich würde zu gern wissen, wie sie von meinen Schwierigkeiten erfahren haben«, meinte er, während er neben Simon zur Großen Halle ging.

»Bist du denn sicher, dass sie wegen der Morde hier sind?«
»Ganz sicher. Da wir uns vor nicht allzu langer Zeit trafen, hatten sie jetzt bestimmt kein brennendes Verlangen, mich so bald wiederzusehen.«

Sobald Tormand die Große Halle betrat, fielen die Blicke seiner vier Verwandten auf ihn. Seine Cousins Rory und Harcourt wirkten leicht belustigt, seine Brüder Bennett und Uilliam eher zurückhaltend. Sie wussten, dass ihr Bruder seine Familie nicht in seine Schwierigkeiten verwickeln wollte. Tormands Blick fiel auf Walter, und seine Augen wurden schmal. Sein Knappe kämpfte auffallend um eine Unschuldsmiene.

»Ich glaube, ich weiß, wer meinen Verwandten Bescheid gesagt hat«, erklärte Tormand Simon leise.

»Na ja, aber bring ihn bitte nicht gleich um«, erwiderte Simon ein wenig belustigt. »Ich habe mich auf eine gute Mahlzeit gefreut.«

»Na gut, dann eben später.«

Tormand straffte die Schultern und schritt an seinen Platz, wobei er sich Mühe gab, möglichst unbefangen zu wirken.

5

Noch während sie sich die leeren Bäuche füllten, berichteten Tormand und Simon alles, was in letzter Zeit vorgefallen war.

»Du musst weg von hier«, sagte Bennett sofort, als sie mit ihrem Bericht fertig waren. »Wenn du nicht hier bist, kann dir niemand die Morde anlasten. Du musst nur warten, bis der Mörder gefasst ist oder bis ein weiterer Mord geschieht. Für etwas, was passiert, wenn du meilenweit weg bist, kann man dir keine Schuld geben.«

Das stimmte zwar, aber Tormand konnte seinem jüngeren Bruder trotzdem nicht rückhaltlos beipflichten. Er war hin- und hergerissen. Wenn die Frauen seinetwegen ermordet wurden, konnte es vielleicht sogar ein Leben retten, wenn er nicht da war. Doch genauso gut konnte der Mörder ihm folgen, wohin er sich auch wandte, und anfangen, die Frauen dort umzubringen, wo er sich niederließ.

Es war ihm einigermaßen peinlich, sich eingestehen zu müssen, dass es für ihn nicht sehr viele Zufluchtsorte gab, wo nicht auch Frauen wohnten, mit denen er nicht ins Bett gegangen war oder von denen vermutet wurde, dass er es getan hatte. Selbst die Frauen im Haus seiner Familie konnten gefährdet sein, auch wenn er eine Frau, die für ihn oder für seine Verwandten arbeitete, nie zur Geliebten genommen hatte. In seiner Familie herrschte nämlich die ungeschriebene Regel, dass die Männer die Frauen des Gesindes in Ruhe zu lassen hatten. Daran hielt sich so gut wie jeder seiner Verwandten. Doch das hieß nicht, dass der Mörder seiner ehemaligen Geliebten von dieser Regel wusste oder davon ausging, dass Tormand sie befolgte. Nur wenige Leute gingen davon aus.

Außerdem hätte eine Flucht den faden Beigeschmack von

Feigheit gehabt. Er wusste zwar, dass der Stolz schon so manchen Mann zu Fall gebracht hatte, aber er konnte nicht darüber hinwegsehen, dass ihn sein Stolz allein bei dem Gedanken davonzurennen immer fester packte. Darüber hinaus hätte es den wachsenden Verdacht gegen ihn nur verstärkt, wenn er jetzt weglief, vor allem, wenn es hier zu keinem weiteren Mord kam, weil der Mörder ihm gefolgt war.

»Ich glaube nicht, dass das ein guter Einfall ist«, meinte Simon, wodurch er Tormand die Aufgabe abnahm, zu erklären, warum er einen auf den ersten Blick ganz vernünftig klingenden Plan verwerfen wollte. »Zumindest nicht jetzt; denn es sähe zu sehr danach aus, als würde er vor der Gerechtigkeit fliehen. Es kann allerdings durchaus der Zeitpunkt kommen, wenn es für Tormand klüger wäre, sich zu verstecken. Ich habe sogar schon einen Ort für ihn ausgesucht.«

Tormand sah seinen Freund überrascht an. »Ach ja?«

»Jawohl. Ich hielt es für weise Voraussicht. Bei jeder weiteren Frau, die hier ermordet wird, verdichtet sich der Verdacht gegen dich ein wenig mehr.«

»Ich kann nicht glauben, dass man mir wirklich zutraut, einer Frau so etwas anzutun.«

»Die meisten trauen es dir auch nicht zu. Deshalb mussten wir ja auch noch nicht vor einem wütenden Mob fliehen. Aber dass du mit jedem der Mordopfer eine Liebelei hattest, zehrt diesen Glauben langsam auf. Beim ersten Mord glaubte man noch bereitwillig an einen Zufall, aber jetzt hat es einen zweiten und einen dritten gegeben, und alle diese Frauen waren deine Geliebten. Da wir dem Mörder noch nicht näher gerückt sind, ist zu befürchten, dass es bald noch einen vierten Mord geben wird. Und eines, denke ich, wissen wir beide: Es ist äußerst wahrscheinlich, dass das nächste Opfer ebenfalls eine deiner ehemaligen Geliebten ist.«

»Aber wenn er gar nicht hier ist, wenn das passiert …«, warf Uilliam, besorgt um die Sicherheit seines Bruders, ein und wiederholte Bennetts altes Argument.

»Wie ich schon sagte: Es könnte so aussehen, als ob er geflohen ist, weil er schuldig ist«, fiel ihm Simon ins Wort.

Tormand seufzte. »Daran habe ich auch schon gedacht.«

»Besser, eine Zeit lang für schuldig gehalten zu werden, als am Galgen zu landen«, fauchte Bennett, dann nahm er einen großen Schluck Ale, als wolle er damit sein von Zorn erhitztes Blut kühlen.

»Ich werde nicht zulassen, dass er gehängt wird«, erwiderte Simon mit seiner gelassenen Stimme, mit der er alle stets beruhigen konnte. »Ich habe sein Entkommen sorgfältig geplant. Und da ich nicht von seiner Seite weichen werde, kann ich ihn jederzeit losschicken.«

»Ach, und ich dachte, du bleibst immer in meiner Nähe, weil du mich so gern hast«, murmelte Tormand.

Simon ging nicht auf den Scherz ein, sondern fuhr fort: »Außerdem könnte der Mörder Tormand folgen, und wenn er sich woanders niederlässt, dann würden eben dort Frauen sterben.«

»Bist du denn fest davon überzeugt, dass die Morde etwas mit ihm zu tun haben?«, fragte Harcourt, in dessen bernsteingelben Augen der harte Blick eines Kriegers lag, der bereit ist, sich in die Schlacht zu stürzen.

»Wir haben keine Beweise«, erwiderte Simon. »Aber ich bin mir ziemlich sicher. Es gibt hier ein paar Frauen, mit denen er nicht ins Bett gegangen ist.« Als Tormand bei dieser Bemerkung grunzte, musste Simon ein wenig lächeln. »Aber von ihnen ist keine umgebracht worden«, fuhr er fort. »Deshalb verblasst die Annahme, dass es sich um Zufall handelt, mit jedem Tag und mit jedem Tod. Zwei der Ehemänner der Opfer haben Tormand zwar nicht öffentlich beschuldigt, aber sie tragen auch nichts dazu bei, den wachsenden Verdacht einzudämmen. Der Einzige, der für ihn eintreten könnte, ist mit den sterblichen Überresten seiner armen Frau zu seinen Ländereien aufgebrochen, und dort wird er zweifellos eine Weile bleiben, und sei es nur, um seine kleinen Söhne zu trösten.«

»Je mehr du redest, desto weniger glaube ich, dass wir etwas tun können, um das Morden zu beenden«, meinte Harcourt.

»Wir können nur die Jagd fortsetzen. Es ist zum Verrücktwerden, dass uns all unsere Mühe bislang so wenig eingebracht hat. Aber eines habe ich gelernt in den Jahren, in denen ich solche Rätsel gelöst habe: Irgendwann begeht der Mörder einen Fehler. Wir werden etwas finden, was uns näher an ihn heranführt, vielleicht sogar zu seiner Tür. Jemand wird etwas sehen oder hören, das hilft, diese Bestie aufzustöbern. Oder aber der Mörder wird so hochmütig, dass er nachlässig wird.«

»Oder wir bringen der Ross-Hexe ein Ding, das Ihr in der Nähe der Opfer gefunden habt, und bitten sie, uns zu sagen, was für Bilder sie dann sieht«, schlug Walter vor. Er zuckte die Schultern, als alle ihn anstarrten.

Simon kramte die Haarnadeln hervor, die er gefunden hatte, und betrachtete sie. »Das ist eine Möglichkeit, Walter. Und ich glaube, Tormand hat auch schon daran gedacht – vor allem, nachdem er die Hexe gesehen hat.«

Walter schnitt eine Grimasse, was sein Gesicht noch einfältiger wirken ließ. »Vielleicht ist diese Idee doch nicht so gut.«

»Du weißt, wie sie aussieht?«, fragte Tormand seinen Knappen überrascht.

»Aber zuerst«, meinte Simon, an Tormand gerichtet, und würgte damit einen möglichen Streit rasch ab, »brauchen wir eine Liste von all den Frauen in diesem Ort und aus der Nähe, mit denen du ins Bett gegangen bist. Vielleicht solltest du auch die Frauen anführen, die mit dem Hof unterwegs sind.«

»Vielleicht missfällt es den fraglichen Frauen, wenn ich etwas preisgebe, was sie geheim gehalten haben«, wandte Tormand ein.

»Ich fürchte, dein Treiben ist kaum jemandem entgangen. Wahrscheinlich könnte selbst ich eine ziemlich genaue Liste zusammenstellen allein aufgrund des Klatsches, der mir zu Ohren kam. Aber vielleicht sind einige Frauen doch etwas diskreter gewesen. Weißt du, dass eine Liebelei mit dir unter den Frauen fast als eine Art Auszeichnung gilt?«

Tormand spürte, wie ihm die Röte in die Wangen stieg. Er funkelte seine Verwandten böse an, als die zu kichern begannen, dann wandte er sich einigermaßen erbost seinem Freund zu. »Also gut, ich mache diese Liste, aber nicht heute Nacht.«

»Nein, heute Nacht müssen sich Körper und Geist erholen.«

Obwohl er die Erholung bitter nötig hatte, wurde es doch ziemlich spät, bis Tormand endlich ins Bett kroch. Es war zwar selbstsüchtig, aber seine Schlafkammer hatte er für sich allein beansprucht und den anderen gesagt, sie sollten zusehen, wo sie einen Schlafplatz fänden. Da Simon oder Walter mehr oder weniger ständig in seiner Nähe waren, genoss Tormand es sehr, wenn er einmal alleine war. Nur dann konnte er seine Gedanken sammeln und mit den Enttäuschungen fertig werden, die die tagtägliche Jagd nach einem Mörder, der so wenig zu fassen war wie Rauch, mit sich brachte.

Allerdings war Tormand klar, dass er wohl bald verschwinden und sich verstecken musste. Denn nicht einmal Simon, der sich wirklich darauf verstand, solche Rätsel zu lösen und die Schuldigen zu stellen, gelang es, etwas zu finden, um sie zu dem Mörder zu führen. Es würde bestimmt noch einen Mord geben, dessen war sich Tormand sicher, und wahrscheinlich würde das Morden so lange weitergehen, bis er am Galgen baumelte und für Verbrechen starb, die er nicht begangen hatte.

Schließlich legte er den Arm über die Augen und bemühte sich, nicht mehr an die Morde zu denken. Es nützte nichts, darüber Schlaf zu verlieren. Seine Lippen verzogen sich zu einem schwachen Lächeln, als plötzlich das Bild von Morainn Ross in ihm aufstieg und er sofort steif wurde. Es war lange her, dass allein der Gedanke an eine Frau ihn so erregt hatte. Doch Morainn Ross schaffte es. Tormand wusste, dass es klüger wäre, auch sie aus seinem Kopf zu verbannen, aber er tat es nicht. Träume von der wohlgeformten Morainn waren ihm weitaus lieber als solche von Blut, Leid und Tod.

Schon beim Einschlafen wurde sein Traum von Morainn

recht hitzig. Tormand zog sie langsam aus und küsste jede frisch entblößte Stelle ihrer weichen, goldenen Haut. Er genoss Morainns wohligen Seufzer und das Gefühl ihrer Finger in seinen Haaren. Ein kleiner Aufschrei der Lust entfuhr ihren sinnlichen Lippen, als er ihre Brüste liebkoste, erst mit den Händen, dann mit dem Mund. Die Hitze ihres Verlangens ließ ihre Augen dunkler werden, so dunkel wie ein sturmgepeitschtes Meer. Er verlor sich in den geheimnisvollen Tiefen dieser Augen, er ließ sich fesseln von ihrer Schönheit und war bereit, dort zu verweilen. Doch als er sich anschickte, ihre Körper zu verschmelzen und ihre weibliche Hitze voll auszukosten, begann sich alles zu verändern.

Finsternis waberte um ihre verschlungenen Leiber. Die warme, willige Frau in seinen Armen wurde zu einer blutigen Leiche. Die wundervollen, von Leidenschaft verdunkelten Augen waren verschwunden. Er starrte in leere Höhlen, und eine leise, kalte Stimme fragte ihn lachend, wie ihm denn seine neue Geliebte gefalle.

Tormand fuhr so rasch hoch, dass er fast aus dem Bett gefallen wäre. Er war schweißgebadet und keuchte. Zumindest kam niemand in seine Schlafkammer gestürmt, er hatte also das, was sich in einen grauenhaften Albtraum verwandelt hatte, überstanden, ohne zu schreien. Er wankte zu dem Tischchen neben dem Kamin und schenkte sich einen Becher Wein ein. Doch erst nach eineinhalb Bechern spürte er, wie sich sein rasendes Herz allmählich beruhigte und seine Hände zu zittern aufhörten.

Er nahm sich noch die Zeit, den Schweiß abzuwaschen, bevor er wieder ins Bett stieg. Wenn dieser Horror ihn von nun an immer heimsuchte, sobald er die Augen schloss, würde er nie mehr schlafen. Der erste Teil des Traums war leicht zu verstehen. Er fand Morainn Ross sehr verlockend. Doch das Ende des Traums beunruhigte ihn zutiefst. Kam es von seinen Schuldgefühlen oder von den schrecklichen Dingen, die er gesehen hatte? Oder schlimmer noch – war es ein Hinweis auf die

Zukunft, eine Warnung, dass Morainn Ross das gleiche Ende finden würde wie die anderen, wenn er seinem Verlangen nachgab? Er hoffte inständig, dass dem nicht so war, denn Morainn führte ihn wirklich sehr in Versuchung, und er war wahrhaftig nicht dafür bekannt, solchen Versuchungen zähen Widerstand zu leisten.

Langsam entspannte er sich wieder und überließ sich dem Schlaf. Als ihm die Augen zufielen, fragte er sich noch, ob denn die Ross-Hexe tatsächlich Visionen hatte. Konnte es wirklich sein, dass sie, wenn sie etwas berührte, sah, welche Geheimnisse es barg? Wenn das zutraf, dann war Morainn Ross vielleicht wirklich die Person, die er und Simon brauchten, um den Mörder zu finden. In dem Fall müssten sie allerdings dafür sorgen, dass Morainn immer in ihrer Nähe weilte, um sie zu beschützen, während sie ihnen half. Wenn sie auf diese Weise geschützt war, beschloss Tormand, würde sie auch sicher genug sein, damit er der Versuchung vielleicht doch nicht widerstehen musste.

Diesmal schaffte es Morainn, den Schrei zu unterdrücken, als sie entsetzt aus dem Schlaf auffuhr. Einen Moment lang war ihr ganz schwindelig. Sie griff nach dem Becher mit Apfelmost, den sie neben das Bett gestellt hatte, und nahm einen tiefen Zug, um das brennende Grauen wegzuspülen, das sich in ihrer Kehle festgesetzt hatte. Es dauerte eine ganze Weile, bis sich ihr wild klopfendes Herz wieder einigermaßen beruhigt hatte.

Wenn diese Träume nicht bald aufhörten, würde sie so erschöpft sein, dass sie nicht einmal mehr die leichtesten Aufgaben erledigen konnte. Sie fürchtete, dass sie bald anfangen würde, gegen den Schlaf zu kämpfen. So etwas konnte letztlich sogar das Leben kosten.

Langsam stellte sie den Becher ab und kroch wieder unter die Decke. Sie versuchte, Mut zu sammeln, um wieder einzuschlafen und die Ruhe zu finden, die sie dringend brauchte. Fast hatte sie Angst, die Augen zu schließen. Das grauenhafte

Bild von ihrem verstümmelten, augenlosen Leichnam wollte ihr einfach nicht aus dem Kopf gehen.

Dennoch hatte sich dieses Grauen erst eingestellt nach einem wundervollen Traum von einem hitzigen Liebestaumel mit Tormand. Sie konnte fast noch die Berührung seines Mundes auf ihren Brüsten spüren. Die Wärme, die ihren Körper bei dieser Erinnerung durchflutete, sagte ihr, dass sie sich nur allzu gut daran erinnerte. Für eine Jungfrau hatte sie sehr lebhafte und sündige Träume von Sir Tormand Murray. Es war ein wahrer Segen, dass sie diesen Mann wohl kaum sehr oft zu Gesicht bekommen würde, denn der Versuchung, die von ihm ausging, würde sie nur mit größter Mühe widerstehen können.

Aber es könnte sie teuer zu stehen kommen, wenn sie dieser Schwäche nachgab, dachte sie und erbebte. Sie konnte sich natürlich täuschen, aber sie hegte den Verdacht, dass das blutige Ende ihres Traums ihr genau das zu verstehen geben wollte. Wenn sie Tormand Murray in ihr Bett ließ, würde sie das gleiche Schicksal erleiden wie die anderen Mordopfer. Doch andererseits, dachte sie reumütig, war ihr das vielleicht erst nach ihrem Gespräch mit Nora in den Sinn gekommen.

Sie spürte, wie sich ihre Katzen neben sie kuschelten, und genoss ihre Wärme. War es nun eine Vision davon gewesen, was ihr widerfahren würde, oder war es nur eine schreckliche Warnung, dass sie aufpassen sollte? Sie wusste es einfach nicht. Aber warum brauchte sie überhaupt eine derartige Warnung? Warum sollte ein Mann wie Tormand Murray zu ihr kommen?

Weil sie sich nach ihm sehnte, dachte sie seufzend. Sie konnte die Wahrheit zwar leugnen, solange sie wollte, aber in ihren Träumen trat es klar ans Licht. Wie töricht sie doch war. Tormand Murray war ein Mann, der tief in den Sünden des Fleisches verhaftet war, und selbst wenn nur ein paar der Gerüchte über ihn der Wahrheit entsprachen, strengte er sich nicht besonders an, einer Versuchung zu widerstehen. Nachdem sie trotz ihrer tiefen Einsamkeit jahrelang um ihre Keuschheit gekämpft und sich all den Männern widersetzt hatte, die versucht hatten, sie ihr zu rauben, müsste sie wahrhaftig närrisch sein, sie einem Mann wie Sir Tormand zu schenken.

Schließlich schloss sie die Augen und streichelte Grigor, ihren großen, gelben Kater, der seinen Kopf auf ihren Bauch gelegt hatte. Sein tiefes, gleichmäßiges Schnurren vertrieb allmählich die Schrecken ihres Albtraums. Sie entspannte sich, ihr Atem ging ruhiger und sie überließ sich wieder dem Schlaf. Am nächsten Morgen würde sie beschließen, ob sie genug wusste, um zu Sir Simon Innes und Sir Tormand Murray zu gehen und ihnen von ihren Traumbildern zu erzählen. Für diese Entscheidung musste sie ausgeruht sein; denn sie wusste, die eigentliche Gefahr lag nicht darin, dass Tormand ihr vielleicht keinen Glauben schenkte. Nein, viel gefährlicher war es, wenn er ihr glaubte, und sie dann viel zu viel Zeit in der Gesellschaft eines Mannes verbringen würde, der sie wiederholt und mit großer Begeisterung zur Sünde verleiten würde.

Ein heftiges Fauchen lenkte Morainn abrupt von der Fütterung ihrer Hühner ab. Ihr graugetigerter Kater William machte einen Buckel auf der niedrigen Mauer, die den Hühnerstall umgab. Sein Fell war gesträubt und die von vielen Kämpfen zerfetzten Ohren waren flach angelegt. Sie sah in die Richtung, in die er starrte, erkannte jedoch nicht, was ihn beunruhigte. Allerdings war das kein Grund, sich zu entspannen. William war zwar nur ein Kater, aber er täuschte sich nie, wenn er etwas Bedrohliches spürte und sie warnen wollte.

Sie hatte die Hühner gerade in den Stall gesperrt, als sie hörte, wie sich Reiter näherten. Ihr Herz machte einen angstvollen Sprung. »Walin!«, rief sie dem Jungen zu, der hinter dem Häuschen Ball spielte. »Geh rasch hinein.«

Walin nahm seinen Ball und fragte: »Soll ich mich verstecken?«

»Aye, mein Junge. Zumindest so lange, bis ich weiß, was die nahenden Reiter von mir wollen.«

»Vielleicht solltest du dich auch verstecken.«

»Sie haben mich schon gesehen. Geh!« Sobald der Junge verschwunden war, ging Morainn zum Eingang, um die ungeladenen Gäste zu begrüßen. Sie musste ein wenig lächeln, als sich ihre Katzen um sie scharten und die großen Kater sich direkt vor ihr aufbauten. Ihre Tiere konnten ihr zwar nicht viel helfen, und der Anblick der Katzen verleitete bestimmt manchen dazu, in ihnen ihre Vertrauten zu sehen, aber sie schickte sie trotzdem nicht weg. Schließlich hatten ausgefahrene Katzenkrallen sie schon oft genug aus den Armen eines Mannes befreit, der dachte, sie würde sich für ein paar Münzen über seine Aufmerksamkeit freuen. Vor allem William hasste Männer, und das hatte sich von Zeit zu Zeit als sehr nützlich erwiesen.

Als die Männer so nahe waren, dass sie sie erkennen konnte, verschlug es Morainn einen Moment lang den Atem. Sir Tormand war zu ihr gekommen! Was hatte ihn dazu bewogen? Hatte ihm jemand gesagt, dass sie Traumbilder hatte? Wollte er sich von ihr helfen lassen? Wenn ja, dann würde sie ihm auf alle Fälle von ihren Visionen erzählen. Neben ihm ritt Sir Simon, das konnte sie verstehen, was aber wollten die anderen vier Männer von ihr? Bei einer solchen Zurschaustellung von Macht wurde ihr ziemlich mulmig.

»Mistress Ross«, sagte Sir Simon, während er sein Pferd vor ihr zum Stehen brachte. »Wir sind nicht hier, um Euch Unannehmlichkeiten zu bereiten.«

»Ach nein?« Sie glaubte ihm, doch trotzdem fragte sie: »Aber warum habt Ihr dann all diese Männer mitgebracht?«

Sir Tormand warf einen flüchtigen Blick auf die anderen. »Sie behaupten, wir bräuchten Schutz.« Er sah wieder sie an. »Aber in Wahrheit sind sie nur neugierig.«

»Auf eine Hexe?«, fragte sie und musterte die vier Männer, die alle recht stattlich waren. »Wollt Ihr sie mir nicht vorstellen?«

Tormand seufzte so schwer, dass sie fast gelächelt hätte. Doch sie blieb kühl und höflich, während er ihr seine Brüder Bennett und Uilliam sowie seine Cousins Harcourt und Rory vorstellte. Alle waren eine wahre Augenweide, aber Morainn konnte sich trotzdem nicht allzu sehr darüber freuen. Womöglich würde dieser Besuch zu einer Menge unangenehmen Klatsches führen. Doch schließlich unterdrückte sie ihre Sorge und lud die Männer in ihr Häuschen ein. Allerdings fragte sie sich, ob so viele große, starke Männer überhaupt hineinpassten.

Als sie sie hineinführen wollte, blieb Tormand bei William stehen. »Das ist bestimmt die größte und stärkste Katze, die ich je gesehen habe«, meinte er und beugte sich nach unten, um William zu streicheln.

»Seid auf der Hut, Sir! William mag keine Männer«, warnte Morainn. Ihr Herz schlug beunruhigt, als sie sah, wie Tormand den Kater schon hinter seinen zerfetzten Ohren kraulte. Doch William blieb sonderbar gelassen. »Das ist ja wirklich ausgesprochen merkwürdig«, murmelte sie. Ob das ein Zeichen war? Sie hoffte es nicht, denn eigentlich wollte sie Sir Tormand nicht zu sehr vertrauen.

»Vielleicht hat er nur den anderen Männern nicht vertraut, die er getroffen hat.« Tormand versuchte, freundlich und gelassen zu klingen, doch er fragte sich, wer diese anderen Männer wohl gewesen waren.

Er runzelte die Stirn, als Morainn sie in ihr kleines, aber sehr ordentliches Häuschen führte. Die Vorstellung von Morainn mit einem Mann behagte ihm nicht, ja, fast machte sie ihn eifersüchtig. Zweifellos wurde Morainn von manchen Männern belästigt, die glaubten, eine alleinstehende Frau sei leichte Beute. Aber vielleicht gab es ja einen, den sie gern hatte?

Am meisten beunruhigte ihn allerdings, dass er ihr diese Frage zu gern gestellt hätte, gleichzeitig jedoch die Antwort fürchtete. Er fand zwar nichts dabei, Morainn zu begehren, aber darüber hinaus wollte er eigentlich nichts für sie empfinden. Ihre Herkunft oder ihre Lage störte ihn nicht weiter, und was irgendwelche abergläubischen Narren dachten, scherte ihn wahrhaftig nicht. Aber seine Einstellung zu Frauen ändern? Nein, dazu war er nicht bereit. Er wollte eine Geliebte, sonst nichts. Schließlich war er erst einunddreißig, er brauchte noch keinen Erben. Er hatte noch einige Jahre vor sich, um seinen Gelüsten freien Lauf zu lassen, bevor er sich auf die Suche nach einer Frau machen wollte, die ihm mehr bedeutete, nach einer Beziehung, die tiefer und dauerhafter war. Im Moment ließ er nur deshalb die Finger von den Frauen, weil jeder Mann einmal ein wenig Ruhe brauchte – so sagte er sich.

Als der kleine Walin hereingebracht und vorgestellt wurde, musste Tormand ein Stirnrunzeln unterdrücken. Mit seinen blauen Augen und seinen dichten schwarzen Haaren sah Walin Morainn ziemlich ähnlich, aber das war es nicht, was Tormand beunruhigte. Walin hatte etwas an sich, was ihn stark an jemanden erinnerte; doch an wen, konnte er nicht sagen, denn in seinem Kopf schwirrte nur eine äußerst vage Erinnerung herum.

Bald drängten sich alle um den kleinen Tisch, vor jedem stand ein Becher Apfelmost, in der Mitte ein Teller mit honiggesüßten Haferkeksen. Eine Weile plauderten alle müßig, und Tormand sah, wie seine Verwandten mit Morainn schäkerten. Dass ihn das ärgerte, beunruhigte ihn so sehr, dass er schon dachte, vielleicht war es doch keine so gute Idee gewesen hierherzukommen. Doch schließlich richtete Morainn ihre meerblauen Augen auf ihn, und sein Herz tanzte vor Freude.

Das ist nicht gut, dachte er, überhaupt nicht gut. Doch leider verspürte er nicht den Drang, vor dem zu fliehen, was sich langsam, aber sicher wie eine Falle anfühlte, in die schon sehr viele seiner Verwandten getappt waren – eine Falle, mit der das Herz eines Mannes gefangen wurde.

»Ich freue mich über Gesellschaft, sie lockert die Einförmigkeit meiner Tage auf«, meinte Morainn. »Aber ich glaube nicht, dass Ihr gekommen seid, um mir Eure Verwandten vorzustellen, Sir Tormand.«

»Nay. Vor allem, weil ich die Narren nicht eingeladen habe, mich und Simon zu begleiten«, erwiderte Tormand und warf einen finsteren Blick auf seine grinsenden Angehörigen. »Sie haben beschlossen, dass ich Schutz brauche, und haften nun wie Kletten an mir.«

Morainn empfand plötzlich heftigen Neid. Obwohl Tormand die anderen verärgert anfunkelte, wusste sie, dass er sie gern hatte. Es waren Mitglieder seiner Familie, und Morainn spürte, dass die Bande tief und weit reichten. Sie selbst hatte nie eine richtige Familie gehabt. Sie war ohne Vater aufgewachsen, wusste nicht einmal, wer ihr Vater war. Ihre Mutter hatte offenbar auch wenig Interesse gehabt, sich ihrer Tochter liebevoll zuzuwenden. Sie hatte Morainn zwar nie wehgetan, aber sie war ihrem einzigen Kind auch nie aufrichtig zugeneigt gewesen. Morainn war in ihren ersten Jahren mit dem Gefühl aufgewachsen, eine Last zu sein, nichts weiter.

Hastig bemühte sie sich, diese unbehaglichen Gefühle und den Neid abzuschütteln. Immerhin hatte ihre Mutter darauf geachtet, dass ihr Kind genug zu essen bekam, dass es Kleider am Leibe trug und ein Dach über dem Kopf hatte. Außerdem hatte sie Morainn alles beigebracht, was sie über die Heilkunst wusste; denn das war das Einzige gewesen, wofür Anna Ross wirklich Leidenschaft hatte aufbringen können. Dieses Wissen hatte es Morainn ermöglicht, sich ein Auskommen zu verschaffen, nachdem sie aus dem Dorf vertrieben worden war. Schon allein deshalb war ihr klar, dass sie ihrer Mutter viel verdankte. Sie hatte zwar keine liebevolle Familie gehabt, die zusammenhielt und füreinander einstand, wie es die Murrays offenkundig taten, aber sie war mit etwas beschenkt worden, was weit über das hinausging, was viele andere hatten.

»Wir haben gehört, dass Ihr Visionen habt«, sagte Tormand. Das war zwar keine besonders geschickte Einleitung, aber er wusste nicht recht, wie er den Grund ihres Hierseins sonst hätte ansprechen sollen.

Die Angst vor den möglichen Folgen eines Eingeständnisses ließ Morainn zögern, aber dann fiel ihr ein, dass Sir Tormand sie vor einer wütenden Menge verteidigt hatte. »Aye, manchmal«, erwiderte sie.

»Sie wacht nachts deswegen oft schreiend auf«, meinte Walin.

»Na ja, nicht immer.« Morainn reichte Walin einen Haferkeks in der Hoffnung, dass er dann eine Weile den Mund hielt. »Aber ich kann keine Visionen erzwingen, nur weil jemand eine braucht. Sie erscheinen mir, wann sie wollen. Und ihre Botschaft ist manchmal ziemlich unklar.«

Tormand, der das Zögern in ihrer Stimme vernommen hatte, meinte: »Ihr braucht keine Angst zu haben, mit uns darüber zu reden; im Murray-Klan wimmelt es von Leuten, die solche Gaben besitzen, hauptsächlich die Frauen.« Seine Verwandten murmelten zustimmend. »Wir glauben nicht, dass Ihr eine Hexe seid, nur weil Ihr solche Träume habt«, fuhr Tormand fort. »Nicht umsonst bezeichnen wir Murrays so etwas auch als Gabe.«

Morainn fiel es schwer, den Mann nicht mit offenem Mund anzustarren. Sie musterte die anderen, fand aber keinen Hinweis darauf, dass Tormand nicht die Wahrheit sagte. Alle beobachteten sie nur stumm, und in ihren Augen schien eine Art Mitgefühl aufzuflackern, als würden sie verstehen, wie schwierig es war, solch eine Gabe zu besitzen. Morainn wusste, dass manche glaubten, ihre Gabe sei ihr von Gott verliehen worden und nicht vom Teufel, aber sie hatte noch nie jemanden getroffen, der ungefragt zugab, dass in seiner Familie auch so etwas vorkam. Und obendrein hatte Sir Tormands Stimme sogar ein wenig stolz geklungen, als er davon sprach.

»Aber warum wendet Ihr Euch dann nicht an eine Frau aus Eurem Klan?«, fragte sie.

»Wenn eine von ihnen etwas gesehen hätte, wüsste ich es bereits. Einige spürten zwar, dass Ärger auf mich zukam und ich womöglich in Gefahr schwebte, aber das war auch schon alles. Deshalb sind diese Narren ja hier.«

Morainn hätte ihn am liebsten über seine Familie und deren angebliche Gaben ausgefragt, doch sie zügelte sich. »Aber wenn sie das gespürt haben, warum seid Ihr dann noch hier?«

»Weil es wohl danach aussehen würde, als ob ich aus Schuldgefühlen fliehe, und weil der Mörder mir folgen könnte. Ich würde das Morden damit nicht beenden; es würde nur an einem anderen Ort und mit neuen Opfern weitergehen.«

Sie nickte. »Tja, ich habe – äh – geträumt, dass Ihr etwas damit zu tun habt, ohne der Mörder zu sein. Nay, manchmal steht Ihr in meinen Träumen in einer Blutlache, aber an Euren Händen klebt kein Blut. Leider wird es nicht reichen, um Euch vor einer Anklage zu schützen, wenn ich den Leuten das sage.«

»Das wissen wir, Mistress Ross«, sagte Sir Simon. »Wir wollten auch nicht, dass Ihr von solchen Dingen vor Leuten sprecht, die viel zu rasch die Hand des Teufels im Spiel vermuten, wenn sie etwas nicht verstehen. Wir haben nur gehofft, dass Ihr uns vielleicht helfen könnt, den Mörder zu finden. Drei Frauen sind tot, und wir haben keine Ahnung, wer sie auf dem Gewissen hat und warum sie sterben mussten. Wir brauchen dringend eine Spur, die wir verfolgen können.«

»Ihr wollt, dass ich Euch von meinen Träumen erzähle? In ihnen habe ich keine Spuren gesehen, Sir. Das Gesicht dieses Ungeheuers ist mir nie erschienen, falls es das ist, was Ihr von mir erhofft.«

»Nein, wir sind hier, weil wir hoffen, dass Ihr eine bestimmte Gabe habt, von der viele im Dorf reden.«

»Ach ja? Und was sollte das sein?«

»Die Fähigkeit, die Wahrheit zu sehen, wenn Ihr etwas berührt.«

6

Morainn wusste, dass sie die drei gewöhnlichen Haarnadeln, die Sir Simon ihr hinhielt, anstarrte, als hielte er ihr eine Viper unter die Nase und fordere sie auf, sie zu küssen. Aber sie konnte nicht anders. Es war ihr ein Graus, etwas zu berühren, das sich in der Nähe von Tod, Tragödie oder Gewalt befunden hatte. Dabei stellten sich bei ihr meist höchst unangenehme Bilder ein. Wenn diese Dinge in der Nähe der ermordeten Frauen gefunden worden waren, fürchtete sie sich bereits jetzt vor dem, was vor ihrem inneren Auge auftauchen würde. Die Träume, die sie in letzter Zeit gehabt hatte, waren schlimm genug gewesen.

»Wo habt Ihr die gefunden?«, fragte sie schließlich, auch wenn ihr die Antwort bereits bekannt war. »Es sind ganz gewöhnliche Haarnadeln, nichts, was einer dieser feinen Damen gehört haben könnte.« Morainn wusste zwar, dass das nicht ganz stimmte, die Männer aber hatten offenbar noch nichts Ungewöhnliches an diesen Nadeln entdeckt.

Simon ließ sie nicht aus den Augen. »Ich habe sie dort gefunden, wo die Morde geschehen sind«, sagte er.

»Die Frauen wurden doch in ihren Betten ermordet, oder?«

»Nay. Sie wurden an einem anderen Ort ermordet, und als sie tot oder fast tot waren, wurden sie in ihre Betten gelegt. Ich fand die Nadeln am Tatort. Sie könnten natürlich auch irgendeiner Frau gehört haben, die früher dort gewohnt oder sich mit einem Liebhaber dort getroffen hat, und nichts mit den Morden zu tun haben.«

Morainn wunderte sich nicht, dass ihre Hand zitterte, als sie sie nach den Haarnadeln ausstreckte. Alles in ihr sagte ihr, dass sie ihre Gabe bestimmt als bitteren Fluch empfinden würde, sobald sie diese Nadeln berührt hätte. Zu ihrer Verwunderung legte Tormand plötzlich die Hand auf die ihre. In seiner Miene spiegelte sich Besorgnis. Aber nicht nur das führte dazu, dass Morainn kaum noch Luft bekam. Die Berührung seiner eleganten, langgliedrigen Hand schickte eine derartige Hitze durch Morainns Körper, dass sie es nur mit Mühe schaffte, ihre Hand nicht zurückzuziehen. In seinen ungewöhnlichen, wundervollen Augen tauchte plötzlich eine Wärme auf, die ihr sagte, dass auch er es gespürt hatte. Morainn musste erst einmal schlucken, bevor sie etwas sagen konnte, ohne dass ihre Stimme verriet, wie aufgewühlt sie war.

»Ich muss diese Nadeln berühren, um eine Vision zu haben«, sagte sie und hoffte, dass die anderen glaubten, das schwache, doch rauchige Zittern in ihrer Stimme ginge auf ihre Angst vor dem zurück, was sie vielleicht bald sehen würde. Und sie verspürte diese Angst auch sehr deutlich, Morainn war flau, als habe sie ein verdorbenes Stück Fleisch verzehrt.

»Ihr müsst das nicht tun«, sagte Tormand, auch wenn er sich fragte, was ihn dazu veranlasste einzugreifen, denn das lag mit Sicherheit nicht in seinem Interesse. Er brauchte ja die Antworten, die sie womöglich für ihn fand. Anfangs hatte er daran gezweifelt, dass sie allein durch eine Berührung Einsichten erlangen konnte. Doch ihre Angst war ganz offenkundig nicht gespielt. Deshalb zögerte er, sie ihre Gabe unter Beweis stellen zu lassen. Dennoch – drei Frauen waren tot, und zu viele Leute fingen an, ihn immer argwöhnischer zu beäugen. Morainn zu hindern war unsinnig, aber er hatte einfach eingreifen müssen, als er ihre Angst bemerkte.

»Ich denke, ich tue es«, sagte sie leise. »Frauen werden ermordet. Vielleicht waren sie nicht frei von Sünde, aber ich glaube nicht, dass sie das verdient haben, was ihnen angetan wurde. Und außerdem fangen die Leute an, Euch zu verdächtigen, nicht wahr?«

»Aye.« Zögernd nahm er seine Hand weg. Doch sein Zögern war nicht nur dem Wunsch geschuldet, sie vor dem zu beschützen, was sie vielleicht gleich sehen würde. »Wenn diese Nadeln von dem Mörder berührt wurden, werden Euch keine angenehmen Bilder erscheinen.«

»Ich weiß, aber trotzdem sind drei Frauen tot, und vielleicht bald noch weit mehr, wenn dieser Wahnsinnige nicht aufgehalten wird. Was für ein Mensch wäre ich, wenn ich nicht wenigstens versuchen würde, das zu verhindern? Dafür sind solche Gaben doch bestimmt, nicht wahr?« Sie blickte auf Simon. »Gebt mir erst einmal eine.«

Simon legte ihr eine Nadel in die Hand. Morainn schloss die Finger darum. Sie dachte gerade, dass die besorgten Blicke der sechs Männer wirklich rührend waren, als sie plötzlich in die Hölle hinabgerissen wurde. Die Bilder stellten sich so rasch und brutal ein, als wären es Schläge auf ihren Kopf. Es waren äußerst intensive Gefühle, die mit aller Wucht auf sie einstürmten und ihr Herz so heftig pochen ließen, dass sie schon befürchtete, es würde Schaden nehmen.

Angst. Schmerz. Hass. Eiskalte Wut. Lust. Bei der Lust drehte sich Morainn der Magen um, denn sie wusste, dieses Gefühl stammte von denen, die die Angst und den Schmerz verursachten. Außerdem Wahnsinn. Er wirbelte um zwei Leute, die einer dritten Person wie böse Geister solche Grausamkeiten zufügten. Messer funkelten, Blut floss. Morainn versuchte, dem Gestank nach Blut und Tod zu entfliehen, aber sie konnte sich nicht rühren.

Sie spürte, wie sie am ganzen Körper heftig zitterte, doch sie konnte die Haarnadel nicht loslassen. Sie bemühte sich, ihr inneres Auge auf die schattenhafte Gestalt zu lenken, die sich in dem dichten Nebel grässlicher Gefühle bewegte. Das Opfer war klar zu erkennen, Morainn musste auch nicht herausfinden, welche Person in diesem Nebel so grauenhaft schrie, dass es ihr schier den Kopf zersprengte. Sie sah, wie die Mörder sich über ihr Opfer beugten wie zwei Raubvögel und sich mühten, möglichst viel Schmerz zu bereiten.

Schließlich gewann Morainn einen ersten Eindruck von der

einen Gestalt – groß, breitschultrig und muskelbepackt. Sie roch auch den schweren Duft, den sie in ihren Träumen wahrgenommen hatte. Er stammte von einer kleinen Gestalt, die fast gänzlich im Schatten der größeren unterging. Morainn konnte nur erkennen, dass es sich um eine schlanke Frau handeln musste. Plötzlich tauchte ein sehr lebhaftes Bild in ihr auf – ein Messer, das auf die wundervollen, grünen, vor Entsetzen weit aufgerissenen Augen in einem blutüberströmten Gesicht gerichtet war. Sie konnte es nicht länger ertragen, ihr entfuhr ein lauter Schrei, und sie ließ die Nadel fallen.

Sobald sie dieses Ding nicht mehr in der Hand hielt, stieg ihr der Mageninhalt hoch und würgte sie. Plötzlich legten sich lange, starke Arme um sie. Vage wurde ihr bewusst, dass sie stöhnend auf dem Boden kauerte. Ein Eimer tauchte vor ihr auf, und sie spie all das Gift aus, das sich bei dieser schwarzen Vision in ihr gebildet hatte.

Als sie ihren Magen wieder unter Kontrolle hatte, war sie so schwach, dass sie sich an den starken Körper des Mannes hinter ihr anlehnen musste. Sie starrte mit trübem Blick auf Sir Simon, der vor ihr kniete und ihr Gesicht mit einem kühlen, feuchten Tuch abwusch. Jemand drückte ihr ein Glas Apfelmost in die Hand und forderte sie auf, ihren Mund damit zu spülen. Ein kleiner Teil ihres umwölkten Verstandes nahm wahr, dass einer der Männer leise und beruhigend auf Walin einredete.

Als sich ihre Sinne allmählich wieder klärten, war sie erst einmal schrecklich verlegen; denn sie merkte, dass sie in Sir Tormands Armen lag wie eine schamlose Dirne. Der elegante Sir Simon kauerte vor ihr und wusch ihr Gesicht und Hände wie einem hilflosen Kind. Aus den Augenwinkeln heraus bemerkte sie, dass einer von Sir Tormands gut aussehenden Verwandten den Eimer hinaustrug. Es war ihr schrecklich peinlich. Wäre sie nicht so schwach gewesen, wäre sie weggerannt und hätte sich ein Jahr lang nicht mehr in der Öffentlichkeit gezeigt.

Wortlos ließ sie sich von Sir Tormand beim Aufstehen helfen und an den Tisch führen. Sie setzte sich auf einen Stuhl und schlug die Augen nieder, als Tormand neben ihr Platz nahm und seine Hand unterstützend um ihren Arm legte. Sie wollte diese Hand abschütteln, doch ihr war klar, dass sie sie noch brauchte. Erst nachdem sie ein paar Bissen von einem dünn bestrichenen Butterbrot zu sich genommen hatte, das wie durch Zauberhand vor ihr aufgetaucht war, und ein paar kleine Schlucke Apfelmost getrunken hatte, fühlte sie sich so weit gestärkt, um ein paar klare Sätze herauszubringen. Doch sie mied weiterhin die Blicke der Männer, die Zeugen gewesen waren, wie sie sich so schrecklich hatte gehen lassen. Sie stützte sich mit dem Ellbogen auf die Tischplatte und presste die Hand an ihre schmerzende Stirn, während sie sich überlegte, wie sie den Männern sagen sollte, was sie gesehen hatte, und zwar so, dass sie sich einen Reim darauf machen konnten.

»Hat eine der Frauen ihre Augen verloren?«, fragte sie schließlich leise. »Grüne Augen?«

»Aye«, erwiderte Tormand, schockiert von ihrer Frage, denn das bedeutete, dass sie tatsächlich zumindest zum Teil gesehen hatte, wie Isabella ermordet worden war. »Isabella Redmond.«

»Jesus!« Sie schauderte und nahm hastig einen Schluck Apfelmost. »Ich hatte nicht weiter darüber nachgedacht, was Sir William meinte, als er sagte, seine Frau sei abgeschlachtet worden. Ich wollte es nicht so genau wissen.«

»Es tut mir leid, dass Ihr es jetzt genauer wisst.« Tormand blickte auf Walin, der die Augen weit aufgerissen hatte. »Vielleicht sollten wir vor dem Jungen lieber nicht weiter darüber reden.«

Morainn ärgerte sich über sich selbst, dass sie Walins Anwesenheit vergessen hatte. »Liebling«, meinte sie, »vielleicht ist es am besten, wenn du jetzt ein Weilchen zum Spielen rausgehst. Wir müssen uns über etwas sehr Düsteres unterhalten.«

»Geht es dir wieder gut?«, fragte der Junge besorgt, stand allerdings auf, um ihre Aufforderung zu befolgen.

Morainn glaubte, dass es ihr nie mehr wieder gut gehen würde nach dem, was sie gesehen hatte. Doch sie zwang sich, Walin freundlich anzulächeln. »Aye, und zwar zunehmend. Aber geh jetzt lieber und spiel ein bisschen, mein Kleiner. Das hier willst du bestimmt nicht hören.«

Sobald der Junge weg war, berichtete sie den Männern: »Am Schluss sah ich ein Messer, gerichtet auf wundervolle, grüne Augen in einem Gesicht, das aus zahllosen Wunden blutete. Allerdings sind meine Visionen nie sehr klar. Aber deshalb konnte ich nicht länger verweilen, ich musste fliehen vor dem, was ich sah.«

Tormands Hände lagen noch immer sacht auf ihrem Rücken. Das Vergnügen, das sie dabei empfand, war ihr gar nicht recht.

»Habt Ihr den Mörder gesehen?«, fragte Simon.

Endlich richtete sich Morainn so weit auf, dass sie Sir Simons Blick erwidern konnte, auch wenn es ihr schwerfiel. Verlegenheit trieb ihr die Röte ins Gesicht, doch sie ging darüber hinweg. Es gab im Moment Wichtigeres, als sich über Peinlichkeiten Sorgen zu machen. Und das Eine gab sie sich zu ihrer Verteidigung zu bedenken – sie hätte sich niemals vor lauter fremden Menschen übergeben, wenn sie diese Haarnadel nicht berührt hätte bei dem Versuch, Tormand zu helfen, einen Mörder zu finden.

»Aye und nay«, erwiderte sie. »Es gibt zwei Mörder.«

»Zwei Männer?« Simon runzelte die Stirn. »Aber eigentlich wundert mich das nicht.«

Er würde sich gleich wundern, dachte sie, und sagte: »Nay, einen Mann und eine Frau.«

Fast musste sie lächeln, als sie sah, wie schockiert die Männer waren. Allerdings musste sie zugeben, dass es auch sie schockiert hatte, doch bei Weitem nicht so wie diese Männer. Glaubten sie etwa, dass Frauen nicht einem solchen Wahnsinn verfallen konnten, dass sie nicht solch einen mörderischen Hass und Zorn verspüren konnten?

»Eine Frau hat geholfen, diese Frauen zu verstümmeln?«, fragte Tormand. Der Schock ließ seine tiefe Stimme etwas erzittern.

»Aye. Diese Haarnadel gehört ihr, die anderen sehr wahrscheinlich auch«, erwiderte Morainn. »Allerdings kann ich Euch nicht sagen, ob sie die Nadel verlor, während sie ihr schreckliches Werk verrichtete, oder ob sie sie absichtlich dort zurückgelassen hat.«

»Vielleicht als Zeichen«, murmelte Simon.

Der Mann hat sich erstaunlich rasch von seinem Schock erholt, dachte Morainn. In seinen stahlgrauen Augen lag ein Blick, der ihr sagte, dass er die neue Sachlage bereits überdachte und versuchte, die Puzzleteile zusammenzufügen. Allmählich bezweifelte sie, dass dieser Mann sich von irgendetwas lange schockieren ließ. Gäbe es doch mehr Männer wie Sir Simon Innes, dachte sie. Vermutlich würden dann viel weniger Unschuldige am Galgen landen.

»Warum sollte sie ein Zeichen hinterlassen?«, fragte Harcourt. »Und warum hinterlässt sie etwas so Gewöhnliches, dass niemand ihre Botschaft entziffern kann?«

»Diese Nadel ist nicht so gewöhnlich«, meinte Morainn. Sie errötete leicht, als die Männer sie fragend ansahen. »Gewöhnliche Nadeln werden aus Holz oder Hühnerknochen gefertigt, manchmal auch aus Enten- oder Gänseknochen, ab und zu auch aus Schafsknochen. Diese Nadel wurde aus dem Horn eines Hirsches hergestellt, und es ist sogar ein winziges Muster eingraviert.«

Simon untersuchte die Nadel sorgfältig, dann fluchte er halblaut. »Ich kenne mich in solchen Dingen nicht so gut aus, dass ich Tierknochen unterscheiden kann. Aber gewöhnliche Haarnadeln werden nicht mit einem Muster versehen. So etwas kostet Geld, und das Hirschhorn ist auch nicht billig. Sieht aus wie eine Rose, diese Gravur.«

»Das Parfüm«, murmelte Tormand.

Morainn starrte ihn überrascht an, fast hätte sie es mit offenem Mund getan. »Ihr wisst, wer das ist?«

»Nein, aber mir träumte letzte Nacht von diesen Morden, und ich habe das Parfüm gerochen.«

An der Art, wie er sie ansah, und der Hitze, die sich in seinen

Blick schlich, erkannte Morainn, dass er nicht nur von den Morden geträumt hatte. Aber sie zwang sich, wieder an ihre Vision zu denken und an das, was sie ihnen über die Mörder erzählten konnte. Später wollte sie dann noch einmal überlegen, was es wohl bedeutete, wenn ein Mann, zu dem sie sich hingezogen fühlte, in derselben Nacht wie sie einen Traum ähnlichen Inhalts gehabt hatte. Nur mit der allergrößten Not schaffte sie es, nicht zu erröten, als sie daran dachte, was in diesem Traum geschehen war, bevor er sich in einen Albtraum verwandelt hatte.

»Ein schwerer Duft, übermäßig süß, so stark, dass man kaum sagen kann, was es ist, weil man sich am liebsten die Nase zuhalten würde«, sagte sie.

»Genau. Habt Ihr ihn auch gerochen?«

Sie nickte. Wieder zwang sie sich, nur an die dunklen Teile ihrer Träume zu denken, die Teile, die mit den Morden zu tun hatten, und nicht an das Verlangen, das dieser Mann in ihr wachrief. »Über all diese Träume habe ich lange nachgedacht, aber schließlich habe ich beschlossen, dass sie mir wohl zu verstehen geben wollten, dass eine Frau getötet wurde. Die Stimme, die ich in den Träumen hörte, war nicht klar genug, um zu erkennen, ob sie von einem Mann oder einer Frau stammte. Doch in einem der Träume sah ich die Hand, die das bluttriefende Messer hielt, sie war klein und zart.«

»Aber Ihr habt nie ein Gesicht gesehen?«, fragte Simon.

Morainn schüttelte den Kopf. »Nein. Na ja, jedenfalls bislang noch nicht. Jedes Mal zeigt mir der Traum ein wenig mehr: erst das Parfüm, dann die Stimme, dann die Hand. Die Vision, die mir die Berührung der Haarnadel verschaffte, hat mir noch mehr enthüllt.« Es schnürte sich ihr Kehle zu, die Angst vor dem, was sie womöglich noch zu sehen bekommen würde, ließ ihr das Blut in den Adern gefrieren. Aber sie durfte sich von ihrer Angst nicht daran hindern lassen, den Männern bei ihrer Jagd nach diesen grausamen Mördern zu helfen. »Wenn ich noch eine Nadel berühre, sehe ich vielleicht ein Gesicht oder etwas anderes, was Euch hilft, die Mörder zu fassen.«

Simon lächelte sie freundlich an. »Nein, nicht heute. Wie ich gesehen habe, sind solche Visionen für Euren Körper und Euren Geist sehr anstrengend. Ruht Euch ein, zwei Tage aus, dann versuchen wir es erneut. Ich habe die Nadel, die Ihr heute berührt habt, schon beiseitegelegt, sodass Ihr das, was sie Euch sagen könnte, nicht noch einmal sehen müsst.«

»Aber vielleicht stirbt in der Zwischenzeit noch eine Frau.«

»Aye, das kann passieren, aber Eure Gabe hilft uns nicht, wenn Ihr sie benutzt, bis Ihr krank oder völlig gebrochen seid. Ruht Euch aus. Wir können morgen wiederkommen, wenn Ihr denkt, dass Ihr es ertragen könnt, die nächste Nadel zu berühren. Bis dahin könnt Ihr ja noch einmal eingehend über Eure Träume und Visionen nachdenken. Vielleicht gibt es doch noch etwas, was sich als sehr wichtig herausstellen könnte.«

Morainn dachte, es würde wohl nie so weit kommen, dass sie es ertragen könnte, wieder eine Nadel zu berühren, doch sie nickte. Sie würde sich dazu zwingen. Zu ihrer Schande musste sie sich eingestehen, dass sie es hauptsächlich Sir Tormand Murray zuliebe tun würde und nicht der armen ermordeten Frauen wegen, auch wenn sie nur höchst ungern zugab, dass dieses markante Gesicht sie so beeindruckte.

Kurz darauf stand sie auf ihrer Schwelle, den Arm um Walins schmale Schultern gelegt, und sah zu, wie die Männer davonritten. Alle hatten sich galant von ihr verabschiedet, doch in ihrem Kopf blieb hauptsächlich die Erinnerung an Sir Tormands Gruß. In seinen Augen hatte etwas gelegen, das ihr Herz dazu gebracht hatte, in einer seltsamen Mischung aus Angst und freudiger Erwartung zu pochen. Sie musste sich vor diesem Mann wahrhaftig in Acht nehmen, wenn sie nicht so enden wollte wie die zahllosen anderen Frauen, die sich von ihm hatten betören lassen.

»Sie besitzt die Gabe wirklich«, sagte Simon zu Tormand, der neben ihm ritt.

»Oder den Fluch«, entgegnete Tormand. »Sie hat Isabellas Ermordung gesehen; sie hat gesehen, wie sie ihr die Augen herausgeschnitten haben.«

»Aye, das hat sie wohl, auch wenn sie es wahrscheinlich nicht allzu deutlich gesehen hat. Ich weiß nicht recht, ob ich sie wirklich bitten soll, eine weitere Nadel zu berühren. Aber wir haben noch immer nichts in der Hand, wir haben noch keine Spur, der wir folgen könnten. Wer auch immer dahintersteckt, er ist ziemlich gerissen oder aber er hat viel Glück.«

»Es heißt, dass der Wahnsinn einen Menschen oft sehr verschlagen macht«, meinte Bennett. »Auch wenn ich es kaum fassen kann, dass eine Frau bei so etwas mitmachen soll. Natürlich weiß ich, dass Frauen genauso grausam und bösartig sein können wie Männer, aber dass eine Frau tatsächlich mit dem Messer auf jemanden einsticht? Das will mir einfach nicht in den Kopf.«

»Trotzdem ergibt es einen gewissen Sinn«, meinte Harcourt. Er zuckte die Schultern, als die anderen ihn fragend anstarrten. »Euren Berichten zufolge ist die Schönheit der Opfer grausam zerstört worden. Eine Frau versteht am besten, wie viel die Schönheit diesen Frauen bedeutet hat. Vielleicht hat sie diese Schönheit geradezu gehasst. Und dass den Frauen die Haare abgeschnitten wurden, macht es umso glaubwürdiger, dass eine Frau mitgewirkt hat. Ein Mann zerstört in einer wahnwitzigen, eifersüchtigen Raserei vielleicht das Gesicht oder den Körper einer Frau. Aber ich glaube nicht, dass er daran dächte, wie wichtig einer Frau die Haare sind.«

»Aye, da könntest du recht haben«, murmelte Simon. »Andererseits sind wir uns wohl alle darin einig, dass hinter diesen Morden Wahnsinn steckt, und wer kann schon verstehen, was in einem Mann oder auch einer Frau vorgeht, wenn er oder sie dem Wahnsinn verfallen sind?«

Tormand hörte nur mit halbem Ohr zu, als Simon und seine Verwandten sich über das unterhielten, was Morainn ihnen erzählt hatte. Der Großteil seiner Gedanken kreiste um die Frau, von der sie sich gerade verabschiedet hatten, und nicht um ihre Worte. Er war sich sicher, dass sie in der vergangenen Nacht einen Traum geteilt hatten. So etwas war ihm noch nie widerfahren, doch er wusste, dass es etwas zu bedeuten hatte, dass es auf eine beunruhigende Weise wichtig war. Es bedeutete, dass zwischen ihm und Morainn Ross eine Verbindung bestand, und solche Bande wollte er nicht.

Und auch das, was passiert war, als er ihre Hand berührt hatte, machte ihm Sorgen. Nicht, dass es ihm missfiel, sich stark zu einer Frau hingezogen zu fühlen. So etwas konnte das Liebesspiel erregender und hitziger machen, also umso befriedigender. Aber ihm hatte schon öfter sehr nach einer Frau verlangt, ohne dass er allein bei der Berührung ihrer Hand eine solche Hitze und Begierde verspürt hatte. Einerseits war er erpicht darauf, seiner Leidenschaft für Morainn nachzugeben und herauszufinden, wie diese brennende Hitze sich anfühlte, wenn er die Frau nackt in seinem Bett hatte. Andererseits hätte er seinem Pferd am liebsten die Sporen gegeben, um so weit weg von Morainn Ross zu reiten, wie er nur konnte.

»Es wäre mir sehr recht, wenn du die Finger von dieser Frau ließest.«

Simons Stimme holte Tormand aus seinen Gedanken, die gerade darum gekreist hatten, wie er Morainn am besten ins Bett bekommen könnte. Zum Glück, denn sein Verlangen wurde immer größer. Er war froh, dass seine Verwandten vor ihm ritten und nicht gehört hatten, was sein Freund zu ihm gesagt hatte. Einen Moment lang ärgerte er sich, dass Simon es wagte, ihn so zu ermahnen, doch dann seufzte er innerlich und gestand sich ein, dass er es wahrscheinlich nicht anders verdient hatte. Er hatte ja genau in dem Moment tatsächlich daran gedacht, Morainn zu verführen. Ja, er hatte sogar daran gedacht, auf der Stelle umzukehren und sie so schnell wie möglich ins Bett zu zerren.

»Magst du sie für dich haben?«, fragte er, wobei es ihn nicht wunderte, dass sich eine gewisse Besitzgier in seine Stimme schlich. Tormand musste es einfach hinnehmen, dass er schon jetzt das Gefühl hatte, Morainn Ross gehöre ihm.

»Ich würde sie nicht von der Bettkante weisen, aber das ist nicht der Grund, warum ich jetzt mit dir darüber rede. Die junge Frau hat schon genügend Ärger, da braucht sie wahrhaftig nicht auch noch dich. Vor allem nicht jetzt. Wenn wir recht haben mit der Annahme, dass all das etwas mit dir zu tun hat, dass also jemand versucht, dich zu vernichten, indem er Frauen umbringt, mit denen du geschlafen hast, um die Leute dazu zu bringen, dich zu beschuldigen, dann würde es nicht nur Morainn Ross' Tugend und ihr Herz gefährden, wenn du mit ihr ins Bett steigst. Und das mit der Tugend ist mein voller Ernst. Ich glaube nicht, dass der Junge ihr Bastard ist, wie so viele behaupten.«

»Das glaube ich auch nicht.«

Simons Worte ernüchterten Tormand. Ihm wurde richtig kalt, und die Kälte ging tiefer, als wenn er nur die schlichte Sorge verspürt hätte, dass eine weitere Frau leiden und sterben könnte, weil sie zuvor in seinen Armen Lust gefunden hatte. Als er sich zwang, seine Gefühle genauer zu prüfen, stellte er fest, dass er Angst hatte – Angst, dass Morainn ihm genommen werden könnte, bevor er die Gelegenheit gehabt hatte herauszufinden, was sie ihm bedeutete.

Auf unerklärliche Weise waren er und Morainn Ross miteinander in Beziehung getreten. Dessen war er sich sicher. Außerdem war er sich sicher, dass sie in der letzten Nacht denselben Traum gehabt hatten und sie sich in ihrem Traum wahrscheinlich auch geliebt hatten. Hatte sie dasselbe hitzige Verlangen verspürt wie er? Und außerdem musste er immer wieder daran denken, was er empfunden hatte, als er ihre Hand berührt hatte. Es war, als wäre die Verbindung, die in diesem Traum, ja vielleicht sogar schon beim ersten Zusammentreffen ihrer Blicke, ihren Anfang genommen hatte, durch die schlichte Berührung verstärkt worden.

Er hatte das niederschmetternde Gefühl, dass seine Tage als

Mann, der sich nahm, was er wollte und wann er es wollte, gezählt waren. Er hatte es immer für romantisches Gefasel gehalten, wenn die Frauen in seiner Familie behaupteten, man wüsste es einfach, wenn man seinen vom Schicksal bestimmten Gefährten gefunden hatte. Doch für den Fall, dass in dieser Behauptung doch ein Körnchen Wahrheit steckte, war er Frauen, die in ihm mehr als nur Lust erregt hatten, beflissen aus dem Weg gegangen. Die Tatsache, dass er Marie aufrichtig gemocht hatte, war einer der Gründe gewesen, warum er nie mehr versucht hatte, noch einmal in ihrem Bett zu landen, und sich immer sehr zurückgehalten hatte, damit aus der einen Nacht des Trostes nicht mehr wurde. Er wusste, dass er sich bei Morainn nicht würde zurückhalten können.

Einen Moment lang versuchte er, sich einzureden, dass es bestimmt nur daran lag, dass sie ihre Gabe so dringend benötigten, um die Mörder zu finden. Doch dieser Selbstbetrug hielt nicht lange vor. Tormand war klar, dass er sich zu Morainn auf eine Weise hingezogen fühlte, die er nicht ganz verstand, zumindest im Moment noch nicht. Selbst die Tatsache, dass sie schön war und ihm nach ihr verlangte, konnte nicht erklären, was er darüber hinaus empfunden hatte und im Moment empfand.

Dass er diese Empfindungen nicht näher betrachten wollte, erwies sich jetzt allerdings eher als hinderlich und nahm ihm die Möglichkeit, sich zu verteidigen. Er wusste, dass er diese Abneigung überwinden musste. Obwohl er seine Lebensweise nur sehr ungern aufgeben wollte, war er nicht so töricht, sich von der Frau abzuwenden, die ihm womöglich vom Schicksal als Gefährtin bestimmt war.

Plötzlich fiel ihm die Liste wieder ein, die Simon von ihm verlangt hatte, und er stöhnte. Wahrscheinlich musste er gar nicht versuchen, Morainn zu vertreiben; seine Vergangenheit würde das für ihn tun.

»Und warum glaubst du nicht, dass Walin ihr Kind ist?«, fragte Simon und bahnte sich damit einen Weg durch Tormands Gedanken. »Er sieht ihr doch ähnlich.«

»Nicht so ganz«, meinte Tormand und stürzte sich auf den Themenwechsel wie ein Verhungernder auf einen Kanten Brot. »Es stimmt natürlich, dass sich in Kindern das Aussehen ihrer Eltern mischen kann; manchmal ähneln sie auch einem Vorfahren, der längst tot ist. Aber wenn man genau hinsieht, entdeckt man immer die Verwandtschaft. In dem Jungen habe ich keine Verwandtschaft mit der Frau entdecken können. Und er nennt sie Morainn, oder? Nicht Mama. Warum sollten sie dieses Spielchen treiben, wenn sie ihn immer bei sich hat und weiß, dass fast alle um sie herum ihn für ihren Sohn halten?«

»Das ist richtig. Aber wer sind dann seine Eltern?«

»Ich weiß es nicht, doch trotzdem kam er mir irgendwie bekannt vor.«

»Vielleicht solltest du noch einmal deine Liste überprüfen.«

»Ach, diese Liste. Wenn du schon weißt, dass ich versuchen könnte, das Mädchen in meine sündigen Pranken zu bekommen, zeig ihr doch einfach diese Liste. Ein Blick darauf, und jede Frau mit einem Funken Verstand wird sich von mir fernhalten.« Tormand tat sich schon fast leid, doch auf einmal ging ihm auf, was Simon mit seinem Hinweis gemeint haben könnte. Er funkelte seinen Freund böse an. »Was willst du damit sagen?«

»Dass ein Mann, der so viel Zeit darauf verwendet, seinen Samen in aller Welt zu verteilen, irgendwann einmal etwas ernten wird.«

»Ich habe stets sorgfältig darauf geachtet, nicht zu säen!«

»Das würden vermutlich viele Väter von sich behaupten.«

Bevor Tormand sich weiter mit Simon streiten konnte, ritt sein Freund davon und schloss zu Harcourt auf. Tormand überließ sich wieder seinen Gedanken, obwohl das kein Ort war, an dem er sich gerne aufhielt. Er war so aufgewühlt, dass er sich wunderte, dass sein Magen noch nicht aufbegehrt hatte, und Simons Abschiedsworte hatten alles nur noch verschlimmert.

Er wollte nicht glauben, dass auch nur eine winzigkleine Chance bestand, Walins Vater zu sein. Er hatte immer sehr gut aufgepasst, selbst wenn er betrunken gewesen war. Außerdem kannten die meisten Frauen, mit denen er geschlafen hatte, vor allem, wenn sie von höherem Stand waren, diverse Kunstgriffe, um den Samen eines Mannes daran zu hindern, Wurzeln zu schlagen.

Plötzlich hefteten sich die Worte ›die meisten Frauen‹ an ihm fest wie eine Klette an den Schweif eines Pferdes, und seine Zuversicht fiel schlagartig von ihm ab. Die kühle Vernunft dämpfte seine instinktive Weigerung, zu glauben, dass er mit einer seiner zahllosen Geliebten ein Kind gezeugt haben könnte und sie ihm nichts davon erzählt hatte. Simon hatte recht. Wahrscheinlich waren viele junge Väter überzeugt, sie hätten aufgepasst und alles getan, um sicherzugehen, dass beim Liebesspiel kein Kind entstand. Sogar seine eigene Mutter hatte einmal gesagt, der einzige Weg, um kein Kind zu zeugen, sei die Enthaltsamkeit. Und Enthaltsamkeit hatte Tormand nie geübt. Er war zwar in den letzten Monaten enthaltsam gewesen, doch einen derart langen Zeitraum ohne eine Frau hatte er seit seinem vierzehnten Lebensjahr nicht mehr verbracht. Damals hatte Jenna, die Tochter des Böttchers, ihm gezeigt, welche Lust die Fleischeslust sein konnte.

Tormand fluchte. Jetzt hatte sich der Samen des Zweifels in seinem Kopf festgesetzt. Kein Weg führte mehr zurück zum Zustand seliger Unwissenheit und überzeugten Leugnens. Jetzt galt es nicht nur, einen brutalen Mörder zu finden und dafür zu sorgen, dass er selbst nicht am Galgen landete. Nein, jetzt musste er auch noch alles über Walin herausfinden, was es herauszufinden gab. Wenn auch nur die geringste Chance bestand, dass er der Vater des Jungen war, konnte er nicht einfach darüber hinweggehen. So oder so – er musste die Wahrheit herausfinden.

Als er merkte, dass das vielleicht eine weitere Verbindung zu Morainn war, ein weiteres Band, das ihn immer wieder zu ihr führen würde, fluchte er laut. Das Schicksal spielte offenbar ein Spiel mit ihm, und er war am Verlieren.

7

Morainn schlug die Augen auf. Ihr Herz raste, sie fühlte sich wie nach einer Vision, wusste jedoch, dass sie keine gehabt hatte. Völlig erschöpft von den Bildern, die sie in die Knie gezwungen hatten, als sie die Haarnadel in der Hand gehalten hatte, war sie an diesem Abend schon früh zu Bett gegangen und sogleich in einen tiefen Schlaf gefallen. Doch etwas hatte sie aufgeweckt, etwas, was ihr große Angst machte.

Sie hörte ein vertrautes leises Fauchen. Der Mond schickte so viel Licht in ihre Schlafkammer, dass sie William, den Kater, sehen konnte, der auf ihrem Bett kauerte, das Fell gesträubt, sodass er noch größer wirkte. Er starrte finster auf die Tür, Morainn hätte schwören können, dass seine Augen richtig glühten. Ein Blick auf die anderen Katzen zeigte ihr, dass auch sie angespannt zur Tür starrten.

Plötzlich hörte sie die Dielenbretter vor ihrer Tür knarren. Das Herz schlug ihr bis zum Hals. Sie griff zu dem großen Messer, das stets unter ihrem Kopfkissen lag, und richtete sich langsam auf. Schon mehrmals war ein dreister Kerl in ihr Zimmer geschlichen im Glauben, er könne sich rauben, was sie ihm nicht freiwillig hatte geben wollen. Sie hatte sich dieser Flegel stets mit ihrem Messer erwehrt und sie blutend in die Flucht geschlagen. Aber instinktiv wusste sie, dass es sich diesmal nicht um einen dieser Toren handelte, den die Wollust um sein bisschen Verstand gebracht hatte.

Sobald die Tür einen Spalt weit aufging, drang Morainn der intensive Duft zu vieler Rosen in die Nase, schnürte ihr das Herz angstvoll zusammen. Mit aller Kraft unterdrückte sie ihre aufsteigende Panik und den Drang, laut aufzuschreien. Sie kauerte sich auf ihr Bett. Wenn ihre Visionen zutrafen, würde sie gleich eine Frau und einen sehr großen Mann erblicken, die sie umbringen wollten.

Sie dachte an Walin, und obwohl ihre Angst wuchs, spürte sie auch eine kühle Entschlossenheit und Stärke in ihrem Innern. Sie wusste, dass diese Bestien Walin, wenn er aufwachte, umbringen würden, ohne einen Gedanken an das unschuldige Leben zu verschwenden, dem sie ein Ende bereiten würden. Mit ein bisschen Glück und der nötigen Schnelligkeit konnte sie vielleicht an ihnen vorbeistürzen, Walin packen und fliehen. Im Freien kannte sie ein Dutzend Orte, an denen sie sich verstecken konnten, bis die Mörder die Jagd aufgaben. Sie schickte ein Stoßgebet zum Himmel, dass ihr die Flucht gelingen möge, und sei es auch nur Walin zuliebe.

Plötzlich wurde die Tür aufgestoßen, und die Stimme aus ihren Träumen zischte: »Leise, du Narr!«

»Das ist nicht nötig, M'lady«, meinte der Mann, der auf der Schwelle stand. »Sie ist bestimmt schon wach, sie muss uns gehört haben.«

Morainn fluchte auf die Schatten in ihrem Zimmer, die sie davon abhielten, diese Leute deutlicher zu sehen. Neben dem Mann tauchte eine Frau auf, sie wirkte winzig und zart neben seiner massigen Gestalt. In ihrer eleganten kleinen Hand blitzte ein Messer auf. Mein Messer ist größer, dachte Morainn. Fieberhaft überlegte sie, auf welchen der beiden Eindringlinge sie sich zuerst stürzen sollte. Ihre Augen rieten ihr, sich auf den Mann zu konzentrieren und ihn zu verletzen, um Zeit für die Flucht zu gewinnen; doch ihr Instinkt sagte ihr, dass dies eine schlechte Wahl wäre. Wahrscheinlich war es besser, auf die Frau loszugehen, denn dann würde der große Kerl versuchen, dem mörderischen Weib zu helfen. Dabei würde er die Tür freigeben, und Morainn hätte die Chance hinauszukommen.

Doch William traf die Entscheidung vor ihr. Zu Morainns Überraschung stieß der Kater einen grässlichen Schrei aus und setzte zum Sprung an. Und zwar nicht auf den Mann, wie Morainn erwartet hätte, sondern direkt auf die Frau. Das Weib schrie, als William auf ihrem Kopf landete, ein sich windendes, kratzendes, fauchendes Bündel Wut. Der Mann schickte sich sogleich an, der Frau zu helfen, die herumstolperte, als könne sie vor dem Tier davonlaufen, das ihr Kopf und Gesicht zerkratzte. Morainn stürmte zur Tür. Als eine große Hand nach ihr griff, stach sie mit ihrem Messer zu, rannte aber gleich weiter. Ein lauter Fluch sagte ihr, dass sie den Kerl verletzt hatte.

Walin stand schlaftrunken an der Tür zu seinem Kämmerchen. Morainn packte ihn und schob ihn zur Treppe. »Renn weg, versteck dich!«, befahl sie.

Der Junge gehorchte sofort, offenbar war er wach genug, um zu wissen, dass sie in Gefahr schwebten und die Gefahr von dem ausging, was in Morainns Schlafkammer so viel Aufruhr verursachte. Morainn folgte ihm eilig.

Der harte, schmerzhafte Griff einer großen, starken Hand um ihren Nacken riss sie zurück. Morainn drehte sich um und stieß erneut mit ihrem Messer zu. Diesmal wusste sie auch ohne den Schmerzensschrei, dass sie den großen Kerl erwischt hatte. Das Messer war auf Widerstand gestoßen, als es ins Fleisch schnitt, und nicht durch die Luft. Der Mann schlug nach ihr. Morainn geriet ins Taumeln und stürzte die Treppe hinunter, Walin beinahe mit sich reißend.

Am liebsten wäre sie liegen geblieben und hätte über all die Schmerzen und Blutergüsse gejammert, die sie davongetragen hatte, aber dafür war jetzt keine Zeit. Hastig sprang sie auf und folgte Walin hinaus in den Wald. Dort gab es eine Reihe von Verstecken, die sie schon vor langer Zeit ausgekundschaftet hatte.

»Wer sind diese Leute?«, fragte Walin mit zittriger Stimme, als er sich tief in eine Höhle unter den Wurzeln eines uralten Baumes kauerte.

Morainn drückte sich in den kleinen Raum neben den Jungen. Heftig atmend flüsterte sie: »Es sind Mörder, mein Kleiner. Sei jetzt ganz still, vielleicht verfolgen sie uns.«

Das Versteck war zwar nicht das beste, was Morainn im Lauf

der Zeit entdeckt hatte, aber Walins und auch ihre Kräfte hätten wohl nicht mehr viel weiter gereicht.

Sie verstand nicht, warum diese Leute es auf sie abgesehen hatten. Offenbar wollten sie ihr dasselbe antun wie den anderen Frauen, die sie umgebracht hatten. Aber sie war nie Tormands Geliebte gewesen. Bis zu dem Tag, an dem Isabella Redmonds Leiche entdeckt worden war, hatte sie den Mann nur in ihren Träumen gesehen. Sie hatten kaum ein Wort oder einen Blick gewechselt. Und bestimmt wusste niemand, dass er und die anderen Männer heute zu ihr gekommen waren.

Es sei denn, die Mörder beobachteten Sir Tormand Murray, dachte sie und erschauderte. Sie kämpfte gegen den Drang an, ihre Arme zu reiben, um sie aufzuwärmen, denn sie hatte Angst, die Blätter, auf denen sie lag, könnten rascheln. Doch dass diese Leute Tormand genau im Auge behielten, war die einzige Erklärung, und das sollte auch Tormand möglichst bald erfahren. Wenn sie den Angriff überlebte, wollte sie ihm gleich davon berichten.

Der Klang von Stimmen wehte an ihr Ohr. Morainn drückte sich tiefer in die Höhle. Es reichte, dass sie sanft die Hand auf Walins Rücken legte, und sofort folgte das Kind ihrem Beispiel. Sie hörte Pferdehufe, doch sie konnte nicht sagen, ob die Pferde geführt oder geritten wurden. Hoffentlich saßen die Übeltäter im Sattel, denn vom Pferderücken aus hatten sie größere Schwierigkeiten, sie und Walin zu entdecken.

Als die Mörder immer näher kamen, verkrampfte sich Morainn so heftig, dass sie befürchtete, gleich würde eine Sehne reißen. Hatten sie sie entdeckt?

»Bist du dir sicher, dass das verfluchte Tier tot ist?«, fragte die Frau, deren eiskalte Stimme Morainn in ihren Träumen in der letzten Zeit viel zu oft verfolgt hatte.

»Aye, M'lady«, erwiderte der Mann. »Ich habe es an die Wand geschmissen, und als wir gingen, hat es sich nicht mehr gerührt.«

Morainns Herz machte einen schmerzhaften Sprung, doch

sie unterdrückte ihre Trauer und ihre Wut über Williams Tod und spitzte weiter die Ohren. Sie wollte unbedingt alles mitbekommen, was diese Leute sagten. Vielleicht kam ihnen doch ein Hinweis über die Lippen, wer sie waren, und sei er noch so klein. Und das durfte Morainn auf keinen Fall verpassen, denn sie wollte, dass diese Mörder gefasst und gehängt wurden.

Und jetzt wollte sie es nicht nur, weil es Mörder waren. Diese Übeltäter waren in ihr Haus eingedrungen und hatten sie töten wollen, sie hatten auch Walins Leben aufs Spiel gesetzt und ihm Angst eingejagt, und sie hatten ihren Kater umgebracht. Noch nie hatte Morainn eine derart kalte Wut verspürt, die im Moment sogar ihre Angst verdrängte. Selbst als sie sich eingestand, dass sie auch deswegen wütend war, weil diese Ungeheuer Sir Tormand Murray bedrohten, nahm ihre Wut nicht ab. Er mochte ein Sünder und ein Lüstling sein, aber das, was diese Leute ihm antaten, hatte er nicht verdient.

»Ich will die Hexe tot sehen!«

»Das werdet Ihr auch, M'lady, schon sehr bald. Aber ich denke, nicht heute Nacht.«

Die Stimme des Mannes klang sanft und beruhigend, obwohl sie auch tief und rau war. Morainn vermutete, dass er große Übung darin besaß, seine Begleiterin zu beruhigen. Sie hatten ihre Pferde in Sichtweite zum Stehen gebracht. Zum Glück blieben beide im Sattel, sodass Morainn ihre wachsende Panik beherrschen konnte. Solange ihre Jäger nicht abstiegen und anfingen, den Boden abzusuchen, waren sie und Walin sicher.

»Wir könnten den Hund holen«, meinte die Frau. »Dunstan würde die Hure sofort aufstöbern.«

»Aye, der Hund hat eine gute Nase, aber bis wir ihn geholt haben, ist es zu hell für eine sichere Jagd. Außerdem muss sich jemand um Eure Kratzer kümmern, und ich hätte nichts dagegen, auch meine Wunden versorgen zu lassen. Das Weib hatte ein großes Messer, und sie war sehr schnell damit.«

»Sie darf nicht am Leben bleiben!«, fauchte die Frau. »Es

heißt, sie hat die Gabe, die Wahrheit zu sehen. Das wäre unser Verhängnis. Innes wird ihre Gabe nutzen, um uns zu suchen, und ich bin noch nicht fertig. Dieser brünstige Bastard Tormand muss für alles bezahlen, was ich erlitten habe, für all die Demütigungen und die Schande. Wenn er nicht gewesen wäre, hätte man mich nie gezwungen zu heiraten – und dafür muss er büßen. Aye, und auch dafür, dass ihm all diese Huren lieber waren als ich.«

»Aber wir wissen nicht genau, ob er mit der Hexe ins Bett gegangen ist.«

Die Frau schnaubte nur verächtlich, ihr kaltes Lachen hallte durch den Wald. »Du hast doch gesehen, wie er sie bei den Redmonds angestarrt hat.«

»Das schon, aber heute hat er sie zum ersten Mal besucht, und er kam nicht allein.«

»Das spielt keine Rolle. Er will sie auf die Liste seiner Eroberungen setzen. Er hat Witterung aufgenommen und wird sie bald so weit haben. Vielleicht geht es Innes wirklich nur darum, dass sie ihm hilft, uns zu finden, aber Tormand will unter ihre Röcke. Ich will sie tot sehen, bevor sie ihn in ihr Bett lässt, wie es all die anderen getan haben, diese dreckigen Huren. Mit der da ins Bett zu steigen würde ihm das größte Vergnügen bereiten, und ich will nicht, dass er sich vergnügt. Er soll in Schmach und Schande verurteilt und gehängt werden.«

In dieser eiskalten Stimme schwang der Ton eines verwöhnten Kindes mit, das irgendwann einmal gezwungen worden war, etwas zu tun, was es nicht hatte tun wollen. Und offenbar gab die Frau Tormand die Schuld daran. Was immer ihr in ihrer Ehe widerfahren war, hatte wohl nur ihr Gefühl verstärkt, dass ihr Unrecht getan wurde. Morainn fragte sich, wie es dieser Frau möglich war, mitten in der Nacht herumzuschleichen und Menschen umzubringen, ohne dass ihr Mann ihre Abwesenheit bemerkte. Es sei denn, dieser Mann war ihr erstes Opfer gewesen.

Morainn verzog das Gesicht und mahnte sich, nicht zu sehr

ihren Gedanken nachzuhängen. Sie musste auf jedes Wort dieser Mörder achten und darauf, nicht entdeckt zu werden.

»M'lady, bitte – Ihr blutet noch«, sagte der Mann. »Und ich auch. Wir hinterlassen eine Spur, die sogar ein Kind aufspüren und verfolgen könnte.«

»Wir müssen die Hexe finden!«

»Das werden wir auch, ich gebe Euch mein Wort. Beruhigt Euch. Was nützt es, wenn man erwischt wird auf der Jagd nach jemandem, den man in diesen dunklen Wäldern ohnehin nicht finden kann? Wir säubern uns jetzt erst einmal und ruhen ein bisschen aus, bis unsere Wunden so weit verheilt sind, dass wir keine Aufmerksamkeit erregen, und dann begeben wir uns wieder auf die Jagd.«

»Ich will sie tot sehen!«, wiederholte die Frau und klang wie ein Kind, dem ein Vergnügen verwehrt wird. »Sie wird Innes von uns erzählen und ihm helfen, uns zu fangen. Wir dürfen nicht zulassen, dass sie uns sieht, Small.«

Morainn hörte, wie der Mann weiter beruhigend auf die Frau einredete, während sie davonritten. Doch selbst als sie sie nicht mehr sehen und hören konnte, harrte sie weiter angespannt in ihrem Versteck aus. Es dauerte eine ganze Weile, bis sie wieder einen klaren Gedanken fassen konnte. Sie musste ständig daran denken, wie diese Frau davon gesprochen hatte, sie zu töten. Und dabei kannte sie sie nicht einmal! Ihr war der Tod bestimmt für etwas, was sie gar nicht getan hatte. Sir Tormand hatte sie noch nicht einmal geküsst. War er ein solch lüsterner Narr, dass er eine Frau nur ansehen musste, und schon glaubte alle Welt, bald würde sie sein Bett wärmen?

Doch tief in ihrem Innern wusste Morainn – und das beunruhigte sie am meisten –, dass die Frau sie aus ganz anderen Gründen umbringen wollte als dem bisschen Information, das Morainn vielleicht mit einer ihrer Visionen liefern konnte. M'lady wollte sie töten, weil ein Mann sie mit lüstern glitzernden Augen angesehen hatte. Das bewies nur, wie wahnsinnig diese Frau war.

»Sie sind weg, Morainn«, flüsterte Walin. Morainn atmete zur Beruhigung tief durch, dann erwiderte sie ebenso leise: »Wir bleiben noch ein Weilchen in unserem Versteck, mein Schatz. Ich bin nicht groß genug, und auch nicht geschickt genug mit meinem Messer, um einen Kampf mit den beiden zu gewinnen. Ich kann zwar zustechen, damit sie mir ausweichen müssen und wir wegrennen können, aber es mit zwei Leuten aufnehmen, von denen einer so groß ist wie ein Berg? Nein, das geht nicht.«

»Warum wollen sie dich töten? Du hast Sir Tormand doch heute zum ersten Mal getroffen.«

»Ich habe ihn schon gestern getroffen, wenn auch nur kurz. Aber das ist den beiden egal. Die Frau ist verrückt, Walin. Völlig verrückt. Niemand kann verstehen, was in ihrem Kopf vorgeht.«

»Wie lange müssen wir hierbleiben?«

»Am sichersten ist es, wenn wir uns so lange versteckt halten, bis die Sonne aufgeht. Dann ist die Sicht zumindest besser, wenn wir uns auf den Heimweg machen. Denn wenn sie sich im Dunkeln versteckt haben wie wir, könnte ich sie jetzt nicht rechtzeitig sehen, und wir könnten nicht abermals fliehen und uns verstecken.«

»Und was passiert, wenn ein wildes Tier uns für eine gute Beute hält?«

»Erstens bekommt so ein Tier uns hier drinnen nicht zu fassen, und zweitens habe ich ein sehr großes Messer.« Sie lächelte, als sie merkte, dass er sich etwas entspannte, während sie ihn näher an sich zog. »Ruh dich aus, mein süßer Kleiner. Ich passe auf dich auf.« Sie hoffte aus ganzem Herzen, ihr Versprechen halten zu können. Aber es würde ihn nur weiter ängstigen, wenn sie ihm die Wahrheit sagte, nämlich, dass ihr Schicksal nicht immer in ihren Händen lag.

»Glaubst du, dass der Mann William wirklich umgebracht hat?«

Walin würgte an seinen Tränen, und auch sie selbst hätte am liebsten geweint. Doch sie rieb ihm nur sanft über seinen schmalen Rücken und erwiderte mit möglichst ruhiger Stimme: »Ich weiß es nicht, Liebling. Das finden wir heraus, wenn wir wieder zu Hause sind. Wenn der Mann unseren William getötet hat, dann ist der Kater als Held gestorben. Er hat die Frau angegriffen, und als der Mann ihr helfen wollte, konnte ich fliehen. Ich möchte lieber nicht darüber nachdenken, was mit uns passiert wäre, wenn William mir diese Gelegenheit nicht verschafft hätte.«

»Wenn William tot ist, begraben wir ihn im Garten. Er liebte unseren Garten.«

»Jawohl. Und wir werden für unseren tapferen Kater ein sehr schönes Begräbnis ausrichten.«

»Und sein Grab schmücken.«

»Aye. Aber jetzt mach die Augen zu, Schätzchen. Ich halte Wache.«

»Ich muss zuerst noch beten.«

Sie presste Walin an sich, während er sein Gebet flüsterte. Dass er heute Abend schon gebetet hatte, sagte sie ihm nicht. Als er Gott bat, William leben zu lassen oder ihm zumindest im Himmel einen schönen Garten zum Streunen zu geben, musste sie ein wenig lächeln, doch es stimmte sie auch sehr traurig. Sie fand es schön, dass Walin die Katzen als seine Freunde betrachtete. Traurig war nur, dass ein Kater Walins bester Freund war und es keine Kinder gab, die mit dem Jungen spielen wollten. Keine Mutter wollte den Bastard einer Hexe in die Nähe ihrer Kinder lassen. Nach dem ersten Mal, als ihr Walin weinend erzählt hatte, dass eine Mutter ihre Kinder von ihm weggezerrt hatte, als hätte er die Pest, hatte Morainn ihn immer bei Nora gelassen, wenn sie ins Dorf musste; doch im Hause der Chisholms gab es keine Kinder. Es war ein trauriges Leben für ein Kind, aber sie wusste nicht, wie sie es hätte ändern können.

Morainn wunderte sich nicht, als Walin gleich nach seinem Gebet einschlief. Zu gern hätte sie sich wie er in einen gnädigen Schlaf und einen schönen Traum geflüchtet, aber leider waren ihre Träume manchmal sehr düster. Die Angst um ihrer beider

Leben, die Hatz durch den Wald und das Finden eines Verstecks hatten sie sehr viel Kraft gekostet. Dennoch durfte sie jetzt nicht schlafen, und das nicht nur aus Angst, dass ein wildes Tier sie aufstöbern konnte; denn das hielt sie für höchst unwahrscheinlich. Nein, es war vor allem wegen der Frau. Vielleicht hatte sie es doch noch geschafft, ihren riesigen Gefährten dazu zu bewegen, sie und Walin mit dem Hund zu verfolgen.

Am schlimmsten war natürlich, dass sie sich in ihrem Häuschen nicht mehr sicher fühlen konnte. Das mörderische Paar wusste, wo sie lebte. Es wusste, wie man ins Haus gelangen konnte – und die Frau wollte sie unbedingt tot sehen. Morainn sah nur eine Möglichkeit, um sich sicher zu fühlen: Sie musste ihr Haus verlassen und sich ein Versteck suchen, bis die Mörder erwischt und gehängt wurden. Das verbot ihr zwar ihr Stolz, er forderte sie vielmehr auf, sich zu behaupten, aber sie ließ ihn außer Acht. Schließlich musste sie auch für Walins Sicherheit Sorge tragen.

Das Problem war nur – wohin sollten sie gehen? Da sie wusste, dass Mörder hinter ihr her waren, konnte sie weder Nora noch ihre wenigen anderen Freunde um Beistand bitten. Wenn sie ihr halfen, wären vielleicht auch sie gefährdet. Nein, so wollte sie keine Freundschaft entgelten. Einen Moment lang überlegte sie, ob sie den Mann um Schutz und Hilfe bitten sollte, der das Häuschen und das dazugehörende Land an sie verpachtet hatte, doch dann verwarf sie auch diesen Einfall. Sir Adam Kerr war sehr freundlich zu ihr gewesen, als man sie als Kind in die Kälte verstoßen hatte, aber sie glaubte nicht, dass es ihm recht wäre, wenn sie und ein kleiner Junge sich bei ihm einnisteten. Außerdem ging das Gerücht, er wäre sogar noch ein größerer Lüstling als Sir Tormand.

Vielleicht sollte sie Sir Tormand und Sir Simon um Hilfe bitten? Schließlich hatten sie ja auch um ihre Hilfe gebeten. Es wäre also weder unbillig, noch hätte es etwas mit Wohltätigkeit zu tun, gegen die sich ihr Stolz so wehrte. Nur leider würde sie dann dem Mann sehr nahe rücken, der Gefühle in ihr geweckt hatte, die sie noch nie gespürt hatte. Er führte sie in Versuchung, und dieser Versuchung würde sie weitaus leichter widerstehen können, wenn sie nicht in seiner Nähe war. Sir Tormand war offenkundig nicht geübt im Widerstehen von Versuchungen, und das würde es umso schwerer machen, sich in seiner Nähe aufzuhalten. Wenn er versuchte, sie zu verführen, würde er sie wohl sehr bald in seinem Bett haben, gestand sich Morainn bangen Herzens ein. Wenn sie ihn bat, ihr Zuflucht zu gewähren, setzte sie ihre Tugend aufs Spiel, um die sie sehr lange gekämpft hatte. Doch wenn sie ihn nicht um Schutz bat, setzte sie ihr und Walins Leben aufs Spiel.

Die Entscheidung war nicht leicht. Morainn wehrte sich gegen ein Gähnen. Nein, jetzt konnte sie diese Entscheidung nicht fällen; sie war einfach zu erschöpft und hatte noch den bitteren Geschmack der Angst im Mund. Doch im Lauf des kommenden Tages musste sie für sich und Walin eine sichere Zuflucht finden, denn sonst würde sie den übernächsten Sonnenaufgang vielleicht nicht mehr erleben.

Tormand ritt neben Simon und kämpfte gegen den Drang an, den Streit fortzusetzen, den sie beim Frühstück gehabt hatten. Obwohl er es schrecklich fand, Morainn kaum einen Tag nach der ersten entsetzlichen Vision einer weiteren auszuliefern, wusste er, dass Simon recht hatte – sie mussten es einfach versuchen. Außerdem wusste er, dass das nicht der einzige Grund gewesen war, weshalb er gezögert hatte, noch einmal zu Morainn zu reiten. Es verletzte zwar seinen Stolz, sich das einzugestehen, aber er hatte Angst, ihr zu nahe zu kommen. Er fürchtete sich davor, dass sie in ihm weitaus mehr ansprach als nur die Lust. Wenn er ihr fern war, konnte er sich einreden, dass es nur das Verlangen eines Mannes war, der länger keine Frau gehabt hatte; doch wenn er ihr nahe war und in ihre wunderschönen Augen sah, konnte er sich nichts mehr vormachen. Er war sich allzu klar, dass es um mehr ging, und das wollte er nicht.

Tief in seinem Innern wusste er, dass sie seine wahre Gefährtin war, die Frau, die ihm bestimmt war – oder wie auch immer die Frauen in seinem Klan so etwas nannten. Und deshalb wusste er auch, dass er sich, wenn er weiterhin jede schöne Blume im Garten des Lebens pflücken wollte, von Morainn Ross so fern wie nur möglich halten musste. Doch das konnte er nicht, und es lag nicht nur an der Notwendigkeit, die Mörder zu finden, dass es ihn immer wieder in die Nähe dieser ernsten Bedrohung seiner Freiheit zog. Nein, in dem Augenblick, wo er zum ersten Mal in diese meerblauen Augen geblickt hatte, trieben ihn all seine Instinkte zu Morainn.

Er konnte es sich nicht erklären. Morainn war hübsch, aber er war schon mit weitaus schöneren Frauen ins Bett gegangen und hatte sie wieder verlassen. Und obwohl er selbst daran zweifelte, konnte er nicht ignorieren, dass viele Walin für ihren Sohn hielten. Außerdem hatte er herausgefunden, dass sie Sir Adam Kerr, dem Laird von Dubhstane, nur sehr wenig für ihr Häuschen und das dazugehörige Land zahlte. Da Kerr angeblich ein noch weitaus größerer Schwerenöter war als Tormand, stellte sich unwillkürlich die Frage, ob Morainn dem Burschen vielleicht auf andere Weise ihr Häuschen entgalt. Seltsamerweise musste er jetzt nicht daran denken, dass sie dann ja auch für ihn leichte Beute wäre. Noch vor wenigen Tagen wäre er frohgemut davon ausgegangen, doch jetzt verkrampfte sich sein Magen, was beunruhigend nach Eifersucht schmeckte. Und das störte ihn gewaltig.

»Wenn die junge Frau noch immer so blass und erschöpft aussieht, werde ich sie nicht dazu drängen, heute eine der anderen Haarnadeln zu berühren«, sagte Simon.

Tormand war froh, dass Simon seine finstere Stimmung offenbar auf ihre Auseinandersetzung zurückführte und nicht auf seine wirren Gedanken über mögliche Lebensgefährtinnen und deren Legionen von Liebhabern, gegen die er vielleicht zu kämpfen hätte. Er nickte. »Ich glaube nicht, dass solche grässlichen Visionen gut für ihre Gesundheit sind. Sie war ja völlig aufgewühlt.«

Harcourt hatte sich zu ihnen gesellt und Tormands Worte mitbekommen. Er grunzte zustimmend. »Frauen sind nicht so stark wie Männer, sie können solche Sachen nicht so gut aushalten.«

Tormand ignorierte das Gejohle seiner Verwandten, die hinter ihnen ritten. Er sah seinen Cousin strafend an. »Ich hoffe nur, du hast so etwas noch nie vor den Frauen unseres Klans geäußert.«

Harcourt grinste breit und schüttelte den Kopf. »Ich habe doch nur behauptet, dass sie schwächer sind. Ich habe nicht gesagt, dass sie nicht genauso boshaft und raffiniert sein können. Was sie mit mir anstellen würden, wenn sie mich solche Dinge sagen hörten, will ich mir allerdings lieber nicht vorstellen.«

»Na ja, zumindest hast du so viel Grips unter deinem dichten Haarschopf. Da ich heute Morgen so beschäftigt war, mit Simon zu streiten, habe ich ganz vergessen zu fragen, ob ihr gestern Nacht bei euren Streifzügen durch den Ort noch etwas Interessantes erfahren habt.«

»Nein, sonst hätte ich es dir schon berichtet. Bis auf viel Ale und ein paar willige Mädchen ist uns nichts weiter begegnet.«

Doch Harcourt wich seinem Blick aus, was in Tormand die schlimmsten Befürchtungen weckte. »Harcourt, du warst schon immer ein schlechter Lügner. Was hast du gehört?«

Harcourt seufzte. »Gerede, nichts weiter, nur törichtes Gerede. Wir haben ein paar Narren zurechtgestutzt, und dann haben wir uns noch mit ein paar süßen Mädchen vergnügt. Die hübsche Jennie wünscht dir das Beste.« Er zwinkerte. »Und ihr Bestes war wirklich sehr gut.«

Tormand unterdrückte einen Fluch. Harcourt brauchte gar nicht zu wiederholen, was man über ihn in den Tavernen und Schenken sagte. Das konnte er sich schon denken. Das Flüstern, mit dem er als Mörder bezeichnet wurde, wurde immer lauter und verbreitete sich wie die Pest im Ort. Ihm war klar, dass viele Leute ihn als Sünder bezeichneten, als Mann, der nicht in der Lage war, den Versuchungen des Fleisches zu widerstehen. Aber wie so etwas die Leute dazu bringen konnte, ihm zuzutrauen, dass er Frauen abschlachtete, verstand er einfach nicht.

Beinahe hätte er seinen Bruder doch gefragt, was denn über ihn geredet wurde, als Morainns Häuschen in Sicht kam. Die Tür stand weit offen. Es konnte natürlich bedeuten, dass Morainn nur vergessen hatte, sie zu schließen, aber trotzdem befürchtete er sofort das Schlimmste. Unwillkürlich gab er seinem Pferd die Sporen. Er hörte nur noch einen Chor überraschter Flüche hinter sich, dann spornten seine Verwandten ihre Pferde ebenfalls an und folgten ihm.

Noch bevor er sein Pferd zum Stehen gebracht hatte, sprang er aus dem Sattel und wollte ins Haus stürmen, blieb dann jedoch wie angewurzelt an der Schwelle stehen. Auf dem glatten weißen Stein war ein Blutfleck. Einerseits wäre er am liebsten weitergestürmt und hätte nach Morainn gerufen, andererseits fürchtete er sich vor dem, was ihn dort drinnen womöglich erwartete. Also blieb er einfach stehen. Simon eilte an ihm vorbei und durchsuchte das Häuschen. Tormand war froh, dass keiner seiner Verwandten Simon folgte. Immerhin ließ ihn das nicht so feige erscheinen, wie er sich fühlte.

»Sie ist nicht da«, sagte Simon, als er wieder heraustrat. »Und der Junge auch nicht. In der Schlafkammer sind Blutspritzer, aber nicht sehr viele.«

»In den Schlafkammern der anderen Frauen war auch nicht viel Blut«, gab Tormand zu bedenken.

»Glaubst du, dass die Mörder Morainn geholt haben? Ich kann mir nicht recht erklären, wie es dazu hätte kommen sollen. Sie ist nicht deine Geliebte, und sie war es auch nie. Ihr habt euch ja erst vor Kurzem kennengelernt.«

»Vor dem Haus, in dem Isabellas Leiche gefunden wurde. Vielleicht befanden sich die Mörder in der Schar der Neugierigen und haben uns beobachtet.«

»Möglicherweise. Aber wo ist dann Morainns Leiche? Sie holen die Frauen in der Nacht und legen sie vor Sonnenaufgang wieder in ihre Betten. Das haben wir zwar nie mit eigenen

Augen gesehen, aber ich bin mir sicher, dass sie so verfahren, und du doch auch.«

»Das stimmt, so sind sie wohl bislang vorgegangen.«

»Also, mein Freund – wo ist ihre Leiche?«

»Warum fragst du sie das nicht selbst?«, schlug Harcourt vor und deutete auf den Waldrand. Und tatsächlich – soeben waren Walin und Morainn aus dem Wald getreten und liefen auf sie zu, quicklebendig und offenkundig auch unversehrt.

Vor Erleichterung wurden Tormands Knie ganz schwach. Doch dann sah er, dass die beiden noch ihre Nachtgewänder trugen. Er blickte noch einmal auf den Blutfleck am Boden. Bestimmt war etwas Schlimmes passiert. Diese Gewissheit verstärkte sich, als ihm auffiel, dass Morainn ein sehr großes Messer in der Hand hielt.

Tormand wartete darauf, dass einer seiner Verwandten etwas sagte, denn er hatte Angst vor dem, was er sagen würde, wenn er jetzt den Mund aufmachte. Doch seine Verwandten und auch Simon blieben stumm. Morainn wirkte etwas bestürzt und verlegen, als sie vor sie trat, sagte jedoch ebenfalls nichts. Offenbar wartete jeder darauf, dass der andere den Anfang machte. Das Schweigen begann, an Tormands Nerven zu zerren, und er fragte sich, wer es als Erster brechen würde. Nur er selbst wollte es nach Möglichkeit nicht sein. Seine Gedanken und Gefühle waren noch immer derart wirr, dass er fürchtete, die ersten Worte aus seinem Munde würden ihn als Vollidioten dastehen lassen.

8

William!«

Der frohe Ruf des kleinen Jungen brach endlich das zunehmend angespannte Schweigen, das alle gefangen gehalten hatte. Als Tormand sich umdrehte, sah er den großen Kater aus dem Haus humpeln. Walin stürmte zu ihm. Während er das Tier vorsichtig umarmte, eilte auch Morainn hinzu. Sie kauerte sich neben den Kater und begann, ihn sanft nach Verletzungen und Wunden abzusuchen.

Eine Weile standen alle herum und sahen zu, wie die beiden den Kater streichelten und ihn einen tapferen Helden nannten. Schließlich reichte es Tormand. Er konnte seine Ungeduld nicht mehr zügeln, er musste unbedingt erfahren, warum Morainn in ihrem Nachtgewand herumlief und an ihrer Tür und im Haus Blutspuren waren.

»Was ist hier passiert?«, fragte er.

Walin sah zu Tormand hoch. Während er den großen Kater unablässig streichelte und umarmte, erwiderte er: »Eine Frau und ein riesiger Mann sind gestern Nacht hier eingedrungen und haben versucht, Morainn umzubringen. Aber sie hatte ihr Messer unter dem Kopfkissen, und zwar ein sehr großes Messer. Und William hat die Frau angegriffen, und das hat mir und Morainn geholfen wegzurennen. Und dann sind wir gerannt und gerannt, bis wir uns unter einem Baum verstecken konnten. Die Leute haben uns verfolgt und sind ganz nah an unser Versteck rangekommen, doch sie haben uns nicht entdeckt. Dann sind sie weggeritten, weil sie beide bluteten, und der große Mann fand, dass sie sich darum kümmern sollten. Außerdem hat er gesagt, dass er William an die Wand geschleudert und ihn getötet hat, weil der die verrückte Frau gebissen und gekratzt hat. Aber ihr seht ja, dass William nicht tot ist. Zum Glück brauchen wir jetzt kein Loch im Garten für ihn zu graben. Morainn und ich haben stundenlang in unserem Versteck ausgeharrt, und dann sind wir nach Hause gegangen, und mir war ziemlich mulmig, aber Morainn hatte ihr großes Messer dabei, und deshalb hat mich auch kein wildes Tier auffressen können.« Er warf einen Blick auf Morainn. »Ich muss William jetzt gleich ein Schüsselchen Sahne geben, weil er so tapfer war.«

Morainn musste sich ein Lachen verkneifen, als sie die verwirrten Blicke der Männer bemerkte. Sie fragte sich, was sie von Walins Wortschwall verstanden hatten. Der Junge hatte sich während seines Berichts kaum Zeit zum Atmen genommen. Sie stand auf und strich ihr Nachthemd glatt. Zum Glück war es das selbstgenähte, schwere, mit Leinen gefütterte Nachthemd. Nur wenige ihrer Nachtgewänder waren so züchtig wie dieses.

»Meine Herren, Walin und ich hatten eine sehr lange Nacht«, sagte sie. Viel länger, als sie vorgehabt hatte, dachte Morainn, denn in dem Moment, als die Sonne aufging, waren ihr die Augen zugefallen. In dem Wissen, dass ihnen jetzt wohl nichts mehr passieren konnte, hatte sie ihrer Erschöpfung ein paar Stunden nachgegeben. »Wenn Ihr uns ein bisschen Zeit geben würdet, uns zu waschen und anzuziehen, dann werde ich Euch gern erzählen, was passiert ist. In der Küche gibt es Brot, Obst, Wildbret und Most oder Ale. Nehmt Euch, was ihr wollt. Walin und ich sind gleich wieder da.« Sie nahm den Jungen bei der Hand und zog ihn hinein.

»Ich wollte doch William ein bisschen Sahne geben«, protestierte Walin.

»Das kannst du auch, sobald wir uns gewaschen und angezogen haben.«

»Ich bin so froh, dass wir ihn nicht in das Loch im Garten legen müssen.«

»Das bin ich auch, Schätzchen.«

Tormand ging hinein und sah Morainn und Walin nach, die über die schmale Treppe ins Obergeschoss verschwanden. Dann fragte er Simon: »Hast du alles verstanden, was der Junge gesagt hat?«

Simon lachte und ging in die Küche. »Nicht alles. Ich fürchte, ich habe eher darauf geachtet, wann er wieder Atem holen würde. Hilf mir doch, ein Frühstück herzurichten, ich denke, die beiden werden ziemlich hungrig sein.«

»Hat sie nicht gesagt, dass sie Wildbret hat?«

»Aye.« Simon verzog das Gesicht. »Seltsam, dass sie so etwas hat, aber es wird ihr wohl jemand gegeben haben. Ich kann mir schlecht vorstellen, dass sie selbst auf die Pirsch geht. Sie weiß ja, dass ich als Mann des Königs geschworen habe, für die Einhaltung der Gesetze zu sorgen. Sie wird also klug genug sein, mir nichts von unredlich erworbenem Wildbret zu erzählen. Vielleicht hat die Köchin des Lairds ihr etwas mitgebracht, als sie den Met abgeholt hat, mit dem sie die Pacht für ihr Häuschen bezahlt.«

»Tja, das kann gut sein.« Über die Beziehung zwischen Morainn und Sir Adam Kerr wollte Tormand lieber nicht weiter nachdenken.

»Aber was hat dieser Kater nun eigentlich getan?«, fragte Harcourt, während er einen Krug Ale auf den Tisch stellte.

Rory sah den Kater an, der sich auf die Bank am Tisch gesetzt hatte, als gehöre er dorthin. »Ich glaube, er hat die Frau angegriffen«, meinte er.

»Hast du alles verstanden, was der Kleine gesagt hat?«

»Nicht alles. Ich fürchte, ich wurde abgelenkt, als ich zu verstehen versuchte, wie sie es geschafft haben, sich unter einem Baum zu verstecken.«

Während sie weiter den Tisch deckten, erörterten Tormands Verwandte, was von Walins Wortschwall sie am meisten beschäftigte. Tormand sah Simon an. »Was fandest du am interessantesten, abgesehen davon, dass der Junge so schnell sprechen kann?«

»Ein Mann und eine Frau«, erwiderte Simon stirnrunzelnd. »Ich wollte es einfach nicht glauben, dass eine Frau bei diesen grauenhaften Morden ihre Hand im Spiel hat. Ich habe sogar Morainns Vision angezweifelt, als ich darüber nachdachte. Das war ein Fehler, den ich nicht noch einmal machen werde. Die Frage ist nur: Ist dieses Weib die Anführerin oder die Gehilfin? Aber offensichtlich sind sie nicht unschlagbar oder allmächtig, wenn eine schmächtige junge Frau ihnen entkommen kann.«

»Sie hatte ein sehr großes Messer«, gab Tormand zu bedenken.

Simon grinste. »Und einen grimmigen Kater.« Doch er wurde rasch wieder ernst. »Sie beobachten uns. Das ist die einzige Erklärung, warum sie es auf Mistress Ross abgesehen hatten, nachdem wir sie besucht hatten. Wenn ich mir nicht absolut sicher wäre, dass alle, die an dieser Jagd teilnehmen, höchst ehrbare Männer sind, würde ich anfangen, nach einem Verräter zu suchen.«

Er hatte recht, und bei diesem Gedanken verkrampfte sich Tormands Magen vor Angst um Morainn. »Dann müssen wir sie dazu bringen mitzukommen. Sie kann hier nicht mehr allein bleiben, zumindest nicht, solange diese Mörder nicht tot sind.«

»Ganz meine Meinung, obwohl ich Bedenken habe, die hübsche junge Frau in deinem Haus unterzubringen.«

Tormand kam diese Bemerkung wie eine Ohrfeige vor. »Jesus, Simon, ich bin doch kein brünstiges Tier!« Da er Angst hatte, was er noch alles sagen würde, murmelte er: »Ich kümmere mich jetzt um die Pferde, wahrscheinlich sind wir hier noch ein bisschen länger.«

Simon sah, wie Tormand mit großen Schritten hinausging. Ihm war nicht wohl ums Herz. Er hatte im Gesicht seines Freundes gesehen, wie sehr er ihn verletzt hatte. Das tat ihm leid, aber er konnte seine Worte nicht zurücknehmen. Tormand war ein braver Kerl, aber in den letzten Jahren hatte er einfach über die Stränge geschlagen. Der Mann musste seine

Bedürfnisse und Begehrlichkeiten besser in den Griff bekommen, sonst würde er sich vielleicht noch großen Ärger einhandeln. Falls er diesen überlebte …

Inzwischen war Harcourt neben ihn getreten. Simon fragte ihn: »Glaubst du, ich war zu schroff?«

»Nein. Er hat sich in den letzten Jahren wirklich wie ein brünstiges Tier benommen.« Harcourt musste kurz grinsen, als seine Verwandten kicherten. »Trotzdem bitte ich dich, etwas zurückhaltender zu sein.« Er sprach leise, damit die Frau und das Kind im Obergeschoss nichts mitbekamen. »Ich glaube nicht, dass das Kind von ihr ist, und ich glaube auch nicht, dass sie Sir Adams Liebchen ist.«

Simon begriff, warum Harcourt so leise sprach, und folgte seinem Beispiel. »Das bedeutet, dass sie tugendhaft ist. Und sie hat schon mehr als genug Ärger in ihrem Leben gehabt. Sie braucht keinen neuen, und bestimmt keinen, den ihr eine Affäre mit Tormand einhandeln würden.«

»Ganz meine Meinung. Und ich weiß, dass sie nicht die leibliche Mutter des Jungen ist, auch wenn sie es vielleicht im Herzen ist. Er war schon fast zwei Jahre alt, als ein herzloses Weib oder vielleicht auch irgendein Mistkerl ihn vor der Tür der jungen Frau abgelegt hat. Es ist ein Wunder, dass das Kerlchen in jener Nacht nicht gestorben ist.«

»Woher weißt du das?«

»Ich habe mich umgehört. Und Sir Adam besucht Morainn nie, er kommt nicht einmal vorbei, um seine jährliche Pacht zu holen, die aus zwei kleinen Fässern Met besteht. Dafür schickt er immer seine Köchin. Weißt du, dass er schwarze Haare und meerblaue Augen hat?«

Simon stieß einen leisen Pfiff aus. Er wusste, dass Sir Adam sich eigentlich fast nie blicken ließ. »Bestimmt gelingt es dir nur mit deiner hübschen Visage, so rasch so viel aus den Leuten herauszubekommen. Ich frage mich nur, warum du das überhaupt wissen wolltest.«

»Weil Morainn Tormands vom Schicksal bestimmte Gefährtin ist. Der Kerl wehrt sich im Augenblick nur mit aller Kraft dagegen.«

Das breite Grinsen in den Gesichtern der übrigen Murrays zeigte Simon, dass sie alle derselben seltsamen Ansicht waren. Er runzelte die Stirn. »Seine vom Schicksal bestimmte Gefährtin?«

»Ganz recht. Vielleicht weißt du es ja nicht, aber wir Murrays glauben an etwas, was andere für sonderbar halten.«

»Es gibt ja wohl eine ganze Reihe sonderbarer Dinge, an die ihr glaubt.«

Harcourt ging nicht weiter darauf ein. »Wir, oder zumindest die meisten von uns, glauben, dass es so etwas wie das perfekte Gespann gibt, einen Gefährten oder eine Gefährtin, der oder die genau zu einer bestimmten Person passt.«

»Und du glaubst, dass Morainn Ross Tormands Gefährtin ist? Er kennt sie doch kaum.«

»Das spielt keine Rolle. Manchmal kann so etwas sehr schnell gehen. Mein Vater hat mir erzählt, dass er sich heftig dagegen gewehrt und es auf jedem Schritt des Wegs geleugnet hat, als er seine Gisele unter größten Schwierigkeiten aus Frankreich nach Schottland brachte. Die Frauen in unserem Klan sind felsenfest davon überzeugt, aber das ist ja auch nicht anders zu erwarten. Doch auch die meisten verheirateten Männer geben unter vier Augen zu, dass es zutrifft. Und jetzt hat es eben unseren Tormand erwischt wie ein Tritt in seinen lüsternen Arsch.«

Simon musste daran denken, wie seltsam sich Tormand aufführte, seit er Morainn zum ersten Mal gesehen hatte. Vielleicht war etwas Wahres an Harcourts Worten. »Es könnte trotzdem nichts weiter sein als die pure Lust.«

»Das spielt sicher auch eine Rolle. Tormand ist ein lüsterner Kerl, und das ist er, seit seine Stimme tiefer wurde. Aber er leidet nicht nur unter einer heftigen Lust. Hast du nicht sein Gesicht gesehen, als er das Blut auf der Schwelle bemerkt hat und fürchten musste, dass Morainns Leiche in ihrem Bett lag? Er hatte schreckliche Angst, dass sie tot sein könnte, die Angst ging ihm durch Mark und Bein. Ich wette, so hätte er sich bei einer anderen Frau nie verhalten. Nein, vor allem, wenn man bedenkt, dass er Morainn doch bestimmt noch nicht einmal geküsst hat.«

»Nein, du hast recht, das hat er nicht. Und dass er heute Morgen so heftig mit mir gestritten hat, war auch sehr seltsam. Er wollte nicht, dass wir Morainn besuchen. Aber spricht das nicht gegen deine Annahme?«

»Natürlich will er ihr nicht zu nahe kommen. Er ist schlau genug, zu wissen oder zumindest zu vermuten, was sie für ihn bedeutet: das Ende seiner unbekümmerten Junggesellenzeit, in der er mit jeder Frau schlafen konnte, die ihm gefiel. Er zeigt Anzeichen von Eifersucht, er ist fast über den Tisch gestolpert, um sie aufzufangen, als sie bei ihrer letzten Vision schwach wurde. Und er stand kurz vor einer Ohnmacht, als er das Blut auf der Schwelle bemerkt hat. Oh ja, dieser Bursche steckt in schweren Nöten und kann seinen Kopf nicht mehr lang über Wasser halten.«

Simon seufzte. »Dann werde ich mich vorerst zurückhalten. Doch wenn er ihr Vertrauen und ihr Bedürfnis nach Schutz missbraucht, dann erwarte bitte nicht, dass ich mich weiter zurückhalte. Dann sage ich, was ich zu sagen habe.«

»Das kannst du ruhig, aber erst, nachdem wir ein wenig Verstand in seinen sturen Schädel geprügelt haben.«

Als Simon die grinsenden Murrays ansah, musste er den Kopf schütteln. Er wusste nicht, ob er wirklich an Dinge wie das perfekte Gespann oder die vom Schicksal bestimmte Gefährtin oder die andere Hälfte eines Menschen glauben sollte, aber die Vorstellung hatte etwas für sich. Das erklärte immerhin, warum die Murrays nie Ehen für ihre Kinder arrangierten, was die meisten recht sonderbar fanden. Wenn man sie nach den Gründen fragte, hieß es, sie wollten, dass ihre Kinder glücklich würden. Da die meisten Murrays sich recht gut und vorteilhaft verheiratet hatten, glaubten viele, dass der Klan doch Vorkehrungen getroffen und Verträge abgeschlossen hatte – wie sonst würden so viele günstige Bündnisse zustande kommen? Doch andererseits

seits, überlegte Simon, war der Klan auch dafür bekannt, dass die meisten Paare sich eisern die Treue hielten.

Zugegeben, Tormand verhielt sich seltsam, seit er Morainn Ross zum ersten Mal gesehen hatte. Er umgarnte sie nicht mit einem verführerischen Lächeln und Schmeicheleien, mit denen er die Frauen sonst in sein Bett lockte. Und er sorgte sich auffällig um ihre Gesundheit und ihr Wohlergehen. Tormand war zwar nie unfreundlich zu einer Frau, aber eigentlich machte er sich um die Gesundheit oder das Leben einer Frau nur Sorgen, wenn es Hinweise gab, dass sie unter einem grausamen, brutalen Mann litt. Simon musste wieder zurückdenken an den Moment, als sie zu Morainns Tür geeilt waren, Tormand aber plötzlich an der Schwelle stehen geblieben war. Er erinnerte sich noch deutlich, wie erschrocken Tormand gewirkt hatte, als er das Blut bemerkt hatte. Früher hatte er nie gezögert, in das Haus einer Frau zu treten, die ermordet worden war, einschließlich des Hauses seiner Freundin Marie, obwohl er ziemlich genau gewusst hatte, was ihn dort erwarten würde.

Offenbar braute sich wirklich etwas zusammen zwischen Tormand und Morainn Ross. Doch vorläufig wollte Simon einfach abwarten. Vielleicht war es ja sogar amüsant, seinen Freund, dem großen Liebhaber vieler Frauen, dabei zuzusehen, wie er in die Liebe und die Ehe stolperte. Simon nahm sich allerdings noch einmal fest vor, darauf zu achten, dass Morainn nicht unter Tormands Stolpern oder seiner offenkundigen Unfähigkeit, einer Frau die Treue zu halten, leiden musste. Hinter dieser Frau waren Mörder her – sie brauchte wahrhaftig keinen zusätzlichen Ärger.

Nachdem Tormand die Pferde versorgt hatte, trat er aus dem sehr sauberen Stall ins Freie. Das Gebäude war erstaunlich groß und gut in Schuss für eine Frau niederen Standes, die keine Familie hatte. Dasselbe galt für ihr Haus. Laird Sir Adam Kerr war sehr großzügig gewesen zu dem verwaisten Mädchen, das von abergläubischen Dorfbewohnern verstoßen worden war.

Auch wenn Tormand Sir Adam dankbar war, konnte er nicht umhin, sich zu fragen, warum der Laird das getan hatte. Nur wenige kannten Kerr persönlich, und die redeten nicht über ihn. Doch wenn man den Gerüchten Glauben schenken konnte, war er nicht sehr tugendhaft. Hinter vorgehaltener Hand wurde sogar behauptet, er unterhielte einen Harem wie die Heiden im Orient. Schon allein bei dem Gedanken, dass Morainn zu Sir Adam Kerrs Harem gehören könnte, knirschte Tormand wütend mit den Zähnen.

Er atmete tief durch und versuchte, seine wirren Gefühle loszuwerden, indem er ganz langsam ausatmete, bevor er zu den Gefährten zurückging. Jetzt war nicht der richtige Moment, sich über das Wie und das Warum von Morainn Ross' Beziehung zum Laird von Dubhstane den Kopf zu zerbrechen. Zweifellos hatten die Mörder Morainn aufgespürt und versucht, sie wie die anderen Frauen abzuschlachten. Aus vielen Gründen, von denen er einige nicht allzu eingehend betrachten wollte, fühlte sich Tormand für Morainns Sicherheit und dafür, dass sie nicht in Reichweite der Mörder kam, verantwortlich. Nicht zuletzt könnte sich Morainns Gabe schließlich als große Hilfe auf der Jagd nach den Mördern erweisen.

Tormand blieb am Eingang stehen und musterte noch einmal das Blut auf dem Boden. Er erinnerte sich an die eisige Angst, die ihn hatte erstarren lassen, als sein Blick zum ersten Mal darauf gefallen war. Er war unfähig gewesen, sich dem zu stellen, was ihn in dem Häuschen möglicherweise erwartete, obwohl er sich bereits über die verstümmelten Leichen von drei Frauen gebeugt hatte und dabei immerhin so gefasst gewesen war, dass er sich nicht übergeben hatte. Doch schon allein der Gedanke, dass Morainn vielleicht in ihrem Bett lag, ihre Schönheit von den Mördern entstellt, ihre schönen Augen kalt und leer, hatte ihn mit tiefstem Grauen erfüllt. Jetzt konnte er nicht umhin, sich einzugestehen, dass er in der Gefahr schwebte, sich von Morainn betören zu lassen, von einer Hexe mit Augen so blau wie das Meer an einem Sommertag. Er unterdrückte das kindische Verlangen, vor dem zu fliehen, was womöglich sein Schicksal war, und trat ein.

Als er die Männer in der Küche fragen wollte, worüber sie denn lachten, stürmte Walin die schmale Treppe so rasch herab, dass er auf der letzten Stufe stolperte. Eilig trat Tormand hinzu und fing den Jungen auf, bevor er mit dem Gesicht auf dem Steinfußboden landete. Als Walin ihn angrinste, verspürte Tormand einen seltsamen Stich in seinem Herzen. Er wurde das Gefühl nicht los, dass ihm etwas an dem Jungen sehr bekannt vorkam.

»Dank Euch, Sir Tormand«, meinte Walin, als Tormand ihn losließ.

»Du solltest auf den Stufen besser aufpassen.« Tormand merkte zu seinem Verdruss, dass er genau wie sein eigener Vater geklungen hatte.

»Ich weiß, aber ich muss William unbedingt ein bisschen Sahne geben. Er war so tapfer!«

Nach einem raschen Blick nach oben, um zu sehen, ob auch Morainn herunterkäme, folgte Tormand dem Jungen etwas enttäuscht in die Küche. Als er sich dort umsah, stellte er fest, dass auch dieser Raum ein Beweis dafür war, dass der Laird von Dubhstane Morainn ein sehr schönes Heim zur Verfügung gestellt hatte. Die meisten Leute ihrer Herkunft – schließlich war sie das Kind einer Hebamme, die von einem wütenden Mob getötet worden war, weil man sie als Hexe gebrandmarkt hatte – hätten wohl nur einen einzigen Raum mit einer Feuerstelle zum Kochen gehabt, bestenfalls noch einen kleinen Dachboden zum Schlafen.

Walin goss mittlerweile etwas dickflüssige Sahne in ein Holzschüsselchen. Mit einem dumpfen Laut sprang der Kater von der Bank und schickte sich an, seine Belohnung zu genießen. Wie durch einen Zauber tauchten auch die anderen drei Katzen auf, aber ein leises, kehliges Fauchen des riesigen Katers hielt sie auf Abstand. Walin goss kichernd noch etwas Sahne in eine andere Schüssel und stellte sie vor die übrigen Katzen.

»William wird hier noch dick und fett.« Die süße, leicht rauchige Stimme zog Tormands Blick sofort zu ihrer Besitzerin. Schon allein bei Morainns schüchternem Lächeln spannte sich sein Körper an wie der eines gut ausgebildeten Jagdhunds. Tormand war klar, dass er erstaunlich heftig auf Morainn reagierte, obwohl er sich das damit zu erklären versuchte, dass er seit Monaten mit keiner Frau geschlafen hatte.

»Danke, dass Ihr den Tisch gedeckt habt«, meinte Morainn etwas verlegen unter den Blicken von sechs stattlichen jungen Männern. »Walin«, fuhr sie fort und lächelte den Jungen an, »komm und setz dich an den Tisch.« Sie schrie überrascht auf, als Tormand sie plötzlich am Arm packte. »Was ist denn?«

Tormand schob ihren dicken Zopf zur Seite, um den Bluterguss eingehender zu betrachten, den er bemerkt hatte, als sie den Kopf Walin zugewandt hatte. »Woher habt Ihr das? Es sieht aus wie ein Handabdruck.«

»Ach, das. Der Mann hat mich von hinten gepackt, als ich die Treppen hinab fliehen wollte. Aber ich habe ihn mit meinem Messer erwischt, und dann ließ er mich los.« Sie spürte, dass noch ein anderer hinter sie getreten war. Als sie einen Blick über ihre Schultern warf, merkte sie, dass es Simon war, der den Bluterguss genau musterte. »Es ist nicht so schlimm, wie es aussieht«, wiegelte sie ab. Es tat zwar ziemlich weh, aber Morainn vermutete, dass ihr weitaus Schlimmeres gedroht hätte, wenn ihr die Flucht nicht geglückt wäre.

»Der Mann hat eine sehr große Hand«, murmelte Simon.

»Ja, das stimmt«, sagte Walin, der inzwischen am Tisch saß. »Er war so groß wie ein Pferd. Ein richtiger Riese.«

»Setzt Euch, Mistress Ross«, bat Simon, wobei er zwar höflich, jedoch auch bestimmt klang. »Und dann erzählt uns beim Essen, was Euch widerfahren ist. Ihr seid bestimmt schrecklich hungrig.«

Morainn setzte sich. Einigermaßen alarmiert stellte sie fest, dass Tormand neben ihr Platz nahm. Sie konnte sich kaum konzentrieren, denn die Nähe zu ihm ließ ihren Körper kribbeln, als hätte sie sich zu lange in der Sonne aufgehalten. Es wurde nicht besser, als sich Harcourt zu ihrer Linken niederließ und anfing, Essen auf ihren Teller zu häufen. Es war ihr nicht geheuer, von Männern umringt zu sein, die so viel größer waren als sie, zumal ihr Körper höchst ungewohnt auf einen von ihnen reagierte. Ihr gegenüber saß Walin zwischen Simon und Rory. Die beiden füllten stumm den Teller des Kindes. Beinahe wurde ihr unbehaglich, weil es sich fast zu gut anfühlte, wie diese Männer sich um sie und Walin kümmerten. Sie fürchtete, sie könnte sich daran gewöhnen und diese Fürsorge vermissen, wenn sie sie nicht mehr hätte.

»Bevor Ihr uns Eure Geschichte noch einmal erzählt«, meinte Rory, dessen bernsteingelbe Augen lustig funkelten, »muss ich eines wissen: Wie kann man sich unter einem Baum verstecken?«

»Als ich hierherkam«, erklärte Morainn, »erinnerte ich mich noch sehr gut daran, wie meine Mutter gestorben war. Ich hatte große Angst, dass sich die Meute auch gegen mich wenden könnte. Deshalb suchte ich mir verschiedene Verstecke im umliegenden Wald. Dort gibt es einen großen, alten Baum, dessen Wurzeln so dick sind, dass sie auch über der Erde wachsen. Ich musste nur ein wenig graben, bis ich eine Höhle zwischen diesen Wurzeln hatte, in der ich mich hervorragend verstecken konnte.«

»Sehr schlau, vor allem, weil Ihr damals ja fast noch ein Kind wart«, meinte Simon.

»Selbst das kleinste Kind hängt an seinem Leben.«

»Richtig. Also, Mistress, wenn Ihr beim Essen sprechen könnt, würde ich sehr gern erfahren, was Euch zugestoßen ist.«

»Ich fürchte, bei den Mördern, nach denen Ihr sucht, handelt es sich tatsächlich um einen Mann und eine Frau.«

Zwischen den einzelnen Bissen berichtete Morainn alles haarklein. Das, was das mörderische Paar zueinander gesagt hatte, streifte sie allerdings nur kurz. Vielleicht bargen diese Worte ja einen klaren Hinweis, wer die Leute waren, und sollten deshalb sorgfältiger erörtert werden und nicht nur im Rahmen einer Geschichte, wie man sie am Kaminfeuer hört. Zweifellos würde Simon jedes einzelne Wort dieser Ungeheuer sorgfältig überdenken wollen.

»Der Mann hatte sehr große Füße«, sagte Walin, als Morainn mit ihrem Bericht fertig war. »Und sein Pferd war auch riesig, und es hatte ein weißes Bein.«

Morainn sah den Jungen verwundert an. »Hast du gelugt?« In ihr regte sich ein gewisser Zorn, gewachsen aus der Sorge um Walin. Er hätte leicht ertappt werden können, und sie hätte ihn nicht retten können.

Walin errötete schuldbewusst. »Nur mit einem Auge, Morainn. Ich habe mich nicht gerührt und auch meinen Kopf nicht aus unserem Versteck gestreckt.«

»Welches Bein hatte denn weiße Stellen?«, wollte Simon wissen.

»Das rechte Vorderbein«, erwiderte Walin prompt.

»Na gut. Hast du denn noch etwas gesehen mit deinem einen Auge?«

»Nein, nur dass der Mann sehr, sehr groß war und auf einem sehr, sehr großen Pferd saß. Ich hätte mich bewegen müssen, um ihn besser zu sehen.«

»Sie waren also ganz in eurer Nähe.« Simon sah auf Morainn. »Ihr habt doch gesagt, dass Ihr sie hören konntet. Aber Ihr habt noch nicht erzählt, was sie gesagt haben. Habt Ihr sie denn nicht verstehen können?«

»Doch, doch.« Bei der Erinnerung an die eisige Stimme und an den Wahnsinn, der bei jedem Wort dieses Weibs durchschien, hätte Morainn fast wieder zu zittern begonnen. »Ich glaube, das Wichtigste war, dass sie beide bluteten. William hat wohl einigen Schaden im Gesicht der Frau angerichtet. Göttliche Gerechtigkeit, könnte man sagen«, murmelte sie, wobei sie unwillkürlich an das denken musste, was die Mörder ihren Opfern angetan hatten. »Der Kater landete auf ihrem Kopf, und ich sah, dass er ihr Gesicht und ihren Kopf zerkratzte und zerbiss.

William hat sehr lange Krallen, die Wunden könnten also ziemlich tief sein. Der Mann hat zwei Schnitte abbekommen, obwohl ich nicht weiß, wie tief – einen am Arm oder an der Hand, den anderen irgendwo an seinem Körper. Jedenfalls habe ich ihn zweimal erwischt. Da er mir gleich wieder auf den Fersen war, waren seine Wunden wahrscheinlich nicht besonders schlimm. Er machte sich hauptsächlich Sorgen um ihre Verletzungen und darum, dass sie eine Spur auf dem Boden hinterließen. Vielleicht könnte ein Hund die Spur finden und verfolgen.«

Simon nickte. »Fällt Euch sonst noch etwas ein?«

»Sie beobachten Sir Tormand.« Nach einem raschen Blick auf Tormand sah sie wieder auf ihren fast leeren Teller. Der stete Blick seiner wunderbaren, verschiedenfarbenen Augen erregte etwas sehr Weibliches und eine tiefe Sehnsucht in ihr, sie wollte aber ihren Bericht mit ruhiger und fester Stimme beenden. »Sie wussten, dass Ihr mich aufgesucht habt, und sie gingen davon aus, dass Ihr meine Kräfte nutzen wollt, um sie aufzustöbern. Die Frau will mich unbedingt tot sehen, damit ich Euch nicht helfen kann, sie zu finden.« Sie sah Simon an. »Sie meinte, Ihr wollt meine Gabe nutzen, um sie zu finden, aber sie hat ihr Werk noch nicht vollendet.«

»Aber warum tun die beiden das?«, fragte Tormand und fuhr sich durch sein dichtes Haar.

Morainn nahm einen großen Schluck Apfelmost, doch sie schaffte es nicht, ihre Angst und die Erinnerung an die gewalttätige Verrücktheit, die in der letzten Nacht in der Luft gelegen hatte, hinunterzuspülen. »Sie will, dass Ihr für all das bezahlt, was sie erdulden musste, Sir Tormand, für das, was sie als Schande und Demütigung bezeichnet hat. Sie sagte, wenn Ihr nicht gewesen wärt, wäre sie nie gezwungen worden zu heiraten, und deshalb müsst Ihr leiden. Außerdem sollt Ihr auch deshalb leiden, weil Ihr so viele andere Frauen ihr vorgezogen habt. Für sie sind all diese Frauen nur Huren.« Als sie sah, wie blass und erschüttert er war, hätte sie ihn am liebsten umarmt und getröstet. Doch sie wehrte sich nach Kräften gegen diesen Wunsch.

»Also geht es tatsächlich um mich«, sagte er schließlich. Seine Stimme klang heiser und zittrig, der Schock war ihm deutlich anzumerken. »Es ist meine Schuld, dass diese Frauen ermordet wurden.«

»Nein«, widersprach Harcourt heftig. »Sie wurden ermordet, weil dieses Weibsstück den Verstand verloren hat und versucht, jemandem die Schuld für das zu geben, was sie als Verbrechen gegen sich betrachtet. Vielen Frauen wird das Herz gebrochen oder verletzt, oft muss eine Frau einen Mann heiraten, den sie nicht mag. Aber deswegen fängt so eine Frau doch noch lange nicht an, alle anderen abzuschlachten, die sie für ihre Rivalinnen hält. Wenn diese Frau versucht, die Schuld an ihrem Elend auf einen anderen zu schieben, warum rächt sie sich dann nicht an ihrem Gemahl oder ihren Eltern, die sie gezwungen haben, diese Ehe einzugehen?«

»Wahrscheinlich hat sie das bereits getan«, meinte Simon düster. »Aber Harcourt hat recht, Tormand. Die Frau ist verrückt. Du kannst nicht die Schuld für ihre Taten auf dich nehmen.« Er sah auf Morainn. »Und jetzt hat sie es auf Euch abgesehen, Morainn Ross. Offenbar befürchtet sie, dass Ihr sie in Euren Visionen sehen könnt, oder?«

»Jawohl«, erwiderte Morainn. »Sie hegt keinen Zweifel, dass ich eine Hexe bin, und glaubt, dass ich Euch helfen werde, sie zu finden. Das habe ich Euch ja bereits gesagt.« Sie errötete leicht. »Und außerdem glaubt sie, dass Sir Tormand mit mir schläft.«

»Ich habe Euch doch erst vor Kurzem kennengelernt«, protestierte Tormand.

Morainn bezweifelte, dass die Länge der Bekanntschaft eine Rolle spielte, wenn Tormand Murray eine Frau begehrte und mit ihr schlafen wollte, und die Mienen seiner Verwandten zeigten, dass sie derselben Meinung waren. Dennoch fuhr sie fort: »Diese Frau glaubt, dass Ihr es getan habt, obwohl ihr Begleiter es in Zweifel zog. Ihr hättet meine Witterung aufgenommen und würdet mich erlegen, sagte sie. Sie hat mitbekommen, wie Ihr mich vor dem Haus der Redmonds angesehen habt. Vielleicht hat sie Euch früher gern gehabt, aber damit ist es jetzt vorbei. Jetzt will sie nur noch, dass Ihr in Schimpf und Schande gehängt werdet.«

»Jesus!«, flüsterte Uilliam, der jüngste von Tormands Verwandten. »Du musst fort von hier, Tormand!«

»Nein!« Tormand merkte, dass er kurz davorstand, zu schreien; er atmete tief durch. »Nein. Ich werde nicht davonrennen und dieses verrückte Weib dazu bringen, mir zu folgen. Ich schwöre euch, wenn Simon mir sagt, dass es Zeit ist, mich zu verstecken, dann werde ich mich widerspruchslos fügen. Aber mehr kann ich euch jetzt nicht versprechen.« Uilliam war darüber nicht gerade glücklich, er nickte düster. Schließlich wandte sich Tormand wieder an Simon. »Und bevor du mich fragst – nein, ich habe keine Ahnung, wer diese Frau sein könnte. Ich habe bei keiner Frau auch nur ein Wort von Ehe fallen lassen und bin allen, die möglicherweise daran dachten, aus dem Weg gegangen.«

»Das heißt nicht, dass eine Frau es sich nicht trotzdem gewünscht hat«, erwiderte Morainn leise. Warum schmerzten sie seine Worte nur so? Viele Junggesellen äußerten sich abfällig über die Ehe. »Diese Frau klang jedenfalls wie ein verwöhntes Kind. Wenn sie für sich beschlossen hatte, dass Ihr sie heiraten sollt, dann hätte es keine Rolle gespielt, was Ihr getan oder nicht getan oder gesagt habt. Vielleicht hat sie sogar etwas sehr Dummes getan, um Eure Aufmerksamkeit zu erregen oder Euch zu einer Ehe zu nötigen, und Ihr habt es gar nicht bemerkt. Vielleicht wurde sie deshalb gezwungen, einen Mann zu heiraten, den sie nicht wollte.«

»Und darum ist alles, was sie seitdem erlitten hat, meine Schuld? Das verstehe ich nicht.«

»Das versteht keiner. Aber diese Frau ist vollkommen verrückt.«

»Sind denn irgendwelche Namen gefallen?«, fragte Simon.

»Nein«, erwiderte Morainn. »Einmal hat sie ihren Gefährten

Small genannt, doch ich glaube nicht, dass er wirklich so heißt. Er hat zu ihr immer nur M'lady gesagt. Ach ja, und dann schlug sie vor, einen Hund zu holen, mit dessen Hilfe sie mich zu finden hoffte. Dieser Hund heißt Dunstan. Zum Glück wandte der Mann ein, dass es zu lange dauern würde, den Hund zu holen. So folgte sie schließlich seiner Bitte, und die beiden ritten davon.« Sie verzog die Lippen zu einem schwachen Lächeln. »Das ist nicht sehr viel, oder? Es tut mir leid.«

»Dafür müsst Ihr Euch wahrhaftig nicht entschuldigen. Es ist weit mehr als das, was wir bisher gehabt haben. Wenn das Wetter hält, könnten wir meinen Hund holen und ihn auf die Blutspur ansetzen.«

»Ihr klingt nicht sehr zuversichtlich.«

Simon verzog das Gesicht. »Verrückt oder nicht, die zwei sind gerissen. Sie haben bislang keinerlei verwertbare Spuren hinterlassen. Ich kann ihnen immer nur dorthin folgen, wo sie ihr übles Werk verrichtet haben, doch dann verblasst jede Fährte.«

»Ihr wisst wahrscheinlich, dass Ihr hier nicht mehr sicher seid«, sagte Tormand.

Das wusste sie sehr wohl, aber sie wusste nicht, was sie dagegen unternehmen sollte. Da die Männer vor ihrem Häuschen gestanden hatten, als sie zurückkam, hatte sie keine Zeit gehabt, über dieses Problem nachzudenken. Doch als die Männer sie nun alle anstarrten, schwand ihr der Mut, sie zu fragen, ob sie ihr helfen würden. Die Worte blieben ihr im Halse stecken. Außerdem ärgerte sie sich, dass sie Männer um Hilfe bitten musste. Sie wusste zwar, wie töricht das war – schließlich war sie letzte Nacht nur knapp mit dem Leben davongekommen –, doch ihr Stolz kämpfte oft gegen ihre Vernunft. Sie hatte es zehn Jahre lang geschafft, ohne die Hilfe eines Mannes zu überleben, und das wollte sie weiterhin.

»Ich kann nicht einfach weggehen«, sagte sie. »Ich habe Hühner, Katzen und eine Kuh, und außerdem einen Garten.«

»Wir bringen Euch in mein Haus im Ort«, sagte Tormand. Seine Stimme ließ erkennen, dass Widerstand zwecklos war.

Morainn protestierte trotzdem noch ein wenig, auch wenn sie sich nicht wunderte, dass sie damit nicht weit kam. Schließlich war sie sogar erleichtert. Es verletzte zwar ihren Stolz, sich das einzugestehen, aber sie hatte große Angst, weiterhin allein in ihrem Haus zu bleiben, nur mit einem Messer, einem kleinen Jungen und einem grimmigen Kater zu ihrem Schutz.

Unter leisem Murren packte sie ihre Sachen. Sogar ihre Katzen wurden mitgenommen, und zwar in den zwei kleinen Körben, mit denen sie sonst die Hühner zum Markt schaffte. Die Körbe wurden an die Sättel von Rorys und Simons Pferden gebunden, auch wenn sich die Tiere lauthals beschwerten. Walin hingegen machte kein Hehl aus seiner Freude, mit den Männern wegzugehen und bei ihnen zu bleiben. Er durfte sogar zusammen mit Harcourt auf einem großen Pferd reiten.

Als Tormand Morainn zu seinem Pferd führte, warf sie noch einen letzten wehmütigen Blick auf ihr Häuschen und fragte sich, ob sie je wieder zurückkehren würde. Sie schrie leise auf, als Tormand sie um die Taille fasste und in den Sattel hob. Gelenkig schwang er sich hinter sie in den Sattel, während sie züchtig ihre Röcke glättete.

Jedes Mal, wenn dieser Mann sie berührte, war ihr, als würde eine Flamme nach ihr züngeln. Er legte die Arme um sie und nahm die Zügel in die Hand, dann trieb er sein Pferd an.

Als sie spürte, wie die Wärme seines harten Körpers tief in sie eindrang, fragte sie sich, ob sie in Tormands Haus wirklich sicher sein würde. Vor den Mördern wahrscheinlich schon, aber nicht vor ihm. Und Morainn wusste ganz genau, dass Sir Tormand Murray auf seine Weise sehr gefährlich sein konnte. Wenn all dieser Ärger vorbei war, würde sie vielleicht lebendig in ihr Häuschen zurückkehren, aber womöglich nicht mit heilem Herzen und heiler Seele.

9

Morainn legte gerade ein paar Törtchen zum Abkühlen auf einen Teller, als ihr auffiel, wie still es um sie herum war. Sie weilte nun schon zwei Tage in Tormands Haus, und in dieser Zeit war es eigentlich nie so ruhig gewesen, auch wenn die Männer viel unterwegs waren. Eigentlich hätte doch der Duft aus dem Ofen zumindest Walin anlocken sollen. Ihr fiel ein, dass sie den Jungen seit dem Frühstück nicht mehr gesehen hatte. Da hatte er mit den anderen am Tisch gesessen und den Plänen gelauscht, die die Männer schmiedeten. Es passten genügend Leute auf Walin auf, Morainn musste sich also keine Sorgen um den Jungen machen. Trotzdem begann sie plötzlich, Angst um ihn zu haben, weil sie ihn so lange nicht mehr gesehen hatte. Wahrscheinlich würde sie nicht aufhören, sich um ihn zu sorgen, bis sie sich vergewissert hatte, dass es ihm gut ging. Also machte sie sich auf die Suche.

Bald hatte sie fast das ganze Haus nach ihm abgesucht, es war nur noch ein Raum übrig, Tormands Arbeitszimmer. Morainn stand vor der geschlossenen Tür. Sie zögerte, in diesen privaten Bereich einzudringen, doch ihr Bedürfnis zu wissen, wo Walin steckte, wollte sich nicht unterdrücken lassen. Allerdings zögerte sie zum Teil auch deshalb, weil sie damit rechnen musste, dass sich Tormand in dem Zimmer aufhielt.

Seit ihrer Ankunft in seinem Haus hatte Morainn Tormand nur bei den gemeinsamen Mahlzeiten gesehen. Es war, als ginge er ihr absichtlich aus dem Weg. Das tat weh, auch wenn sie wusste, dass es wahrscheinlich das Beste war. Wenn dadurch nur wenigstens ihre Sehnsucht nach ihm geschwunden wäre! Doch nein, sie wurde nur noch schlimmer. Den Kopf über ihre Torheit schüttelnd, klopfte Morainn an die Tür. Als keine Antwort kam, rief sie seinen Namen, während sie langsam die Tür öffnete, um ihm noch ein bisschen Zeit zu geben zu antworten, bevor sie ihn endgültig bei der Arbeit störte.

Tormand sah, wie die Tür langsam aufging, und seufzte. Er hatte sein Bestes getan zu ignorieren, dass er und Morainn abgesehen von ihren Katzen allein im Haus waren. Doch sein Bestes war nicht besonders gut gewesen, in all den Stunden, die er sich in diesem Raum versteckt hatte, war er mit seiner Arbeit kaum weitergekommen. Jedes Mal, wenn er versucht hatte, einen weiteren Namen auf die von Simon verlangte Liste zu setzen, schweiften seine Gedanken zu einer nackten Morainn, die unter ihm lag und seinen Namen rief, während er ihr die größte Lust schenkte.

Die Liste, dachte er plötzlich, und starrte entsetzt auf das Blatt Papier vor sich. Hektisch suchte er nach etwas, um die Liste vor Morainn zu verbergen. Als sie den ersten Schritt in sein Arbeitszimmer tat, legte er sein Hauptbuch darauf und schlug es auf, um sicherzugehen, dass das schwere Buch die berüchtigte Liste seiner Geliebten auch wirklich verdeckte.

»Oh, Verzeihung«, meinte Morainn. »Ich habe geklopft und gerufen, aber Ihr habt nicht geantwortet.«

Er stand auf, trat vor seinen Schreibtisch und verschränkte die Arme, wobei er sich Mühe gab, nicht so schuldbewusst zu wirken, wie er sich fühlte. Es war zwar idiotisch, etwas zu verbergen, was bereits verborgen war, aber trotzdem rührte er sich nicht vom Fleck. Beim Aufstellen dieser Liste war er sich immer weniger wie der große Liebhaber und immer mehr wie der brünstige Narr vorgekommen, als den Simon ihn bezeichnet hatte. Der Mann, der vor seinem inneren Auge Gestalt annahm, während er Namen für Namen aufschrieb, gefiel ihm überhaupt nicht. Er wollte nicht, dass Morainn diesen Teil von ihm sah, einen Teil, von dem er sich fest vornahm, dass er ab sofort seiner unbekümmerten Vergangenheit angehören sollte.

»Ich habe nicht gleich geantwortet, weil ich an etwas gearbeitet habe«, erklärte er. »Kann ich Euch helfen?«

»Na ja, die Frage klingt töricht, weil ich weiß, dass alle sich um Walin kümmern und auf ihn achten. Aber wisst Ihr, wo er momentan steckt?«

»Uilliam ist mit ihm zu Eurem Häuschen geritten, weil sie dort ein paar Sachen erledigen wollten. Harcourt ist auch dabei.«

Morainn war erleichtert, aber gleichzeitig auch ein wenig bedrückt. »Ich muss jemand finden, der sich um mein Häuschen kümmert, bis ich wieder heimkehren kann. Ihr oder die anderen sollten sich nicht noch um Sachen kümmern müssen, die eigentlich ich oder Walin erledigen müssten.«

»Und Ihr solltet Euch eigentlich nicht um meinen Haushalt kümmern, während Ihr bei mir weilt.« Allmählich entspannte sich Tormand wieder so weit, dass er zu dem Tischchen neben dem Regal mit seinen Büchern gehen konnte, auf dem ein Krug Wein und ein paar Becher standen. »Habe ich mich je für die Torheit und Unfreundlichkeit meiner elenden Haushälterin entschuldigt?«, fragte er, während er zwei Becher Wein einschenkte.

»Ja, das habt Ihr, genau wie all die anderen. Es ist doch nicht weiter schlimm«, entgegnete Morainn. »Die Arbeit hilft mir, mich davon abzulenken, warum ich mich hier verstecken muss.«

»Es ist aber keine Arbeit, die ein Gast in meinem Haus verrichten sollte.« Er trat zu ihr und reichte ihr einen Becher. »Hier, macht eine kleine Pause, setzt Euch und trinkt einen Schluck Wein mit mir.«

Morainn nahm den Becher und ließ sich von Tormand zu einem Stuhl vor dem Kamin geleiten. Er setzte sich auf den Stuhl daneben und drehte sich ein wenig zu ihr, um sie betrachten zu können. Morainn nippte an dem Wein und genoss den weichen, runden Geschmack, den sich nur Leute mit einem dicken Geldbeutel leisten konnten.

Ihr wurde warm, auch dank Tormands Aufmerksamkeit, nach der sie sich schrecklich gesehnt hatte, obwohl sie wusste, dass es nicht ratsam war, hier mit ihm zu sitzen wie eine Gleichgestellte. Das Verlangen, ihn zu sehen, die Wärme seines Lächelns und seiner Blicke zu genießen und sich von dem Klang seiner tiefen Stimme streicheln zu lassen, würde bestimmt rasch verschwinden, wenn sie nicht mehr ständig in seiner Nähe war. Doch dieses Zwischenspiel, so flüchtig es auch sein mochte, trug nur dazu bei, derlei Verlangen zu stärken.

»Hattet Ihr wieder Träume?«, fragte er.

»Keine mehr von den Mördern.«

Morainn hoffte inständig, dass Tormand die Röte, die ihr in die Wangen stieg, auf ihre Schüchternheit zurückführte, auf die natürliche Befangenheit einer jungen Frau, die sich allein mit einem Mann in einem Raum aufhielt, und sie nicht weiter über ihre Träumen ausfragen würde. Denn ihre jüngsten Träume hätte sie nur höchst ungern mit der Person geteilt, um die sie sich drehten. Aus diesen Träumen erwachte sie mit einem fast schmerzhaften Verlangen. Sie fand es höchst erstaunlich, dass sie, die noch nie mit einem Mann geschlafen hatte, ja, noch nicht einmal einen freiwilligen Kuss genossen hatte, sich so leicht ausmalen konnte, wie es wäre, wenn Tormand nackt wäre und sie beide innig verschlungen wären. Am meisten beunruhigte sie, dass sie die Hitze seiner Küsse und die Berührung seiner Hände noch lange nach einem solchen Traum spürte. Allein die Gedanken an ihre Träume weckten Bedürfnisse in ihr, und so beeilte sie sich, etwas zu sagen, um sich abzulenken.

»Ich würde zu gern wissen, warum Simon mich nicht gebeten hat, noch eine Haarnadel zu berühren«, sagte sie, auch wenn ihre Stimme leicht zitterte, als sie den Namen so zwanglos aussprach. Es war ihr nämlich ein wenig unheimlich, sich völlig ungezwungen mit den Männern zu unterhalten, wie sie es von ihr erbeten hatten. Und schlimmer noch – sie hatte gerade zu verstehen gegeben, dass sie es kaum erwarten konnte, wieder eine dieser verfluchten Nadeln anzufassen. Zwar wollte sie ihr Bestes tun, um die Mörder aufzuspüren, aber sie hatte wahrhaftig keine große Lust auf eine neue Vision von dem Werk dieser Ungeheuer. Was sie in der ersten Vision gesehen hatte, ging ihr immer wieder durch den Kopf und flößte ihr große Angst ein.

»Ich dachte, ich hätte klar genug zu verstehen gegeben, dass ich gerne helfen würde«, zwang sie sich dennoch zu sagen.

Tormand hätte sie gern gefragt, warum sie errötet war, als die Sprache auf ihre Träume kam. Er wurde nämlich von heißen Träumen gefoltert, nach denen er mit einem derart heftigen Verlangen aufwachte, wie er es noch nie verspürt hatte. Zwar hatte er manchmal noch Anfälle von Eifersucht, wenn er sich Morainn mit einer langen Schlange Liebhaber im Schlepptau vorstellte, doch sein Gefühl sagte ihm, dass sie noch Jungfrau war. Er hätte sein wachsendes Vermögen darauf verwettet, dass sie nicht sehr viel Ahnung hatte von der Lust, die ein Mann und eine Frau teilen konnten. Schon allein bei dem Gedanken, dass er derjenige sein könnte, der sie in diese Genüsse einführte, floss sein Blut schneller. Doch jetzt lächelte er nur ein wenig und ging auf ihren Themenwechsel ein.

»Schon an dem Tag, als wir zu Eurem Häuschen ritten, hat Sir Simon gezögert, Euch noch einmal einer weiteren derart gewalttätigen Vision auszusetzen«, erwiderte er. »Und als wir sahen und hörten, was Euch in jener Nacht widerfahren war, stieg seine Abneigung dagegen weiter.«

»Ich kann wahrhaftig nicht behaupten, dass ich besonders erpicht darauf bin, eine weitere dieser Visionen durchzustehen, aber diese Morde müssen aufhören.«

»Darin sind wir uns alle einig.«

»Ihre Wunden zwingen die Mörder vielleicht, sich ein Weilchen bedeckt zu halten. Aber da der Hund ihre Spur im Wald verloren hat, könnte es umso wichtiger sein, was mir die Nadeln zeigen, oder?«

»Jawohl, auch wenn es mir nicht gefällt.« Er verzog das Gesicht. »Aber da Magda und ihre Mädchen wahrscheinlich im ganzen Ort herumerzählen, dass ich die Hexe mitgebracht habe, damit sie mich vor dem Strick rettet, könnten wir es genauso gut versuchen.«

Morainn keuchte entsetzt auf. »Hat sie wirklich so etwas gesagt? Sie hat doch für Euch gearbeitet. Sie kann doch unmöglich glauben, dass Ihr imstande wärt, Frauen so etwas anzutun.«

Tormand zuckte die Schultern. »Ich habe sie gut bezahlt, aber sie hat mich nicht gemocht. Sie wollte nie nach Einbruch der Dunkelheit in meinem Haus bleiben, und sie hat ihre Mädchen nicht aus den Augen gelassen, als ob sie erwartete, ich könnte jederzeit über sie herfallen. Magda hat nie ein Hehl daraus gemacht, dass sie mich für einen lüsternen Schweinehund hält, der direkt zu den Feuern der Hölle unterwegs ist.«

»Und trotzdem habt Ihr sie weiter für guten Lohn bei Euch arbeiten lassen?«

»Sie war eine gute Köchin und hat mein Haus und meine Kleidung in Schuss gehalten. Mehr wollte ich nicht von ihr, und es ist mir nicht schwergefallen, ihr aus dem Weg zu gehen. Ich bin hier, um meinen Klan am Hof zu vertreten. Normalerweise halte ich mich tagsüber kaum in meinem Haus auf.«

»Das wird bestimmt bald wieder anders, und ich habe nichts gegen diese Arbeit.« Sie leerte ihren Becher und erhob sich. »Allerdings muss ich mich jetzt auch wieder darum kümmern, sonst habt Ihr heute Abend nichts zu essen.«

Tormand stand ebenfalls auf, überlegte sich jedoch fieberhaft, was er noch sagen könnte, damit sie noch ein Weilchen bliebe. Als sie zur Tür ging, umfasste er ihre Hand, um Morainn zurückzuhalten. Bei der bloßen Berührung durchfuhr es ihn heiß bis tief in die Lenden. Er wusste, dass er bei Frauen schnell schwach wurde, und er kannte die Lust und die Freude, die ihre weichen Körper ihm spendeten, aber er hätte wetten können, dass es selbst für den frommsten Mann eine Herausforderung gewesen wäre, dem Feuer und der Leidenschaft zu widerstehen, die Morainn ihm versprach. Durch ihren Körper lief ein leichtes Zittern, und ihre Wangen röteten sich – wahrscheinlich vor Verlangen. Offenbar verspürte sie dasselbe wie er.

»Seid Ihr Euch ganz sicher, dass Ihr noch eine derartig schreckliche Vision aushalten könnt?«, fragte er. Darauf zurückzukommen war jedenfalls sicherer, als ihr zu sagen, woran er soeben gedacht hatte. Zwar waren seine Gefühle zu dieser Frau noch immer wirr, aber eines wusste er genau: Ihr jetzt zu sagen, dass er sich danach sehnte, sie zu entkleiden und sich hier und jetzt auf seinem Schreibtisch mit ihr zu vereinigen, würde sie nicht dazu bringen, länger zu verweilen.

»Jawohl, das halte ich aus. Ich hatte ja genügend Zeit, mich von der letzten zu erholen.«

»So viel auch wieder nicht.«

»Ein paar grausame Bilder verfolgen mich zwar noch, aber das ist nicht so wichtig. Diese Leute werden weitermorden, und das muss verhindert werden.« Morainn war klar, dass es besser wäre, ihre Hand wegzuziehen, aber ihre Hand schien nicht geneigt zu sein, der Stimme der Vernunft zu folgen. »Es hat mich vor allem deshalb so mitgenommen, weil ich so schockiert war. Ich hatte nicht damit gerechnet, dass die Vision gleich so heftig einsetzen würde. Und natürlich hatte ich auch nicht mit so viel Gewalt gerechnet, auch wenn ich wusste, dass die Haarnadel von einem Ort stammte, an dem eine Frau gefoltert und getötet worden war. Aber ich habe keine Erfahrung mit solchen Dingen, ich habe nicht im Entferntesten an so etwas gedacht, trotz des Blutes, das ich in meinen Träumen sah. Jetzt weiß ich sehr wohl, welche Bilder und Gefühle auf mich zukommen können, und bin auf dieses Grauen vorbereitet. Ich werde es durchstehen, denn wir wissen beide, dass ich vielleicht etwas sehr Wichtiges zu sehen bekomme. Sir Simon braucht sich um mich keine Sorgen zu machen. Er muss nur entscheiden, wann er mir das elende Ding in die Hand drücken will.«

»Dann rede ich mit ihm.« Langsam zog er sie immer näher, bis ihre Körper sich fast berührten. »Und jetzt erzählt mir von Euren Träumen, Morainn.«

»Das habe ich doch schon – ich habe nichts von den Mördern oder ihren Plänen gesehen.« Morainn war nicht erstaunt, als sie hörte, wie leise und atemlos ihre Stimme klang. Tormand so nahe zu sein machte es ihr unmöglich zu denken, geschweige denn klar zu reden.

Er hauchte einen Kuss auf ihre Schläfe und labte sich an dem Gefühl ihrer weichen Haut. »Sagt mir, Morainn: Träumt Ihr von mir? Ich träume nämlich von Euch«, flüsterte er, bevor sie ihm eine Antwort geben konnte.

»Ich weiß nicht, wie Ihr darauf kommt.«

Reiß dich los von ihm, flüsterte eine Stimme in Morainns von Begierde vernebeltem Kopf. Aber ihr fehlte die Kraft, diese Warnung zu befolgen. Sie wusste zwar, dass sie Tormand sofort davon abhalten sollte, diese federleichten Küsse auf ihr Gesicht zu hauchen, denn jeder dieser Küsse machte das Feuer, das durch ihre Adern strömte, nur heißer. Doch anstatt sich ihm zu entziehen, wie es ihr Instinkt befahl, schmiegte sie sich an ihn. Als er die Arme um sie schlang und sie fest an sich presste, wurden ihr die Knie weich bei dem Ansturm der Begierde, die sie durchströmte. Der Mann war die größte Bedrohung ihrer Tugend und ihres Herzens, der sie je begegnet war, und dennoch schien ihr das nichts auszumachen.

»Wie ich dazu komme?« Er gab ihr einen weiteren sehr sanften Kuss, wobei er sorgfältig darauf achtete, sie nicht zu sehr zu bedrängen, auch wenn sein Körper vor Verlangen fast unerträglich schmerzte. »Ihr habt Augen, in die sich ein Mann stundenlang versenken könnte, während er versucht, all Eure Geheimnisse zu entschlüsseln. Ach, und Euer Mund …« Er knabberte sachte an ihrer wohlgeformten Unterlippe. »Warm und süß wie Honig, weich wie die feinste Seide, und voller Feuer. In meinen Träumen habe ich Euren Mund oft auf meiner Haut gespürt.«

In eben dieser Weise hatte auch sie seinen warmen Mund auf dem ihren gespürt. Morainn wusste, dieser neuerliche Beweis ihrer gemeinsamen Träume sollte sie in höchste Alarmbereitschaft versetzen. Doch dann knabberte er sanft an ihrem Ohrläppchen, und als sich seine Zähne sachte an ihrer empfindlichen Haut rieben, klammerte sie sich fest an seinen starken Körper. All das Verlangen, von dem sie geträumt hatte, durchflutete sie nun so stark, dass sie es fast mit der Angst zu tun bekam. Doch Tormands Lippen auf ihrem Mund erstickten ihre Ängste im Keim. Sobald seine Zunge sanft Einlass begehrte, gab sie ihr den Weg frei, denn sie konnte es kaum erwarten, ihn zu schmecken.

Tormand entfuhr ein Stöhnen, als er den Kuss vertiefte. Morainns Geschmack war wie ein Zauber. Sein ganzer Körper spannte sich vor Begehren. Am liebsten hätte er ihr die Kleider von ihrem üppigen Körper gerissen. Er wollte jeden Fleck ihrer weichen, goldenen Haut kosten und sich so tief in ihr vergraben, dass er nie mehr einen Weg herausfinden würde.

Es fiel ihm immer schwerer, sein wachsendes Verlangen zu zügeln. Aus viel zu vielen Träumen war er sehnsüchtig, hungrig und unbefriedigt erwacht. Doch er bemühte sich nach Kräften, einen Rest von Kontrolle zu wahren; denn er konnte die Unschuld in Morainns Kuss schmecken. Selbst die Art, wie sie sich in seine Arme schmiegte, wirkte ein wenig verlegen, ja sogar zaghaft, und das sagte ihm, dass sie noch nie einen Geliebten gehabt hatte. Doch der Gedanke, dass er wohl der Erste sein würde, der ihre Leidenschaft kosten durfte, erregte ihn derart, dass ihm klar wurde, dass er sich etwas zurückziehen musste.

Zögernd nahm er seine Lippen von ihrem Mund und wandte sich ihrem langen, anmutigen Hals zu. Er glitt langsam mit der Zunge über die heftig pulsierende Ader, frohlockend über den Beweis, dass Morainns Verlangen wohl ebenso stark war wie das seine. Durch den Schleier der Leidenschaft drang die Erkenntnis, dass er noch nie mit einer Jungfrau geschlafen hatte. Dafür hatte er allerdings gute Gründe gehabt, doch in dem Moment wollte er sich diese nicht in Erinnerung rufen; denn das hätte wohl bedeutet, dass er von Morainn ablassen müsste.

»Ihr habt von mir geträumt, Morainn, nicht wahr?« Er hoffte inständig, dass seine Annahme zutraf, denn sonst wäre er sich höchst töricht vorgekommen. »Ihr habt davon geträumt, dass wir zwei uns umarmen und küssen …«

»Ja«, hauchte sie. »Es waren sündige Träume.«

»Nein, wunderbare Träume von Feuer und Verlangen.« Langsam streichelte er über ihre Hüften und genoss es, als sie vor Lust bei seiner Berührung keuchte. »Süße Träume, in denen wir uns geliebt haben und unser Verlangen schmecken konnten.«

Seine Stimme war die reine Verführung. Die Begierde, die seine tiefe Stimme rauchig färbte, verlieh ihr umso mehr Macht. Morainn war, als hätte sie Feuer gefangen und würde sterben, wenn er nicht die lodernden Flammen löschte. Das Gefühl wurde immer stärker, als sie daran dachte, wie gern sie seine Hand auf ihren Brüsten spüren würde. Sie bog sich ihm entgegen, der Schock darüber, dass er sie an solch intimen Stellen berührte, wich rasch ihrer Sehnsucht nach seiner Berührung.

Tormand konnte sich kaum auf den Beinen halten, so sehr begehrte er die Frau in seinen Armen. Ohne aufzuhören, sie zu streicheln und zu küssen und ihre herrliche Leidenschaft weiter zu entfachen, hielt er nach einem passenden Platz Ausschau, wo er Morainn hinlegen und lieben konnte. Plötzlich fiel sein Blick auf die offene Tür, und sein Verstand siegte über seine Begierde. Er wollte zwar, dass Morainn weiter nach ihm verlangte, aber er wusste nicht, wie er sie dazu bringen und gleichzeitig die Tür schließen sollte.

Dann ging sehr zu seinem Missfallen die Tür ganz auf. Morainn wich bei diesem Geräusch so heftig von ihm zurück, als wäre er ein verheirateter Mann und seine Gemahlin wäre heimgekehrt, ein Schwert in der Hand und Mordlust in den Augen. Tormand sah, wie das Begehren in ihrem Gesicht der Verlegenheit wich. Er fluchte leise, denn er wusste, jetzt würde sie sich endgültig von ihm entfernen und versuchen, ihre Beherrschung wiederzuerlangen. Wer war es, der sie ausgerechnet jetzt störte? Tormand stellte sich gerade eine höchst schmerzhafte Bestrafung für den vor, der die Erfüllung seiner Träume verhindert hatte, als er ein inzwischen recht vertrautes Geräusch vernahm: das Tappen dicker Katzenpfoten. Er blickte nach unten – richtig, William war der Störenfried. In aller Ruhe stolzierte der Kater zu Tormands Schreibtisch. Offenbar war ihm nicht klar, dass er kurz davor stand, gehäutet zu werden.

Tormand musste mehrmals tief durchatmen, um sein rasendes Verlangen zu bändigen, doch schließlich war er ruhig genug, um Morainn anzublicken. Beinahe hätte er gelächelt. Ihre zarten Hände flatterten wie nervöse Spatzen, als sie abwechselnd ihre Röcke glättete und irgendwelche unsichtbaren Zotteln in ihrem dichten Haar entwirrte. Jetzt, wo er etwas ruhiger war, wusste er, dass es ein Fehler gewesen wäre, seiner Begierde zu erliegen. Morainn hatte es verdient, sanft in einem Bett geliebt zu werden, schließlich würde es ihr erstes Mal sein.

In dem Moment, als er ihre Hand nehmen und ein paar süße Worte sagen wollte, um ihre offenkundige Verlegenheit zu zerstreuen, knallte etwas auf den Boden. Morainn stöhnte auf und rannte zu seinem Schreibtisch. Mit einem bangen Vorgefühl drehte sich Tormand langsam um und sah zu seinem Arbeitsplatz. William saß auf der leeren Schreibfläche. Alles, was sich dort befunden hatte, wo der Kater nun saß und ihn beobachtete, war auf dem Boden verstreut, und eine leise schimpfende Morainn war damit beschäftigt, die Sachen aufzusammeln.

Flüchtig dachte Tormand daran, Morainn zu packen und aus seinem Schreibzimmer zu schubsen, aber er wusste, es war zu spät, um seine Haut zu retten. Böse starrte er auf William und überlegte, ob der Kater es absichtlich getan hatte; er sah jedenfalls höchst zufrieden aus.

Dann hörte er Morainn aufkeuchen, und mit dem flauesten Gefühl im Magen wandte er sich ihr zu. Sie stand da, ein paar Blätter in der Hand. Langsam wich die Farbe aus ihren Wangen. Er wusste genau, was sie da las. Fieberhaft suchte er nach den richtigen Worten, um ihren Schock zu lindern, aber ihm fiel nichts ein. Was hätte er schon sagen können, um den Schlag abzuschwächen, den die hässliche Wahrheit ihr versetzt hatte?

Morainn starrte wortlos auf die Blätter. Sie wollte sie einfach dorthin legen, wo sie auch das schwere Hauptbuch hingelegt hatte, aber sie konnte den Blick nicht von der obersten Seite nehmen, die gleich beim ersten Hinsehen ihre Aufmerksamkeit erregt hatte. Es war eine Liste von Namen, drei davon unheilverkündend durchgestrichen. Einen kurzen, schreckerfüllten Moment lang hatte sie tatsächlich befürchtet, dass Tormand der Mörder sei; doch dann erholten sich ihre Sinne so weit, dass sie diese aberwitzige Idee wieder fallen ließ. Schließlich war sie den wahren Mördern bereits begegnet.

Das war die Liste, die Simon kurz erwähnt hatte – eine Liste von Tormands Geliebten oder zumindest von denen, an die er sich erinnern konnte. Und wohl auch von denen, die in der Nähe lebten und deshalb von den Mördern bedroht waren. Sie las einen Namen nach dem anderen, aufgelistet in einer eleganten Handschrift. Auf der Rückseite ging die Aufzählung weiter. Wahrscheinlich würde er noch eine Seite brauchen.

Hinter all ihrer Bestürzung stieg ein tiefer, brennender Schmerz in ihr auf, den Morainn jedoch nach Kräften zu ignorieren versuchte. Sie wollte nicht, dass dieser Mann sah, wie sehr er sie verletzt hatte. Obwohl sie gerade in seinen Armen dahingeschmolzen war wie ein loses Weib, hatte sie noch ihren Stolz. Das war das Einzige, was ihr die Leute gelassen hatten, und daran wollte sie festhalten. Und ihr Stolz half ihr tatsächlich, ihren Schmerz zumindest teilweise zu lindern.

Als Nächstes kam die Wut, die sich durch all den Schmerz brannte, und die Beschämung, so töricht gewesen zu sein. Tormand wollte sie nur dazu bringen, sein Bett zu wärmen, genau, wie er es bei so vielen anderen Frauen getan hatte. Trotz seines Geredes von Träumen, trotz seiner süßen Schmeicheleien war sie nichts weiter für ihn als ein warmer Körper, der zufällig greifbar war in einer Zeit, in der er gezwungen war, sein Haus zu hüten.

Wie töricht sie nur gewesen war zu denken, dass sie wahrhaftig dieselben Träume hatten! Wahrscheinlich war das nur eine Lüge gewesen, um ihren Widerstand zu brechen. Sie war hier, weil sie ihm helfen wollte, weil sie versuchen wollte, die wahren Mörder aufzustöbern, um ihn vor dem Strick zu retten. Und er zeigte seine Dankbarkeit, indem er versuchte, sie zu einem seiner Liebchen zu machen! In dem Augenblick war sich Morainn nicht einmal mehr sicher, ob es ihr etwas ausmachen würde, wenn er am Galgen landete. Wenn sie ehrlich war, freute sie sich schon fast über die Vorstellung, dem Holzklotz unter seinen Füßen einen Tritt zu versetzen. Sie funkelte Tormand wütend an. Ihren Schmerz und ihre Beschämung wollte sie ihm nicht zeigen, aber ihren Zorn sollte er ruhig zu spüren bekommen.

»Habt Ihr gedacht, dass Euch noch ein paar Namen fehlen?«, fragte sie, fast schon erstaunt über die kalte Wut in ihrer Stimme.

»Simon hat mich um diese Liste gebeten, damit wir wissen, welche Frauen in Gefahr schweben«, erwiderte er wahrheitsgemäß. Unwillkürlich musste er daran denken, dass sie herrlich aussah in ihrem Zorn, obgleich sich natürlich auch die Angst in ihm regte, dass er sie womöglich verloren hatte, bevor er überhaupt die Gelegenheit gehabt hatte, sie zu besitzen.

»Ihr würdet das Heer des Königs brauchen, um all diese Frauen zu beschützen!«

»Ich habe nicht versucht, Euch auf diese Liste zu setzen«, sagte er. Aber ihr Blick zeigte ihm, dass er sich weitere Erklärungen sparen konnte. »Ihr seid für mich etwas ganz anderes als diese Frauen«, fuhr er trotzdem fort.

»Ach ja? Ihr habt ihnen keine süßen Worte ins Ohr geflüstert? Ihr habt nicht versucht, sie in Euer Bett zu zerren? Ich kenne Euch kaum eine Woche, und schon versucht Ihr, mich zu verführen.« Wutschnaubend warf sie die Blätter auf seinen Schreibtisch. »Habt Ihr Euch mit einer von ihnen auch über Eure Träume unterhalten? Das war sehr schlau von Euch. Ihr wisst, dass Träume eine große Bedeutung für mich haben.«

»Morainn, alles, was ich Euch gesagt habe, entspricht der Wahrheit.« Er streckte die Hand nach ihr aus, doch sie wich vor ihm zurück. »Was ich für Euch empfinde, ist ganz anders als das, was ich für diese Frauen empfunden habe.«

Wie gern hätte sie ihm geglaubt! Doch genau das machte ihr Angst. »Wir sind hier in Eurem Arbeitszimmer, die Tür steht offen, und Ihr hattet mich schon fast so weit, dass ich mich auf den Boden gelegt und die Röcke gerafft hätte. Und da soll ich glauben, dass ich mehr für Euch bin als ein Körper, der Euer

Bett wärmt? Wie soll ich denn glauben, dass ich anders bin als die anderen? Ihr habt große Übung mit sanften Worten, Ihr wisst so genau, wie man eine Frau berühren muss, dass Ihr wahrscheinlich sogar eine Nonne verführen könntet. Aber merkt Euch, Sir Tormand: Ich lasse mich nicht zu einem weiteren Namen auf Eurer Liste machen. Ich bin von niederem Stand und habe keinen Besitz, aber ich habe meinen Stolz. Und den werde ich nicht opfern, nur damit Ihr mit einer weiteren Frau Eure Spielchen treiben könnt.«

Tormand fluchte, als sie aus dem Raum marschierte, und er fluchte umso mehr, als er hörte, wie Simon sie begrüßte. Nicht nur, dass er Morainn verloren hatte, nein, jetzt würden es auch noch alle erfahren, und schlimmer noch, sie würden erfahren, wie wenig sie von ihm hielt. Wütend funkelte er den Kater an, der noch immer auf dem Schreibtisch hockte, auch wenn er sich töricht vorkam, dem Tier die Schuld zu geben. Aber er musste seinen Ärger irgendwo loswerden.

»Morainn, geht es Euch gut?«, hörte er Simon fragen, und er wusste, sein Freund befürchtete, dass Tormand das getan hatte, was er zu tun versucht hatte.

»Ja, Sir Simon, aber jetzt muss ich wieder an den Herd. Übrigens – wann immer Ihr wollt, könnt Ihr mir eine weitere dieser Haarnadeln in die Hand drücken.«

»Seid Ihr Euch sicher?«

»Ganz sicher.«

»Dann versuchen wir es gleich nach dem Abendessen, sobald der kleine Walin im Bett liegt.«

»Gut. Wir müssen dem Morden Einhalt gebieten. Und je eher wir das tun, desto eher kann ich in mein Häuschen und zu meinem früheren Leben zurückkehren.«

Tormand krümmte sich, als er hörte, wie Morainn davonging. Er zuckte die Schultern, als Simon hereinkam und ihn ansah, eine dunkle Braue in einer stummen Frage hochziehend. »Sie hat die Liste gesehen«, erklärte er dumpf.

»Du hast sie ihr gezeigt?«

Hielt der Mann ihn denn für einen Volltrottel? Tormand funkelte seinen Freund böse an. »Natürlich nicht. Ich hatte sie unter meinem Hauptbuch versteckt.« Er deutete auf William. »Dann ist dieser Mistkater hereinspaziert und hat alles vom Schreibtisch gefegt, bevor er sich darauf niederließ. Morainn machte sich schleunigst daran, die Unordnung zu beheben, und dabei ist ihr die Liste in die Hände gefallen. Und wenn du jetzt lachst, muss ich dich warnen: Ich hätte größte Lust, jemanden zu schlagen, und zwar hart.«

»Du hast versucht, sie zu verführen, stimmt's?«

»Na ja, wahrscheinlich schon, aber du musst wahrhaftig nicht so klingen, als sei ich ein lüsterner alter Narr, der ein unschuldiges junges Mädchen in die Sünde führt. Ich sehe sie nicht so wie die anderen Frauen, auch wenn sie mir das nicht glaubte, als ich es ihr sagte.«

»Angesichts der Länge deiner Liste wundert es mich nicht, dass sie an deinen Worten zweifelt.«

»Ich habe sie nicht belogen, und das weiß sie auch.«

»Tormand, ein Mädchen kann den Worten eines Mannes in allem trauen, nur nicht in dem, was er ihr über seine Vergangenheit und über seine Gründe erzählt, sie in sein Bett zu bekommen. Solange du sie nicht heiratest, wird sie Zweifel haben bei all deinen Versuchen, mit ihr zu schlafen. Hast du denn vor, sie zu heiraten?«

»Ich weiß es nicht.« Tormand lächelte schwach, als er Simons erstaunten Gesichtsausdruck bemerkte. »Sie ist anders als die anderen, und ich glaube, ich habe mich inzwischen auch ein bisschen geändert. Ich weiß nur nicht, wie ich sie davon überzeugen kann.«

»Na ja, fang doch damit an, sie zu umwerben, bevor du sie verführst. Du weißt doch noch, wie man eine Frau umwirbt, oder?«

Tormand wollte gerade zornig erwidern, dass er das selbstverständlich wüsste, als er merkte, dass er sich tatsächlich an nichts Derartiges erinnern konnte. Im Allgemeinen hatten ein paar Schmeicheleien, ein hübsches Geschenk und ein paar Küsse gereicht, und schon war er am Ziel gewesen und die Frau in seinem Bett. Nichts davon hätte man als Werben bezeichnen können, es war eher eine Jagd gewesen.

Um Simon nicht zu zeigen, wie bestürzt er über sich selbst war, starrte er auf den Kater, der ihn noch immer genau beobachtete. Er fragte sich, wie er denn um Morainn werben sollte. Bei einer Frau wie ihr bedeutete eine Werbung, sie ganz für sich haben zu wollen und sich ganz ihr zu schenken; und auf so etwas folgte meist die Hochzeit. Seltsamerweise erschreckte ihn die Vorstellung, Morainn zu heiraten, in diesem Moment gar nicht so sehr, und sie weckte auch nicht den Wunsch zu fliehen. In seinem letzten Traum hatte er sogar ihre gemeinsamen Kinder gesehen. Inzwischen war er fast schon neugierig zu erfahren, ob diese Traumbilder in Erfüllung gehen würden. Selbst der Gedanke, einer Frau treu zu sein, schreckte ihn nicht so, wie er es eigentlich erwartet hätte.

Na gut, dann würde er eben um sie werben. »Jawohl«, meinte er, »ich glaube, das werde ich schaffen. Zumindest werde ich ihr klarmachen, dass sie nicht nur eine weitere Frau auf meiner Liste ist. Gut, ich werde um sie werben. Das kann doch nicht so schwer sein«, murrte er, als er den Raum verließ.

Simon trat an den Schreibtisch und kraulte den Kater hinter den Ohren. Er musste ein wenig lachen, als das Tier laut zu schnurren begann. »Da läuft ein Narr, William. Ich glaube, er hat noch einen steinigen Weg vor sich, aber das schadet nichts. Doch in einem hat er auf alle Fälle recht: Morainn Ross ist nicht nur eine weitere Frau auf seiner Liste. Allmählich glaube ich, dass Harcourt weiß, wovon er spricht. Das ist ja richtig beängstigend.«

10

Seid Ihr Euch sicher, dass Ihr das tun wollt?«

Morainn blickte in die überraschend sanften grauen Augen von Sir Simon Innes. Sie war eher an das kalte Stahlgrau seiner Augen gewohnt, wenn er die Leute herumkommandierte, oder das leicht verschwommene Grau, wenn er gedankenverloren versuchte, ein Rätsel zu lösen. Bei seinem besorgten Blick wurde ihr plötzlich klar, dass Sir Simon ein sehr gut aussehender Mann war; er sah viel besser aus, als sie bislang gedacht hatte. Dass er sich Sorgen um sie machte, ja, sogar bereit war, eine Chance, diese Ungeheuer schneller zu fassen, verstreichen zu lassen, nur um sie, Morainn, zu schonen, berührte sie zutiefst.

»Aye«, erwiderte sie. »Diesmal bin ich besser auf das vorbereitet, was ich womöglich zu sehen und zu fühlen bekomme. Ich hoffe nur, dass es etwas ist, was Euch weiterhilft.«

Ihre Worte entsprachen der Wahrheit, gepaart mit einem Schuss Hoffnung. Sie wusste, dass schon die kleinste Berührung mit der Haarnadel sie in die düstere Welt aus Blut, Schmerz und Wahn schicken konnte, in der die Mörder lebten. Sie hatte nicht den geringsten Zweifel, dass die Vision sie verstören würde, falls sie sich überhaupt einstellte. Aber sie hatte sich fest vorgenommen, sich diesmal nicht in Angst und Schrecken versetzen zu lassen. Diesmal wollte sie ihre Sinne behalten und die Bilder, die ihr durch den Kopf wirbelten, ganz genau betrachten. Dort irgendwo musste die Wahrheit zu finden sein, und sie war fest entschlossen, sie zu finden und diese Bestien an den Galgen zu bringen.

Als sie hinter sich eine leichte Bewegung spürte, brauchte sie sich gar nicht umzudrehen, um zu wissen, dass es Tormand war.

Sie kannte seinen Geruch inzwischen schon so gut wie ihren eigenen. Auch wenn sie noch immer wütend auf ihn war und Kränkung und Eifersucht in ihr tobten, konnte sie nicht leugnen, dass seine Anwesenheit ihr Kraft gab. Die Versuchung, mit dem Ellbogen kräftig nach hinten auszuschlagen und den Teil von ihm zu treffen, den er so freigiebig mit zahllosen Frauen geteilt hatte, war zwar groß, aber sie schaffte es, ihr zu widerstehen. Unabhängig davon, was sie über diesen Mann dachte und wie sie zu ihm stand, brauchte sie in diesem Moment den Mut, den er ihr stillschweigend zukommen ließ. Sie nahm sich vor, später darüber nachzudenken, wie ihm das ganz ohne Worte und ohne direkt mit ihr in Berührung zu kommen gelang.

Tormands Verwandte saßen um den Tisch in der Großen Halle und beobachteten sie, doch Morainn achtete nicht weiter darauf. Sie streckte die Hand aus. »Sehen wir zu, dass wir es hinter uns bringen!«

»Gefunden habe ich diese Nadel an …«, fing Simon an.

»Nein, sagt nichts. Solches Wissen könnte die Vision verzerren oder die Art beeinflussen, wie ich sehe, was mir zu sehen bestimmt ist. Ich muss die Vision völlig unvoreingenommen auf mich wirken lassen.«

Simon nickte und legte die Haarnadel in ihre Hand. Morainn verspannte sich sogleich, zwang sich jedoch, wieder ruhig zu werden. Sie wollte nicht gegen die Vision ankämpfen, sondern sich von ihr an welchen Ort auch immer führen lassen. Damit hoffte sie, die schlimmsten Auswirkungen abzuwenden, unter denen sie das letzte Mal gelitten hatte. Wenn sie gegen die Vision ankämpfte und die daraus erwachsenden Regungen zu sehr verinnerlichte, blieb ihr womöglich verborgen, wonach sie so dringend suchten.

Die Zeit verstrich, und Morainn begann schon zu glauben, dass diesmal gar keine Vision über sie kommen würde. Die enttäuschten Mienen der Männer sagten ihr, dass sie dasselbe befürchteten. Doch dann drangen die Bilder wieder so intensiv und rasch in ihren Kopf, dass sie keuchte. Ihr war, als sei ihr soeben ein schwerer Schlag versetzt worden. Sie spürte, wie zwei starke Hände sie an den Schultern festhielten und ihr Kraft gaben. So gelang es ihr, die Vision zu ertragen, ohne wieder zusammenzubrechen angesichts des Bösen, das ihr erschien.

Wie beim letzten Mal drangen als Erstes Gefühle in ihren Kopf: Schmerz, Angst, Hass, Wahnsinn und eine grauenhafte Lust. Die Empfindungen waren so stark, dass sie sie fast schmecken konnte. Sie stand kurz davor, sich zu übergeben. Doch diesmal zeigte die Vision viel mehr Einzelheiten, nicht nur einen flüchtigen Blick auf vorübereilende Bilder. Morainns inneres Auge sah sich alles genau an.

Der Schmerz und die Angst der Frau, die in einer Scheune auf einem Lehmboden lag, an Pfähle gefesselt, waren so groß, dass es Morainn trotz ihrer Bemühungen, sich davor zu schützen, kaum aushielt. Doch dann verschwanden diese Empfindungen ganz plötzlich – die Frau war tot. Durch den Nebel des Bösen, der die drei Gestalten in ihrer Vision umgab, drang das Gefühl, dass es zu schnell gegangen war. Ärger zeigte sich und eine Wut, die so heftig war, dass Morainn zu zittern begann. Ein Messer blitzte auf, stach zu, stach abermals zu, und zwar völlig unkontrolliert. Es war keine kalte Präzision zu erkennen. Die riesige, dunkle Gestalt, die auf der einen Seite des Opfers kniete, griff nach dem Messer. Ein wütender Schrei bahnte sich seinen Weg durch Morainns Kopf. Der dadurch verursachte Schmerz wurde heftiger, als gehässige Worte sich in ihren Verstand hämmerten und sie darum kämpfte, sie festzuhalten, für den Fall, dass sie von Bedeutung wären.

»Sie müssen alle büßen!«

»Das werden sie, M'lady. Das werden sie alle.«

Und auf einmal sah die Frau, das Gewand besudelt mit dem Blut ihres Opfers, Morainn direkt an.

»Und du, Hexe, wirst das Schlimmste erdulden!«

Morainn war so entsetzt, dass sie die Haarnadel von sich schleuderte. Sie zitterte am ganzen Leib vor Angst. Die Mörderin hatte zu ihr gesprochen, sie hatte sie direkt angesehen! Zuvor hatte sie geflüsterte Worte vernommen, aber so etwas war noch nie vorgekommen. Es hatte unheimlich persönlich gewirkt, ganz so, als wüsste die Frau, dass sie da war.

Sie nahm einen tiefen Schluck Apfelmost, um sich zu beruhigen und ihre wirren Gedanken ein wenig zu ordnen. Um die Schwäche, die ihren Körper befallen hatte, wollte sie sich später kümmern. Solange sie die Vision noch so deutlich vor Augen hatte, galt es, nach den Antworten zu suchen, die Simon brauchte, um das mörderische Paar zu finden.

»Habt Ihr diese Nadel gefunden, bevor Ihr mich getroffen habt oder danach?«, fragte sie als Erstes.

»Zuvor«, erwidert er. »Seit wir Euch getroffen haben, ist keine Frau mehr umgebracht worden, es gab nur noch den Angriff auf Euch.«

»Das stimmt nicht ganz«, gab Tormand zu bedenken. »Wir haben Morainn erst nach dem letzten Mord um Hilfe gebeten, aber wir haben sie zuvor getroffen, bei den Redmonds. Und sie haben uns beobachtet, richtig?«

Tormand wusste, dass Morainn ihm noch immer zürnte. Umso mehr freute es ihn, dass sie ihn nicht schroff abgewiesen hatte. Er konnte zwar wenig tun, um ihr während einer Vision zu helfen oder sie zu beschützen, aber immerhin konnte er den Schmerz und die Angst, die danach kamen, ein wenig lindern. Morainn war blass und zitterte, aber diesmal war sie nicht zusammengebrochen und hatte sich auch nicht übergeben. Allerdings wollte Tormand auch nicht, dass sie sich abhärtete gegen das, was sie in ihren Visionen zu sehen bekam. Allein deshalb hätte er am liebsten mit dem Ganzen aufgehört. Doch ihm war klar, dass er sie nicht daran hindern durfte weiterzumachen. Sie musste ihre Gabe nutzen, um ihnen zu helfen, die Mörder zu finden. Sachte rieb er ihre verspannten Schultern.

»Und diese Nadel stammt von dem Ort, an dem die letzte der Frauen ermordet wurde?«, fragte Morainn.

»Richtig«, erwiderte Simon und warf Tormand einen warnenden Blick zu. »Dort kam Lady Marie Campbell ums Leben.«

Morainn hörte Tormand leise fluchen. Hatte er diese Frau aufrichtig gern gehabt? Rasch schüttelte sie die heftige Eifersucht ab, die dieser Gedanke in ihr aufkeimen ließ. Die Frau war grausam ermordet worden, weil eine Verrückte unter einem Eifersuchtswahn litt. Morainn wollte nicht, dass das Ableben der Ärmsten mit noch mehr schlechten Gefühlen belastet wurde. Es war ihre Pflicht, die Ungeheuer zu finden, die diese Morde begingen; ein Urteil über die armen Opfer stand ihr nicht zu. Wenn sie daran dachte, wie leicht Tormand sie beinahe verführt hatte, zweifelte sie, dass all die Frauen, mit denen er geschlafen hatte, richtige Sünderinnen gewesen waren. Die meisten waren bestimmt nur schwach gewesen, genau wie sie.

»Dann hatten die Mörder mich bereits gesehen, wie wir jetzt wissen. Sie haben mitbekommen, wie Sir Tormand mich vor der Menge verteidigt hat, und mich zu ihrem nächsten Opfer erkoren. Das wäre eine Erklärung für das, was ich gesehen habe.« Morainn erbebte bei dem Gedanken an die Drohung, die ihr die Frau mit ihrer eisigen Stimme in ihrer Vision zugeflüstert hatte.

»Was habt Ihr denn gesehen?«

»Die Vision begann wie die erste«, erwiderte sie. »Sie setzte ein mit einer Welle düsterer Gefühle: Schmerz, Angst, Hass, Wahnsinn und erschreckende, böse Lust. Ich glaube, die Lust ist das Schlimmste. Sie genießen ihr Tun.«

»Jesus«, murmelte Harcourt. »Das sind wirklich Ungeheuer.«

»Aye, so würde ich sie auch nennen.« Morainn seufzte. »Der Schmerz und die Angst stammten natürlich von der armen Frau, die sie gefoltert haben. Aber diesmal hörten diese Gefühle rasch auf. Anfangs dachte ich, die Vision wolle mir etwas anderes zeigen. Aber nein, die Frau spürte keine Angst und keine Schmerzen mehr. Die meisten ihrer Wunden sind ihr erst nach ihrem Tod zugefügt worden.« Morainn dachte an den Moment ihrer Vision, als die Angst und die Schmerzen plötzlich vorbei gewesen waren. Sie verzog das Gesicht, dann nickte sie. »Die Frau hatte wahrscheinlich ein schwaches Herz. Sie wusste genau, was auf sie zukommen würde, sie hatte ja gehört, was mit den anderen Frauen passiert war. Ihre Angst war so groß, dass ihr schwaches Herz der Belastung nicht standhielt. Es hörte auf zu schlagen.«

Nach einem langen Schweigen sagte Simon leise: »Ich glaube, ein Brief an ihren Gemahl, in dem ihm davon berichtet wird, könnte sein Leid ein wenig lindern.«

»Ich kümmere mich darum«, meinte Tormand. »Er wird es bestimmt nicht bezweifeln, denn er glaubt seit langem an diese Gaben, wie Morainn sie hat. Und du hast recht, es wird seinen Schmerz ein wenig lindern. Die Vorstellung, wie Marie vor ihrem Tod gelitten hat, quält ihn schrecklich.«

»Danach kam jedenfalls Wut, eine blinde, schäumende Wut«, fuhr Morainn fort. »Ich sah das Messer, es blitzte immer wieder auf. Die Frau stach damit zu, bis ihr der Mann schließlich Einhalt gebot. Früher war das Messer mit kalter Präzision geführt worden, diesmal nur mit blinder Wut. Die Frau fluchte so heftig, dass ich ihren Worten kaum einen Sinn entnehmen konnte.«

Morainn rieb sich die Stirn. Bei dem Versuch, sich einen Weg durch das Knäuel an Flüchen und Drohungen zu bahnen, tat ihr der Kopf so weh wie noch nie nach einer Vision. Als Tormand ihre Hand sanft beiseiteschob und anfing, ihre Schläfen zu massieren, ließ sie ihn gewähren. Es fühlte sich gut an und half ihr tatsächlich, klarer zu denken – und das war momentan wohl das Wichtigste.

»Erinnert Ihr Euch noch an ihre Worte?«

»Ja, ich erinnere mich an das meiste, aber ich brauche ein bisschen Zeit, um es zu ordnen. Sie stieß vor allem Flüche und grauenhafte Drohungen gegen all jene aus, die ihr Leben zerstört hatten. Sie schiebt die Schuld an all ihrem Elend auf die anderen, als wäre sie nichts als ein armes unschuldiges Opfer. Aber sie hat nicht die Seele eines Opfers«, stellte Morainn leise fest. »Ich glaube, sie war schon bei ihrer Geburt von Wut erfüllt, und es bedurfte nur eines kleinen Anstoßes, damit ihre Wut solche Ausmaße annahm.«

»Und Tormand lieferte diesen Anstoß?«, fragte Uilliam. »Nein, das kann ich mir nicht vorstellen. Tormand fügt Frauen kein Leid zu.«

Morainn wollte ihm nicht widersprechen. Sie wusste, dass der junge Mann von körperlichem Leid sprach, und Tormand hatte wirklich ein ausgesprochen freundliches Wesen. Wahrscheinlich hätte er eine Frau nie wissentlich grausam behandelt. Traurig war nur, dass er es wohl nicht wusste und nicht merkte, wenn er mit seinem Tun jemanden verletzte. Doch eigentlich glaubte Morainn, dass bei dieser Frau vor allem der Stolz verletzt worden war. Sie hatte Tormand haben wollen und ihn nicht bekommen. Offenbar war sie unfähig, sich selbst an irgendetwas in ihrem Leben die Schuld zu geben, und schob sie deshalb auf die anderen Frauen und auf Tormand. So simpel konnte es durchaus sein, auch wenn es völlig verrückt war.

»Vielleicht hat er die Frau ja nicht einmal gekannt«, sagte Morainn, nachdem sie es sich noch einmal ganz genau überlegt hatte. »Die Frau ist verrückt. Vielleicht hat Sir Tormand sie nie getroffen.«

»Sie hat ihn aus der Ferne geliebt?«

Uilliam klang so ungläubig, dass Morainn fast lächeln musste. »Um Liebe geht es bei dieser Frau nicht, nur um Stolz und Habgier. Sie hatte beschlossen, dass er ihr gehören sollte, und die anderen Frauen standen ihr im Weg.«

»Aber warum will sie, dass Tormand so leidet?«

»Weil er es zuließ, dass diese Frauen ihr im Weg standen. Er hat bewiesen, dass er nichts weiter ist als ein schwacher Mann, der mit dem denkt, was in seiner Hose ist, und nicht mit dem, was er im Kopf hat.« Sie ignorierte Tormands verärgertes Brummen und das breite Grinsen der anderen. Nach einem weiteren Schluck Apfelmost – nach solchen Visionen hatte sie immer großen Durst, vor allem auf etwas Süßes – fuhr sie fort:

»Vergesst nicht, das alles entspricht nur meinem Gefühl, es sind nur meine Schlüsse, die ich aus dem wilden Taumel an Gefühlen in der Vision ziehe, nichts weiter.«

Simon nickte. »Aber es wirkt verständlich. Na ja, soweit man einen solchen Wahn eben verstehen kann. Es ist interessant zu wissen, was im Kopf eines solchen Mörders vorgehen könnte. Aber eigentlich hoffte ich auf etwas, was wir nutzen könnten, um die beiden aufzuspüren, bevor sie wieder zuschlagen.«

»Ja, auch mir wäre nichts lieber als das, aber manchmal dauert es ein Weilchen, bis man sich in all den Bildern zurechtfindet und sich die Wahrheit zeigt. Das ist jedenfalls das erste Mal, dass ich die Stimmen so deutlich vernommen habe.«

»Warum wolltet Ihr wissen, wann wir diese Nadel gefunden haben?«

»Weil am Ende etwas Seltsames passiert ist. Die Frau wusste, dass ich da war und sie beobachtet habe. Sie sprach zu mir, was sie auch vorher schon getan hat, und drohte mir mit dem Tod. Aber diesmal hat sie mich direkt angesehen, es war nicht nur wie ein Flüstern in meinem Kopf.«

»Ihr habt ihr Gesicht gesehen?«

»Mehr oder weniger. Ich kann es nicht mit Sicherheit sagen, aber ich glaube, sie hat dunkle Augen und trug eine teure Kopfbedeckung, doch darunter war dunkles Haar zu erkennen. Und sie hatte perfekt geschwungene Augenbrauen.« Sie musste lächeln, denn die Männer sahen sie an, als habe sie ihnen soeben eine völlig nutzlose Information geliefert. »Dunkle, perfekt geschwungene Brauen. Entweder sie hat sie von Natur aus, oder sie tut etwas, um sie so perfekt wirken zu lassen.«

»Dann muss sie von Stand sein. Nur Frauen von Stand zupfen ihre Brauen«, sagte Tormand.

Ja, ich weiß, du kennst die Frauen, dachte Morainn ein wenig gehässig, doch rasch unterdrückte sie die Eifersucht wieder, die bestimmt noch ziemlich lang in ihrem Herzen wohnen würde. »Ich glaube, ihr Mann ist tot, wahrscheinlich hat sie ihn umgebracht. Aber leider hat sie keinen Namen genannt, sie hat ihn nur als fettes Schwein bezeichnet. Jawohl, sie hat ihn eigenhändig umgebracht, mit einem Messer.«

Simon runzelte die Stirn. »Mir ist nicht zu Ohren gekommen, dass ein Mann von Stand erstochen worden ist.«

»Bestimmt nur deshalb, weil man ihn noch nicht gefunden hat«, meinte Morainn.

Allmählich wurde ihr immer verständlicher, was sie in ihrer Vision gehört und gesehen hatte, aber auch ihre Kopfschmerzen nahmen zu. All diese grässlichen Dinge – Morainn wusste, dass sie bald eine Pause brauchte. Ihr war, als wäre all ihre Kraft aus ihrem Körper gewichen, und trotz Tormands beschwichtigender Berührung tat ihr der Kopf so weh, dass sie kaum noch einen klaren Gedanken fassen konnte.

»Ihr braucht Ruhe«, sagte Simon. »Diese Visionen kosten Euch sichtlich Kraft, obwohl Ihr diese Sitzung besser durchgestanden habt als die letzte.«

»Aye, ich fürchte, Ihr habt recht. Langsam ordnet sich alles, aber mein Kopf schmerzt so heftig, dass ich es noch immer nicht richtig verstehen kann. Ein paar Stunden Schlaf würden sicher helfen, das Durcheinander zu beseitigen.«

Als Morainn aufstehen wollte, wankte sie. Sogleich schlang Tormand stützend die Arme um sie. Sie wollte sich ihm entziehen, als plötzlich vom Eingang her ein Stimmengewirr zu hören war. Leute stritten sich mit Walter. Kurz darauf wurde die Tür zur Großen Halle aufgestoßen, und drei Menschen traten ein: erst Nora, dann ihr Verlobter und zum Schluss Walter, der ziemlich verärgert wirkte.

»Sie wollten nicht warten, bis ich Euch sagen konnte, dass sie hier sind«, brummte Walter und sah Nora böse an.

Nora achtete nicht auf ihn, sie achtete nur auf Tormand und wie er Morainn umschlungen hielt. Morainn war schwer beeindruckt von dem gerechten Zorn in dem süßen Gesicht ihrer Freundin. Nora riss sich von der Hand ihres etwas verlegenen Verlobten los und steuerte geradewegs auf sie zu, entriss sie Tormand und drückte sie an sich.

»Was habt Ihr mit ihr angestellt«, fragte Nora Tormand aufgebracht. »Sie sieht schrecklich aus.«

»Danke, liebe Freundin«, murmelte Morainn, aber Nora ging nicht darauf ein.

»James, komm her und verprügle diesen lüsternen Schweinehund!«

»Ach, Nora, Liebste …«, fing James an.

Nora wartete nicht auf seine Ausrede: »Warum ist sie hier?«

»Gerade habe ich mich gefragt, woher du gewusst hast, dass ich hier bin«, sagte Morainn, bevor Tormand oder ein anderer Noras Frage beantworten konnte.

»Diese blöde Magda erzählt jedem im Ort, dass der Kerl die Hexe mitgebracht hat, damit sie ihm hilft, seinen Kopf aus der Schlinge zu ziehen. Ich wollte ihr nicht recht glauben und bin zu deinem Häuschen. Doch da warst du nicht, und deine Katzen waren auch nicht da. Deshalb habe ich James gebeten, mich hierherzubringen.«

»Sie ließ sich nicht aufhalten«, erklärte Sir James, der mittlerweile an den Tisch getreten war und dankbar den Becher Ale entgegennahm, den Simon ihm stumm angeboten hatte.

Mit einem zornigen Blick gab Nora ihrem Verlobten zu verstehen, dass sie ihn als Verräter betrachtete, dann wandte sie sich wieder Tormand und Morainn zu. »Ich wollte trotzdem nicht glauben, dass du im Haus dieses Mannes weilst. Aber als wir um Einlass baten und die Tür aufging, sah ich William in der Eingangshalle. Da wusste ich, dass du dich wahrhaftig im Haus dieses Sünders aufhältst. Und jetzt bin ich hier, um dich vor ihm zu retten.«

»Ach Nora, ich habe dich wirklich sehr gern«, sagte Morainn. »Aber ich muss nicht gerettet werden.«

»Alle Frauen müssen vor Männern wie dem da gerettet werden.«

»Damit hast du wahrscheinlich recht, aber jetzt wäre es mir am liebsten, wenn du mir zu meiner Schlafkammer hilfst. Dort werde ich mich dann bemühen, dir alles zu erklären.«

Nora verzog besorgt das Gesicht und fragte: »Bist du denn krank?«

»Nein, aber die Vision, die ich gerade hatte, hat mich viel Kraft gekostet, und mein Kopf tut weh. Ich brauche Ruhe, aber wenn ich mit einem kühlen Tuch auf der Stirn im Bett liege, kann ich schon noch reden. Komm, hilf mir nach oben.« Sie warf einen letzten Blick auf die Männer. »Meine Herren«, sagte sie und achtete nicht weiter auf Noras abfälliges Schnauben, »das hier ist meine liebe Freundin Nora Chisholm, ihr Verlobter ist Euch wahrscheinlich bekannt. Würdet Ihr uns jetzt bitte entschuldigen?« Die Angesprochenen murmelten, dass sie ihr eine gute Nacht und rasche Erholung wünschten, und Morainn ließ sich von Nora in ihr Zimmer bringen.

Sobald die Frauen den Raum verlassen hatten, blickte Tormand auf Sir James Grant. »Und Ihr, lieber Grant, habt wirklich vor, diese Frau zu heiraten?«

Sir James grinste nur und prostete Tormand mit seinem Ale zu. »Jawohl. Sie ist sehr temperamentvoll.« Er fiel in das Lachen der anderen ein, wurde jedoch rasch wieder ernst und sah Tormand prüfend an. »Sie liebt Morainn wie eine Schwester und hat das Gefühl, sie beschützen zu müssen, weil ihr schon so viel Unrecht zugefügt worden ist. Und mir geht es genauso, auch wenn ich Morainn noch nicht sehr lange kenne.«

»Ja, wir sind ganz und gar Eurer Meinung«, erwiderte Simon. »Setzt Euch, Grant, dann werden wir Euch erklären, warum Morainn hier ist.«

»Und vergesst nicht, mir zu sagen, was ich weitererzählen darf und was nicht«, erwiderte der Jüngere munter und setzte sich.

»Selbstverständlich.«

Ein kühles, feuchtes, nach Lavendel duftendes Tuch wurde ihr sacht auf die schmerzende Stirn gelegt. Morainn lächelte Nora an, als sich ihre Freundin auf die Bettkante setzte. »Danke! Mein Kopf hat sich angefühlt, als würde er gleich zerspringen. Der Lavendelduft wirkt Wunder.«

»Diese Visionen sind so schwer für dich«, murmelte Nora. »Warum hast du hier denn eine Vision gehabt?«

»Weil mir Sir Simon etwas in die Hand gelegt hat. Aber, Nora: Ich bin hier, weil es hier sicherer für mich ist. Die Mörder, die die Frauen getötet haben, überfielen mich in meinem Häuschen. Doch ich hatte Glück und konnte ihnen zusammen mit Walin entkommen.«

»Aber warum du? Du bist doch keine von Sir Tormands Geliebten, oder etwa doch?«

»Nein. Die Mörder befürchten, dass meine Gabe Sir Simon zu ihnen führen könnte. Sie wollten verhindern, dass ich ihm helfe.«

»Du sprichst von mehreren Mördern. Ist es denn nicht nur ein einziger Verrückter?«

»Es sind zwei Verrückte, ein Mann und eine Frau. Sir Simon hat an jedem Tatort eine Haarnadel gefunden. Bislang habe ich zwei dieser Nadeln berührt, aber ich habe dabei nicht viel herausgefunden. Mehr habe ich erfahren, als ich die Ungeheuer belauschte, während sie mich und Walin im Wald verfolgten. Trotzdem muss ich es mit den Visionen versuchen, und außerdem habe ich noch Träume. Nach und nach enthüllen sie mir Dinge, die sich als nützlich erweisen könnten.« Sie beschloss, dass jetzt nicht der richtige Zeitpunkt war, Nora zu berichten, was sie in ihren Träumen sonst noch erlebt hatte.

»Wahrscheinlich besteht der Sinn deiner Gabe darin, bei solchen Dingen zu helfen. Aber du hast richtig krank ausgesehen.«

»Das kommt daher, weil mir in den Visionen so viel Böses erscheint. Der Wahn, in den dieses Paar verfallen ist, ist sehr schwer auszuhalten.«

Nora seufzte und streckte sich vorsichtig neben ihrer Freundin aus. »Sie haben dich also zu deinem Schutz hierhergebracht, aber auch, damit sie mit Hilfe deiner Gabe etwas über die Mörder herausfinden.«

»Aye. Die Männer in der Großen Halle wohnen momentan alle in diesem Haus. Sir Simon und Tormand kennst du ja, die anderen sind Brüder und Cousins von Tormand. Sie kamen her, weil eine ihrer Frauen gesehen hat, dass Tormand in Gefahr schwebt.«

Nora sah Morainn überrascht an. »Sir Tormands Verwandte besitzen auch solche Gaben?«

»Das hat er mir zumindest erzählt. Er meinte, in seinem Klan würde es nur so wimmeln von Leuten mit besonderen Gaben. Selbst Sir Simon glaubt inzwischen an Träume.«

»Na ja, immerhin kannst du diesmal mit deiner Gabe etwas richtig Gutes tun und nicht nur irgendeiner reichen Frau dabei helfen einzusehen, dass ihr Sohn ein gemeiner Dieb ist.«

Morainn musste lachten. »Das stimmt.«

»Du hättest doch auch zu mir kommen können, ich hätte mich schon darum gekümmert, dass dir nichts passiert.«

»Damit hätte ich die Ungeheuer aber womöglich auch in dein Haus gelockt. Nein, es war besser hierherzukommen, hier bin ich umgeben von sechs starken Männern.«

»Sechs starken und sehr gut aussehenden Männern.«

»Alles hat seine Vor- und Nachteile«, erwiderte Morainn und lächelte matt, als Nora lachte.

»Ich stimme dir zu, hier bist du sicherer, zumindest vor den Mördern. Aber was ich vorhin gesagt habe, war mein voller Ernst – ich glaube nicht, dass irgendeine Frau vor Sir Tormand Murray sicher ist.«

»Da hast du wohl recht. Aber ich habe einen ausgesprochen starken Ansporn, seinen Verführungsversuchen zu widerstehen.«

Nora runzelte die Stirn? »Und der wäre?«

»Der Mann hat eine Liste.«

»Eine Liste wovon?«

»Von seinen Geliebten.«

»Er führt Buch darüber?«

»Nein, das nicht. Aber Sir Simon hat ihn gebeten, eine Liste all seiner Geliebten zu erstellen, die in diesem Ort leben oder mit dem Hof unterwegs sind. Er möchte wissen, wie viele

Frauen in Gefahr schweben. Na ja, und diese Liste habe ich gesehen. Um all diese Frauen zu beschützen, bräuchte er das gesamte Heer des Königs.«

»Ach du meine Güte. Er muss sehr gut sein.«

Morainn lachte, auch wenn ihre Kopfschmerzen wieder stärker wurden. »Tja, davon kann man wohl ausgehen.« Sie seufzte. »Aber ich will nicht als weiterer Name auf seiner Liste enden. Einen Moment lang war ich töricht.« Als sie merkte, dass Nora sie bestürzt ansah, beeilte sie sich hinzuzufügen: »Nein, so töricht auch wieder nicht. Es war nur ein Kuss. Aber ich dachte, all sein Verlangen würde mir gelten, nur mir. Bis ich die Liste sah. Er brauchte einfach nur eine Frau, und ich war gerade greifbar. Nein, so lasse ich mich nicht benutzen.«

»Ich mache mir Sorgen um dich, Morainn.«

»Wegen Sir Tormand?«

»Schon. Du bist eine sehr starke Frau, aber du hast ein sehr weiches, freundliches Herz. Ein Mann wie Sir Tormand könnte dir sehr wehtun. Aber um ehrlich zu sein – meine Sorge um dein Leben wiegt mehr als die um deine Tugend.«

Morainn tätschelte die Hand ihrer Freundin. »Die Männer halten nachts abwechselnd Wache. Ich fühle mich hier sicher, Nora. Und weil sie meine Visionen brauchen, komme ich mir nicht vor, als fiele ich ihnen zur Last. Außerdem hat Sir Tormands Haushälterin ihn verlassen, und deshalb koche ich und halte das Haus in Ordnung. Walin ist hier so glücklich wie noch nie. Die Männer sind sehr freundlich zu ihm, und ich glaube, es tut ihm gut, eine Weile ein paar Männer um sich zu haben.«

»Die Hauptsache ist, dass du in Sicherheit bist.«

»Richtig, so sehe ich das auch. Und nicht nur ich, nein, auch Walin ist hier sicher.«

»Stimmt.« Nora stand auf und drückte Morainn einen Kuss auf die Wange. »Ruh dich aus und komm bitte zu mir, wenn du es hier nicht mehr aushältst, aber noch nicht in dein Häuschen zurückkannst. James wird bestimmt ein paar Männer auftreiben, die uns beschützen.«

»Danke, Nora. Ich glaube zwar nicht, dass ich diesem Haus demnächst den Rücken kehren muss, aber es ist gut zu wissen, dass ich und Walin noch eine andere Zuflucht haben. Eines könntest du vielleicht doch noch für mich tun: Ich brauche jemanden, der meine Tiere versorgt und ein paar Dinge im Garten erledigt.«

»Keine Sorge. Ich habe eine Cousine, die sich bestimmt gern um dein Häuschen kümmert, bis du wieder da bist. Aber jetzt ruh dich aus und sieh zu, dass du wieder zu Kräften kommst.«

Sobald Nora weg war, seufzte Morainn und schloss die Augen. Sie fühlte sich, als hätte sie drei Tage ohne Pause durchgearbeitet. Eine der Haarnadeln war noch übrig, aber die wollte sie sich noch eine Weile ersparen. Erst, wenn sie wieder bei Kräften war, wollte sie ein weiteres Mal versuchen, etwas zu erkennen, was Simon auf der Jagd nach diesen Ungeheuern nutzen konnte.

Tormand sah Nora in die Halle kommen. Sie funkelte ihn immer noch böse an. Es ärgerte ihn zwar, aber er nahm sich vor, höflich zu sein. Sie sorgte sich um Morainn, und allein deshalb wollte er ihr Missfallen wortlos über sich ergehen lassen. Doch als sie direkt auf ihn zumarschierte, wurde ihm ziemlich unbehaglich.

»Ihr solltet wirklich gut auf sie aufpassen! Sie hat in ihrem Leben schon genug Elend erdulden müssen. Da braucht sie wahrhaftig nicht noch einen Mann wie Euch, der ihr zartes Herz quält.«

Bevor Tormand etwas erwidern konnte, stand Grant auf, verabschiedete sich und zog seine temperamentvolle Verlobte hinaus. Tormand sah Simon und seine Verwandten an, doch ungeachtet seiner finsteren Miene grinsten alle nur breit. Selbst Walters sonst so mürrische Miene zeigte den Anflug eines Grinsens.

»Grant wird mit dieser Frau alle Hände voll zu tun haben«, sagte er.

»Es wundert mich, dass du ihre Tiraden sang- und klanglos ertragen hast«, meinte Uilliam.

Tormand seufzte. »Sie macht sich ja nur Sorgen um Morainn. Und ich habe eben einen gewissen Ruf.« Die Anwesenden fingen zu prusten an, doch er ging darüber hinweg. »Sie wollte sich ja nur vergewissern, dass unter meinem Dach nicht nur Morainns Leben sicher ist.«

»Tja nun – die junge Frau wirft oft genug einen zärtlichen Blick auf Euch«, meinte Walter. »Ich weiß nicht, warum ein Mann so etwas übersehen sollte.«

»Ich werde keine zärtlichen Blicke mehr übersehen müssen, weil es keine mehr geben wird. Sie hat die Liste entdeckt.« Er nickte düster, als sich Schrecken in den Mienen seiner Verwandten und selbst in Walters Gesicht spiegelte. »Es ist sehr schwer, um eine Frau zu werben, die schwarz auf weiß gesehen hat, dass der Mann, der sie umwirbt, mit so vielen Frauen ins Bett gestiegen ist, dass er das Heer des Königs bräuchte, um all diese Damen zu beschützen. Das waren jedenfalls ihre Worte.«

»Werben? Du willst um sie werben?«, fragte Harcourt.

»Jawohl, ich will um sie werben«, erwiderte Tormand zwischen zusammengebissenen Zähnen.

»Brauchst du Hilfe? Du hast in solchen Dingen nicht viel Erfahrung.«

»Ich kann alleine um eine Frau werben, vielen Dank.«

»Na ja, wenn du einen Rat brauchst, kannst du dich gern an mich wenden.« Harcourt stand auf. »Es ist Zeit, dass wir losziehen und uns ein bisschen im Ort umschauen. Wer kommt mit?«

Kurz darauf war die Große Halle leer bis auf Tormand. Seufzend goss er sich noch einen Becher Ale ein. Er konnte nur daran denken, wie süß Morainn geschmeckt hatte, und schmachtete nach mehr. Selbst die Erinnerung daran, wie sie ihn wütend angestarrt hatte, nachdem sie die Liste gesehen hatte, kühlte die Hitze in ihm nicht ab. Das Eine wusste er ganz genau: Er musste sie wieder in die Arme schließen.

Doch dazu brauchte er einen Plan. Bis sie die Liste gesehen hatte, war Morainn ihm eindeutig gewogen gewesen. Er hatte genügend Erfahrung, um zu merken, wann eine Frau an ihm interessiert war, und dieses Interesse hatte in Morainns schönen Augen geblitzt. Tormand war bereit, alles zu tun, um es dort wieder aufblitzen zu sehen. Ja, es verlangte ihn so sehr danach, dass er sogar bereit gewesen wäre, jemanden um Rat zu fragen, falls sein Plan nicht klappte. Allerdings hoffte er inständig, dass es nicht so weit kommen würde, denn er wusste, damit würden ihn seine Verwandten bestimmt ein Leben lang necken.

Das leise Tappen dicker Pfoten lenkte ihn ab, und er sah, wie William auf einen Stuhl sprang. Der Kater starrte ihn an. Tormand erwiderte den Blick düster. Er gab William noch immer die Schuld an dem, was in seinem Arbeitszimmer passiert oder vielmehr nicht passiert war. Wäre er ein abergläubischer Mensch gewesen, hätte er leicht auf den Gedanken verfallen können, dass der Kater genau gewusst hatte, was im Gange war, und absichtlich hereinspaziert war, um Morainn vor dem Mann zu warnen, den sie gerade küsste.

»Warum ziehst du nicht los und fängst ein paar Mäuse? Ich brauche keinen Kater, der mir ein Bein stellt, wenn ich mich ans Werben mache. Und ich habe vor, deine Herrin zu gewinnen, also gewöhn dich endlich an mich!«

Jetzt rede ich schon mit einer Katze, dachte er. Morainn Ross stellte sein Leben wahrhaftig auf den Kopf.

11

Ich glaube, der Mann versucht, um mich zu werben.«

Morainn musste grinsen, als Nora ihre ausdrucksvollen Augen verdrehte. Sie saßen in dem sonnenbeschienenen Nähzimmer der Chisholms und bestickten Leinen. Nora hatte nämlich beschlossen, so viel wie möglich in ihre Ehe mitzubringen. Da sie weder Land noch sonstigen Reichtum besaß, wollte sie wenigstens einige Truhen voll Wäsche und Kleidung vorweisen können. Ihre Mutter und ihre Schwester waren zu ihrer Tante gegangen und nähten dort Gewänder, darunter Noras Hochzeitskleid und einiges andere, was sie sich in den Kopf gesetzt hatte. Hinter all diesem geschäftigen Tun steckte natürlich der Stolz. Die Chisholms hatten sich vorgenommen, bei der Hochzeit so prachtvoll auszusehen wie die Verwandten eines Lairds.

Nun genossen Morainn und Nora ihr Alleinsein. Allerdings mussten sie in Kauf nehmen, dass Harcourt und Rory herumstreiften und sie bewachten. Morainn hatte auf diesem Besuch bestanden, nicht nur um Nora zu helfen, sondern auch, weil sie unbedingt mit ihrer Freundin reden wollte. Aber die Murrays hatten darauf bestanden, dass sie nicht ohne Wächter fortdurfte. Vor allem Tormand war über ihr Vorhaben nicht froh gewesen, doch schließlich hatte auch er eingewilligt. Wahrscheinlich wusste er von den Frauen in seinem Klan, von denen er oft sprach, dass eine Frau sich gelegentlich nach weiblicher Gesellschaft sehnte.

Aber in Wahrheit ging es ihr vor allem darum, mit einer anderen Frau zu reden, dachte Morainn lächelnd. Nachdem sie tagelang nur von Männern umgeben gewesen war, von einem kleinen Jungen, der plötzlich beschlossen hatte, dass er auch ein Mann war, und von Katzen, fühlte sie sich schon allein beim Klang der Stimme einer anderen Frau besser. Die Männer waren zwar alle sehr freundlich und liebten Walin, aber manchmal musste eine Frau einfach mit einer anderen Frau reden – und jetzt war es so weit. Das, was sie gern besprochen hätte, konnte sie jedenfalls nicht mit einem der Männer besprechen.

»Und wie stellt er es an?«, fragte Nora leicht verächtlich. »Mit Blumen, Schmuck und leeren Schmeicheleien?«

Morainn widerstand dem Drang, Tormand zu verteidigen. »Na ja, Schmeicheleien bekomme ich zwar zu hören«, meinte sie, »aber ich weiß nicht, ob sie leer sind. Er lobt meine Arbeit und meine Kochkünste, er lobt sogar, wie sich das Leinen anfühlt und wie es riecht. Und ab und zu lässt er ein Wörtchen fallen über mein hübsches Lächeln, mein wunderbares, seidiges Haar und meine Augen, die er mit dem Meer vergleicht. Sturmgepeitscht, wenn ich verärgert bin, von der Sonne geküsst, wenn ich lache.« Beinahe hätte sie geseufzt bei der Erinnerung an diese hübschen Worte und seine tiefe, verführerische Stimme.

»Oh.« Nora seufzte wohlgefällig. »Das sind wirklich schöne Worte.«

»Das finde ich auch.« Morainn war froh, dass auch Nora davon gerührt war, denn dann kam sie sich weniger närrisch vor, dass sie sich von diesen hübschen Worten beeindrucken ließ. »Und Geschenke gibt er mir auch. Keine Blumen oder Schmuck, sondern ein Büchlein mit Versen, einen hölzernen Kelch …«

»Hölzern! Der Mann könnte sich wahrhaftig etwas Besseres leisten. James hat mir gesagt, dass Sir Tormand ein bemerkenswertes Vermögen aufhäuft. Er hat sogar gemeint, dass er sich einmal mit ihm unterhalten wolle, um zu sehen, ob er ein paar Dinge von ihm lernen könne.«

»Es ist ein hübscher Kelch, verziert mit einem kleinen Blumenmuster. Aber es stimmt schon, er hätte mir auch einen silbernen Kelch schenken können.« Morainn lächelte. »Doch den hätte ich zurückgeben müssen. Solche Kostbarkeiten kämen mir zu sehr wie eine Bestechung vor.«

Nora runzelte die Stirn, doch dann nickte sie. »Stimmt. Es würde zu sehr danach aussehen, als wolle er sich deine Gunst erkaufen. Sieh mal, was ich dir Schönes gegeben habe, aber jetzt ist es an der Zeit, dass du mir gibst, was ich will, würde er bestimmt denken. Bei einem hölzernen Kelch kommt man nicht auf solche Gedanken, egal, wie hübsch er ist. Schlau von ihm, dass er dir nur schlichte Sachen schenkt.«

»Schlau ist er wirklich. Eine Schleife, bei der er sagte, sie erinnere ihn an meine Augen; ein Büchlein, in das ich meine Gedanken schreiben soll, und dazu Feder und Tinte.« Sie nickte nur, als Nora verächtlich schnaubte. »Das sind kostbare Geschenke für Leute wie dich und mich, aber kleine für einen Mann wie ihn. Das ist klar.

Ich glaube, es fing vor etwa einer Woche an. Ich war immer noch sehr böse auf ihn, aber bei meiner Vision war er da und hat mir geholfen, die nötige Kraft und den Mut zu finden, und dann hat er sogar meine Stirn gerieben, um die grausamen Kopfschmerzen zu lindern, die mich danach befallen hatten.«

»Du hast ihn gern, Morainn, stimmt's? Und dabei will der Mann dich doch nur in seinem Bett.«

»Ich weiß, aber vielleicht will ich ja auch dorthin.«

»Das würde mich nicht wundern. Er ist ein stattlicher Bursche, so stattlich, wie die Sommertage lang, trotz seiner unterschiedlichen Augen. Aber du musst an deinen Ruf denken«, fing Nora an, doch dann hielt sie inne und verzog das Gesicht.

»Stimmt. Fast alle im Ort denken, ich habe schon einen kleinen Bastard, und selbst nach all den Jahren vergeuden sie noch ihre Zeit damit, Vermutungen anzustellen, wer der Vater ist. Und jetzt wissen alle, dass ich bei Tormand wohne, dank Magda und ihren Mädchen, die jedem auf die Nase binden, dass sie mitbekommen haben, wie ich eingezogen bin, und dass sie wegmussten, um ihre Seelen zu retten. Viele halten mich für eine Hexe und wünschen mir dasselbe Schicksal wie meiner Mutter. Und nicht zu vergessen – manche meinen auch, dass ich das Häuschen vom Laird von Dubhstane bekommen habe, weil ich sein Bett wärme, wann immer er will. Ich habe keinen guten Ruf, den es zu wahren gilt, Nora.«

»Du und die, die dich lieben, wissen ganz genau, dass keins dieser elenden Gerüchte der Wahrheit entspricht.«

»Ja, ich weiß, und deshalb nehme ich mir all das törichte Gerede auch nicht so zu Herzen. Aber deswegen halten die Leute noch lange nicht ihren Mund. Und außerdem – ich würde mir wünschen, dass die, die mich lieben, nicht damit aufhörten, selbst wenn ich ein Weilchen vom rechten Pfad abkäme.«

»Das ist doch selbstverständlich, Morainn. Aber trotzdem will dieser Mann dich nur ins Bett bekommen. Du hast von ihm nichts darüber hinaus zu erhoffen.«

»Meistens tue ich das auch nicht, aber ich fürchte, manchmal regt sich doch eine leise, törichte Stimme in mir, die es trotzdem macht.«

»Ein Mann wie er meint es nicht ernst. Er spielt nur mit den Frauen, er hüpft von einem Bett zum anderen wie ein verwirrter Lurch.« Nora grinste, als Morainn lachen musste. »Du hast etwas Besseres verdient, das weißt du ganz genau.«

»Das schon, aber ich glaube nicht, dass ich es je bekommen werde.«

»Warum nicht? Du bist hübsch, du bist klug, und du hast ein nettes Häuschen und ein bisschen Land dazu.«

»Für das ich die Beine breit mache, wie viele Leute glauben.«

Nora ließ sich nicht beirren. »Du bist fleißig, du kannst ordentlich nähen, wundervoll sticken und so hervorragend kochen, wie ich es nie können werde. Deshalb bin ich auch heilfroh über James' Köchin.«

Bevor ihre Freundin fortfahren konnte, Morainns Vorzüge aufzuzählen, was sie ohnehin schon höchst verlegen machte, wandte sie ein: »Und ich habe einen kleinen Jungen, von dem alle glauben, er sei mein Sohn.«

»Hornochsen. Es ist kein Geheimnis, dass das Kind schon fast zwei Jahre alt war, als es auf deiner Schwelle abgelegt wurde. Glauben die Leute denn, du hast es bis dahin unter einem Brombeerstrauch versteckt? Sie sagen solche Dinge nur, weil sie ein schlechtes Gewissen haben. Einer von ihnen hat das Kind dorthin gelegt. Manch einer hat eine Vermutung, wer es gewesen sein könnte, doch keiner hat je mit dir darüber gesprochen, und keiner hat sich erboten, das Kind aufzunehmen.«

»Das sagst du allen, wann immer du kannst, aber das hat nichts geändert und wird es wohl auch nie. Die Leute glauben, was sie glauben wollen und was ihnen zupassekommt. Aufgrund dieser Gerüchte wenden sich nur Männer an mich, die denken, sie können sich meine Gunst erkaufen oder sie mir rauben.«

»Lauter Narren.«

»Wohl wahr. Aber darüber hinaus fürchten sich viele Männer vor meiner Gabe. Tormand tut das nicht. Er hat mir gesagt, dass es in seinem Klan von Leuten mit solchen Gaben nur so wimmelt. Es ist schön, mit Leuten zusammen zu sein, die das, was ich tun kann, nicht als Hexenwerk oder als Gabe des Teufels betrachten, und die nicht befürchten, womöglich mit dem Bösen angesteckt zu werden. Es sind Leute, die glauben, was ich ihnen sage, wenn ich etwas sehe oder spüre, und die sich nicht vor mit bekreuzigen. Tormand hat keinerlei Scheu vor mir, er hilft mir sogar, wenn ich nach einer Vision schwach bin oder wenn mein Kopf so schmerzt, wie er es oft tut.«

Nora legte ihre Stickerei zur Seite und nahm Morainns Hand. »Er wird dir wehtun, er wird dein zartes Herz entzweibrechen und auf den Stücken herumtrampeln.«

Morainn lächelte schwach. »Er würde nie so gemein sein, auf den Stücken herumzutrampeln. Glaub mir, der Mann hat nichts Grausames an sich. Du weißt, ich würde es spüren, wenn es anders wäre. Na ja, es kann schon sein, dass er mir das Herz bricht, aber wenn ich wieder alleine lebe, werde ich immerhin ein paar sehr schöne Erinnerungen haben. Ich glaube, Tormand wird ein großzügiger und sehr geschickter Liebhaber sein. Schließlich hat er mit genügend Frauen geschlafen, er hat dabei bestimmt einiges gelernt.« Beide mussten ein wenig lachen.

»Du willst es also wirklich? Liebst du den Narren denn?«

»Möglicherweise. Ich habe zwar dagegen angekämpft und mich nach Kräften gegen seine Reize gewehrt, aber in den letzten zwei Tagen habe ich Dinge gehört, die mir den Wind aus den Segeln genommen haben. Ich habe mitbekommen, wie sich seine Verwandten über seine tölpelhaften Versuche, um mich zu werben, lustig gemacht haben. Sie machen kein Hehl daraus, dass er sich noch nie an so etwas versucht hat. Er hat ihnen erklärt, dass er es bislang noch nie nötig gehabt hat, aber auch darüber haben sich seine lieben Verwandten nur lustig gemacht. Doch er hat auch gesagt, dass er es bislang nie gewollt hat.«

»Das klingt zwar ziemlich eingebildet, aber wahrscheinlich stimmt es.« Nora verzog das Gesicht und griff wieder zu ihrer Stickerei. »Ich gestehe, an deiner Stelle würde ich das auch als gutes Zeichen werten.«

Morainn war erleichtert, denn sie hatte befürchtet, sie klammere sich nur an jeden noch so dünnen Strohhalm, um sich nicht mehr gegen Tormand wehren zu müssen. »Gestern Abend habe ich ein Gespräch zwischen ihm und Simon mitbekommen. Tormand gestand ihm, dass es ihm plötzlich wie Schuppen von den Augen gefallen sei und er eine richtige Offenbarung hatte. Er meinte, je länger diese elende Liste würde, desto mulmiger wurde ihm, und er fing an, einen Mann zu sehen, den er nicht sehr gern hatte. Auf einmal sei ihm das, was ihm seine Klanmitglieder, vor allem die Frauen, immer wieder gesagt haben, nicht mehr wie eine Belästigung vorgekommen, die man tunlichst überhört, sondern wie etwas mit einer sehr bitteren Wahrheit im Kern. Außerdem gestand er Simon etwas, worüber der offenkundig sehr verwundert war: Tormand Murray, der große Frauenheld, ist seit über vier Monaten nicht mehr mit einer Frau zusammen gewesen!« Sie nickte, als Nora überrascht aufstöhnte. »Tormand glaubt, dass sich sein Unbehagen über sein jahrelanges Treiben bereits in sein Herz und sein Hirn eingenistet hat. Und was ich in meiner Wut und Empörung über seine Liste zu ihm gesagt habe, hat ihn ebenfalls schwer getroffen. Ihm gefiel der Mann überhaupt nicht, den ich in ihm gesehen habe.«

»Ach du meine Güte! Das klingt ja wirklich vielversprechend. Trotzdem – bist du dir sicher, dass du dein Herz und deine Tugend aufs Spiel setzen willst wegen etwas, was vielleicht nur eine vorübergehende Laune dieses Mannes ist?«

Morainn nickte bedächtig. »Ich glaube schon. Ich träume von ihm, Nora, jede Nacht träume ich von ihm. Er ist mir sogar schon lange vor unserer ersten richtigen Begegnung im Traum erschienen, auch wenn meine Träume immer detaillierter werden, seit ich ihn kenne. Beim Aufwachen fühle ich mich bedürftig und leer. Er spricht mich tief in meinem Innersten an. Anfangs träumte ich nur von einem Mann mit verschiedenfarbigen Augen, mit dem ich ins Bett ging – es waren verschwommene, romantische Bilder. Aber jetzt träume ich nicht mehr nur von körperlicher Liebe. Ich träume davon, wie er mich beim Essen anlächelt oder nach einem Tag am Hof zu mir heimkehrt und mir berichtet, was er dort erlebt hat. Ja, ich träume sogar davon, dass ich seine Kinder in den Armen wiege.«

»Du liebst diesen lüsternen Narren«, grummelte Nora.

»Vielleicht.«

»Nein, du liebst ihn wirklich. Ein ›vielleicht‹ ist hier fehl am Platze, das sehe ich ganz deutlich, wenn du schon von Kindern träumst. Ich wette, sie sehen ihm ähnlich.«

»Ja, aber vielleicht träume ich das auch nur, weil ich jetzt schon dreiundzwanzig bin und noch nie jemand um mich geworben hat. Männer wollten mich mit Gewalt erobern, sie haben mit mir gekämpft, mir ein paar Münzen angeboten oder ein Kaninchen für den Eintopf, ja, sie haben mich sogar in meinen eigenen vier Wänden angegriffen, aber noch nie hat mich einer umworben.«

»Das ändert sich vielleicht, wenn alles vorbei ist und die Leute erfahren, dass du dabei geholfen hast, die Ungeheuer zu fangen. Damit wirst du vielen Frauen ein ähnlich grausames Schicksal ersparen.«

Morainn lächelte matt, denn sie hörte den Zweifel in der Stimme ihrer Freundin. Aber was sie nicht hörte und auch während des ganzen Gesprächs nicht gehört hatte, war Missfallen oder gar ein Schuldspruch. Nora war nur besorgt, dass Morainn verletzt werden könnte. Es war zwar gut möglich, dass es dazu kommen konnte, aber davon ließ sie sich nicht abhalten.

»Nein, nichts wird sich ändern. Wahrscheinlich wird meine Hilfe nur die Meinung der Leute bestärken, dass ich eine Hexe bin.«

»Dann wirst du es also tun?«

»Ich glaube schon. Selbst wenn es nur etwas sehr Flüchtiges, Stürmisches ist, möchte ich es gerne tun. Selbst wenn mir der Mann nur seine Leidenschaft und einen süßen Abschiedsgruß schenkt, nachdem es passiert ist, will ich es haben. Aber vielleicht gibt er mir ja mehr, vielleicht ist er ja doch der Mann, von dem mir meine Träume berichten. Wenn er wirklich meine Zukunft ist, wäre ich dann nicht töricht, wenn ich nicht wenigstens versuchen würde, sie festzuhalten?«

»Könntest du das nicht auch, ohne mit ihm zu schlafen?«

»Vielleicht schon, aber hier geht es um Tormand Murray. Ich glaube, er gehört nicht zu den Männern, die eine unschuldige Werbung, bei der nichts als ein paar Küsse getauscht werden, lange durchstehen. Es heißt zwar immer, Liebe gehe bei einem Mann durch den Magen, aber ich glaube, bei Tormand liegt der kritische Punkt ein bisschen tiefer. Vielleicht entscheidet sich alles, wenn ich ihm andeute, dass ich bereit wäre, seine Geliebte zu werden. Aber vielleicht könnte ich mir in der Hitze der Leidenschaft und dem sanften Nachspiel doch eher einen Weg in sein Herz bahnen.

Und offen gesagt liegt mir nichts daran, als Jungfrau zu sterben. Es glauben ohnehin zu viele Männer, dass ich leicht zu haben bin. Wenn so ein Mistkerl das nächste Mal mitten in der Nacht in mein Schlafzimmer schleicht oder mich irgendwo allein erwischt, rettet mich das Messer unter meinem Kopfkissen womöglich nicht mehr. Ich würde meine Unschuld lieber dem Mann meiner Wahl schenken, einem Mann, mit dem ich vielleicht eine Zukunft habe, als sie mir von irgendeinem anderen gewaltsam nehmen zu lassen.«

»Ich glaube, ich würde dasselbe tun. Also wünsche ich dir viel Glück!« Nora lachte, als Morainn hochsprang und sie umarmte. »Mach dich wieder an die Arbeit, meine Liebe. Meine Hochzeit rückt näher, und ich will mindestens eine Truhe voller feinstem Leinen mitbringen, noch besser aber zwei.«

Sobald Morainn sich wieder hingesetzt hatte, meinte Nora: »Und jetzt erzähl mir, wie es um die Jagd nach den Mördern steht.«

Die Sonne ging schon unter, als Morainn sich wieder auf den Heimweg machte. Nora begleitete sie, Harcourt und Rory schlenderten hinter ihnen. Noras Tante wohnte auf dem Weg zu Sir Tormands Haus, und Nora wollte ihre Familie bei der Tante treffen und mit allen zusammen zu Abend essen. Morainn überlegte gerade, was sie den Männern heute zum Nachtmahl auftischen wollte, als es plötzlich um sie herum kalt wurde. Sie blieb stehen.

»Was ist los?«, wollte Nora wissen. »Hast du jemanden gesehen, mit dem du noch reden wolltest?«

»Spürst du die Kälte?«, fragte Morainn. Harcourt und Rory waren mittlerweile hinter ihnen stehen geblieben.

»Nein, ich finde es nicht kalt«, erwiderte Nora ein bisschen verwirrt. »Die Nacht ist lau.«

»Ist es kalt wie in Euren Visionen?«, fragte Harcourt.

Morainn sah ihn dankbar an. Sie glaubte nicht, dass sie es anderen je erklären könnte, wie schön sie es fand, von Menschen umgeben zu sein, die ihre Visionen wirklich verstanden. »Ja, genau so«, erklärte sie. »Sie beobachten uns.« Sie spürte, wie Nora sie bei der Hand packte. »Ich kann sie nur nicht sehen«, murmelte sie, während sie ihren Blick schweifen ließ.

Dann setzte sie sich in Bewegung. Wie ein Jäger, der seiner Beute folgt, begann sie, der Kälte zu folgen, und zog Nora mit. Harcourt und Rory blieben dicht hinter ihr, was ihr Mut machte. Vor einer düsteren Gasse blieb sie stehen. Die Kälte wurde schneidender. Morainn begann zu zittern. Jetzt spürte sie auch den Blick, der auf ihr ruhte, sie spürte die böse Absicht des Beobachters. Er war zornig, dass sie ihn gefunden hatte.

Sie drehte sich um und ging raschen Schrittes in die Gasse. Dort stand eine große, düstere Gestalt. Morainn konnte fast seine Augen sehen, es war der große Kerl aus ihren Visionen, sie hatte ihn schon so oft in ihren Träumen gesehen, dass ein Irrtum ausgeschlossen war. So, wie der Mann dastand und sie anstarrte, wäre sie am liebsten zu Tormands Haus gestürzt und hätte sich unter der Bettdecke verkrochen.

»Dort drüben ist er«, flüsterte sie so leise und zaghaft, dass sie fast schon fürchtete, weder Harcourt noch Rory hätten sie verstanden. Aber die beiden reagierten sofort. Rory zögerte allerdings ein wenig, offenbar fand er, dass jemand bei ihr bleiben sollte. Sie schüttelte den Kopf. »Geht, wir bleiben hier, wo wir von vielen Menschen gesehen und gehört werden.« Doch als er Harcourt hinterhereilte, wusste sie, dass die beiden den Kerl nicht schnappen würden, denn der hatte sich bereits tief in die Schatten zurückgezogen.

»War es einer der Mörder?«, flüsterte Nora mit vor Furcht bebender Stimme.

»Ja, aber keine Sorge – wir stehen hier im Hellen, umringt von vielen Leuten.« Morainn lächelte kalt. »Und ich habe ein sehr großes Messer unter meinen Röcken.«

»Ach ja? Kommst du denn schnell genug daran?«

»Jawohl. Ich kann es durch einen Schlitz in meinem Rockbund packen, meine Hand ruht bereits darauf.«

»Sie werden den Mann nicht erwischen, oder?«

»Nein, ich glaube nicht. Das wird sie bestimmt ärgern.«

»Ich hätte schreckliche Angst, aber Harcourt und Rory wirkten äußerst ruhig und überlegt.« Morainn musste fast lachen, doch auch in ihr tobte die Angst. Der Beweis, dass die Mörder sie unablässig beobachteten, erschreckte sie zutiefst. Sie spürte noch immer, wie dieser Blick auf ihr geruht hatte, und dieses Gefühl wollte sie so schnell wie möglich loswerden. Als die im Schatten verborgene Gestalt sie angestarrt hatte, hatte sie einen Moment lang das Blut an den Händen des Mannes riechen können, und in ihrem Kopf hatten die Schreie der ermordeten Frauen widergehallt.

»Nora, ich möchte, dass du James beauftragst, dafür zu sorgen, dass du und die Deinen nie allein sind.«

»Aber keiner von uns hatte je etwas mit Tormand zu tun. Du hast doch gesagt, dass die Ungeheuer es auf seine Geliebten abgesehen haben.« Nora starrte Morainn mit schreckgeweiteten Augen an. »Jesus! Und du hast vor, eine von ihnen zu werden.«

»Na ja, ich habe eher vor, mein Bestes zu versuchen, um der letzte Name auf seiner Liste zu werden. Aber vergiss nicht – die Mörder waren bereits hinter mir her. Die Verrückte glaubt, dass ich sein Bett schon teile. Sie würde mir nicht glauben, wenn ich es leugnen würde, und außerdem befürchtet sie ja, dass Sir Simon meine Gabe nutzen könnte, um sie zu finden. Jetzt versuchen sie womöglich, mir eine Falle zu stellen und dafür die Menschen zu benutzen, die mir lieb sind. Also bitte – lass dich und die Deinen von James bewachen und geh nie allein aus dem Haus.«

»Versprochen.« Nora schüttelte den Kopf. »Mir ist nie aufgegangen, wie groß die Gefahr ist, in der du schwebst. Ich war zwar erschrocken über die Morde, aber ich dachte nie, dass ich oder einer, den ich kenne, gefährdet ist. Und so bin ich einfach weiter unbeschwert meinen Geschäften nachgegangen. Aber wie du schon sagtest – diese Leute sind verrückt, die Wahl ihrer Opfer muss keinen Sinn ergeben.«

»Nein, und schlimmer noch – das Morden macht ihnen Spaß. Sie empfinden beide großes Vergnügen dabei.«

»Ich wünschte, das hättest du mir nicht gesagt«, murrte Nora. »Jetzt ist mir wirklich angst und bange.«

»Besser so. Solange die Bestien nicht gefasst sind und gehängt werden, ist es am besten, wenn es jedem hier so geht. Die Frau, die an den Morden beteiligt ist, bringt alle um, von denen sie glaubt, sie hätten sie irgendwann einmal verletzt oder ihr Unrecht getan. Doch verrückt, wie sie ist, bildet sie sich all diese Verletzungen oder das Unrecht wahrscheinlich nur ein. Ich glaube, sie hat in ihrem Wahn ihren Mann umgebracht und vielleicht auch schon einige andere Verwandte.«

»Und deine Bewacher haben den Mann nicht gefasst, den du gesehen hast. Die Gefahr bleibt also bestehen«, sagte Nora leise, als Harcourt und Rory zurückkehrten. Beide wirkten sehr verärgert.

»Der Mann ist verschwunden wie der Rauch im Wind«, sagte Harcourt mit wutverzerrter Stimme. »Es war, als würde man einen Schatten jagen.«

»Das habe ich befürchtet«, sagte Morainn, als sie ihren Weg zu Noras Tante fortsetzten. »Ich habe Nora gesagt, dass sie James bitten soll, sie und ihre Familie bewachen zu lassen.«

»Das ist gut«, erwiderte Harcourt. »Ich fürchte, die Mörder werden immer kühner und finden immer mehr Gefallen an ihrem grausigen Tun. Vielleicht müssen sie ihre kranke Gier sogar noch häufiger stillen.«

Nora stöhnte. »Das hätte ich jetzt lieber auch nicht gehört. Aber solltet ihr nicht alle im Ort warnen, dass sich hier Ungeheuer herumtreiben, die von Tag zu Tag übler werden?«

»Das ist kein Geheimnis«, entgegnete Harcourt. »Aber egal, was wir sagen, niemand glaubt, dass er in Gefahr schwebt. Die Leute denken alle, dass es allein um Tormand geht, und nehmen an, ihnen kann nichts passieren, solange sie nichts mit ihm zu tun haben.«

Sie blieben vor dem Haus von Noras Tante stehen. Nora umarmte Morainn und drückte sie fest an sich. »Pass gut auf dich auf, liebe Freundin«, flüsterte sie ihr ins Ohr. »Du hast dir einen gefährlichen Mann ausgesucht und eine gefährliche Zeit, dich zu verlieben.«

Morainn sah Nora hinterher, als sie im Haus ihrer Tante verschwand, dann machte sie sich seufzend auf den Weg zu Tormands Haus. »Vielleicht habe ich mir zu lange überlegt, was dieses Kältegefühl zu bedeuten hat«, sagte sie eher zu sich als zu ihren Begleitern.

»Nay«, entgegnete Rory. »Der Mann hat uns beobachtet. Er hat sich bewegt, sobald wir uns bewegt haben. Es hätte keine Rolle gespielt, wenn Ihr uns früher von der Kälte unterrichtet hättet. Aber Ihr hattet keine weitere Vision, oder?«

Sie schüttelte den Kopf. »Nur so ein Gefühl. So etwas habe ich öfter. Trotzdem bekomme ich allmählich Angst, dass sich zwischen mir und den Mördern eine seltsame Verbindung zu entwickeln beginnt. Ich spüre nicht nur, wenn sie in der Nähe sind, nein, ich höre auch ihre Stimmen in meinen Träumen und Visionen. Und dann spricht diese Frau direkt zu mir. Am liebsten wäre mir, diese Verbindung würde abreißen. Doch gleichzeitig wünsche ich mir, sie wäre stärker, denn dann würde sie uns vielleicht zu ihnen führen.«

»Nein«, meinte Harcourt nur. »Ihr wollt mit diesem Paar nicht verbunden sein, egal, wie sehr uns dies auch helfen könnte. Ich weiß zwar, dass Wahnsinn normalerweise nicht ansteckend ist, aber was passiert in Träumen oder Visionen? Was könnten sie mit Euch anstellen, wenn sie von Eurem Kopf Besitz ergriffen?«

Der Gedanke, dass das Böse in ihrem Kopf war, auch wenn sie nicht danach gerufen hatte, ließ Morainn erzittern. Sie schlang die Arme um sich. Trotzdem zitterte sie immer noch, als sie Tormands Haus betrat. »Ich weiß es nicht. Ich weiß nur, dass ich zutiefst erschrecke, wenn ich diese eisige Stimme in meinem Kopf höre.« Hastig versuchte sie, die Angst abzuschütteln. »Ich muss noch abspülen, und dann mache ich uns etwas zu essen. Ich weiß, dass ihr heute Nacht wieder auf die Jagd geht, und das solltet ihr nicht mit leerem Magen tun.«

Danach verging die Zeit wie im Flug. Morainn stellte ein einfaches, doch nahrhaftes Mahl auf den Tisch und beantwortete alle Fragen danach, was sie auf dem Heimweg von Noras Haus gesehen und gespürt hatte. Schließlich brachte sie Walin ins Bett und lächelte, als sie sah, wie erschöpft der Junge war. Die Murrays verstanden es ausgezeichnet, einen umtriebigen kleinen Jungen müde zu machen.

Nachdem sie die Küche aufgeräumt hatte, kehrte sie in die Große Halle zurück. Die Männer waren bereits aufgebrochen, nur Tormand saß noch da und starrte verdrossen ins Feuer. Sie schenkte sich einen Becher Ale ein und setzte sich neben ihn auf die kleine Polsterbank vor den Kamin. Das sacht brennende Feuer verbreitete ein sanftes, flackerndes Licht, das auch auf Tormand fiel. Sie trank ihr Ale in langsamen Zügen und dachte daran, wie gut er aussah – atemberaubend gut; selbst wenn er manchmal aussah wie Walin, wenn ihm etwas verboten wurde, was er unbedingt haben wollte.

Tormand wusste, dass er verdrossen war. Selbst dass Morainn sich neben ihn setzte, ohne dass er sie dazu aufgefordert hatte, hob seine Laune kaum. »Ich sollte mit den anderen unterwegs sein und ihnen helfen, diese Bestien zu jagen«, murrte er.

»Sie müssten gut auf Euch aufpassen, und das würde sie nur behindern«, erwiderte Morainn. »Was die Leute im Ort von Euch sagen, klingt jeden Tag gefährlicher.«

»Ich begreife einfach nicht, wie sie glauben können, ich wäre zu solchen Untaten fähig. Ich habe noch keiner Frau etwas zuleide getan. Ich war nie unfreundlich zu den Armen und habe einer Freundin sogar geholfen, ein Haus für Kinder einzurichten, die auf sich allein gestellt waren, weil man sie ausgesetzt hatte oder weil sie ihre Eltern verloren hatten und keine Verwandten haben, die sich um sie kümmern konnten oder wollten.«

»Das war sehr nett von Euch.«

Er lächelte schief. »Manchmal bin ich eben sehr nett.«

»Das glaube ich Euch sofort.«

Tormand sah sie überrascht an. Er wusste, dass er dazu neigte, in ihren Worten oder ihrem Lächeln etwas zu sehen, was gar nicht da war, denn die Hoffnung brachte ihn dazu, sich im Wunschdenken zu üben. Aber was sie gerade gesagt hatte, hatte etwas Sinnliches an sich gehabt, etwas, das ihn erregte. Er lehnte sich zurück und legte sachte den Arm um ihre Schultern, auch wenn er sich dabei wie ein grüner Junge vorkam, der versuchte, seiner Liebsten einen Kuss zu rauben. Morainn sah Tormand nicht an, doch die Röte auf ihren Wangen gab ihm zu verstehen, dass er sich nicht verhört hatte – sie hatte vorhin nicht von seiner Wohltätigkeit gesprochen. Dennoch fand er es klüger, nicht offen zuzugeben, dass er den Hintersinn ihrer Worte verstanden hatte. Fieberhaft suchte er nach einem unverfänglichen Thema.

»Ich komme mir allmählich vor wie eine Jungfer, die in einem Turm eingesperrt worden ist.«

Morainn lachte. »Nein, Sir Tormand, das werdet Ihr wohl nie sein. Aber Eure Verwandten müssen sich frei bewegen können, um diese Leute zu finden. Und ob Ihr nun Schutz braucht oder nicht, sie würden es auf alle Fälle für notwendig halten, auf Euch aufzupassen. Seid ehrlich – selbst Euch würde es schwerfallen, einer wütenden Menge zu entkommen.«

»Ja, ich weiß. Allein das und die Befürchtung, dass Simon oder meinen Verwandten etwas zustoßen könnte, während sie versuchen, mir zu helfen, hält mich hier fest.« Behutsam rückte er näher und knabberte ein wenig an ihren Haaren. »Natürlich hat es auch einen Vorteil, dass ich ein Gefangener in meinen eigenen vier Wänden bin.«

»Und der wäre?«, fragte sie und wunderte sich nicht weiter, dass ihre Stimme rauchig wurde von ihrem wachsenden Verlangen nach seiner Wärme. Auch sein Geruch erregte ihre Leidenschaft und das Bedürfnis, ihm nahe zu sein.

»Ich habe ein hübsches Mädchen zur Gesellschaft.«

»Nun, dann müsst Ihr sie heimschicken, weil ich hier bin.«

Er lachte. »Kleines Luder!«

Er drückte ihr einen Kuss auf die Schläfe und atmete ihren süßen Geruch nach sauberer Haut und leicht aromatisierter Seife ein. Lavendel, dachte er. Wahrscheinlich würde er von nun an immer an Morainn denken müssen, wenn ihm Lavendel in die Nase stieg.

Morainn wartete auf mehr als nur eine wie zufällige Berührung oder einen flüchtigen Kuss auf die Schläfe. Ihre Lippen sehnten sich nach einem Kuss, sie kribbelten vor freudiger Erwartung. Doch Tormand benahm sich höchst ehrbar. Es war wohl ihr Pech, dass er sich ausgerechnet jetzt, wenn sie es gern gehabt hätte, dass er sich unschicklich benahm, damit sie ihm auf der Straße der Sünde folgen konnte, so tadellos aufführte, als ob sich eine grimmige Alte aus ihrer Familie in der Ecke herumdrückte und auf ihn losgehen würde, sobald er etwas Unanständiges tat. Offenbar musste sie ihm einen stärkeren Hinweis geben, dass seine Werbung erfolgreich gewesen war.

Sie stellte ihren Becher ab und wandte ihm ihr Gesicht zu. Ihr Mund war dem seinen nun ganz nahe. »Umwerbt Ihr mich noch immer, Sir Tormand?«

»Ich versuche es.«

»Ihr habt gute Arbeit geleistet.«

»Wirklich?« Er wagte es, einen Kuss auf ihre weichen Lippen zu hauchen. Sofort schien sich ihr Mund fest auf den seinen pressen zu wollen. »Morainn?«, fragte er atemlos. »Ich weiß nicht mehr weiter.«

»Du hast einen neuen Weg beschritten, und jetzt hast du Angst, einen falschen Schritt zu tun?«

»Aye, so ist es wohl.« Er küsste sie abermals, und wieder folgte ihr Mund in derselben behutsamen, doch verlangenden Weise dem seinen, als er den Kopf wieder hob. »Ich sehne mich danach, dich richtig zu küssen, Morainn. Ich habe noch tagelang den Kuss geschmeckt, den wir in meinem Arbeitszimmer getauscht haben, und hungere nach einem weiteren.«

»Wir können dich schlecht verhungern lassen«, meinte sie nur und presste die Lippen auf seinen Mund.

Sein Kuss war geladen mit der verzehrenden Begierde nach ihr, die er nicht mehr verhehlen konnte. Morainn genoss es und erwiderte seine Forderung nach mehr, so gut sie konnte. Als er schließlich seine Stirn an die ihre lehnte, spürte sie, wie er am ganzen Leib zitterte. Es erregte sie, dass ein Mann wie er so sehr nach ihr verlangte. Vielleicht war es ja wirklich nur eine vorübergehende Leidenschaft, aber sie war es überdrüssig, ihn weiter abzuweisen. Langsam streichelte sie seinen Nacken. Er stöhnte leise auf.

»Oh, meine süße Hexe. Ich kann das nicht so gut.«

»Ach, das fand ich aber nicht.«

Tormand grinste, dann seufzte er. »Mein Verlangen ist zu stark, ich kann nicht hier herumsitzen und keusche Küsse mit dir tauschen. Ich habe es versucht, aber meine Begierde ist stärker. Wenn du nicht sehr bald in meinem Bett landen möchtest, solltest du jetzt in deine Schlafkammer gehen.« Er grinste schief. »Und vielleicht solltest du auch die Tür verriegeln.«

Morainn zögerte nur ganz kurz. Ihre Entscheidung war gefallen. »Ich glaube, ich werde hierbleiben, bis du mich woanders hinbringst.«

Er sprang so rasch auf, dass sie kaum Atem holen konnte, hob sie hoch und stürmte mit ihr aus der Großen Halle. Doch der Eifer, mit dem er sie in sein Schlafgemach bringen wollte, schreckte sie nicht, nein, er erregte sie nur noch mehr. Vielleicht würde das, was heute Nacht seinen Anfang nahm, damit enden, dass sie sich in ihrem Häuschen die Augen ausweinte, aber sie wollte es wagen. Zum ersten Mal in ihrem Leben ging sie das Wagnis ein, die Hand auszustrecken, um sich das zu nehmen, was sie sehnlichst begehrte, und zu hoffen, dass es ihr nicht wieder genommen würde.

12

Morainn konnte nur einen flüchtigen Blick auf Tormands Schlafgemach werfen, bevor er sie auf sein großes Bett legte. Die Zeichen von Wohlstand waren unübersehbar: Auf dem Boden lagen Teppiche, die Wände schmückten Behänge, und es gab schön verzierte Kerzenleuchter aus Silber. Alles ließ auf einen Mann schließen, der genügend Geld hatte, die angenehmen Seiten des Lebens zu genießen. Plötzlich fühlte sie sich von all dem eingeschüchtert, denn ihr wurde schmerzlich bewusst, wie weit dieser Mann über ihr stand. Er hatte nicht nur eine Familie, die ihn liebte, und einen Titel, sondern auch genügend Geld, um sich eine schöne Frau von hoher Geburt als Gemahlin zu suchen.

Dann legte sich Tormand mit seinem sehnigen, starken Körper auf sie. Obwohl sie sich vorgenommen hatte, über seine Vergangenheit hinwegzusehen, kamen ihr unwillkürlich all seine Geliebten in den Sinn. Wie viele hatten wohl schon hier an ihrer Stelle gelegen? Als er sie in die Arme nehmen wollte, erstarrte sie erst einmal. Sie gab sich Mühe, an nichts zu denken und sich zu entspannen, bevor er die Veränderung an ihr bemerken würde. Aber er runzelte die Stirn, offenbar hatte sie versagt.

»Habe ich dich falsch verstanden? Oder hast du deine Meinung geändert?«, fragte er, inständig hoffend, dass dem nicht so war, denn noch nie hatte er sich so verzweifelt nach einer Frau gesehnt wie nach Morainn.

»Nay«, erwiderte sie und legte die Arme um ihn, auch wenn sich selbst in dieser kleinen Bewegung ihre Spannung offenbarte, die sie einfach nicht abschütteln konnte.

Tormand musterte Morainn einen Moment lang eingehend,

dann seufzte er, als habe er erraten, warum sie jetzt so steif, ja fast kalt war. Sie dachte bestimmt an die vielen anderen Frauen, die vor ihr in diesem Bett gelegen hatten. Dass sie ihm nicht mehr in die Augen sehen wollte, sondern immer wieder auf das Bett blickte, zeigte ihm, dass er mit dieser Vermutung richtig lag. Schließlich hatte er einen Ruf – Tormand, der Schwerenöter; Tormand, der Sünder; oder, wie eine seiner Cousinen einmal gemeint hatte: Tormand, der Mann, dessen Hose aufgeht, sobald er einen Unterrock erblickt. Er hatte sich fest vorgenommen, Morainn nie anzuschwindeln, auch wenn ihm dieser Vorsatz bestimmt einige unangenehme Momente bescheren würde. Doch diesmal konnte er ihr unbedenklich die Wahrheit sagen.

»Ich habe noch nie eine Frau hierhergebracht«, erklärte er. Als sie erstaunt die Augen aufriss, fuhr er fort: »Ich schwöre dir, dass du die erste Frau bist, die dieses Bett mit mir teilt.«

»Aber warum hast du es bislang vermieden?«

»Würdest du mir glauben, wenn ich dir sage, dass ich Magda damit ruhigstellen wollte?«

»Nein, allein schon deshalb nicht, weil die Frau nachts nie hier war und es gar nicht mitbekommen hätte, wenn du eine Frau mitgebracht hättest oder nicht. Aber vielleicht hattest du Angst, der Geruch einer Frau könne haften bleiben, lange, nachdem du mit ihr Schluss gemacht hast?«

Er blinzelte überrascht. Ja, das wäre tatsächlich ein triftiger Grund gewesen, um seine bisherigen Geliebten von seinem Haus fernzuhalten. »Daran habe ich nie gedacht, aber nein, auch das war nicht der Grund. Einige meiner Verwandten, darunter auch mein Vater, sind – na ja, sagen wir mal, ziemlich begehrt. Einer von ihnen hat mir einmal erklärt, dass es weise sei, eine Frau, mit der man nur der Lust wegen zusammen ist, nicht in sein Heim zu lassen. Er meinte, man solle sein Nest nicht beschmutzen.«

Bevor sie ihn fragen konnte, was das denn zu bedeuten hätte, versiegelte er ihren Mund mit einem Kuss, und sobald sich seine Zunge ihren Weg gebahnt hatte, vergingen ihr die Sorgen über andere Frauen, viel genutzte Betten und sündige Verwandte, die von Nestbeschmutzung redeten. Das Feuer, das sich kurz abgekühlt hatte, loderte wieder hell in ihr auf. Vorsichtig stieß sie mit der Zunge an die seine. Sie hörte, wie er scharf einatmete. Dass er es gern hatte, wenn sie nicht nur nahm, sondern auch gab, machte sie beinahe tollkühn, und trotz ihrer Unschuld gab sie bald ebenso viel, wie sie nahm.

Tormand kämpfte darum, seine rasende Begierde zu zügeln. Morainn lernte zwar erstaunlich rasch, so zu küssen, dass er keuchte wie ein gehetzter Hund, aber er wusste, dass sie unschuldig war. Wenn er seiner Leidenschaft freien Lauf ließe, könnte es sie erschrecken, und das war das Letzte, was er wollte.

Als sie ihre kleinen, weichen Hände unter sein Hemd schob, stöhnte er lustvoll auf. Hätte er gestanden, wäre er sicher in die Knie gegangen. Ungeduldig riss er sich das Hemd vom Leib und warf es beiseite, denn der Stoff hinderte ihre wundervollen Hände, sich frei auf seiner nackten Haut zu bewegen. Er spürte die Macht ihrer scheuen Liebkosungen bis in die Fußsohlen.

Er küsste sie wieder, er konnte gar nicht genug bekommen von ihrem Geschmack. Mit zitternden Fingern begann er, die Verschnürung ihres Gewands aufzunesteln. Er hatte Angst, verrückt zu werden, wenn er nicht bald ihren nackten Leib spürte. Die Vorfreude auf diese erste Berührung ließ ihn erbeben. All sein Geschick, erworben in anderen Betten, verließ ihn bei jeder Berührung ihrer Hände, bei jedem Kuss, den sie teilten.

Als Tormand ihr das Gewand abstreifte und sich an ihrem Unterhemd zu schaffen machte, wurde sie plötzlich wieder verlegen, und ihr Verlangen kühlte ab. Sie hatte sich noch keinem Mann nackt gezeigt, eigentlich überhaupt keinem Menschen, solange sie zurückdenken konnte. Wieder kam ihr in den Sinn, mit wie vielen schönen Frauen er schon geschlafen hatte, und sie fürchtete, den Vergleich nicht bestehen zu können. Sie dachte an all die Mängel, die sie an sich bemerkt hatte. Doch dann zwang sie sich, an ihre Träume zu denken und daran, wie gut sich Tormands nackter Körper an ihrem angefühlt hatte. Langsam verebbten ihre Schüchternheit und ihr Unbehagen. Das Gefühl seiner nackten Haut unter ihren Händen vertrieb all ihre Befürchtungen, dass dieser atemberaubend schöne Mann sie bald nackt sehen würde, der Mann, der so viele Frauen gekannt hatte und trotzdem so sehr nach ihr verlangte. Stattdessen freute sie sich nun darauf, dass auch er bald genauso nackt sein würde wie sie und sie alles an seinem schönen, starken Körper sehen und befühlen können würde.

Sobald Tormand Morainn das letzte Kleidungsstück ausgezogen hatte, setzte er sich auf und zerrte sich hastig seine restlichen Kleider vom Leib, ganz ohne die geübte Sorgfalt, mit der er so etwas bislang erledigt hatte. Doch er wollte keine verführerischen Spielchen spielen, er wollte nur so schnell wie möglich nackt sein. Später war noch genug Zeit, Morainn die Freude an solchen Spielen zu zeigen.

Während er sich auszog, ließ er Morainn nicht aus den Augen. Sie war schlank, hatte aber herrlich volle Brüste und sanft gerundete Hüften. Überall dort, wo eine Frau weich sein sollte, war sie weich. Ihre Brustspitzen waren zartrosa gefärbt, hart, einladend und verführerisch lang. Ihre makellose Haut war von einer sanft goldenen Färbung, ganz so, wie er geträumt hatte. Zwischen ihren überraschend langen und wohlgeformten Beinen entdeckte er ein kleines, dreieckiges Nest dunkler Locken, das ihm den Weg ins Paradies wies. Am liebsten hätte er sich ihre Beine auf die Schultern gelegt und diesen süßen Punkt geküsst. Doch er hielt sich zurück, denn er wusste, dass er langsam vorgehen musste, schließlich war es ihr erstes Mal.

In dem Blick, mit dem sie seinen Körper musterte, lag so viel Wohlgefallen, dass es ihn fast mit Eitelkeit erfüllte. Dann fiel ihr Blick auf seine Männlichkeit, die sich groß und stolz erhoben hatte. Ihre Augen weiteten sich ängstlich. Rasch zog er Morainn wieder in die Arme und küsste sie. Das Gefühl ihrer weichen, warmen Haut ließ ihn erbeben wie einen völlig unerfahrenen Jungen. Noch nie in seinem Leben hatte sich etwas so gut angefühlt. Dieser Gedanke hätte ihn eigentlich alarmieren sollen, aber er konnte nicht anders, als sich daran zu erfreuen.

Morainn entfuhr ein kleiner Lustschrei, als Tormands Hand sanft über ihre Brust wanderte. Bis er die harte Spitze zwischen seine Finger nahm, hätte sie nie geglaubt, dass sich ihre Brüste noch stärker nach einer Berührung sehnen könnten, als sie es ohnehin schon taten. Doch jetzt war die Sehnsucht so tief und heftig, dass es fast schmerzte. Er fing an, die andere Brust in derselben Weise zu foltern, indem er die Spitze sanft mit seinen langen, kundigen Fingern rieb und zwickte und gleichzeitig die Brust mit Küssen bedeckte. Sie bog sich seiner Berührung entgegen, sie wollte mehr, ohne zu wissen, wie sie ihn darum bitten sollte und was dieses Mehr eigentlich war. Erst als er eine der schmerzenden Spitzen mit seinen feuchten, heißen Lippen umschloss und begann, daran zu saugen, wusste sie es.

Nun wurde sie immer wilder. Sie versuchte, ihn überall zu berühren, ihn fester an sich zu ziehen, ihren Körper an dem seinen zu reiben auf eine Weise, die ihr verzweifeltes Verlangen deutlich zum Ausdruck brachte. Der harte Beweis seines Verlangens pochte gegen ihre Weiblichkeit, und bald spürte sie auch dort ein tiefes Sehnen. Plötzlich war seine Hand auch an dieser Stelle. Morainn zuckte erschrocken zurück bei dieser höchst intimen Berührung, doch bald ging ihr Erschrecken unter in der Welle von Wollust, die seine Berührung auslöste. Als er einen langen Finger in sie schob, war es ihr völlig egal, solange es nur die Begierde stillte, die sie zu zerreißen drohte.

Tormand stöhnte, als er die feuchte Hitze um seinen Finger spürte. Er konnte nicht länger warten, er musste Morainn besitzen. Jeder sanfte Schrei der Lust, den sie ausstieß, jede einladende Bewegung ihres geschmeidigen Körpers ließ einen weiteren Faden seiner Geduld reißen. Wenn er sie nicht bald eroberte, würde er seinen Samen auf dem Betttuch vergießen, und diese Schmach wollte er sich ersparen. So ließ er sich zwischen ihren Schenkeln nieder und begann, behutsam in sie einzudringen. Schweißperlen rannen über seinen Rücken bei der Bemühung, sich so sanft wie möglich zu bewegen.

Als Morainn spürte, wie etwas weitaus größeres als ein Finger sich einen Weg in sie bahnte, verkrampfte sie sich trotz aller Vorsätze, es nicht zu tun. Plötzlich schwirrten ihr all die gruseligen Geschichten im Kopf herum, die ihr andere Frauen über die Vereinigung mit einem Mann erzählt hatten, vor allem, wenn es die erste war. Als Hebamme, die half, die Ergebnisse solcher Vereinigungen ans Licht der Welt zu bringen, waren ihr genügend solcher Geschichten zu Ohren gekommen. Ihr gesunder Menschenverstand sagte ihr zwar, dass es so schlimm nicht sein konnte, denn sonst würden es nicht so viele Frauen immer wieder tun. Doch als sie spürte, wie ihr Körper gedehnt wurde, um Tormand aufzunehmen, begann die Stimme der Angst ihren gesunden Menschenverstand zu übertönen.

»Sei unbesorgt, meine hübsche Morainn«, flüsterte Tormand ihr ins Ohr, als er spürte, wie sie sich verspannte. »Halt dich an mir fest und küss mich, meine Süße. Denk nur daran, wie gut wir uns zusammen anfühlen.«

Sie folgte seinem Rat, und tatsächlich – unter der sengenden Hitze seines Kusses schmolz ihre Angst.

»Und jetzt schling deine wundervollen Beine um mich. Ah, Jesus, so ist's richtig. Oh, es ist also doch, wie ich dachte, dein erstes Mal mit einem Mann.«

In seiner Stimme schwang etwas mit, das sich einen Weg durch den Nebel ihres Verlangens bahnte. Es klang nach männlichem Stolz, es war die Stimme des Eroberers. Plötzlich musste Morainn an ein lächerliches Bild denken: Tormand, der wie ein stolzer Hahn zwischen den Hennen herumstolzierte. Doch ihre wirren Gedanken endeten abrupt, als er heftig zustieß und ein scharfer Schmerz die Hitze in ihr abkühlte wie ein Eimer Eiswasser.

»Ganz ruhig, Liebste«, flüsterte er und drückte ihr einen sanften Kuss auf die Lippen, als sie schmerzerfüllt aufschrie. »Das geht gleich vorbei.«

»Woher willst du das wissen?«, fragte sie. Einerseits war sie vollauf mit dem stechenden Schmerz beschäftigt, andererseits war sie fasziniert, wie sich ihre Körper vereinten. »Hast du denn schon mit vielen Jungfrauen geschlafen?«

Andere Frauen war das Letzte, worüber Tormand jetzt reden wollte, nun, da er sich endlich tief in der Frau befand, die er so heftig begehrte. Doch dann entsann er sich wieder seines Vorsatzes, immer aufrichtig zu Morainn zu sein, egal, wie unangenehm es auch sein mochte. Er wusste, dass er nur so ihr Vertrauen gewinnen konnte, und ihr Vertrauen war ihm sehr wichtig. Auf gewisse Weise hatte er es natürlich bereits errungen, denn sonst wären sie jetzt nicht vereint, aber Tormand wusste, dass die Leidenschaft viele Zweifel und Sorgen beschwichtigen konnte, wenn auch nur vorübergehend.

»Nein«, antwortete er, während er sie sanft streichelte und versuchte, ihr Verlangen neu zu entfachen, das ihn gewärmt hatte, bevor er ihrer Unschuld ein Ende gesetzt hatte. »Ich habe noch keiner Frau die Unschuld genommen. Du bist die erste.«

Morainn hätte gern noch gewusst, warum er sich plötzlich nicht mehr an seine Regeln hielt, aber in ihrem Kopf breitete sich wieder der Nebel des Verlangens aus. Als seine Küsse und Zärtlichkeiten die Wildheit in ihr aufs Neue entfachten, klammerte sie sich fest an ihn und begann, ihren Körper gierig gegen ihn zu drängen. Sie wusste, dass er ihr geben konnte, wonach sie sich so heftig sehnte. Wenn er sich zurückzog, schrie sie protestierend, wenn er zustieß, schrie sie vor Wonne. Das war es, was sie brauchte. Das war es, was ihre Träume ihr versprochen hatten.

Tormand bemühte sich nach Kräften, sich langsam und sanft zu bewegen, denn er wollte ihr nicht noch einmal wehtun, aber Morainn wollte nichts davon wissen. Sie klammerte sich an ihn und fing an, seine Stöße zu erwidern mit einer Gier, der er nicht widerstehen konnte. Stöhnend gab er sich seiner Lust hin und begann mit heftigen Stößen, sie beide zur Erlösung zu treiben, nach der sie so heftig verlangten, ohne darüber nachzudenken, wie wund sie danach vielleicht sein würde.

Als ihr Körper enger wurde und er spürte, wie dessen Hitze sich rhythmisch um ihn zusammenzog, schrie er unter der Gewalt seines Höhepunktes laut auf, während er ein letztes Mal tief in sie eindrang. Er musste lachen – ein Laut der puren Freude –, als sie am Gipfel ihrer Wollust mit den Fersen auf seinen Rücken trommelte. Gierig nahm ihr Körper seinen Samen auf, es raubte ihm alles Denken und alle Kraft. Er erbebte noch ein letztes Mal, dann brach er auf ihr zusammen. Er konnte gerade noch so klar denken, dass er sich ein wenig zur Seite fallen ließ, um sie nicht mit seinem Gewicht zu erdrücken.

Langsam klärte sich sein Verstand wieder, und er rückte etwas ab von dem weichen Leib unter ihm. Morainn lag auf dem Rücken. Als Tormand sich aufrichtete und ihren schwachen Griff um ihn löste, fielen ihre Arme schlaff zur Seite. Sie sah aus, als schliefe sie, und als er sie näher betrachtete, merkte er, dass sie es tatsächlich tat. Lächelnd stand er auf und holte ein kühles, feuchtes Tuch, um sie beide zu säubern. Als sie leise grummelte, während er die Spuren ihrer verlorenen Unschuld und ihrer Vereinigung beseitigte, musste er sich auf die Lippe beißen, um nicht laut aufzulachen. Schließlich gähnte er, legte das Tuch weg und kroch wieder ins Bett. Er zog ihren warmen Körper zu sich und dachte, dass es wahrlich keine schlechte Idee war, ein wenig zu ruhen. Weder sie noch er hatten in letzter Zeit genügend Schlaf bekommen.

Ein lauter Schrei weckte ihn. Tormand fuhr hoch und wollte nach seinem Schwert greifen, als er merkte, dass jemand mit ihm das Bett teilte und dieser Jemand stöhnte und sich hin und her warf. Einen Herzschlag später klärte sich sein schlaftrunkener Verstand so weit, dass ihm einfiel, was passiert war, bevor er die Augen geschlossen hatte, um ein wenig zu ruhen. Er wollte Morainn besänftigend streicheln, als seine Tür aufgestoßen wurde. Ohne auf die Männer zu achten, die in sein Schlafgemach stürmten, bemühte sich Tormand weiter, Morainn aus den Fängen ihres Albtraums zu befreien.

Hastig wickelte er die Decke um ihren Leib, während sie noch immer wild um sich schlug. »Morainn!«, rief er laut. »Es ist nur ein Traum! Wach auf, wach sofort auf! Na komm schon, mach die Augen auf!« Beim Klang seiner Stimme hörte sie auf, sich gegen seinen Griff zu wehren. Er schüttelte sie sanft und sprach weiter leise auf sie ein, bis ihre Augen aufgingen.

Morainn starrte Tormand eine Weile stumm an, bis sie merkte, dass er nicht Teil ihres Traumes war. Sie bebte noch immer vor Entsetzen über das, was sie gesehen hatte. Nun presste sie sich an ihn und suchte seine Wärme. In dem Moment, als sie anfing, etwas ruhiger zu atmen, spürte sie, dass jemand sie beobachtete, und ihre Angst kehrte zurück. Instinktiv wollte sie nach dem Messer unter ihrem Kopfkissen greifen, doch dann ging ihr auf, dass sie nicht in ihrem Bett lag.

Eine Kerze wurde entzündet, und Morainn sah sich um. Alle Murrays und Simon standen um das Bett herum, Walter war an der Schwelle stehen geblieben, Walin klammerte sich an seine Beine. Alle Blicke waren auf sie gerichtet, wie sie nackt mit Tormand im Bett lag. Fast wäre ihr lieber gewesen, ihre Feinde aus den Träumen zu erblicken; das wäre zwar gefährlich, aber wenigstens nicht so schrecklich peinlich gewesen. Dann fiel ihr wieder ein, was in ihrem Traum geschehen war, und sie bemühte sich, ihre Verlegenheit loszuwerden. Was sie in ihrem Traum gesehen hatte, wog weit schwerer als ihre Beschämung, im Bett mit Tormand ertappt worden zu sein.

»Sie hat ihren Gemahl nicht beerdigt«, sagte Morainn und erbebte, als sie sich an den Anblick des blutigen, verstümmelten Mannes erinnerte, der irgendwo in Ketten gefesselt hing. »Sie ist soeben erst mit ihm fertig geworden. Ich dachte, sie hätte ihn schon getötet, aber nein, sie dachte nur, er sei so gut wie tot. Jetzt ist er es aber endgültig.«

»Habt Ihr einen Namen verstanden?«, fragte Simon.

»Nur einen Teil: Edward. Sie nannte ihn den fetten Edward. In meinen Traumbildern sah ich ihn in Ketten, und er ist wirklich ziemlich dick. Oder war es vielmehr.« Morainn schloss die

Augen, um noch eine Weile an dem schrecklichen Bild des Toten festzuhalten. »Rote Haare und viele Sommersprossen.« Wieder erbebte sie, und Tormand zog sie fester an sich. »Ich weiß nicht, was er ihr angetan hat, aber richtige Grausamkeit oder echte Bösartigkeit habe ich bei diesem Mann nicht gespürt. Trotzdem hat sie ihn sehr langsam umgebracht, und er hat lange Zeit die schrecklichsten Schmerzen erlitten.«

»Habt Ihr gesehen, wo das war? Irgendetwas, was darauf hinweist, wann und wo das passiert sein könnte? Ich kenne mehrere Edwards, sie sind alle ziemlich dick. Wenn ich einen Anhaltspunkt hätte, wo wir seine Leiche finden könnten, würde mir das viele Nachforschungen ersparen.«

»Ich habe nur den Raum gesehen, in dem er hing. Es war ein Verlies, glaube ich, denn die Wände waren feucht, und das Licht flackerte, als stamme es von einem Feuer oder von Fackeln.« Morainn rieb sich die Stirn. Es war schrecklich, sich in allen Einzelheiten an so etwas Grauenhaftes erinnern zu müssen, aber sie versuchte es trotzdem, auch wenn sich alles in ihr dagegen sträubte. »Es gab eine große Tür, mit einem knurrenden Hund, oder nein, einem Wolf darauf.«

»Ich weiß, wo das ist, es ist das Haus von Edward MacLean. Er nennt es Wolf Hallow. Das Haus liegt nicht weit von hier im Norden des Orts.«

»Diesmal komme ich mit euch!«, rief Tormand, während die Männer hinausstürmten und Walter Walin eilig zurück in sein Bett verfrachtete.

Als Tormand aus dem Bett sprang, ließ sich Morainn wieder auf die weiche Federmatratze sinken und stöhnte. Er musterte sie besorgt. Sie sah ein bisschen blass aus, aber sonst wies nichts darauf hin, dass sie unter diesem Traum so übel gelitten hatte wie unter ihren Visionen.

»Geht es dir gut, Morainn?«, fragte er.

Morainn stöhnte abermals und zog sich die Decke über den Kopf. »Gerade haben mich alle einschließlich Walin in deinem Bett gesehen – und zwar splitterfasernackt!«

Er verkniff sich ein Lachen. »Ich habe dich gut zugedeckt, bevor sie irgendetwas sehen konnten.«

Sie richtete sich auf und funkelte ihn zornig an. »Sie haben mich gesehen.« Doch dann erbleichte sie und legte die Hand vor den Mund. »Wie kann ich nur so kaltherzig und selbstsüchtig sein? Irgendwo dort draußen hängt ein armer Mann tot in seinem Haus, ein Mann, der sämtliche Höllenqualen durch die Hände seiner eigenen Frau erdulden musste, und ich mache mir Sorgen, weil deine Freunde und Verwandten jetzt wissen, dass ich dein Bett teile.«

Tormand setzte sich auf die Bettkante, nahm sie in die Arme und streichelte ihr zärtlich den Rücken. »Du bist weder kaltherzig noch selbstsüchtig. Alles ging so schnell, dass du gar keine Zeit hattest nachzudenken. Du bist aus einem Albtraum erwacht und hast dich von sechs halb bekleideten und gut bewaffneten Männern umringt gesehen. Versuche bitte, dich nicht weiter mit diesen Morden zu belasten, sonst wird dich die Last noch erdrücken. Und zerbrich dir nicht den Kopf darüber, dass diese Narren dich in meinem Bett gesehen haben. Und Walin wollte sich nur vergewissern, dass dir nichts geschehen ist.« Er küsste sie sacht, dann stand er auf und kleidete sich fertig an.

»Vielleicht solltest du hierbleiben«, sagte sie leise. »Was ist, wenn es eine Falle ist oder sich draußen diejenigen herumtreiben, die dich für schuldig halten, und auf einen Kampf aus sind?«

»Ich habe fünf kampferprobte Bewaffnete bei mir. Mir wird schon nichts passieren.« Er küsste sie ein letztes Mal, dann eilte er hinaus. »Walter wird hier bleiben und sich um dich und Walin kümmern!«, rief er noch über seine Schulter.

Morainn sank leise schimpfend zurück aufs Bett. Aber immerhin würde sie jetzt, wo die Männer weg waren, Zeit haben, ihre Verlegenheit zu überwinden. Schließlich war es kaum zu vermeiden gewesen, dass man sie entdeckte. In einem so vollen Haus wäre es auf die Dauer unmöglich gewesen, zu verheimlichen, dass sie das Bett mit Tormand teilte. Sie hoffte nur, dass

Walin zu jung war, um zu verstehen, was es bedeutete, dass sie in Tormands Bett lag, und dass er sie nicht mit Fragen löchern würde, neugierig, wie er nun mal war.

Sie stand auf und raffte ihre Kleider zusammen. Der Züchtigkeit halber zog sie wenigstens das Unterhemd an. Der Morgen würde erst in einigen Stunden grauen, sie brauchte dringend noch ein bisschen Schlaf. Sie blies die Kerze aus, die jemand angezündet hatte, presste ihre Kleider an sich und schlich hurtig in ihre eigene Kammer. Vielleicht ging Tormand ja davon aus, dass sie in seinem Bett blieb, aber das würde sie erst tun, wenn er den Wunsch ausdrücklich äußerte.

Sobald sie sich in ihrem Bett unter die Decken gekuschelt hatte, begann sie, umringt von ihren Katzen, ruhiger zu werden. Sie spürte, wie der Schlaf sie übermannte, und als sie Walter herumschlurfen hörte, entspannte sie sich endgültig. Wie Tormand ihr versichert hatte, waren sie und Walin nicht schutzlos geblieben. In ihrem Traum war zwar einiges passiert, was sie den Männern noch nicht berichtet hatte, aber das konnte bis zum nächsten Tag warten. Wenn sie erfuhren, dass das böse Weib sie in ihrem Traum angelächelt hatte, als sie laut geschrien hatte, machten sie sich bestimmt nur noch mehr Sorgen.

»Auf diesen Anblick hätte ich gut und gern verzichten können«, murmelte Harcourt.

Tormand war froh, dass sein Cousin etwas bleich um die Nase geworden war. Bei den sterblichen Überresten des armen Edward MacLean hatte sich ihm der Magen umgedreht, fast hätte er sich auf dem blutbesudelten Boden des Verlieses übergeben. Allerdings stank es hier so grässlich nach Blut und Tod, dass es wohl jeden gewürgt hätte. Die Mörder mussten Edward sehr lange gefoltert haben. Der einst recht große Bursche war nur noch ein Schatten des Mannes, dem das Essen immer geschmeckt hatte. Sie hatten ihn bei lebendigem Leib gehäutet, ihm alle Finger und Zehen gebrochen und dann auch noch entmannt. Wahrscheinlich hatte er noch weitere Verletzungen erdulden müssen, aber nun war er so verdreckt und mit Blut besudelt, dass man sie auf den ersten Blick nicht sehen konnte. Tormand wollte es ohnehin nicht so genau wissen. Schon beim Anblick des verstümmelten Geschlechts dieses armen Kerls waren alle aschfahl geworden.

»Ich kann mir nicht vorstellen, was dieser Mann seiner Frau angetan haben könnte, um einen solch schrecklichen Tod zu verdienen«, meinte Simon. Dann machte er sich wie üblich daran, die Umgebung der an Ketten baumelnden Leiche sorgfältig abzusuchen »Er war zwar eine Nervensäge und ein Angeber, und besonders klug war er auch nicht, aber ich habe nie erlebt, dass er die Hand gegen jemanden erhoben oder einen anderen mit einem unfreundlichen Wort bedacht hätte. Eigentlich war er ein recht vergnügter, wenn auch nicht besonders schlauer Bursche, der am lautesten über seine eigenen Witze gelacht hat.«

»Hast du je seine Frau getroffen?«, fragte Tormand.

»Einmal«, erwiderte Simon. »Eine verhuschte, zurückhaltende kleine Frau, die man gleich wieder vergisst. Eine solche Brutalität hätte ich ihr niemals zugetraut.«

»Vielleicht ist das ja auch der Grund, warum sie so lange ungeschoren blieb.«

»Aber wo sind eigentlich seine Leute?«, fragte Rory. »Ein Haus dieser Größe sollte doch zumindest eine Haushälterin und einen Koch haben. Niemand ist an die Tür gekommen, und ich habe auch niemanden gesehen, als wir in den Keller gestiegen sind.«

»Vielleicht hat sie sie weggeschickt«, meinte Simon. »Aber selbst wenn sie das nicht getan hat, glaube ich nicht, dass man den armen Kerl hier drunten hören konnte. Doch vermutlich sind sie und ihr Kumpan längst verschwunden.«

»Aye, sie sind zu schlau, um sich länger in der Nähe eines Ermordeten aufzuhalten. Bestimmt ist der Frau klar, dass wir erraten, wer sie ist, sobald wir Edward finden. Weißt du, wie sie heißt, Simon?«

»Nay. Wie ich schon sagte – sie war völlig unscheinbar, und ich habe sie sofort vergessen. Doch ich finde bestimmt jemanden, der sie kennt.«

»Und was dann?«

»Zunächst werde ich in Erfahrung bringen müssen, ob sie Verwandte in der Nähe hat oder, wichtiger noch, ob sie Verwandte hat, die vor nicht allzu langer Zeit eines gewaltsamen Todes gestorben sind. Sobald ich über die Frau dieses Mannes ausreichend Erkundigungen eingezogen habe, machen wir uns wieder auf die Jagd. Am liebsten wäre mir, wenn uns jemand eine gute Beschreibung von ihrem großen Kumpan liefern könnte.«

»Der riesige Schatten, der leise im Dunkeln herumstreicht und wie Nebel an einem sonnigen Morgen verschwindet?«

»Jawohl.« Simon machte sich auf den Weg nach oben. »Er kann sich nicht sein Leben lang im Schatten aufgehalten haben, jemand muss ihn gesehen haben. Durchsuchen wir jetzt den Rest des Hauses, vielleicht finden wir ja noch etwas, was uns weiterhilft.«

»Und was machen wir mit dem armen Edward? Sollen wir ihn hier hängen lassen?«

»Vorläufig schon.«

Nachdem sie das Haus mehrere Stunden lang ohne Ergebnis durchsucht hatten, machten sie sich wieder auf den Heimweg. Tormand ritt neben Simon. Es behagte ihm nicht, dass sie den armen Edward MacLean im Verlies hatten hängen lassen, aber Simon wollte später mit ein paar Männern zurückkommen und sich um den Leichnam kümmern. Tormand hoffte, dass Simon seine Leute warnen würde, was sie dort drunten in dem blutbesudelten Raum der Folter und des Todes erwartete. Natürlich hatte er auch gehofft, dass sie eine Spur finden würden, aber mittlerweile war er schon fast an die Enttäuschung gewöhnt. Nun hoffte er nur noch, dass das wahnsinnige Paar seine Blutgier einstweilen gestillt hatte und er, Morainn und Walin fürs Erste sicher waren.

»Du hast Morainn also verführt«, meinte Simon und riss ihn aus seinen düsteren Gedanken.

Es dauerte eine ganze Weile, bis Tormand Simons Worte begriffen hatte. Schließlich meinte er seufzend: »Sprechen wir jetzt nicht darüber. Ich sage nur so viel: Sie ist nicht bloß ein weiterer warmer Körper für mich.«

»Hast du denn vor, sie zu heiraten?«

»Ich weiß es nicht. Ich weiß nicht, was ich für sie empfinde oder was ich von ihr will. Na ja, bis auf die Tatsache, dass sie mein Blut zum Sieden bringt wie keine Frau vor ihr. Ich könnte mich ebenso wenig von ihr fernhalten wie das Atmen aufgeben. So einfach ist das, und gleichzeitig so schwer. Wie soll ich eine Entscheidung fällen, wenn ich in Kürze vielleicht zum Galgen geschleppt werde?«

»Oh nein, das werden wir nicht zulassen.«

Tormand musterte seinen Freund prüfend. »Hast du doch etwas gefunden, was dir die Zuversicht gibt, dass wir die Bestien bald fangen werden?«

»Immerhin weiß ich jetzt, wer die Frau ist. Das ist weitaus mehr, als wir bislang hatten, und es wird uns mit Sicherheit weiterhelfen. Bei dieser einen Begegnung, die ich mit dem Weib hatte, war sie zwar kaum mehr als ein Schatten, aber es gibt bestimmt jemanden, der sie näher kennt und weiß, wie sie aussieht. Und ich wette, es gibt auch Leute, die ihren riesigen Begleiter kennen. Ein Mann seiner Größe kann nicht unbemerkt herumlaufen, egal, wie geschickt er sich im Schatten herumdrücken kann.«

»Ich hatte mir mehr erhofft.«

»Wolltest du sie mit einem blutigen Messer in der Hand erwischen?«

»Aye, und das Ganze beenden. Es muss jetzt wirklich bald ein Ende haben, und zwar nicht nur, damit nicht weitere Leute umgebracht werden, auch wenn das vielleicht herzlos klingt. Aber ich werde das Gefühl nicht los, dass ich bald genau wie James fliehen und mich verstecken muss.«

»Nay, wir würden dich nicht drei Jahre lang diesem harten Schicksal aussetzen.«

Tormand nickte, doch dann fiel ihm etwas auf: Simon hatte ihm nicht versichert, dass er nicht bald fliehen und sich verstecken müsste. Als er seinen Freund darauf ansprechen wollte, stellte er fest, dass dieser inzwischen neben Harcourt ritt. Er fluchte leise, doch dann sagte er sich, es sei ja wohl weitaus besser, eine Weile auf der Flucht zu sein und sich zu verstecken, als für ein Verbrechen zu hängen, das man nicht begangen hat. Er hoffte nur, dass er sich das auch noch einreden konnte, wenn die Zeit gekommen war, wo er die Zuflucht nutzen musste, die Simon bereits für ihn gefunden hatte.

13

Hier ist jemand, der Euch sprechen möchte, Sir Simon«, verkündete Walter auf der Schwelle zur Großen Halle. Er wirkte ein wenig beunruhigt, seine Hand lag auf dem Schwertgriff. »Der Mann sieht ziemlich schlecht aus, ich glaube, er bringt schlechte Nachrichten.«

Morainns Herz machte einen besorgten Sprung. Ein Blick auf die Männer um sie sagte ihr, dass sie ihre Sorge teilten, denn alle starrten finster zur Tür. Unwillkürlich griff sie nach Tormands Hand. Zum Glück war Walin mit dem Essen fertig und hatte sich schon zum Schlafen gelegt. Sie hatten sich gerade darüber unterhalten, was sie in ihrem Traum vor zwei Nächten gesehen hatte. Dieser Traum hatte sie gewarnt, dass ein weiterer sinnloser Tod bevorstand. Die Männer hatten sich nach Kräften bemüht, mehr in Erfahrung zu bringen und herauszufinden, wen es diesmal treffen sollte, doch vergebens. Sie hatten keinerlei Hinweise oder nützliche Auskünfte über die Gemahlin des verstorbenen Edward MacLean und deren Gefährten erhalten. Schlechte Nachrichten konnten also bedeuten, dass der nächste grausame Mord nicht hatte verhindert werden können. Morainn haderte mit sich, dass ihre Visionen immer nur unscharfe Bilder lieferten, die nie klar genug waren, um dem Morden Einhalt zu gebieten.

»Führ ihn herein, Walter«, meinte Tormand.

Sobald der Mann einen Fuß über die Schwelle gesetzt hatte, fluchte Tormand halblaut. Es war der plumpe, freundliche Sir John Hay. In Tormand regten sich Trauer und blinde Wut, denn die Miene des Mannes sagte ihm, dass sie auch den nächsten grausigen Mord nicht hatten verhindern können und es diesmal die arme Lady Katherine getroffen hatte.

Sir John kam schwankend auf sie zu. Tormand eilte ihm entgegen und stützte ihn. »Langsam, John«, murmelte er, während er den Mann zu einem Stuhl am Tisch führte, wo ihn schon ein großer Becher starken Weines erwartete.

Sir John nahm einen kräftigen Schluck, doch seine Hände zitterten noch immer. »Meine Kat ist grausam ermordet worden, so wie die anderen«, verkündete er mit brüchiger Stimme. »Mein armer Engel ist tot.«

Er brach in Tränen aus. Die anderen starrten ihn hilflos an, in ihren Mienen mischten sich Sorge und Unbehagen. Morainn wartete nicht, bis sie ihre Befangenheit überwunden hatten. Sie eilte zu dem Mann und legte die Arme um ihn. Er lehnte den Kopf an ihre Brust und schluchzte, während sie ihm beruhigende Worte zuflüsterte. Schließlich fasste er sich wieder etwas und richtete sich auf. Sie reichte ihm ein Leinentüchlein und lächelte ihn freundlich an in der Hoffnung, ihm seine Verlegenheit zu nehmen, unter der er trotz seiner tiefen Trauer ganz offenkundig litt.

»Ihr seid doch die Frau, die hier als Hexe bezeichnet wird, nicht wahr?«, fragte er mit nach wie vor tränenerstickter Stimme. »Es heißt, dass Ihr versucht zu helfen, die Bestien zu finden, die diese Morde begehen.«

»Richtig, ich versuche es, Sir«, erwiderte sie. »Genau wie all die guten Männer hier.« Da sich Sir John mittlerweile ausreichend gefasst zu haben schien, kehrte sie an ihren Platz neben Tormand zurück.

»Wenn es dir möglich ist, erzähl uns bitte alles, was du gesehen hast, egal, wie unbedeutend es dir erscheinen mag«, bat Simon.

Sir John holte tief Luft. »Ich kam spät von meinem Cousin nach Hause. Kat hatte viel zu tun, deshalb hat sie mich nicht begleiten wollen. Ich ließ den jungen Geordie MacBain als Wächter bei ihr zurück. Er lag mit gebrochenem Genick unter dem Schlafzimmerfenster. Und meine Kat …« Er erbebte, und in seinen Blick traten wieder tiefes Leid und Schmerz. »Ich glaube, sie war schon eine Weile tot, aber ihr Anblick war so schrecklich, dass ich es nicht genau sagen kann.« Er blickte auf Simon. »Mir fiel ein, dass du dich einmal über die Leute beklagt hast, die an einem Tatort immer alles durcheinanderbringen. Deshalb ließ ich meinen Engel zurück und machte mich sogleich auf den Weg zu euch. Ich zog nur eine Decke über sie, das musste ich tun. Kat war nackt, und ich wollte nicht, dass jemand sie so sieht. Sie hätte es nicht gewollt, so gesehen zu werden.«

Behutsam stellte Simon dem Mann noch ein paar Fragen, wobei er immer wieder eine Pause machte, wenn er merkte, dass Sir John sie brauchte. Währenddessen beobachtete Morainn die Männer. Nachdem sie in Tormands Bett ertappt worden war, hatte sie ziemlich lang gebraucht, bis sie den Mut hatte, ihnen in die Augen zu sehen. Aber sie hatte ihnen den Inhalt ihres letzten Traums ausführlich erzählen müssen, vor allem, dass wohl ein weiterer Mord geplant war. Keiner hatte sie mit Verachtung gestraft, keiner hatte ein Wort darüber verloren, wo er sie zum letzten Mal gesehen hatte. Alles war gewesen wie immer. Und die Männer wollten auch nicht wissen, wo sie die Nächte seitdem verbrachte. Selbst Walin hatte nichts gesagt. Sie fragte sich, ob die Männer ihm nahegelegt hatten, sie nicht mit Fragen zu bedrängen. Aber sie hätte gern jede Verlegenheit und Demütigung in Kauf genommen, wenn sie damit dieses Morden hätte aufhalten können.

In den Gesichtern der Männer sah sie, wie leid ihnen der Tod von Sir Johns Frau tat. Aber sie merkte auch, wie enttäuscht sie waren, dass sie es nicht geschafft hatten, diesen Mord zu verhindern, obwohl sie ihren Traum stundenlang erörtert hatten und unablässig auf der Suche waren nach den Mördern oder nach jemandem, der vielleicht wusste, wer sie waren. Ganz offenkundig hatten sie nun das Gefühl, ein weiteres Mal versagt zu haben, und ihre Schuldgefühle machten ihnen schwer zu schaffen. Wahrscheinlich hätte Morainn nichts sagen oder tun können, um sie zu lindern.

Besonders eingehend musterte sie Tormand. Sie merkte, dass er aufrichtig trauerte, und es durchfuhr sie wieder einmal die vertraute Eifersucht, über die sie jedoch rasch hinweg ging. Sie hatte Lady Katherine nur einmal getroffen, und zwar kurz nachdem Walin an ihrer, Morainns, Schwelle ausgesetzt worden war. Lady Katherine war sehr freundlich und großzügig gewesen. Sie hatte sich sehr aufgeregt, als es ihr nicht gelungen war, herauszufinden, wer Walins Eltern waren. Seitdem hatte Morainn nicht mehr viel von ihr gehört, doch das Wenige zeigte, dass Lady Katherine tatsächlich ausgesprochen großzügig war und jedem Bedürftigen half. Jetzt fiel ihr ein, dass sie ihren Namen nicht auf Tormands Liste gesehen hatte, und sie wusste, dass er schonungslos alle seine Geliebten aufgezählt hatte. Dieses Mal hatten die Bestien also eine völlig unschuldige Frau ermordet. Natürlich hatten auch die anderen ihr grausames Schicksal nicht verdient, aber die arme Lady Katherine hatte nicht einmal die Sünde begangen, für die die Mörder ihre Opfer büßen lassen wollten.

Als die Männer aufstanden, um Sir John zu seinem Haus zu begleiten, trat auch Tormand zu ihnen. Doch Sir John packte ihn am Arm. »Nein, mein Freund«, sagte er.

Tormand wirkte so verletzt, dass Morainn zu ihm ging und seine geballte Faust mit ihren Händen umschloss, während Tormand fragte: »Du glaubst doch nicht etwa, dass ich etwas damit zu tun habe, John?«

»Nein, mein Guter, niemals. Und ich habe auch keinen Augenblick daran geglaubt, dass du den anderen Frauen etwas angetan hast. Ich habe dich aufgefordert, hierzubleiben, weil sich vor meinem Haus eine wütende Horde versammelte, als ich mich auf den Weg zu euch machte. Der Tod meiner lieben Kat hatte sich bereits herumgesprochen. Wahrscheinlich war es eine der Mägde, denn ich habe nichts getan, um sie zu beruhigen oder im Haus zu halten.

Die Menge will, dass jemand für diese Morde bestraft wird, und so, wie ich es verstanden habe, glauben sie, dass du dieser Jemand sein sollst. Lass Simon tun, was er so gut kann, und bleib hier in der Sicherheit deiner vier Wände. So, wie diese

Meute gestimmt ist, könntest du dich größter Gefahr aussetzen, wenn du mitkämst.«

»Wie du meinst«, entgegnete Tormand mit gepresster Stimme. »Jedenfalls versichere ich dir mein tiefstes Beileid, John.«

»Danke, mein Guter. Ich weiß, dass es von Herzen kommt. Aber was mir jetzt lieber wäre …« In seinem Blick regte sich Wildheit. »Findet den Mistkerl, der das getan hat. Ich will ihn am Strick baumeln sehen, und dann werde ich auf sein Grab spucken. Finde ihn für mich, Tormand.«

»Das werde ich, ich schwöre es dir.«

Sobald die Männer weg waren, setzte sich Tormand an den Tisch, legte den Kopf in die Hände und ließ seiner Trauer freien Lauf. Morainn setzte sich zu ihm, schlang die Arme um ihn und presste ihn fest an sich. Die Luft war erfüllt von Trauer – Trauer, die Sir John zurückgelassen hatte, und Trauer, die Tormand niederdrückte. Auch Morainn stiegen die Tränen in die Augen.

Dieser Mord ergab keinen Sinn, auch wenn klar war, dass sie es mit Wahnsinnigen zu tun hatten. Das beunruhigte Morainn zutiefst. Außerdem verdichteten sich ihre düsteren Vorahnungen. Vielleicht wuchsen sich nach diesem Mord all die geflüsterten Vermutungen über Tormands mögliche Schuld zu lauten Rufen und Forderungen nach Vergeltung aus. Doch falls es tatsächlich dazu kommen sollte, hatte Simon ja eine Zuflucht für sie gefunden. Mit diesem Gedanken tröstete sie sich, während sie Tormand noch ein wenig fester an sich drückte.

Als Simon in die Große Halle von Hays' elegantem Wohnsitz trat, sah er, dass Sir John vor einem überraschend großen Fenster stand und hinaus auf die Straße starrte. In der Hand hielt er ein feuchtes Tuch, offenbar hatte er wieder geweint. Simon verspürte tiefes Mitgefühl mit dem Mann, der seine Frau von ganzem Herzen geliebt hatte. Diesmal bewegte ihn nicht nur das Bedürfnis nach Gerechtigkeit, das Bedürfnis, diesem sinnlosen Morden ein Ende zu bereiten und die Schuldigen zu bestrafen, sondern auch ein wahrer Durst nach Rache. Lady Katherine war eine gute Frau gewesen, überaus freundlich und großherzig, genau wie ihr Mann. Und außerdem war er persönlich mit Sir John befreundet. Durch diesen grausamen Mord war die Jagd nach den Mördern für Simon zu einer persönlichen Angelegenheit geworden. Er trat hinter Sir John und legte ihm eine Hand auf die Schulter, auch wenn ihm klar war, dass er seinen Freund nicht trösten konnte.

»Ich bin jetzt fertig, John«, sagte er leise. »Die alte Mary und ihre Tochter sind bei deiner Frau. Sie werden sie herrichten.«

»Ich sollte ihnen helfen«, sagte John, machte jedoch keine Anstalten, seinen Platz am Fenster zu verlassen.

»Nein, mein Freund. Die Frauen können so etwas am besten. Du solltest dir diesen Anblick wahrhaftig ersparen.«

»Ich werde ihn nie mehr loswerden, Simon.«

»Versuch, den Schmerz mit Erinnerungen an all das Schöne in eurer Ehe zu bekämpfen.«

»Ja, eines Tages vielleicht.« Sir John verzog das Gesicht, während er die Menge vor dem Haus musterte. »Es werden immer mehr Leute, und ihre Stimmen werden immer hässlicher. Viele halten Tormand für den Mörder, und sie sagen es laut und beständig. Meine Kat war sehr beliebt, weil sie so großmütig war und die Armen stets unterstützt hat. Diese Leute haben eine Freundin verloren, und sie wollen, dass jemand dafür bezahlt.«

»Du meinst, sie wollen, dass Tormand dafür bezahlt.«

Sir John nickte bedächtig. »Er und die Ross-Hexe, wie sie die arme junge Frau nennen. Schaff sie fort.«

»Tormand?« Simon starrte auf die Menge. »Du glaubst also, die Gefahr ist mittlerweile so groß geworden?«

»Aye, für ihn und für die hübsche junge Frau. Anfangs war es nur ein Wispern, dann machten die Leute keinen Hehl mehr aus ihrem Verdacht – und jetzt das. Bevor ich zu meinem Cousin aufbrach, erwähnte Kat noch, dass sie sich um Tormands Sicherheit Sorgen mache, und sie wusste weitaus besser als ich, was in den Leuten in diesem Ort vorgeht. Ich glaube, es steckt jemand hinter diesen Gerüchten, der die Menschen zusätzlich aufwiegelt. Vielleicht sind es sogar die Mörder. Ja, schaff ihn und die hübsche junge Frau an einen sicheren Ort.«

»Das wird ihm nicht gefallen.«

»Immerhin wird er am Leben bleiben, um sich darüber zu beschweren. Und ich denke, du solltest es gleich tun. In dieser aufgebrachten Meute fordern einige, sich sofort auf die Suche nach dem Mörder zu machen und ihn aufzuknüpfen. Wir wissen beide, dass Tormand der Mann ist, den sie am meisten verdächtigen. Wahrscheinlich hast du schon eine Zuflucht für ihn vorbereitet, oder?«

»Ja, das habe ich«, erwiderte Simon und schickte sich zu gehen an.

»Schaff sie von hier fort, selbst wenn du den törichten Tormand fesseln und knebeln musst.«

»Sie werden in der nächsten Stunde verschwunden sein.«

Morainn verzog das Gesicht und legte sacht eine Hand auf Tormands Mund. Sie hatten über Lady Katherine gesprochen. Morainn wusste, dass ihm das half, um mit seiner Trauer über den Verlust seiner guten Freundin fertig zu werden. Und das war alles, was sie für ihn gewesen war, dachte Morainn. Sie hatte nicht lange gebraucht, um es herauszufinden. Tormand sprach über Lady Katherine wie über eine teure Tante oder Cousine, nicht wie über eine ehemalige Geliebte.

»Hast du das gehört?«, fragte sie.

»Was?«

Tormand fuhr mit der Zunge über ihre Handfläche und grinste, als sie errötete und lustvoll quietschte, während sie die Hand rasch wegzog. Der Verlust seiner alten Freundin schmerzte zwar noch immer, doch plötzlich fiel ihm ein, wie sich sein Schmerz ein wenig lindern ließe. Morainns Leidenschaft hatte seine Nächte gewärmt, er konnte kaum genug von ihr bekommen. Außerdem wollte er den Männern aus dem Weg gehen, wenn sie mit Neuigkeiten über den Mord an Lady Katherine zurückkehrten. Er konnte sich schon denken, was sie gesehen hatten und dass sie bestenfalls eine weitere Haarnadel gefunden hatten. Keine Spur, keine Zeugen. Sie rückten den Mördern zwar näher, aber für die arme Kat war es nicht nah genug gewesen. Er wollte den bitteren Geschmack von Leid und Niederlage in seinem Mund mit dem heißen, süßen Geschmack von Morainn wegwaschen. Gerade, als er sie auf seinen Schoß ziehen wollte, hörte er ein Geräusch. Morainn schien es auch gehört zu haben, denn sie erhob sich und ging eilends zum Fenster.

»Das hast du doch sicher auch gehört«, meinte sie.

»Jawohl.« Er eilte zum Fenster und schob sich vor sie. »Ich glaube, es will uns jemand besuchen, und zwar nicht, um sein Beileid über den Verlust einer guten Freundin zu bekunden.«

Noch während er sprach, hörte sie Geräusche, die ihr schrecklich bekannt vorkamen. Sie stammten von einer wütenden Menge, die danach gierte, denjenigen etwas anzutun, auf die sie wütend war. Als die Leute damals hinter ihrer Mutter her waren, hatte die Furcht sie angetrieben, aber Morainn wusste, dass das Ergebnis das gleiche sein würde. In ihr stiegen die Erinnerungen an den grässlichen Tag auf, an dem sie gekommen waren und ihre Mutter verschleppt hatten. Sie erinnerte sich an die Angst dieser Leute, aber auch an die Wut und den Hass, die damit einhergegangen waren und sie dazu getrieben hatten, ihre Mutter umzubringen. Morainn war nur knapp mit dem Leben davongekommen. Am nächsten Tag, im Morgengrauen, waren die Leute noch einmal aufgetaucht und hatten sie wie einen streunenden Hund aus ihrer Hütte vertrieben. Ihre Blutgier hatten sie ja bereits an ihrer Mutter gestillt, aber sie warnten Morainn, sich nie wieder blicken zu lassen.

Jetzt stiegen all die Ängste und das Leid, das sie als kleines Kind durchgemacht hatte, wieder in ihr auf, und sie begann zu zittern. Tormand legte einen Arm um ihre Schultern und hielt sie fest. Seine Wärme und Fürsorge halfen ihr, sich wieder einigermaßen zu fassen.

»Hab keine Angst, Morainn«, sagte er leise und küsste sie auf die Wange. »Sie werden uns nicht erwischen.«

»Hoffentlich.«

Tormand zuckte überrascht zusammen, als plötzlich Simon neben ihnen auftauchte. »Jesus, Simon«, murrte er. »Ich glaube, wir sollten dir eine Glocke um den Hals hängen. Wie bist du denn hereingekommen, ohne dass wir dich gesehen haben? Wir haben aus dem Fenster geschaut, eigentlich hätten wir dich heranreiten sehen müssen.«

»Es gibt nicht nur einen Weg in dein Haus, Tormand«, erwiderte Simon. Er warf einen Blick aus dem Fenster, dann wieder auf Tormand. »Du musst weg, und zwar sofort.«

Tormand musterte die Ansammlung von Menschen vor seinem Haus. »Es sind nicht sehr viele.«

»Bald werden es mehr sein.«

»Na ja, aber mit meinen Verwandten und vielleicht noch ein paar von deinen Männern könnten wir …«

»Gegen sie kämpfen? Mir ist nicht daran gelegen, Leute aus dem Ort zu töten, auch wenn sie sich im Moment völlig närrisch gebärden. Jetzt äußern sie ihren Verdacht nicht mehr hinter vorgehaltener Hand. Katherine war bei den Leuten sehr beliebt, und nun dürsten sie nach Blut – nach deinem Blut.« Er wies mit dem Kopf auf Morainn. »Und nach ihrem.«

»Morainn? Warum sollten sie es auf sie abgesehen haben? Niemand hält sie für eine Mörderin, es sei denn, es gibt etwas, was du mir nicht erzählt hast.«

»Sie wollen mich, weil ich die Ross-Hexe bin. Es ist wie damals bei meiner Mutter«, meinte Morainn tonlos.

Simon stieß leise Verwünschungen aus. »Sie wollen dich, weil sie denken, dass du ihm hilfst – entweder bei den Morden oder dabei, seinen Kopf aus der Schlinge zu ziehen.«

»Natürlich«, fauchte sie. »Was spielt es schon für eine Rolle, dass ich ihn erst nach dem zweiten Mord kennengelernt habe?«

»Dahinter steckt bestimmt Magda.«

»Na ja, sehr hilfreich war sie nicht, aber ich bezweifle, dass sie diejenige ist, die diese Menge aufwiegelt. Doch jetzt solltet ihr rasch ein paar Sachen packen für einen kurzen Aufenthalt in dem Versteck, zu dem ich euch gleich führen werde.« Als er Tormands versteinerte, sture Miene sah, wusste er, dass ein Streit auf ihn zukam. Doch dafür hatten sie jetzt wahrhaftig keine Zeit. »Auch Sir John hat gemeint, dass du wegmusst – du und Morainn. Katherine hatte ihn vor der Stimmung der Leute gewarnt, und sie glaubte, dass jemand die Stimmung vergiftet.«

»Die Mörder?«, fragte Morainn.

»Möglicherweise, aber es könnte auch irgendein anderer sein, der es versteht, Dummköpfe aufzuwiegeln. Ich …«

Was Simon noch sagen wollte, blieb ungesagt, denn in dem Moment flog ein Stein genau durch das Fenster, an dem sie standen. Tormand schirmte Morainn mit seinem Körper ab. Er zuckte zusammen, als sich Glassplitter durch sein Hemd in seine Haut bohrten. Ein rascher Blick durch das Loch, das der Stein verursacht hatte, zeigte ihm, dass bald weitere Steine fliegen würden und die Menge kurz davorstand, in sein Haus zu stürmen.

»Geh!« Er schob Morainn zur Tür. »Pack ein paar Sachen, und dann hauen wir ab.«

»Walin …«, fing sie an, während sie zur Tür stolperte.

» … ist bei meinen Verwandten, Simon und Walter in Sicherheit. Beeil dich!«

Sobald sie den Raum verlassen hatte, sah Tormand Simon fragend an. »Kannst du uns wegbringen?«

»Aye. Ich glaube, ich höre deine Verwandtschaft kommen. Pack nur das Nötigste ein, dann bringe ich euch zu dem Versteck, das ich ausfindig gemacht habe. Während wir fliehen, werden sich deine Brüder vor die Leute stellen und versuchen, sie in ihre Häuser zurückzutreiben.«

Lauthals fluchend eilte Tormand in sein Schlafgemach und stopfte ein paar Sachen in einen Beutel. Er gürtete sein Schwert und steckte so viele Messer wie möglich in seinen Gürtel. Obwohl er der Menge zu gern die Stirn geboten hätte, wusste er, dass ihn vor allem sein Stolz dazu trieb. Gegen eine Horde von Leuten, die ihn unbedingt tot sehen wollten, konnte ein Mann wenig ausrichten. Selbst vier bewaffnete Murrays würden die Meute nicht lange aufhalten können. Außerdem musste er an Morainn denken. Auch sie war hier nicht mehr sicher.

Vor dem Hintereingang warteten bereits drei gesattelte und mit Packtaschen ausgerüstete Pferde. Während sie aus dem Haus schlüpften, hörte Tormand, wie seine Verwandten die Menge anbrüllten. Er hoffte inständig, dass bei dem Unterfangen, ihre Flucht zu decken, keiner verletzt würde. Simon sah aus, als hätte er sich am liebsten mit dem Schwert in der Hand zu den anderen gesellt, doch er führte Morainn und Tormand stumm durch die dunklen Straßen weg von der Gefahr.

Auf einer langen, kurvenreichen Route brachte er sie durch den Ort und hinaus nach Westen. Tormand ließ Morainn nicht aus den Augen, und nicht nur, weil sie keine erfahrene Reiterin war. Eine aufgebrachte Menge konnte wirklich beängstigend sein, besonders für den, hinter dem die Meute her war, doch Morainn wirkte noch immer völlig aufgewühlt, obwohl sie die Horde schon weit hinter sich gelassen hatten. Plötzlich fiel ihm ein, dass sie in seinem Schlafgemach etwas von ihrer Mutter geflüstert hatte. Er zuckte zusammen. Eine wütende Meute hatte sie zu einem Waisenkind und einer Ausgestoßenen gemacht. Er wollte lieber gar nicht erst an die düsteren Bilder denken, die jetzt bestimmt in ihrem Kopf kreisten.

Gerade wollte er Simon fragen, wie weit es noch sei, da kam ein verfallener Wohnturm in Sicht. Als sie näher kamen, verzog Tormand das Gesicht, denn es sah nicht so aus, als würde diese Ruine viel Schutz vor der Witterung bieten. Er hatte zwar schon öfter in schlichten Behausungen gewohnt, aber nie gerne, und jetzt dachte er vor allem an Morainn. Doch als sie ihre Pferde zum Stehen gebracht hatten und abstiegen, bemerkte er einige kaum sichtbare Reparaturen.

»Hier wären wir«, meinte Simon.

»Ziemlich schäbig«, murmelte Tormand, während er Morainn aus dem Sattel half. Er legte den Arm um ihre Schulter und sah höflich darüber hinweg, dass sie sich trotz des kurzen Ritts kaum mehr auf den Füßen halten konnte.

»Es ist nicht so schlimm, wie es aussieht. Tretet ein.«

Inzwischen schien Morainn wieder etwas gefestigt. Tormand nahm sie bei der Hand und folgte Simon. Auf den ersten Blick wirkte der Turm drinnen genauso verfallen wie draußen, doch dann bogen sie um eine Ecke, und Tormand stieß einen Seufzer der Erleichterung aus. Hinter der dicken Tür, die Simon öffnete, befand sich ein recht ordentlicher Wohnraum mit einem Koch- und einem Schlafbereich. Es gab sogar eine durch einen großen, hölzernen Wandschirm abgetrennte Ecke, in der man sich waschen und allein sein konnte. An einer Wand stand ein breites Bett, an der anderen stapelten sich Fässer mit Getränken und sonstige Vorräte. Tormand war froh, aber auch ein wenig bestürzt. Er freute sich über Simons Bemühungen, ihre Zuflucht möglichst behaglich zu machen, aber gleichzeitig kam es ihm vor wie ein Gefängnis, in dem sie sich lange Zeit würden verstecken müssen.

Morainn wanderte in dem großen Raum umher und wunderte sich, wie sauber und gut eingerichtet er war. Als sie das Bett abtastete, merkte sie, dass dort sogar eine Federmatratze lag. Sie würden zwar das Leben von Gesetzlosen führen müssen, hatten aber einiges, was ihnen dieses Leben versüßen würde.

»Wann habt Ihr denn das alles hergerichtet?«, fragte sie Simon und stellte die kleine Tasche mit ihren Habseligkeiten neben eine Truhe am Fußende des Bettes.

»Nachdem ich die ersten geflüsterten Vorwürfe gegen Tormand vernommen hatte. Ich habe schon zu viele Unschuldige sterben sehen, weil sie vorschnell verurteilt wurden.« Er zuckte die Schultern. »Wo immer ich mich aufhalte, sehe ich mich nach Verstecken um, wo man abwarten kann, bis die Wahrheit ans Tageslicht kommt und man schließlich wieder unbesorgt heimkehren kann. Manch einer ist allerdings nur noch heimgekehrt, um seine Sachen zu packen, und ist dann gleich wieder fortgegangen, weil er es nicht ertragen konnte, unter Leuten zu leben, die schlecht von ihm gedacht hatten und bereit gewesen wären, ihn für ein Verbrechen sterben zu sehen, das er gar nicht begangen hatte.«

»Jedenfalls verliert man seine innere Ruhe und sein Vertrauen«, sagte Morainn. »Man wird die Angst nicht mehr los, dass sich die Leute abermals gegen einen wenden und man nicht mehr fliehen kann.«

»So ist es. Ich bringe jetzt die Pferde an einen sicheren Platz unweit von hier. Erinnerst du dich an die Hütte des Kleinbauern, vor der die Hunde vorhin so laut gebellt haben?« Er sah Tormand an.

»Ja, die Hunde haben sich rasch wieder beruhigt. Glaubst du denn, die Bewohner können ein Geheimnis wahren?«, fragte Tormand.

»Auf jeden Fall«, erwiderte Simon im Brustton der Überzeugung. »Sie haben einen Sohn, der bei mir dient, und sind mir treu ergeben, weil ich ihrem Jungen die Chance biete, es ein bisschen weiter zu bringen im Leben.« Er lächelte schief. »Sie hören nie auf mich, wenn ich ihnen sage, dass ich ihrem Sohn diesen Platz gegeben habe, weil er nicht nur groß und geschickt mit dem Schwert ist, sondern auch sehr schlau.«

»Vermutlich gibt es viele arme Burschen, die nie die Chance bekommen, das harte Los eines Kleinbauern gegen ein leichteres einzutauschen.«

»Wahrscheinlich. Aber dieser hat mir sogar schon einmal das Leben gerettet.«

»In den Augen der meisten Menschen hätten eine Münze oder zwei als Dank gereicht.« Tormand sah sich noch einmal in dem Raum um. »Das ist ein gutes Versteck. Ich hoffe nur, dass wir uns nicht allzu lang verstecken müssen. Wie sollen wir dir Bescheid geben, wenn Morainn in ihren Träumen etwas Wichtiges sieht oder eine Vision hat?«

»Ich kehre jetzt in mein Haus am Ortsrand zurück. Dorthin kannst du dich wohl unbemerkt schleichen.«

»Wer wird sich um Walin kümmern?«, fragte Morainn. »Ich bin noch rasch zu ihm und habe ihm gesagt, dass wir ein Weilchen wegmüssten. Er hat mir zwar geantwortet, aber ich weiß nicht, ob er wach genug war, um mich zu verstehen. Ich habe keine ruhige Minute, wenn ich nicht weiß, dass er sicher ist.«

»Auf ihn wird genauso gut aufgepasst wie bisher«, sagte Simon. »Und falls es sich als unklug erweisen sollte, ihn weiter in Tormands Haus unterzubringen, werde ich ihn bei mir aufnehmen. Vielleicht tun wir das ohnehin bald, obwohl ich nicht so viel Platz habe wie Tormand, um all die stattlichen Murrays zu beherbergen. Aber macht Euch keine Sorgen um den Jungen, Morainn, ihm wird schon nichts passieren. Ich glaube, solange Ihr nicht da seid, wird abgesehen von uns kaum jemand an ihn denken – nicht einmal die Mörder.« Er sah wieder Tormand an. »Und von dir hätte ich gern noch eine Liste mit all den Frauen, mit denen du befreundet bist. Dort drüben in der Truhe findest du eine Feder, Tinte und ein paar Bogen Pergament.« Er deutete auf eine schlichte, kleine Truhe neben einem Tisch und einem Stuhl auf der gegenüberliegenden Seite des Raumes.

»Glaubst du, auch Kat ist meinetwegen umgebracht worden?«, fragte Tormand. Das hatte er zwar selbst schon befürchtet, aber dass es auch sein Freund in Betracht zog, gefiel ihm ganz und gar nicht. Er hatte gerade angefangen, sich einzureden, dass seine Freundschaft mit Kat nicht der Grund für ihren Tod sein konnte. »Ich dachte, jeder wüsste, dass sie nie meine Geliebte war.«

»Ich habe es nicht gewusst. Aber nachdem dieser Mord so bald passiert ist, nachdem wir den armen Edward MacLean gefunden hatten, muss ich überlegen, ob die Mörder nicht doch einen anderen Grund hatten, die arme Kat zu töten. Vielleicht hat es wirklich nichts mit dir zu tun. Ich werde jedenfalls nachforschen, was Kat in letzter Zeit so getan hat. Mal sehen, ob dort eine Erklärung zu finden ist. Doch die Liste würde mir helfen, selbst wenn ich nur die Frauen, die in der Nähe leben, warnen könnte.«

Simon verabschiedete sich freundlich von Morainn und versicherte ihr ein weiteres Mal, dass für Walin gesorgt sei. Dann gingen die Männer nach draußen. Morainn schickte sich an, die Sachen auszupacken, die sie und Tormand mitgebracht hatten. Das Versteck, das Simon für sie hergerichtet hatte, war zwar weitaus komfortabler, als sie erwartet hatte, aber sie wünschte sich doch von Herzen, dass es nicht nötig gewesen wäre, es zu nutzen.

Sobald sie mit dem Auspacken fertig war, trat sie hinter den Wandschirm, um sich zu waschen und zum Schlafengehen umzukleiden. Der Schrecken in Tormands Haus und ihr erster längerer Ritt auf einem Pferd hatten sie sehr erschöpft. Ihr tat jeder Knochen im Leib weh. Sie hatte nie daran gedacht, dass ihr von den Dorfbewohnern dieselbe Gefahr drohen könnte wie Tormand, wenn sie ihm und Simon half. Doch selbst wenn – es hätte ihren Weg nicht geändert.

Immerhin bin ich nicht allein, dachte sie erleichtert, als sie hörte, wie Tormand zurückkam. Der Schrecken, der ihr vor zehn Jahren widerfahren war, saß ihr noch tief in den Knochen; nie wieder wollte sie eine solch grauenhafte Zeit voller Einsamkeit durchstehen müssen, zerfressen von Angst, dass an allen Ecken der Tod lauern könnte. Als sie hinter dem Wandschirm hervortrat, lächelte sie Tormand an, der sich bereits bis auf die Unterhose entkleidet hatte und ihr einen kleinen Becher Wein anbot.

»Es tut mir leid, dass du in diese Sache verwickelt worden bist«, sagte er.

»Nein, das braucht dir nicht leidzutun«, sagte sie und drückte ihm einen sanften Kuss auf die Wange. »Es tut mir gut, meine Gabe zu nutzen. Jetzt kann ich sie wirklich vorbehaltlos als Gabe bezeichnen. Ich wünschte nur, ich hätte euch mehr helfen können. Glaubst du, dass mich Simon deshalb nicht mehr gebeten hat, eine weitere Haarnadel zu berühren?«

»Ich glaube, wenn du nicht den Traum von dem armen Edward MacLean gehabt hättest, hätte dich Simon bestimmt gebeten, es noch einmal zu versuchen. Aber jetzt hat er eine Spur, der er folgen kann, und das wird er in seiner üblichen Weise tun. Wenn es ihm nicht schnell genug geht, kann es allerdings gut sein, dass er dir noch einmal eine Haarnadel in die Hand drückt.«

»Er nimmt es sehr genau mit seinen Nachforschungen, und er hat auch schon viel herausbekommen.«

»Simon hat tatsächlich viele unschuldige Männer sterben sehen, wie er uns erklärt hat. Er hat ein sehr ausgeprägtes Gerechtigkeitsgefühl, und es tut ihm in der Seele weh, wenn er sieht, dass der Falsche für ein Verbrechen büßen muss. Schließlich bedeutet das, dass die wahren Schuldigen ungestraft davonkommen.«

»Ja, so ist das wohl. Aber das Versteckspielen gefällt dir ganz und gar nicht, stimmt's?«

Er nahm ihr den leeren Becher ab und führte sie zum Bett. »Stimmt. Aber es ist vor allem mein Stolz, der sich sträubt. Doch wenn ich jetzt auf seine Stimme höre, lande ich vielleicht doch noch am Galgen. Ich habe nur Angst, dass ich wie mein armer Bruder James ende.« Als er merkte, dass sie ihn neugierig musterte, schob er sie aufs Bett, machte es sich in ihren Armen bequem und erzählte ihr die Geschichte von James, der beschuldigt worden war, seine Gemahlin umgebracht zu haben.

»Ich glaube nicht, dass du dich drei Jahre verstecken musst, Tormand.«

»Nein? Ist das eine Prophezeiung oder nur eine Hoffnung?«

»Ich habe das sehr starke Gefühl, dass es bald vorbei ist und diese Bestien, die so viel Freude daran haben, Menschen umzubringen, in Kürze gefunden und bestraft werden.«

»Dann fasse ich es als Prophezeiung auf.« Er zog ihr das Nachthemd über den Kopf und freute sich an der Röte, die in ihre Wangen stieg. »Und außerdem werde ich mir immer wieder die Vorteile vor Augen führen.«

»Und die wären?« – »Ich habe ein gemütliches Versteck und eine wunderbare, weiche Frau, die es mit mir teilt – zwei Dinge, die mein armer Bruder nicht hatte.«

»Da siehst du mal, wie glücklich du dich schätzen kannst.«

»Jawohl, das tue ich«, murmelte er, während er sich das letzte Kleidungsstück abstreifte und in ihre Arme zurückkehrte. »Ich bin wahrhaftig ein Glückspilz.«

Morainn wollte ihm gerade erklären, dass sie nicht einfach eine weitere weiche Frau sei, als er sie küsste und ihr Murren im Keim erstickte. Bald war sie von der Leidenschaft überwältigt, die er so leicht in ihr entfachen konnte, und vergaß ihre Beschwerde. Die Hitze der Begierde verbrannte all die düsteren Erinnerungen, die der Anblick der wütenden Meute in ihr geweckt hatte. Tormands Liebeskünste beschwichtigten ihre Ängste, und ihr Körper und ihr Herz überließen sich seinen magischen Küssen und Zärtlichkeiten, bis sie nur noch brennendes Verlangen spürte.

Ihr Liebesspiel endete in süßer Befriedigung für beide, und Morainn schlummerte in Tormands Armen ein. Er hingegen sehnte sich noch immer nach ihr, seine Sehnsucht wuchs, statt abzunehmen. Das hätte ihm natürlich einiges darüber sagen können, was er für Morainn empfand, doch er wollte es noch immer nicht hören.

Sobald die Mörder gefasst und gehängt waren, würde er genauer ergründen, was er für diese Frau empfand und was er von ihr wollte. Wenn ihre Probleme gelöst waren, würde genügend Zeit sein, sich mit Gefühlen und Bedürfnissen zu beschäftigen. Er schloss die Augen und lächelte. Vorläufig wollte er einfach nur die Lust genießen, die er in ihren Armen fand, und in dem Gefühl schwelgen, dass jedes Bedürfnis und jedes Verlangen so tief befriedigt wurden wie noch nie. Sogar die Tatsache, dass er sich vor seinen Feinden verstecken musste, anstatt sie zu bekämpfen, wurde dadurch eher zu einem Geschenk als einer Strafe.

14

Tormand fuhr kerzengerade hoch, als ein Schrei den nächtlichen Frieden zerriss. Ein kleiner Fuß trat ihn fest gegen das Bein. Er drehte sich zu Morainn um. Sie warf sich im Bett hin und her wie in einem Kampf oder als täte ihr jemand sehr weh. Als er sie in die Arme zog und sich anspannte, denn gleich würde er selbst in den Kampf eintreten müssen, dachte Tormand daran, dass das ein weiterer Grund war, die Mörder so rasch wie möglich zu fangen. Morainn musste unbedingt wieder einmal richtig ausschlafen, ohne Albträume von abgeschlachteten Frauen und ohne Kämpfe gegen unsichtbare Dämonen. Er konnte es kaum ertragen, dass sie sich so quälte. Nachts sollte sie wahrhaftig nichts weiter tun als nach einem ausgiebigen Liebesspiel süß in seinen Armen schlummern.

»Wach auf, Liebes«, sagte er und versuchte, sie festzuhalten, bevor sie ihm oder sich selbst wehtun konnte. »Es ist doch nur ein Traum, Morainn, nur ein Traum. Niemand tut dir weh. Du musst nicht kämpfen. Komm zurück zu mir, meine süße Hexe, komm zurück.«

Wie üblich beruhigte sie der Klang seiner Stimme, und sie entspannte sich. Tormand lockerte den Griff um ihre Arme und sah, wie sie langsam die Augen aufschlug. Einen Moment lang stand tiefe Verwirrung in ihrem Blick, dann erkannte sie, wer sie festhielt. Ihr Lächeln war echt und süß, die Kraft dieses Lächelns drang bis in seine Seele. Er hätte nichts dagegen gehabt, dieses Lächeln jeden Tag den Rest seines Lebens zu sehen, doch diesen Gedanken verscheuchte er rasch wieder.

Das Lächeln währte nicht lang. Bei der Erinnerung an die Schrecken ihres Traums wurde Morainn kreidebleich, und in ihre Augen trat die nackte Angst. Offenbar war der Traum sehr schlimm gewesen. Eilig holte Tormand einen Becher kühlen Apfelmost.

Morainn nahm einen großen Schluck, während Tormand sich wieder neben sie legte. Eigentlich sollte sie sich glücklich schätzen – vier Nächte lang hatte sie nicht mehr von den Mördern geträumt, die sich einfach nicht fassen ließen. Nur leider war dieser Traum so schlimm gewesen wie bisher keiner. Sie fragte sich, ob eine Atempause wirklich so gut war, denn danach schien der nächste Traum umso stärker und schrecklicher.

Außerdem hatte sie diesmal von etwas geträumt, was sie lieber für sich behalten wollte. Tormand glaubte, sie vor den Übeltätern beschützen zu müssen, weil sie ihm half. Wenn er wüsste, dass sie gerade von ihrem eigenen Tod geträumt hatte, würde er sie wahrscheinlich irgendwo einsperren und ihr Gefängnis mit gut ausgerüsteten Bewaffneten umstellen. Zudem würde er sich selbst gefährden bei dem Versuch, die Gefahr von ihr abzuwehren, und das konnte sie nicht zulassen.

»Das war ein schlimmer Traum«, sagte sie schließlich, dem Drang folgend, Tormand, der geduldig neben ihr saß und sie besorgt beobachtete, wenigstens einiges davon zu erzählen.

»Aye, das habe ich gemerkt.« Er legte einen Arm um sie und drückte sie fest an sich. »Du hast dich aufgeführt, als würdest du gegen heftige Schmerzen oder einen schlimmen Feind kämpfen. Du hast dich nicht nur wie sonst hin- und hergewälzt, sondern richtig gekämpft gegen jemanden oder etwas.«

Sie wagte kaum, ihn anzusehen, denn sie war sicher, er würde die Wahrheit in ihren Augen lesen. Einen Teil ihres Albtraums hatte er bereits allzu richtig erraten. Wahrscheinlich würde es ihr nicht gelingen, das Grauen dieses Traums vor ihm zu verbergen. Sie konnte die Fesseln an ihren Hand- und Fußgelenken noch richtig spüren. Nur das Wissen, dass ihr Traum ja keine Weissagung sein musste, hielt sie davon ab, unter die Decke zu kriechen und hysterisch zu schreien. Bestimmt hatte Tormand dadurch, dass er in einer Familie aufgewachsen war, in der viele Leute seltsame Gaben hatten, die

Fähigkeit erworben zu ahnen, was andere träumten. Im Moment wäre ihr fast lieber gewesen, er würde nicht an ihre Gabe glauben, ja ihre Behauptung, sie habe Träume und Visionen, schlicht als lächerlich abtun.

»Ich habe geträumt, dass es sehr bald wieder zu einem Mord kommen wird«, sagte sie leise. Sie hoffte, dass es möglich war, ihm alles zu berichten, was sie gesehen hatte und was vielleicht helfen konnte, die Bestien zu fangen, ohne ihm sagen zu müssen, wen die Mörder als Nächstes im Auge hatten. Sie musste der Wahrheit nach Kräften ausweichen, um ihn nicht argwöhnisch zu machen, sonst würde er bestimmt auf Antworten drängen, die sie ihm nicht geben wollte. »Es ist, als wäre diese Verrückte von einem richtigen Blutrausch erfasst, als fände sie immer mehr Gefallen an dem Blut und dem Leid, das sie verursacht, ja, auch an der Macht zu beschließen, wer sterben soll und wer am Leben bleibt.«

»Simon hat schon befürchtet, dass es soweit kommen würde. Ich muss also davon ausgehen, dass es so ist. Leider hat der Mann wohl mehr Verrücktheiten und Böses gesehen, als ihm lieb ist. Deshalb messe ich seinen Worten viel Gewicht bei.«

Tormand nahm ihr den leeren Becher ab, stellte ihn weg und schloss sie in die Arme. »Solche Untaten müssen eine wahre Folter für dich sein, noch dazu, wenn du davon träumst. Man sollte von schönen Sachen träumen, nicht von Mord und Totschlag.«

»Solange die Bestien frei herumlaufen, fürchte ich, werde ich vor allem von Letzterem träumen. Es ist wirklich eine wahre Folter, es sehen und, schlimmer noch, fühlen zu müssen. Am meisten beunruhigt mich, dass dieses Weib offenbar weiß, dass ich mich irgendwie mit ihr in einem Raum befinde und alles sehe.« Sie zitterte, obwohl er sie fest an sich presste. »Es ist fast, als wäre sie in meinen Kopf eingedrungen.«

»Jesus, glaubst du, sie hat auch eine Gabe?«

»Das würde immerhin erklären, warum sie so schwer zu fassen ist. Aber ich weiß es nicht. Vielleicht hat sie eine Gabe, vielleicht sind es meine Träume, die sie anziehen. So etwas ist mir noch nie passiert. Früher habe ich in meinen Träumen und Visionen auch nie eine Stimme so klar vernommen.

»Vielleicht ist die Gewalt daran schuld, das Morden. Wenn du etwas gesehen hast, berichtest du ja immer von ausgesprochen starken Gefühlen.«

»Das stimmt. Und vielleicht erklärt das auch, warum die Träume immer lebhafter werden. Aber es erklärt nicht, warum diese Frau direkt zu mir spricht und mich dabei ansieht, ja, mir sogar eines ihrer eiskalten Schlangenlächeln schenkt, wenn sie ihre Drohungen ausstößt.«

»Das hast du mir noch gar nicht erzählt.«

»Es spielt auch keine große Rolle. Sie hat mich fast von Anfang an bedroht. Das habe ich dir schon erzählt. Doch dass sie es tut, hilft uns bei der Jagd nicht weiter. Ich versuche immer, mich an Dinge zu erinnern, die uns vielleicht zeigen, wo der nächste Mord stattfinden wird, oder wer sie und ihr riesiger Kumpan sind, oder wo sie sich verstecken und wen sie als Nächstes töten wollen. Das sind doch die Dinge, auf die es ankommt.«

Sie hatte natürlich recht, doch Tormand hatte noch immer das Gefühl, dass sie ihm etwas verheimlichte. Er seufzte und versuchte, seine Angst um sie zu vergessen, doch es wollte ihm nicht recht gelingen. Der Angriff auf Morainn hatte klar und deutlich gezeigt, dass das blutrünstige Paar auch sie ermorden wollte. Doch es hatte keinen Zweck, sich das ständig vor Augen zu führen oder sich damit zu belasten. Er konnte nur versuchen, Morainn aus der Reichweite der Mörder zu halten und zu beten, dass das genügte.

»Hast du denn diesmal Gesichter gesehen oder Namen gehört? Oder besser noch, gesehen, wo der nächste Mord passieren wird und wann?«

»Sie heißt Ada oder Anna. Einmal hat sie diesen Namen laut ausgesprochen, als spräche sie von einer anderen Person, aber es war klar, dass sie über etwas redete, was sie selbst getan hatte. Ich glaube, ihr Wahn wird stärker, obwohl ich kaum verstehen kann, wie das möglich ist, nachdem ich gesehen habe, was sie treibt. Vielleicht verliert sie allmählich die Kontrolle. Der Wahn ist nicht mehr kalt und eisig, sondern wild und zügellos. Der Mann versucht sein Bestes, sie zu bändigen.

Diesmal habe ich ihn ein bisschen besser gesehen. Es war, als wichen die Schatten, die ihn normalerweise umgeben, einen Moment lang wie Wolken, die sich teilen, um die Sonne durchzulassen. Er ist wirklich ausgesprochen groß. Groß und massig, mit riesigen Muskeln. Trotzdem nennt sie ihn nach wie vor Small.«

»Ich glaube, das dient nur dazu, um ihn von einem anderen mit demselben Vornamen zu unterscheiden, so wie bei der alten und der jungen Mary.«

Morainn nickte, doch mit ihren Gedanken war sie nicht mehr bei der Sache. Ihr fiel auf, wie gut Tormand roch. Er schmeckt auch gut, dachte sie und errötete leicht. Obwohl sie erst seit einer knappen Woche das Lager teilten, wurde sie immer liederlicher. Sie hatte ständig Lust auf ihn.

Einen Moment lang dachte sie daran, ihn zu verführen und so von ihrem Traum abzulenken. Doch wie sollte sie das anstellen? Sie hatte weder die Erfahrung noch das Wissen, so etwas zu versuchen. Außerdem wäre es nicht richtig gewesen, ihn auf solche Weise auf andere Gedanken zu bringen. Sie jagten eiskalte, brutale Mörder, für solche Spielchen war wahrhaftig nicht der richtige Zeitpunkt.

»Hast du denn nichts gesehen, was uns sagen könnte, wo der nächste Mord stattfindet und wer das Opfer sein wird?«

»Das war das Seltsame«, murmelte sie, gab jedoch dem Drang nach, seinen harten Bauch zu streicheln, während sie sich bemühte, sich noch einmal alles zu vergegenwärtigen, was sie in ihrem Traum gesehen hatte. »Diesmal habe ich viel von der Umgebung mitbekommen. Ich habe Schafe gesehen.«

»Schafe? Liebling, in Schottland wimmelt es von Schafen.«

»Ich weiß.« Sie fuhr mit den Fingern über die weiche Haarlinie, die sich von seinem Nabel bis zu seiner Männlichkeit zog.

»Schafe drängten sich an die Wand eines kleinen, aus Stein gemauerten Häuschens mit einem Dach aus Schieferplatten und Stroh. Es war ein ziemlich schlichtes Häuschen, der Boden bestand aus gestampftem Lehm, in der Mitte gab es eine Kochstelle, darüber ein Loch im Dach als Rauchabzug.« Ihre Handgelenke fingen wieder an zu brennen, als sie von dem Ort berichtete, in dem sie sich selbst gesehen hatte, Arme und Beine an Pflöcke gefesselt.

»Vielleicht eine Berghütte, obwohl es dafür zu groß klingt. Vielleicht die Kate eines Kleinbauern, davon gibt es hier eine ganze Menge. Aber wichtig sind nur die in der Nähe. Sie müssen sich in irgendeiner Hütte aufhalten, in die sie ihr Opfer verschleppen, es ermorden und dann noch vor Sonnenaufgang nach Hause in dessen Bett verfrachten können. Jedenfalls verringert sich damit die Anzahl der Hütten, die wir untersuchen müssen. Und was ist mit dem Opfer? Hast du etwas vom Opfer gesehen?«

»Du weißt doch, dass ich nicht viele Leute im Ort kenne, und schon gar nicht die Höherrangigen. Selbst wenn mir meine Träume einen klaren Blick auf die arme Frau schenken würden, würde ich wahrscheinlich nicht wissen, wer sie ist. Ich habe nur gesehen, dass sie nicht sehr groß war und dunkle Haare hatte.« Bei dieser Lüge bekam sie ein schlechtes Gewissen, und dass sie ihr so leicht über die Lippen gekommen war, machte die Sache nur noch schlimmer.

Tormand nickte, während er vergeblich versuchte, ihre Berührungen zu ignorieren. Als ihre langen, schlanken Finger über die Haare auf seinem Bauch fuhren, richtete sich seine Männlichkeit sofort auf und bettelte darum, ebenfalls berührt zu werden. Ein rascher Blick von ihr hätte genügt, um ihr zu zeigen, wie bereit er war. Die Decke über seinen Hüften verbarg seine Erregung kaum. Er war zwar ein wenig verlegen, dass er sich in Gegenwart von Morainn so wenig beherrschen konnte, aber am liebsten wäre ihm gewesen, sie hätte seine Bedürfnisse erkannt und gestillt.

»Ich wünschte nur, ich würde diese eisige Stimme nicht mehr hören«, murmelte Morainn. Allerdings lenkte sie die große Beule in der Decke ab, die sie aus den Augenwinkeln heraus erblickte.

Ihre Berührung hatte ihn offenbar erregt, und auch in ihr regte sich wieder das Verlangen nach ihm – ein Verlangen, das nie ganz verschwand. Sie mahnte sich, den Blick abzuwenden, aber ihr Blick war wie gebannt von der Erhöhung in der Decke. Seltsam, aber ihre Hand juckte fast von dem Wunsch, das zu berühren, was diesen interessanten kleinen Hügel geschaffen hatte. Sie hatte Tormand dort noch nie berührt, obwohl er sie überall an ihrem Körper berührte.

Morainn sah, wie ihre Hand am Rand der Decke verharrte, als hätte sie ein Eigenleben. Wie gern sie diesen Teil von ihm betrachtete, wenn er sich stolz und fordernd aufrichtete, schoss ihr durch den Kopf, und wie gut er sich in ihr anfühlte. Vielleicht würde es ihr ja auch gefallen, wenn sie ihn berührte. Vielleicht würde es Tormand gefallen, dort gestreichelt zu werden, ihr gefiel es jedenfalls, wenn er sie an ihren intimsten Stellen liebkoste.

Sie lief tiefrot an bei diesen Gedanken, zu deren Ausführung sie sich nie kühn genug wähnte. Doch noch während sie sich fragte, ob sie je den Mut dazu aufbringen könnte, glitt ihre Hand unter die Decke und berührte ihn. Als sie die Finger um seine starke Erregung schloss, spürte sie eine seidige, heiße Härte. Der Schock über ihr Tun verflog rasch, als sie hörte, wie Tormand zischend den Atem einzog. Dieser Laut war ihr vertraut, offenbar gefiel es ihm, so berührt zu werden.

Tormand wagte nicht, etwas zu sagen. Er hatte Angst, dass Morainn dann aufhören würde, und das war das Letzte, was er wollte. Da sie das Bett noch nicht lange teilten und er ihr erster Geliebter war, hatte er sie nie gedrängt, mehr zu tun, als sich von ihm befriedigen zu lassen. Doch offenbar lernte sie rasch und entdeckte ihre weibliche Macht. Jedenfalls hoffte er das, denn er dachte häufig an all das, was er liebend gern mit ihrem süßen Körper anstellen würde, sobald sie nicht mehr so schüchtern und unsicher war.

Ihre zärtliche Berührung begann, ihn vor Verlangen schier verrückt zu machen. Die Stille, die über ihnen hing, während er nur dalag und ihre Liebkosung genoss, verstärkte seine Begierde. In dieser Stille lag auch der köstliche Geschmack, etwas Heimliches zu tun, etwas, bei dem man nicht ertappt werden wollte. Er fragte sich nur, wie lange er stillhalten konnte, ohne selbst aktiv zu werden.

Sobald ihre kleine Hand zwischen seine Beine schlüpfte und ihn dort sanft streichelte, war es mit seiner Beherrschung vorbei. Vor Wonne ächzend, zog er sie in seine Arme und drehte sich mit ihr um, bis sie unter ihm lag. Die Röte ihrer Wangen und die Unsicherheit, die ihren Blick verdunkelte, hätten ihn beunruhigt, wenn nicht andere Zeichen an ihr ihn hätten wissen lassen, dass es auch sie erregt hatte, ihn zu berühren.

»Ich sollte Simon sagen, was du gesehen hast«, sagte er. Dann bedeckte er die weichen Kurven ihrer Brüste mit Küssen.

»Es dauert noch ein paar Stunden bis zum Morgengrauen«, erwiderte sie und stieß einen kleinen Lustschrei aus, als er gierig mit der Zunge über ihre steil aufragenden Brustwarzen fuhr.

»Gut, denn ich gehe erst weg, wenn ich dich so heftig geliebt habe, dass du dich nicht mehr rühren kannst.«

»Du bist bestimmt der Erste, dem die Kräfte schwinden.«

Tormand grinste und küsste genüsslich die warme, weiche Haut zwischen ihren Brüsten. »Ich liebe Herausforderungen.«

Im höchsten Maß befriedigt und erschöpft, lag Tormand lange neben Morainn. Schließlich mahnte er sich und richtete sich auf; er musste sich ja als Erster rühren, um sich als Sieger bezeichnen zu können. Obwohl er sich immer Mühe gegeben hatte, seinen Geliebten Lust zu spenden, hatte er noch nie so hart daran gearbeitet, eine Frau am Rand der höchsten Wonne zu halten. In seinen Ohren hallten noch immer die wilden Schreie ihrer Lust, als er ihr endlich die ersehnte Erlösung beschert hatte. Doch auch er selbst war fast blind gewesen vor Verlangen, sich zu erlösen. Die Beherrschung hatte ihn eine Menge Kraft gekostet.

Er betrachtete Morainn, die auf dem Bauch lag, das Gesicht noch glühend von der Lust, die sie geteilt hatten, die Augen geschlossen. Nachdem sie beide unter der Kraft des Höhepunkts erbebt waren, hatte sie sich nur noch bewegt, um sich auf den Bauch zu wälzen. Er war der Erste, der sich richtig rührte. Aber er wollte gnädig sein und mit seinem Sieg nicht prahlen.

Erst als er sein Schwert gürtete, merkte er, dass sie ihn ansah. Er drehte sich um. Sie musterte ihn aus dem Winkel des Auges, das nicht ans Kopfkissen gepresst war. Sie wirkte so befriedigt, dass er den Drang unterdrücken musste, sich vor Stolz in die Brust zu werfen.

»Gehst du?«, fragte sie mit einer rauchigen Stimme, die ihn fast dazu gebracht hätte, wieder ins Bett zu kriechen.

»Aye«, erwiderte er. »Ich lasse dich ungern allein, aber Simon muss erfahren, was du im Traum gesehen hast.«

»Ich weiß. Mir wird schon nichts passieren.«

»Du weißt ja, dass du dich verstecken musst, wenn dir jemand zu nahe kommt.«

»Aye, das habe ich schon vor zehn Jahren gelernt. Mach dir keine Sorgen um mich. Berichte Simon, was ich gesehen habe.«

Er wollte ihr noch sagen, dass er gar nicht anders konnte, als sich Sorgen zu machen, wenn sie allein und schutzlos war. Doch die Worte blieben ihm im Halse stecken. Plötzlich wurde ihm klar, dass er im Lauf der Jahre gelernt hatte, jedes Wort, das er einer Geliebten sagte, sorgfältig abzuwägen. Keine Frau sollte je auf den Gedanken verfallen, ein Versprechen herauszuhören oder einen Hinweis, dass sie ihm mehr bedeutete. Doch bei Morainn wollte er nicht mehr so zurückhaltend sein. Dennoch – es würde eine Weile dauern, bis er die alte Gewohnheit abgeschüttelt hatte.

Tormand beugte sich nach unten und küsste sie, dann machte er sich auf den Weg. »Ruh dich aus, mein Schatz. Du hast schwer gearbeitet und bist bestimmt ziemlich erschöpft. Du musst ruhen, um wieder zu Kräften zu kommen.«

»Hah! Ich habe nur als Erste nachgegeben, um deinen armen männlichen Stolz nicht zu verletzen.«

Lachend ging er nach draußen, um sein Pferd zu holen.

Morainn drehte sich seufzend auf den Rücken. Sie starrte an die Decke ihres Schlupfwinkels, die Simon mit Brettern verkleidet hatte. Ihr Körper vibrierte noch von der Lust, die Tormand ihr geschenkt hatte. Sie beschloss, noch ein Weilchen liegen zu bleiben. Tormand hatte seinen Ruf, ein fantastischer Liebhaber zu sein, wahrhaftig verdient. Sie wünschte nur, sie könnte vergessen, wie er dazu gekommen war.

Nora hatte recht – sie liebte diesen brünstigen Narren. Als sie ihrer Freundin erklärt hatte, dass sie ihn vielleicht liebte, hatte sie geglaubt, das würde ihr Herz vor den Schmerzen schützen, die es erleiden würde, sobald Tormand sie nicht mehr beachtete. Aber dieser Plan war töricht. Ihr Herz kannte die Wahrheit – nämlich, dass Tormands elegante Hand es fest im Griff hatte.

Aber die Erinnerungen, dachte sie – sie würde wundervolle, lusterfüllte Erinnerungen haben. Doch dann seufzte sie noch einmal tief und schloss die Augen. Die Erinnerungen würden ihr wohl nur noch mehr Schmerzen bereiten, denn an ihrem Alleinsein würden sie nichts ändern.

Tormand blickte auf, als Simon in die Große Halle seines bescheidenen Heims trat. Sein Freund wirkte, als wäre es besser für ihn, sich wieder hinzulegen und noch ein paar Stunden zu schlafen. Tormand saß seit zwei Stunden in der Halle, früher hatte er Simon nicht wecken wollen. In dieser Zeit hatte er seinen eigenen Gedanken nachgehangen, doch er war sich nicht sicher, ob ihm der Schluss gefiel, zu dem er gekommen war. Zwar konnte er es kaum erwarten, mit Simon zu reden, doch er blieb stumm, während ihnen ein Frühstück aufgetischt wurde. Zu seiner Überraschung taumelten seine Verwandten ähnlich schlaftrunken herein und setzten sich zu ihnen.

»Habt ihr euch denn alle hier einquartiert?«, fragte er.

»Nein, nur letzte Nacht, weil es sehr spät geworden war und Simons Haus das erste war, zu dem wir kamen«, erklärte Harcourt und häufte Essen auf seinen Teller. »Wir waren uns alle einig, dass wir keinen Meter weiter reiten wollten.«

»Ihr wart also wieder auf der Jagd?« Tormand wünschte sich sehnlichst, er hätte dabei sein können, statt sich in seinem Schlupfloch zu verkriechen, aber er verbiss sich seine Klagen.

»Ja, wir waren auf der Jagd und haben Ausschau gehalten nach jemandem, der versucht, eine Leiche in ein Haus zu schleifen.«

»Warum bist du hier?«, fragte Simon. »Ist etwas passiert?«

»Morainn hatte wieder einen Traum«, erwiderte Tormand zwischen zwei Bissen. »Sie meint, die Träume werden immer lebhafter.«

»Aha. Dann hat sie also vielleicht etwas gesehen, was uns weiterhilft.«

Tormand berichtete ihnen, was sie ihm erzählt hatte. Es laut auszusprechen und nicht nur im Stillen immer wieder zu überdenken führte dazu, dass er noch sicherer war als vorhin, wo er mit seinen Gedanken allein gewesen war. Er spürte, wie sich Zorn in ihm regte, doch er gab sich zum wiederholten Male zu bedenken, dass Morainn ihn nicht angelogen hatte. Sie hatte ihm bloß nicht alles erzählt, und das wahrscheinlich nur deshalb, weil sie ihn nicht beunruhigen wollte. Aber das besänftigte ihn kaum.

Harcourt stöhnte. »Also heißt es zurück in den Sattel und nach Berghütten und Häuschen Ausschau halten.«

»Häuschen mit Schafen und Dächern, teils aus Schiefer, teils aus Stroh«, fügte Tormand hinzu.

»Nun, das verringert die Anzahl ja beträchtlich«, meinte Bennett gedehnt.

»Ich könnte …«, fing Tormand an.

»Nay«, sagte Simon. »Du nimmst schon genügend Risiken auf dich, wenn du hierherkommst. Außerdem besteht die Möglichkeit, dass uns die Mörder ganz genau beobachten, weil sie wissen wollen, wo du abgeblieben bist. Du könntest sie direkt zu Morainn führen. Sie wollen sie unbedingt töten.«

»Ich weiß. Das Weib sagt es ihr immer wieder in ihren Träumen. Morainn kommt es vor, als habe sich dieses Miststück in ihren Kopf eingenistet.«

»Vielleicht hat sie das ja tatsächlich. Wir wissen wenig über solche Gaben, du zwar mehr als ich, aber ich wette, du weißt auch nicht alles darüber, nur weil du selbst eine hast. Auch wenn sie dir keine hellseherischen Träume und Visionen beschert.«

»Du glaubst also wirklich, dass ich eine Gabe habe?«

»Aber natürlich. Du kannst spüren, welche Gefühle in einem Raum vorhanden sind. Das kannst du zwar nicht immer, aber manchmal hat es uns schon geholfen. Es ist fast so, als könntest du Gefühle riechen.«

Tormand dachte kurz darüber nach. Am liebsten hätte er es geleugnet, obwohl er diese Fähigkeit schon gelegentlich offenbart hatte. Schließlich nickte er bedächtig. »Vermutlich kann ich das. Ich dachte nur nicht, dass es sich um eine richtige Gabe handelt, sondern nur um eine natürliche Fähigkeit, die bei mir ausgeprägter ist als bei anderen. Eine Cousine hat mir immer wieder erklärt, wie man seine Sinne schärfen kann.«

»Nein, es ist eine Gabe, wenn auch nur eine kleine. Mein Vater hat auch so eine«, sagte Harcourt. »Er weiß, wann Gefahr im Verzug ist. Das hat ihm schon oft das Leben gerettet, behauptet er. Auch ich spüre manchmal, wenn sich Unheil zusammenbraut. Eine nützliche kleine Gabe, nicht so stark wie Morainns, aber trotzdem sehr nützlich.«

»Und ich dachte immer, ihr schleppt mich nur mit, weil ich so schlau bin«, meinte Tormand gedehnt und grinste Simon an.

Simon grinste zurück. »Das bist du auch, obwohl ich deine ohnehin recht ausgeprägte Eitelkeit nur ungern verstärke.

Manchmal betrachtest du Dinge aus einem sehr hilfreichen Winkel.«

»Nicht so hilfreich wie Morainns Träume und Visionen. Übrigens fragt sie sich, warum du ihr nicht noch eine Haarnadel gegeben hast.«

»Ich hatte daran gedacht, aber nachdem wir Edward MacLean entdeckt hatten, hatte ich ja eine konkrete Spur. Sie führt mich langsam zu den Mördern, und deshalb wollte ich Morainn keine weitere Vision zumuten. Und jetzt, wo wir einen Namen haben – Ada oder Anna –, wird die Spur immer konkreter. Ich glaube, sie heißt Ada, auch wenn ich nicht genau weiß, wie ich darauf komme. Ich verstehe nicht recht, wie sie mit Edward verheiratet sein konnte und trotzdem von kaum jemandem gesehen wurde. Aber es findet sich bestimmt jemand, der sich genau an ihren Namen und ihr Aussehen erinnert.« Er verzog das Gesicht. »Und das mir, wo ich doch immer so stolz war, die Dinge klar zu sehen und nichts zu übersehen, egal, wie unscheinbar oder unwichtig es wirkte.«

»Niemand kann alles sehen. Vielleicht hat es ihren Wahnsinn gefördert, dass niemand sie je wahrgenommen hat.«

»Möglicherweise. Zumindest bin ich mir ziemlich sicher, dass ihr riesiger Kumpan Small Ian heißt. Meine Information stammt aus einer sehr zuverlässigen Quelle. Ich wünschte nur, Morainn hätte mehr darüber erfahren, wer als Nächstes ermordet werden soll. Es ist sehr schwer, einen Mord zu verhindern, wenn man nicht weiß, wer das nächste Opfer sein wird.«

Tormand stärkte sich mit einem großen Schluck Ale, dann meinte er: »Ich glaube, das Opfer, auf das sie es diesmal abgesehen haben, ist sie selbst.« Er nickte, als er die entsetzten Mienen seiner Gefährten sah; ihr Entsetzen konnte er sehr gut nachempfinden. »Sie hat es zwar nicht gesagt, aber als ich hier saß und auf dich wartete, Simon, habe ich darüber nachgedacht, was sie mir berichtet hat und wie sie meine Fragen nach dem möglichen Opfer beantwortet hat.«

»Hat sie Ausflüchte gemacht?«

»Sehr viele. Erst hat sie mir lang und breit erklärt, dass sie hier kaum Leute kennt und dass sie das Opfer selbst dann nicht erkennen würde, wenn sie es deutlich sähe. Am Schluss hat sie dann gesagt, dass die Frau nicht sehr groß war und dunkle Haare hatte.«

Bennett fluchte halblaut. »Es klingt sehr danach, als habe sie etwas verbergen wollen. Seltsam ist nur, dass du es nicht gleich gemerkt hast. Sonst riechst du doch eine Lüge auf zehn Meilen.«

»Ich wurde abgelenkt.« Tormand ging über die spöttischen Bemerkungen der anderen hinweg. »Vielleicht hat sie es sogar absichtlich getan, auch wenn ich das kaum glauben mag.«

»Nein, das glaube ich auch nicht«, meinte Uilliam. »Sie ist doch keine Frau, die bewandert ist in solchen … »

»Listen?«, fragte Tormand.

»Ja, das ist wohl das richtige Wort. Wahrscheinlich hatte sie das Gefühl, dir alles gesagt zu haben, und wurde dann selbst abgelenkt.«

»Abgelenkt zu werden klingt jedenfalls sehr viel verlockender, als den lieben langen Tag auf einem Pferderücken zu hocken«, murrte Rory, dessen Scharfzüngigkeit sich mit der seiner Verwandten durchaus messen konnte.

Erst am frühen Nachmittag konnte Tormand endlich gehen. Sie hatten so ausführlich über Morainns Traum gesprochen, dass er beinahe das Gefühl hatte, ihn selbst geträumt zu haben. Jedes Mal, wenn er wiederholte, was sie gesehen hatte, und Einzelheiten aus ihren anderen Träumen und Visionen erörterte, merkte er, wie stark Morainn war. Sie musste stark sein, um so etwas auszuhalten. Am meisten drängte es ihn jedoch, so schnell wie möglich dafür zu sorgen, dass die Mörder nie mehr in ihren Träumen auftauchten. Dank Simons wachsender Zahl von Informationen war seine Hoffnung gestiegen, aber sie schwand sogleich, wenn er sich vor Augen führte, wie langsam sie dennoch vorankamen. Dass Morainn wahrscheinlich von ihrem eigenen Tod geträumt hatte, machte ihn umso mutloser.

»Wir werden sie fangen«, sagte Simon, während Tormand Vorkehrungen zu seiner Rückkehr zu dem verfallenen Wohnturm traf. »Jetzt wissen wir, wer sie sind.«

»Ein großer, dunkler Mann namens Small Ian und eine Frau, an die sich niemand erinnert?«

»Eine Frau und ein Mann, die kein Haus mehr haben, in dem sie sich verstecken können. Es stimmt schon, wir wissen noch immer nicht genau, wie sie heißen oder aussehen. Aber wir wissen genug, um sie zu erkennen, wenn wir sie sehen.«

»Vielleicht wäre es besser, wenn Morainn hierher zurückkehrte. Hier sind mehr Bewaffnete um sie herum.«

»Sie ist inzwischen genauso gefährdet wie du, Tormand. In den Augen der Leute ist sie es, die dir hilft zu töten, ohne gesehen zu werden, und dich vor der verdienten Strafe bewahrt. Sie hier zu beschützen wäre genauso schwer, wie euch beide hier zu beschützen.«

»Woher habe ich bloß das Gefühl, dass jemand die Wut und die Ängste der Leute benutzt, um Morainn loszuwerden?«

»Dein Gefühl trügt dich nicht.« Simon nickte, als Tormand ihn überrascht ansah. »Ob das nun fair ist oder nicht – man kann nachvollziehen, warum die Leute dich mit Argwohn betrachten. Du kanntest alle Frauen, die ermordet wurden. Selbst die Nachricht von Edward MacLeans Tod hat daran nichts geändert. Und die Tatsache, dass dessen Ehefrau, die niemand kennt, verschwunden ist, wird ebenfalls dir angelastet. Doch jedes Mal, wenn der Verdacht ein wenig leiser wird, gibt es jemanden, der ihn aufs Neue entfacht, und auch Morainns Name fällt immer öfter. Manchen Gerüchten zufolge hängt sogar alles damit zusammen, dass sie eine Hexe ist und irgendeinen dunklen Zauber wirkt.«

Tormand fluchte. »Das ist doch der reinste Quatsch.«

»Selbstverständlich. Aber die Menschen verfallen auf die dümmsten Gedanken, wenn sie Angst haben, und im Moment haben sehr viele Leute sehr viel Angst.« Simon runzelte die Stirn. »Ich würde dir gern sagen, dass du dich irrst, wenn du glaubst, sie hat von ihrem eigenen Tod geträumt. Aber je mehr ich über das, was du uns gesagt hast, nachdenke, desto mehr glaube ich, dass du recht hast. Dennoch ist sie an ihrem momentanen Aufenthaltsort sicherer.«

»Immerhin muss sie sich dort nur vor zwei Leuten in Acht nehmen, die sie tot sehen wollen, und nicht vor einem ganzen verfluchten Ort.«

»Stimmt. Wirst du ihr sagen, was du vermutest?«

»Ich weiß es nicht. Einerseits würde ich es gerne, andererseits weiß ich nicht, was es mir nutzen würde. Sie glaubt, dass sie mich damit schützt.« Er zuckte die Schultern. »Ich entscheide mich, wenn ich wieder bei Morainn bin.«

»Hast du denn eigentlich schon beschlossen, was du mit ihr anfangen wirst, wenn diese Sache ausgestanden ist?«

»Du meinst, wenn die törichte Frau dann noch am Leben ist?« Er hasste es, diese Worte auszusprechen, und Simons wissender Blick machte ihn umso zorniger. Der Mann kannte ihn zu gut. »Nein, ich habe noch nichts beschlossen. Im Moment kann ich nur daran denken, dass ich ihr gern den hübschen Hintern versohlen würde, weil sie mir nicht alles gesagt hat.«

»Das könnte interessant sein«, meinte Simon gedehnt.

Tormands momentane Gefühle waren schrecklich wirr, und die meisten waren geprägt von Sorgen und Ängsten. Deshalb wunderte er sich, dass er ein Lachen zustande brachte. Mit einem Nicken verabschiedete er sich von Simon und ritt verstohlen aus dem Ort, wobei er sich immer wieder umsah, ob ihm jemand folgte. Das Ende seiner Prüfung rückte näher, das spürte er. Er hoffte nur inständig, dass Morainn dann noch da sein würde, um zusammen mit ihm zu feiern.

15

Tormand stand auf der Schwelle des Raumes, den er mit Morainn teilte, und rang um Gleichmut. Warum hatte sie ihm nicht die volle Wahrheit gesagt? Den ganzen Ritt zurück hatte er zwischen Zorn und Verständnis geschwankt. Doch was würde es nützen, wenn er jetzt hereinstürmte und sie aufforderte, ihm alles zu sagen, was sie in ihrem Traum gesehen hatte? Daran würde sich sehr wahrscheinlich ein Streit entzünden, und das hätte nur ein Gutes gehabt – den Zorn, der ihm noch immer in den Adern brannte, etwas zu besänftigen. Er konnte nicht einmal behaupten, dass sie ihm nicht die Wahrheit gesagt hatte; sie hatte ihm nur nicht alles gesagt. Noch immer hatte er das Gefühl, dass sie ihn beschützen wollte. Warum sollte er ihr diesen Wunsch nicht gewähren?

Sie bereitete offenbar gerade die Abendmahlzeit zu und bewegte sich dabei anmutig und geschickt durch den Raum. Es duftete nach deftigem Kanincheneintopf. Tormand lief das Wasser im Mund zusammen. Bei Simon hatte er kaum die Muße gehabt, etwas zu essen bis auf ein bescheidenes Frühstück. Sobald ihm klar geworden war, dass Morainn von ihrer eigenen Ermordung geträumt hatte, war ihm der Appetit vergangen.

Er wusste, dass er nur deshalb so viel Angst um sie hatte, weil auch seine anderen Gefühle für sie recht tief reichten. Das erklärte immerhin, warum er so zornig, ja, sogar ein wenig verletzt war, dass sie ihm nicht die ganze Wahrheit gesagt hatte. Er konnte nicht weiter leugnen, dass er sich mit jeder Stunde, die er mit Morainn Ross verbrachte, mit jedem Augenblick, den sie sich in den Armen lagen, enger an sie band. Und er verspürte nicht einmal mehr das Bedürfnis, vor diesen Gefühlen oder vor ihr wegzulaufen.

»Ah, du bist wieder da, und genau zur rechten Zeit«, sagte sie lächelnd. »Ich habe das Kaninchen gekocht, das du gestern erwischt hast.«

»Es riecht gut«, sagte er, trat ein und setzte sich auf den Stuhl neben der steinernen Feuerstelle. Tief einatmend fügte er hinzu: »Ausgesprochen gut. Simon hat uns offenbar hervorragend ausgerüstet.«

»Jawohl, das hat er.«

Sie schenkte ihm einen Becher Ale ein. Er murmelte einen Dank und lächelte sie zögerlich an. Morainn merkte, wie gut es sich anfühlte, ihn mit einem frisch gekochten Essen zu begrüßen, doch sie erkannte auch die Gefahr darin: Sie benahm sich zunehmend wie eine Ehefrau, nicht wie eine Geliebte, und Tormand Murray wollte keine Ehefrau. Und wenn doch, dann bestimmt nicht die uneheliche Tochter einer Hexe, die die Dorfbewohner verbrannt hatten, und die jetzt auch selbst als Hexe galt. Wenn ein Mann wie Tormand schließlich beschloss zu heiraten und ein oder zwei Kinder zu zeugen, konnte er wahrhaftig nach Höherem streben.

Bei dem Gedanken, dass Tormand einer anderen Frau ein Kind schenken würde, spürte Morainn einen derart heftigen Stich in ihrem Herzen, dass sie beinahe gequält aufgeschrien hätte. Rasch wandte sie sich wieder ihrem Eintopf zu, damit Tormand den Schmerz in ihren Augen nicht sah und anfing, sich darüber Gedanken zu machen. Der Eintopf musste eigentlich nicht mehr gerührt werden, aber sie hoffte, dass Tormand wie die meisten Männer nicht viel vom Kochen verstand.

Als sie ihre Gefühle wieder im Griff hatte, fiel Morainn auf, dass die Stille im Raum ungemütlich war. Es lag eine beunruhigende Spannung in der Luft. Sie blickte zu Tormand, doch dieser starrte nur sichtlich verdrossen die Wand an. Etwas störte ihn, doch Morainn wagte nicht, ihn danach zu fragen. Alle möglichen Gründe, warum er sich so seltsam verhielt, schossen ihr durch den Kopf, und keiner davon verhieß etwas Gutes.

Vielleicht ärgerte ihn, dass sie die Mörder noch immer nicht gefasst hatten, vielleicht aber auch, dass er in einem verfallenen Wohnturm festsaß mit einer Frau, der er bereits überdrüssig wurde.

Obwohl sie neugierig war, was Simon zu ihrem Traum gesagt hatte und was die Jagd nach Ada und Small machte, stellte sie keine Fragen. Sie beschloss, dass es sicherer wäre zu warten, bis er wieder in der Stimmung war, mit ihr zu reden, und sei es nur ihres armen fehlgeleiteten Herzens willen. So zwang sie sich, nur an die Arbeit zu denken, die sie sich vorgenommen hatte: Blumen auf das Leinen für Noras Aussteuer zu sticken. Das war eine angenehme Beschäftigung, und sie war froh, dass sie nicht vergessen hatte, sich ein paar Stücke bringen zu lassen, um etwas zu tun zu haben. Die mühsame Aufgabe würde sie davon abhalten, weiter zu grübeln, warum Tormand auf einmal so schweigsam war.

Erst, nachdem sie gegessen hatten und Morainn sich wieder ihrer Stickerei zugewandt hatte, gelang es Tormand, seine düstere Stimmung loszuwerden. Eigentlich neigte er nicht zu finsteren Grübeleien, offenbar hatte er sich dies erst in letzter Zeit zugelegt. Doch nach einer Weile war es ihm vorgekommen, als schwelge er nur in reinem Selbstmitleid.

Stirnrunzelnd beobachtete er Morainn, die eifrig hübsche Blumen auf etwas stickte, was aussah wie ein Kissenbezug. Sie war wie ein Geist durch den Raum gehuscht, offenbar hatte sie seine schlechte Laune gespürt. Doch sein Zorn darüber, nicht erfahren zu haben, dass sie sich als das nächste Opfer gesehen hatte, war verraucht. Er fand es inzwischen sogar richtig rührend, dass diese kleine Frau, die unfreiwillig in die ganze Misere verwickelt worden war, nur weil sie eine besondere Gabe besaß, jetzt versuchte, ihn zu beschützen.

Er hatte beschlossen, ihr das kleine Geheimnis zu lassen. Außerdem wollte er ihr verschweigen, wie verzweifelt sich alle bemühten, das von ihr beschriebene Häuschen zu finden, bevor sie den Mördern als Nächste zum Opfer fiel. Dass er sich nicht gemeinsam mit den anderen auf die Jagd machen konnte, war einer der Gründe, warum er so schlechter Laune gewesen war. Morainn war seine Frau, also sollte er auch die Leute jagen, die ihr etwas zuleide tun wollten, hatte er gedacht.

Seine Frau. Tormand stellte fest, dass ihm diese Worte gefielen. Bislang war ihm die Vorstellung, eine Frau über das rein Fleischliche hinaus besitzen zu wollen, äußerst fremd gewesen, aber jetzt wollte er Morainn als Ehefrau besitzen.

»Deine Freundin möchte gern möglichst viel Wäsche in die Ehe mitbringen, stimmt's?«, sagte er und lächelte freundlich, als sie ihn überrascht ansah.

Morainn entdeckte an Tormand nichts mehr von der seltsamen Stimmung, die ihn bei seiner Rückkehr befallen hatte. Innerlich stieß sie einen erleichterten Seufzer aus. Sie hatte eigentlich bald ins Bett gehen wollen, weil es schon ziemlich spät war, aber sie hatte gezögert, sich neben einen schlecht gelaunten Tormand zu legen. Jetzt war sie zuversichtlich, dass er ihr gleich erklären würde, warum er so lange stumm die Wände angestarrt hatte.

»Sie hat kein Land und kein Geld, aber sie möchte etwas von Wert mitbringen«, erwiderte sie. »Die Frauen in ihrer Familie nähen und sticken Tag und Nacht. Ich bin froh, dass dein Bruder Uilliam mir diese Arbeit bringen konnte.«

»Wenn die anderen Stücke genauso hübsch bestickt werden wie deine, wird James' Verwandtschaft bestimmt beeindruckt sein.« Er seufzte. »Es tut mir leid, dass ich in den letzten Stunden so ungesellig war. Ich fürchte, ich habe mich in Selbstmitleid gesuhlt.«

»Selbstmitleid? Warum denn?«

»Die ganze Misere, in der wir stecken, die Morde, die man mir anlasten will, und die Tatsache, dass ich mich verstecken muss, während Simon, meine Brüder und Cousins meine Feinde jagen.«

»Aye, vermutlich ist so etwas ein schwerer Schlag für den Stolz eines Mannes.«

Er lachte leise. »Du klingst nicht sehr mitfühlend.« – »Oh, das bin ich durchaus. Aber …«

»Aha, das berüchtigte Aber.«

Sie überhörte seinen Spott.

»Wenn all das vorbei ist, wartet auf dich ein gutes Leben. Das könntest du verwirken, wenn du bei der Jagd mitmachst. Du könntest sogar dein Leben verlieren. Wenn du deinem Stolz nachgibst und zusammen mit den anderen diese Bestien verfolgst, wirst du vielleicht geradewegs in deinen Untergang stürmen. Auch andere könnten verletzt werden oder sterben. Wenn die Meute noch einmal so aufgehetzt wird wie in der Nacht, als sie dein Haus umzingelten, werden sie sich vielleicht auf dich stürzen, selbst wenn du ein halbes Dutzend oder mehr Bewaffnete an deiner Seite hast. In ihrer Angst und ihrer Wut würden sie mit allen kämpfen, die versuchen, dein Leben zu verteidigen und die wahren Mörder zu finden. Die Meute würde sie alle als Feinde sehen.« Nach dieser langen Ausführung hatte sie Angst, zu weit gegangen zu sein, aber Tormand wirkte nicht verärgert.

»Ich weiß«, erwiderte er ruhig. »Deshalb habe ich mich auch nicht dagegen gewehrt, als es darum ging, dass wir uns hier verstecken sollten. Ich vertraute auf Simons Gespür. Aber manchmal fällt es mir sehr schwer, mich damit abzufinden.«

Sie nickte langsam, dann fragte sie: »Rücken sie diesen tollwütigen Hunden näher?«

»Der Strick zieht sich immer fester um ihren Hals.«

»Gut, denn das ist das Einzige, was zählt.« Sie schüttelte den Kopf. »Es ist nur schade, dass die Leute, die dein Haus mit Steinen beworfen haben, nicht die Wahrheit einsehen wollen. Denn dann könntest du ein paar dieser Leute anwerben, dass sie euch helfen, die Mörder zu finden, und müsstest dich nicht in einem Gefängnis verkriechen.«

»Es ist ein sehr angenehmes Gefängnis. Und du hast recht, ich wäre nur hinderlich. Entweder würde meine Anwesenheit wieder dazu führen, dass sich die anderen gegen mich zusammenrotten, was uns alle gefährden könnte, oder wir müssten so sehr darauf achten, dass mich keiner sieht, dass wir uns kaum bewegen könnten. Wie Simon sagte – er würde die wahren Mörder lieber fassen, bevor ich am Galgen lande.«

»Simon Innes hat einen ziemlich schwarzen Humor.«

»Das schon, aber das kommt bestimmt auch daher, dass er mit sehr vielen düsteren Dingen zu tun gehabt hat. Simon hat fast jedes Übel gesehen, das Männer und Frauen einander antun können. Manchmal mache ich mir Sorgen, dass seine Arbeit langsam seinen Geist auffrisst.«

»Oder sein Herz«, murmelte sie. »War denn etwas nützlich von dem, was ich im Traum gesehen habe?«

Tormand nickte. »Jawohl, und Simon nutzt es bereits.«

»Hat der Name der Frau ihm geholfen? Ich weiß nicht, wie sie wirklich heißt – Ada oder Anna –, aber ich nenne sie Ada.«

»Auch Simon glaubt, dass sie so heißt, obwohl er bislang noch nichts Näheres über MacLeans Gemahlin erfahren konnte. Er selbst erinnert sich nur so schwach an sie, dass er sich nicht darauf verlassen will. Seltsam ist auch, dass er noch keinen der Bediensteten aufgetrieben hat, die für die MacLeans gearbeitet haben.«

»Hoffentlich deshalb, weil sie geflüchtet sind, und nicht, weil sie ebenfalls tot sind. Die Mörder haben wahrhaftig schon für zu viele neue Gräber gesorgt.«

Tormand erhob sich und reichte Morainn die Hand. »Komm ins Bett, mein Schatz. Lass uns nicht mehr von Bestien und vom Tod reden.«

Sie errötete, legte aber ihre Stickerei zur Seite und nahm seine Hand. Er zog sie zum Bett, blieb aber daneben stehen und küsste sie mit einer solch sanften Leidenschaft, dass sie ganz benommen war, als er aufhörte. Tormand legte noch etwas Holz auf die Feuerstelle, dann blies er alle Kerzen aus bis auf die neben dem Bett. Morainn fühlte sich weniger verlegen, nachdem der Raum nur noch von einem sanften Glimmen erhellt wurde. Es war zwar töricht, denn sie hatten sich inzwischen schon oft genug geliebt, aber sie war noch immer befangen, wenn sie Tormands nackten Körper sah.

Tormand küsste ihre roten Wangen und zog Morainn langsam aus. Er nahm sich viel Zeit und genoss jede neue Blöße, die er aufdeckte. Es freute ihn, dass Morainn vor Verlangen ganz benebelt wirkte, als er sie schließlich aufs Bett legte. Natürlich hatte er auch in anderen Frauen Leidenschaft geweckt, aber bei Morainn fand er es weitaus befriedigender. Es erregte auch ihn wie noch bei keiner anderen Frau. Das Verlangen der anderen Frauen war für ihn immer nur ein Mittel gewesen, um sicherzugehen, dass seine Bedürfnisse befriedigt würden. Bei Morainn wollte er alle Leidenschaften wecken, zu denen sie fähig war, und seine eigenen Bedürfnisse waren ihm auf einmal gar nicht mehr so wichtig.

Er zog rasch seine Kleider aus, warf sie auf den Boden und kroch ins Bett. Seine Eile war nicht nur seiner Lust zuzuschreiben, sondern auch dem Wissen, dass Morainn noch immer verlegen war, wenn sie nackt mit ihm zusammen war und er ihren Körper betrachtete. Er wollte nicht, dass sich diese Verlegenheit jetzt wieder regte und ihre Glut abkühlte. Heute wollte er sie lieben, wie er noch keine Frau geliebt hatte.

Morainn nahm ihn freudig in die Arme. Sie sah seine Augen verlangend funkeln, und dieser Blick beschwichtigte ihre Angst, bei diesem Mann ihr Herz aufs Spiel zu setzen. Das Gefühl seiner warmen Haut ließ sie lustvoll aufseufzen. Sie glaubte, dass sie dieses Gefühls niemals würde überdrüssig werden.

Obwohl sie es bald kaum noch erwarten konnte, dass er sie gänzlich in Besitz nahm, ließ er sich Zeit. Sie versuchte, ihr wachsendes Verlangen zu zähmen, denn sie genoss seine Berührungen und Küsse sehr und wollte sie so lange wie möglich auskosten. Sie zuckte nicht mehr verlegen zusammen, wenn er ihre Brüste küsste und streichelte, sondern bäumte sich seiner Hand und der Wärme seines Mundes entgegen.

»Ah, Liebes, du bist so wunderschön, so warm«, murmelte er

gegen die weiche Haut ihres flachen Bauches. »Du schmeckst wie der köstlichste Met, ich könnte mich an dir betrinken.«

Sie hätte seine Komplimente gern erwidert, aber so, wie seine kundigen Finger ihre Weiblichkeit streichelten, fiel es ihr schwer, zwei zusammenhängende Worte zu formen. Sie wusste nicht, wie er es schaffte, bei der Liebe zu reden. Wenn sie in seinen Armen lag, hatte sie nicht den geringsten Zweifel an seinem Verlangen nach ihr, sie war sich sicher, dass es ebenso heiß und heftig durch ihn strömte wie durch sie – und trotzdem schaffte er es zu reden. Sie hingegen konnte kaum seinen Namen sagen.

Doch plötzlich weiteten sich ihre Augen, und ihr Verlangen wankte. Er küsste sie dort! Das war doch bestimmt eine Sünde, die sie ihm nicht gestatten durfte. Sie versuchte, ihn wegzuschubsen, aber er hielt sie an den Hüften fest und machte unbeirrt weiter. Bald wich ihr Schock einer rapide ansteigenden Leidenschaft. Sie bäumte sich seinem intimen Kuss entgegen und ließ ihn mit ihren Beinen machen, was er wollte, damit er mit seinen Zärtlichkeiten noch kühner sein konnte. Sie war sich nicht sicher, ob sie dieses Liebesspiel überleben würde, denn inzwischen raste die Begierde wie Feuer durch ihre Adern. Er murmelte etwas Beruhigendes und Schmeichelndes, aber sie war zu überwältigt von der Lust, um zu verstehen, was er sagte.

Als sie spürte, dass sich ihr Körper zusammenzog wie immer, bevor die Lust sie völlig davontrug, packte sie seine Schultern und versuchte, ihn hochzuziehen. Sie wollte ihn in sich spüren, aber sie wusste nicht, wie sie ihm das begreiflich machen sollte. Doch offenbar spürte er ihr Bedürfnis, denn er begann, sich ihren ganzen Körper entlang einen Weg nach oben zu küssen. Bei ihrem Mund angekommen, küsste er sie gierig, fast wild, und vergrub sich gleichzeitig tief in ihr. Morainn schrie auf vor Lust und schlang die Beine fest um seinen Körper. Seine Stöße waren hart und tief, und sie begegnete ihnen gierig. Als sie den Gipfel der Wonne erreichte, auf den er sie stets schickte, hörte sie, wie er ihren Namen keuchte, während er ihr dort begegnete.

Tormand hatte sie beide schon gereinigt, als Morainns Kopf wieder so klar war, dass sie Scham empfand. Sie verspannte sich in seinen Armen und vergrub ihr Gesicht an seinem Hals, weil sie sich so liederlich vorkam. Es war ihr höchst peinlich, und sie war noch immer schockiert, dass sie ihn hatte gewähren lassen, doch sie merkte auch, dass sie es gerne noch einmal gehabt hätte. Das verstärkte allerdings nur ihre Scham.

Tormand spürte, wie ihr Körper sich anspannte. Er streichelte sanft über ihren schlanken Rücken und grinste ein wenig in ihre zerzausten Haare. Natürlich war sie jetzt erst einmal verlegen, aber er beschloss, darüber müsse sie hinwegkommen. Er hatte noch keine Frau auf diese Weise geliebt, aber er fand, dass seine kleine Hexe ausgesprochen gut schmeckte. Sauber, süß und scharf, und er war ihr erster Geliebter. Tormand wollte nicht zulassen, dass sie vor solchen Liebesspielen zurückschreckte.

»Hör auf, dir darüber Sorgen zu machen, mein Schatz«, sagte er und zog ihr hochrotes Gesicht zu sich, um einen Kuss auf ihre Lippen zu drücken.

»Aber du solltest mich wirklich nicht dort küssen«, murrte sie, unfähig, ihm in die Augen zu sehen.

»Warum nicht? Ich küsse dich gern dort. Du schmeckst gut«, fügte er hinzu und lachte, als sie stöhnte und ihr Gesicht wieder in seiner Halsgrube versteckte. »Dir hat es doch auch gefallen, oder?«

»Aber das macht es noch lange nicht richtig.«

»Ich finde schon.«

Doch noch bevor sie anfangen konnte, mit ihm zu streiten, verspannte er sich und sprang aus dem Bett. Bald darauf hörte sie, was er gehört hatte: Jemand näherte sich dem Wohnturm zu Pferde. Mehrere Reiter waren im Anmarsch. Morainn stand ebenfalls auf und zog sich blitzschnell an. Tormand war schon angezogen und bewaffnet, bevor sie fertig war. Er bewegte sich mit der Geschwindigkeit und Effizienz eines erfahrenen Kriegers. Mit einem Nicken gab er ihr zu verstehen, dass sie durch das kleine Schlupfloch in der Wand verschwinden sollte. Morainn wollte an seiner Seite bleiben, sie hasste es zu fliehen, ohne zu wissen, was auf ihn zukam. Aber er hatte ihr das Versprechen abgerungen wegzurennen, wenn er es ihr befahl. Deshalb machte sie sich zu dem Schlupfloch auf, durch das man in den Wald gelangen konnte.

»Sei unbesorgt, Tormand«, rief eine vertraute Stimme. »Wir haben Neuigkeiten.«

Morainn rannte hastig zum Bett, um die Decken darauf zu glätten, und wollte gerade ein paar Becher und Ale bereitstellen, als Simon und die Murrays an die Tür pochten. Sie wusste nicht, wie viele Murrays vor der Tür standen, aber sie stellte sechs Becher auf den Tisch. Zum Glück – denn als Tormand die Tür entriegelte, traten tatsächlich alle ein. Morainn war ein wenig beunruhigt, dass sie alle mitten in der Nacht zum Wohnturm gekommen waren. Während sie die Becher füllte, hoffte sie inständig, dass die Männer gute Nachrichten brächten. Tormand hatte lange genug gebraucht, um seine schlechte Laune loszuwerden. Nachrichten von einem erneuten Mord, den er sich anlasten würde, hätten wahrscheinlich dazu geführt, dass er tagelang niedergeschlagen herumsaß, und nicht nur ein paar Stunden.

»Schlaft ihr Narren eigentlich nie?«, fragte Tormand. Er nahm sich einen Becher Ale und setzte sich ans Fußende des Bettes.

»Nicht, wenn wir mit Simon zusammen arbeiten«, murrte Harcourt, der ebenfalls einen Becher genommen hatte und ihn in einem Zug leerte, als hätte er lange nichts mehr zu trinken bekommen.

»Nicht heute Nacht. Heute Nacht gehen wir auf die Jagd«, sagte Simon. Auch er nahm sich einen Becher und lächelte Morainn dankbar an. »Endlich hat jemand etwas verlauten lassen über die Leute, nach denen wir suchen.«

Tormand fiel es schwer, seine wachsende Aufregung zu bändigen, während er Morainn auf den Stuhl neben sich zog. Sollte es wirklich bald vorbei sein? Sollten er und Morainn wirklich bald wieder in sein Haus zurückkehren können? Sollte er endlich die Zeit haben, dem auf den Grund zu gehen, was er für sie empfand, und zu beschließen, was als Nächstes zu tun war?

»Du weißt jetzt, wer diese Ungeheuer sind?«, fragte er.

»Das legt die Botschaft nahe, die wir erhalten haben. Ich hatte zunächst vor, ohne dich dorthin zu reiten, aber dann dachte ich mir, du wärst enttäuscht, wenn wir dich nicht mitnehmen würden.«

»Oh ja, sehr enttäuscht. Aber bist du denn zuversichtlich, dass alles seine Richtigkeit hat und die Person, die dir die Botschaft zukommen ließ, vertrauenswürdig ist?«

»Unbedingt. Ich wüsste nicht, wann sich dieser Mann je schimpflich benommen hätte.«

Tormand sah Morainn an. »Ist es in Ordnung, wenn ich dich allein lasse?«

»Selbstverständlich«, erwiderte sie. »Das tust du doch nicht zum ersten Mal.«

»Aber nicht mitten in der Nacht.«

»Es gibt hier eine sehr dicke Tür mit einem festen Riegel, und nötigenfalls kann ich mich aus dem Staub machen und verstecken.«

»Ich würde dich nicht fragen, ob du mitkommen willst, wenn ich an ihrer Sicherheit Zweifel hätte«, meinte Simon. »Niemand weiß, dass ihr hier seid, und falls diese Sache hält, was sie verspricht, ist die Gefahr morgen früh gebannt.«

Morainn sah den Männern noch lange nach, dann verriegelte sie die Tür hinter ihnen. Sie hoffte, dass sie die Mörder finden und sie in einen Käfig stecken würden, wenn sie sie nicht gleich umbrachten. Für das, was diese Ungeheuer getan hatten, hatten sie es wahrhaftig verdient. Außerdem war es für Tormand wichtig, dass diese Sache endlich zu Ende ging.

Sie legte sich wieder ins Bett und deckte sich fest zu. Sie vermisste Tormands großen, warmen Körper, an den sie sich so gern schmiegte, aber sie sagte sich, dass sie sich besser daran gewöhnen sollte, wieder allein zu schlafen. Dieser Gedanke trieb ihr die Tränen in die Augen, aber falls die Bestien heute Nacht getötet wurden, würde man sie morgen bestimmt in ihr Häuschen zurückschicken, mit nichts als der Erinnerung an eine Liebe, obendrein einer unerwiderten.

Sie schnitt eine Grimasse, als ihr die Tränen über die Wangen liefen, obwohl sie sich die größte Mühe gab, sie zurückzudrängen. Sie liebte Tormand, doch Tormand ging es nur um die Lust. Vielleicht war er zu ihr freundlicher als zu seinen anderen Frauen, aber er hatte nie auch nur anklingen lassen, dass seine Gefühle über das reine Verlangen hinausgingen. Und ebenso wenig hatte er jemals auch nur ein Wörtchen darüber verloren, dass es eine Zukunft für sie beide geben könnte. Sie würde zu ihrem Garten zurückkehren, zu ihrem Obsthain und ihren Bienenstöcken – und er würde zu seinen Frauen zurückkehren. Es tat sehr weh, aber Morainn sagte sich, dass sie sich wohl auch daran gewöhnen musste. Wenn sie von Tormand wegging, würde sie ihr Herz zurücklassen.

»Wie hast du denn davon erfahren?«, fragte Tormand, nachdem sie etwa eine Stunde lang geritten waren.

»Ein Junge kam und brachte mir ein Schreiben. Es war zwar kaum leserlich, aber dennoch so weit verständlich. Der alte Geordie meint, er habe die gesehen, nach denen wir suchen. Offenbar lungern sie in einem verlassenen Kleinbauernhäuschen unweit von ihm herum.«

»Es dauert noch mindestens zwei Stunden, bis wir bei Geordie sind, denn es ist stockfinster und wir müssen vorsichtig reiten. Ist das nicht ein bisschen weit weg für die Mörder? Ich dachte, sie würden sich in der Nähe des Ortes aufhalten, weil sie da auch ihre Opfer viel leichter finden.«

»Sie haben schließlich kein Haus mehr. Vielleicht war es dort am einfachsten für sie, sich zu verstecken. Ich vermute, dass sich die beiden inzwischen mehr um ihr Überleben sorgen als um die Frage, wen sie als Nächstes ermorden sollen.«

Tormand schlang sein Plaid fester um sich, denn die kühle, feuchte Nachtluft fuhr ihm gewaltig in die Knochen. Er hatte ein ungutes Gefühl bei der Sache, aber er wusste nicht, warum. Vielleicht, weil es jetzt zu einfach schien, nach ihrer langen, schwierigen Suche und den vielen Opfern.

»Würden Mörder wie diese nicht besser darauf achten, dass niemand sie sieht?«, fragte er Simon.

»Hast du ein schlechtes Gefühl?«

»Es kommt mir auf einmal so einfach vor, es geht so rasch und wirkt so gut vorbereitet.«

»Hast du mit einem Kampf gerechnet?«

»Kann sein, aber vielleicht wollte ich nur gern kämpfen. Es scheint, als ob mir dieser Wunsch versagt bliebe.«

Als sie endlich bei der Hütte des alten Geordie ankamen, war Tormand klar, dass er erst beim Morgengrauen wieder bei Morainn sein würde, und das auch nur dann, wenn er auf der Stelle kehrtmachte. Er war schwer versucht, den Rückweg anzutreten und die anderen mitzunehmen. Sein Instinkt warnte ihn unüberhörbar, dass man ihnen eine Falle gestellt hatte.

Als ihnen ein schläfriger alter Geordie erst die Tür öffnete, nachdem Simon mehrmals heftig dagegen gehämmert hatte, wurde aus Tormands Unbehagen größte Besorgnis. Der Mann sah nicht aus, als habe er Simons Besuch erwartet. Tormand hörte, wie seine Verwandten hinter ihm die Schwerter zückten. Ein Blick in Simons düstere Miene sagte ihm, dass auch sein Freund mittlerweile argwöhnisch geworden war. Aber auf dem steinigen Weideland um Geordies Hütte konnte sich keine wütende Meute versteckt haben, und auch in der Nähe konnte Tormand niemanden sehen, hören oder riechen.

Dann ging ihm auf, dass die Falle nicht für ihn oder seine Begleiter bestimmt war, sondern für die, die sie zurückgelassen hatten. Tormand unterdrückte den Impuls, auf sein Pferd zu springen und zum Wohnturm zurückzugaloppieren. Schließlich war er sich nicht sicher, ob es wirklich eine Falle für Morainn war oder ob ihm das nur die Angst eingab, die ihn befallen hatte, seit diese Prüfung ihren Anfang genommen hatte. Bestimmt würde es helfen, zuerst einmal herauszufinden, warum sie hier waren und wer die Botschaft verfasst hatte, die sie hierher geführt hatte. Geordie hatte jedenfalls ganz offensichtlich nicht mit ihnen gerechnet.

»Stimmt etwas nicht, mein Junge?«, fragte der grauhaarige Alte Simon.

»Ich dachte, du könntest mir etwas darüber erzählen«, erwiderte Simon. »Hast du mir nicht eine Botschaft zukommen lassen, dass ich dich hier treffen soll?«

»Warum hätte ich das tun sollen?«

»In der Botschaft stand, du wüsstest, wo die Mörder sich versteckt halten, die ich seit einiger Zeit jage.«

»Was für eine Botschaft? Mein Junge, du weißt doch, dass ich kaum meinen eigenen Namen schreiben kann. Nie hätte ich dir eine Botschaft schreiben können. Ich habe zwar einen meiner Jungen zu dir geschickt, um dir etwas auszurichten, aber ich habe nichts geschrieben.«

Simon hielt Geordie den kaum leserlichen Brief unter die Nase, doch der Mann schüttelte nur den Kopf. »Kommt rein, ich zünde ein paar Kerzen an. Hier im Dunkeln kann ich nichts sehen.«

Tormand folgte Simon nach drinnen. Mit einem Blick versicherte er sich, dass seine Verwandten sich um das Haus verteilt hatten für den Fall, dass die Falle doch noch zuschnappte. Außerdem fiel ihm auf, dass Geordie ein großes Messer auf den Tisch legte, der Alte also nicht unbewaffnet an die Tür gekommen war. Innen war das Haus weitaus geräumiger, als man von außen vermutet hätte. Geordie war kein armer Schäfer. Sobald die Kerzen brannten, reichte Simon dem Alten die angeblich von ihm stammende Botschaft. Während er angespannt darauf wartete, was Geordie dazu zu sagen hatte, fragte sich Tormand, wie dieser Mann eigentlich zu

Simon stand, denn nur wenige Leute nannten Sir Simon Innes ›mein Junge‹.

»Wie gesagt, ich kann nicht schreiben«, meinte Geordie schließlich, als er Simon den Brief zurückgab. »Ich kann auch nicht besonders gut lesen. Jedenfalls nicht gut genug, um dir so etwas zu schicken.«

»Hast du eine Ahnung, wer das geschrieben haben könnte?«

»Sieht aus wie das Gekritzel meiner Cousine. Die Alte hat sich das Schreiben selbst beigebracht, um die Zutaten für ihre Salben und sonstigen Mittelchen festzuhalten.«

»Wo steckt denn deine Cousine?«

»Hier, traurig, aber wahr. Sie kam gestern Abend an und meinte, sie habe ein Kind entbinden müssen, und es sei zu dunkel, um noch nach Hause zu gehen. Ob sie denn nicht hier übernachten könne, fragte sie. Das konnte ich ihr schlecht abschlagen, aber ich weiß nicht, warum sie dann noch eine Nacht geblieben ist.« Er blickte düster zu der schmalen Treppe zum Obergeschoss. »Sie meinte, sie wolle sich auf meinem Land nach ein paar Kräutern umsehen. Ich weiß nicht recht, ob ich ihr das glauben soll.« Er sah wieder zu Simon. »Was steht denn da geschrieben?«

»Dass du etwas über die Mörder weißt, die ich zu fangen versuche. Dass du weißt, wo sie sich versteckt halten.«

»Nay, darüber weiß ich nichts. Aber wenn Ide den Brief geschrieben hat, weiß sie vielleicht mehr. Ich hole sie.«

Bei dem Namen wurde Tormand hellhörig. Das war doch die Frau, die versucht hatte, die Menge vor Redmonds Haus aufzuwiegeln. Und außerdem war es die Frau, die zu den Anführern der Meute gehört hatte, die Morainns Mutter getötet und Morainn verbannt hatte. Jetzt war sich Tormand sicher, dass es sich um eine Falle handelte, und zwar um eine Falle für Morainn. Doch als er sich zur Tür umwenden wollte, packte ihn Simon am Arm.

»Immer mit der Ruhe, Tormand«, drängte sein Freund. »Wir müssen erst erfahren, was hier los ist.«

»Dieses alte Miststück versucht, jemanden dazu zu bringen, ihre Rivalin aus dem Weg zu räumen«, fauchte Tormand.

»Vielleicht hast du recht, aber beruhige dich erst einmal und denke einen Moment lang nach. Das würde doch auch bedeuten, dass das alte Miststück die Mörder kennt und vielleicht auch weiß, wo sie stecken. Möglicherweise hat sie sich ja um die Wunden gekümmert, die ihnen Morainn und ihre Katzen zugefügt haben.«

Wahrscheinlich hatte Simon recht. Allein diese Einsicht hielt Tormand davon ab, sofort zum Wohnturm zurückzueilen, um sich zu vergewissern, dass Morainn in Sicherheit war. Und es war auch der einzige Grund, der ihn daran hinderte, sich auf die alte Ide zu stürzen und sie so lange zu schütteln, bis sie die Wahrheit gestand, als Geordie die Alte die Treppe herunterführte. Tormand wusste genau, dass sie hinter dieser Intrige steckte und dass sie es getan hatte, um Morainn zu beseitigen. Ihre Augen funkelten vor hämischer Freude und Siegessicherheit.

»Ist das dein Werk?«, fragte Simon und zeigte der Alten den Brief.

»Aye«, erwiderte sie und verschränkte die Arme vor der Brust. »Ich weiß gar nicht, warum Ihr Euch so anstrengt, sie zu fangen. Ihr solltet den wahren Mörder in Ketten legen.« Sie starrte Tormand böse an. »Den und seine Hexe – die sind doch an allem schuld.«

»Du bist nicht nur boshaft, sondern auch töricht.«

Im ersten Moment sah Ide Simon erstaunt an, dann funkelte sie ihn böse an. »Ihr habt kein Recht, so mit mir zu reden. Ich tue nur, was getan werden muss. Ich versuche, dafür zu sorgen, dass das Böse, das unseren Ort heimsucht, endgültig vertrieben wird.«

Tormand wunderte sich, als Simon die Alte packte und an die Wand schmetterte. Er hatte seinen Freund noch nie so wütend erlebt. Dass Simon grob zu einer Frau war, noch dazu zu einer alten Frau, bedeutete, dass er die Beherrschung verloren hatte oder zumindest knapp davorstand, sie zu verlieren. Tormand konnte es gut verstehen. Sobald die Alte den Mund aufmachte, konnte er sich nur mit Mühe zurückhalten, sie zu ohrfeigen. Er bemerkte, dass Geordie die stämmigen Arme vor der breiten Brust verschränkt hatte und das Geschehen wortlos verfolgte. Auch er tat nichts, um Simon aufzuhalten.

»Geordie!«, kreischte die Alte und versuchte, sich aus Simons Griff zu befreien.

»Sag ihm alles, Ide«, befahl Geordie. »Und ich an deiner Stelle würde ehrlich sein und es rasch tun. Ich habe dich nie besonders gern gehabt, aber wenn du gehängt wirst, weil du bei diesen Morden mitgemacht hast, wird das auch Schande über meinen Namen bringen. Deshalb werde ich Sir Simon bitten, dass er dich nicht mit den anderen an den Galgen bringt, wenn du jetzt die Wahrheit sagst und ihm hilfst. Aber das tue ich nur, damit unser Name nicht mit diesem Abschaum in Verbindung gebracht wird.«

Nach einem panischen Blick auf die versteinerten Mienen der drei Männer begann Ide zu reden.

16

Ein leises Rascheln in den niedrigen Büschen zu ihrer Rechten ließ Morainns Herz einen Schlag aussetzen und dann stolpernd rasen, sodass sie kaum noch Luft bekam. Sie hätte nie nach draußen gehen dürfen, egal, wie verführerisch der sonnige Morgen war. Simon und die anderen hatten zwar gesagt, dass die Mörder bald in Ketten lägen, doch vielleicht hatten sie bloß versucht, sich selbst und auch ihr Mut zu machen. Vielleicht hatten sie sich aber auch getäuscht und waren nur zu einer weiteren erfolglosen Jagd aufgebrochen. Morainn fragte sich, ob sie sich rasch genug in Sicherheit bringen könnte, falls ihr jemand Übles wollte.

Plötzlich tauchte ein schwarzbrauner Hund auf und setzte sich knapp einen Meter vor ihr hin. Sie verzog das Gesicht und blieb stehen. Er hechelte und wedelte so heftig mit dem Schwanz, dass er den Boden hinter sich sauber fegte. Allmählich wurde sie wieder ruhiger, denn von dem Tier ging ganz offenkundig keine Bedrohung aus. Schließlich erkannte sie ihn sogar – es war der Hund, den Simon auf Spuren ansetzte. Hatte er sich von seiner Kette losgerissen und war Simons Geruch bis zu ihrer Tür gefolgt?

»Knochenbrecher?«, sagte sie fragend. Der Hund winselte freudig, als er seinen Namen hörte – ein ziemlich lächerlicher Name für so einen freundlichen Hund, wie sie Simon einmal freimütig bekundet hatte.

Noch einmal raschelte es in den Büschen, aber diesmal fuhr Morainn nicht gleich erschrocken zusammen, denn der Hund schien keine Gefahr zu wittern. Und nachdem sie ihre Angst wieder in den Griff bekommen hatte, war ihr auch klar geworden, dass Ada und Small nicht am helllichten Tag in den

Brombeerbüschen herumkriechen würden. Small war dafür ohnehin viel zu groß.

Doch als sie sah, wer aus den Büschen kroch, verschlug es ihr vor Verblüffung erst einmal die Sprache. »Walin!«, stammelte sie schließlich. In ihrem Kopf schwirrten so viele Gedanken herum, dass ihr nichts weiter über die Lippen kam.

»Ich musste dich finden, Morainn«, sagte der Junge und zerrte so heftig an seinem schmutzigen Hemd, um sich von den Dornen zu befreien, dass es schließlich zerriss. »Sie haben mir zwar immer gesagt, dass du in Sicherheit bist und ich mir keine Sorgen machen sollte, und dass du bald wieder zurück wärst, aber sie wollten mir einfach nicht sagen, wo du bist. Ich weiß, dass du dich vor bösen Menschen verstecken musst, aber sie hätten mir ruhig sagen können, wo du bist, ich hätte es niemandem erzählt.«

Morainn seufzte. Die Männer hätten anders mit dem Jungen reden müssen, aber das konnte sie ihnen nicht zum Vorwurf machen, schließlich waren sie auf der Jagd nach Mördern. Zweifellos hatten sie gedacht, Walin wüsste alles, was er wissen musste. Und Walin, der auf keinen Fall wie der kleine Junge wirken wollte, der er war, hatte ihnen wahrscheinlich nichts von seinen wachsenden Ängsten und Sorgen erzählt. Sie hätte die Männer warnen sollen, dass Walin schreckliche Angst hatte, sie zu verlieren. Sie hatte immer gehofft, dass sich das mit der Zeit geben würde, doch der Angriff, weswegen sie ihr Häuschen verlassen mussten – das einzige Zuhause, das der Junge je gekannt hatte –, hatte seine Ängste bestimmt vergrößert. Zudem hatte er mitbekommen, wie die Frau gesagt hatte, dass sie die Hexe tot sehen wolle. Doch Morainn durfte jetzt nicht allzu viel Mitgefühl zeigen. Walin hatte etwas Gefährliches getan, als er nachts allein hierhergewandert war, und er musste lernen, sich nicht noch einmal so töricht in Gefahr zu begeben.

»Wie hast du mich gefunden?«, fragte sie, verschränkte die Arme vor der Brust und versuchte, eine strenge Miene aufzusetzen. Das fiel ihr ziemlich schwer, denn sie hatte den

Jungen sehr vermisst und hätte ihn jetzt am liebsten in die Arme geschlossen.

»Ich bin Simon und den anderen gefolgt«, antwortete Walin ein wenig unsicher und schuldbewusst, nachdem Morainn ihn weder angelächelt noch umarmt hatte.

»Sie sind geritten, Walin, und ich glaube, sie sind ziemlich schnell geritten. Hast du etwa ein Pferd gestohlen?«

»Nein, ich kann doch gar nicht reiten. Aber sie sind nicht so schnell geritten, weil es dunkel war. Trotzdem habe ich sie aus den Augen verloren. Doch ich hatte ja Knochenbrecher dabei. Er hat Witterung aufgenommen, und wir sind der Spur bis hierher gefolgt. Ich wusste, dass die Männer hier haltgemacht haben, weil sich Knochenbrecher um die eigene Achse gedreht hat. Das tut er immer, wenn er versucht, eine neue Fährte zu finden. Dann habe ich dich hier herumlaufen sehen. Wonach suchst du denn? Kann ich dir helfen?«

»Versuch nicht, mich abzulenken, damit ich nicht schimpfe. Du weißt ganz genau, dass du Schelte verdient hast.«

Seine schmalen Schultern sanken nach vorn. Morainn hatte ihn noch nie so zerknirscht gesehen, auch wenn Walin es schon in frühen Jahren zu einer wahren Meisterschaft darin gebracht hatte. »Ich wollte dich doch nur sehen, und sie wollten mich nicht zu dir lassen und haben mich auch nicht hergebracht.«

»Ist dir nie in den Sinn gekommen, dass es dafür gute Gründe gab? Sie wollten dich doch nur schützen. Ich habe dich bei all den großen, gut bewaffneten Männern zurückgelassen, damit du in Sicherheit bist. Hast du etwa geglaubt, ich würde dich aus einem anderen Grund allein lassen?«

»Nein. Bringst du mich jetzt wieder zurück?«

Morainn verkniff sich ein Lächeln. Der Junge verstand es wirklich, so traurig auszusehen, dass man ihn einfach nur in die Arme nehmen und all seine Ängste und Verletzungen beschwichtigen wollte, bis er wieder strahlte. Hätte sie ihn nicht schon so lange gekannt, hätte sie gar nicht anders gekonnt. Aber sie wusste, dass es ein Fehler wäre. Wahrscheinlich war er wirklich ein bisschen verletzt und traurig, vielleicht sogar etwas verängstigt. Aber nichtsdestotrotz schielte er unter seinen langen Wimpern zu ihr hoch, um zu sehen, ob sie darauf hereinfiel, dass er jetzt den armen kleinen Jungen spielte.

»Das kann ich nicht«, erwiderte sie und tat, als sehe sie die Freude nicht, die er kaum verhehlen konnte. »Ich muss hierbleiben.«

»Dann kann ich also bei dir bleiben?«

»Jawohl, aber du wirst still sitzen und die Strafpredigt über dich ergehen lassen, die du wahrhaftig verdient hast.«

Seufzend folgte er ihr in den Wohnturm. Der Hund trottete hinter ihm her. Walin schleifte mit den Füßen über den Boden, es klang, als würde sich ein Verurteilter zum Schafott schleppen, aber Morainn ließ sich nicht beeindrucken. Heftig würde sie ihn ohnehin nicht ausschimpfen, denn Walin wusste selbst recht gut, dass er etwas Törichtes und Falsches getan hatte.

Im Wohnturm angekommen, zählte Morainn noch einmal auf, was Walin falsch gemacht hatte, und wies ihn auf all die Gefahren hin, denen er sich ausgesetzt hatte. Dann wusch sie ihm Gesicht und Hände. Der Hund hatte sich mittlerweile vor der Feuerstelle zur Ruhe begeben und begann schon zu schnarchen. Morainn wärmte die Reste des Kanincheneintopfs auf und stellte Walin eine Schüssel hin. Als der Hund das mitbekommen hatte, meldete er sich, sodass Morainn auch ihm ein Schüsselchen spendierte. Sie freute sich, Walin wieder um sich zu haben, auch wenn sie ihm das tunlichst verschwieg. Stattdessen erklärte sie ihm, dass er, sobald die Männer von ihrem nächtlichen Ausflug zurück wären, mit ihnen zu Tormands Haus zurückkehren müsste, und zwar ohne Wenn und Aber.

Ihre Gedanken richteten sich auf Tormand. Hoffentlich war er in Sicherheit, und die Männer hatten ihr Vorhaben erfolgreich ausgeführt und die Mörder gefunden. Doch insgeheim wünschte sie fast, es wäre noch nicht zu Ende, denn das Ende würde ja bedeuten, dass sie Tormand verlieren würde. Bei diesem Gedanken schämte sie sich für ihre Selbstsüchtigkeit. Ada und Small waren boshafte, kaltblütige Mörder. Ein wenig Herzschmerz war nichts im Vergleich zu den Verbrechen, die die beiden begehen würden, wenn sie weiter frei herumliefen.

»Wann, glaubst du denn, kommen die Männer zurück?«, fragte Walin und setzte sich neben den Hund, der wieder eingeschlafen war, sobald er die Schüssel sauber ausgeschleckt hatte.

»Ich weiß es nicht, mein Schätzchen«, erwiderte sie. »Vielleicht schon bald, wenn alles gut gegangen ist, aber vielleicht auch erst in ein paar Stunden.«

»Ich wünsche mir, dass sie diese verfluchten Mistkerle fassen, aber ich würde auch gern bei dir bleiben und dich richtig lang besuchen.«

Morainn wunderte sich ein wenig über seine Sprache, unterließ es jedoch, ihn wegen der Kraftausdrücke auszuschimpfen, die er noch dazu vor einer Frau gebraucht hatte. Offenbar lernte Walin einiges von den Männern, was sie nicht so gerne an ihm sah. Doch einstweilen sollte er seine Helden ruhig nachahmen, denn das waren die großen, stattlichen Männer ja wohl in den Augen des Jungen. Aber gleich nach ihrer Heimkehr würde sie ihm einiges abgewöhnen müssen.

»Wenn sie die Mörder gefasst haben, werden du und ich wieder in unser Häuschen zurückkehren.« Sie wunderte sich, dass der Junge darüber nicht besonders froh schien. »Willst du denn gar nicht nach Hause?«

»Doch, das schon. Aber ich werde die Männer vermissen. Sie bringen mir alle möglichen spannenden Sachen bei.«

Das Fluchen etwa, dachte sie. »Ach so? Darf ich fragen, was?«

»Na ja, alles Mögliche, zum Beispiel Sachen über Messer, und wie man sie wirft. Und wie ich mein Holzschwert wie ein echter Krieger schwingen kann. Und wie man reitet und sich um Pferde kümmert, obwohl ich das Reiten noch nicht so oft üben konnte, weil die Männer immer unterwegs sind, um diese Leute zu jagen. Simon bringt mir auch bei, wie man Rätsel löst. Er meint, ich sei ein sehr schlauer Bursche.«

»Das bist du auch, der schlaueste, den ich kenne, auch wenn du manchmal dumme Sachen machst. Löst du denn gern Rätsel?«

»Aye. Aber wenn sie glauben, dass ich schlau bin, warum hören sie dann nicht auf mich?«

»Wann hätten sie denn auf dich hören sollen?«

»Als sich Sir Simon gestern Nacht fertig gemacht hat, um die Mörder zu jagen, habe ich ihm gesagt, dass ich das für keine gute Idee halte.«

Offenbar hatten die Männer dem kleinen Jungen ein unerschütterliches Gefühl von Sicherheit gegeben, denn sonst hätte sich Walin niemals so kühn zu äußern gewagt, dachte Morainn. »Und was hat Simon erwidert?«

»Er meinte, eine solch klare Spur müsse er einfach verfolgen. Ich wollte ihm noch sagen, dass ich die Spur gar nicht so klar fand und ich etwas wüsste, was er nicht wusste, aber er hatte keine Zeit mehr, um mit mir zu sprechen.« Walin verzog das Gesicht. »Oder er hat es vergessen.«

»Was weißt du denn, was er vermutlich nicht wusste?«

»Dass alles Lug und Trug war.«

Diese Bemerkung war hinter Morainns Rücken mit jener eisigen Stimme geäußert worden, die Morainn so hasste, und zwar genau in dem Moment, als Knochenbrecher aufstand und knurrte. Er hatte den Kopf gesenkt und das Fell gesträubt. Morainn hätte gern eine ganze Meute Knochenbrecher um sich gehabt, als sie sich langsam umdrehte, um sich ihrem schlimmsten Albtraum zu stellen. Außerdem wünschte sie sich, sie hätte daran gedacht, die Tür zu verriegeln.

Ada und ihr Komplize standen im Raum, in dem Raum, den Morainn für ihre Zuflucht gehalten hatte, ihren sicheren Unterschlupf. Small stand hinter der dürren, unscheinbaren Frau, offenbar um sie vor möglichen Angriffen von hinten zu schützen. In dem Moment erkannte Morainn, dass es eine Falle gewesen war, und schlimmer noch, dass auch Walin darin feststeckte.

Plötzlich regte sich der Zorn in Morainn darüber, wie diese Frau sie anlächelte. Die Vorstellung, Morainn zu ermorden, schien sie zu amüsieren, ja, sie freute sich richtig darauf. Morainn war so wütend, dass sie sich wünschte, dieses Weib würde am eigenen Leib zu spüren bekommen, dass Schmerz und Tod nichts waren, über das man lächelte.

»Wer hat Euch geholfen, diese Falle aufzustellen?«, fragte sie und war froh, dass sie so ruhig klang. »Simon ist kein Narr. Ihr müsst einen guten Verbündeten gehabt haben, um ihn hinters Licht zu führen.«

»Die alte Ide«, erwiderte die Frau. Offenbar hatte sie nichts dagegen, mit ihrer List zu prahlen.

»Simon hätte nie auf die alte Ide gehört.«

»Nein, aber er vertraut ihrem Cousin, und Ide hat uns geholfen, Simon zu dem Glauben zu verleiten, dass sein alter Freund und Verwandter eine Botschaft für ihn hätte.«

»Sagt mir bitte, Ihr habt das getan, was Ihr offenbar so gerne tut, und habt das alte Miststück umgebracht.«

Das Lachen der Frau war ebenso kalt wie ihre Stimme. »Nein, wir haben sie nicht umgebracht. Noch nicht. Wenn Simon herausfindet, was sie getan hat, tut er es vielleicht für uns, obwohl es mir leidtäte, die Chance zu verpassen, es eigenhändig zu tun. Ein schreckliches altes Weib, voller Hass und Eifersucht, ohne jedes Ehrgefühl.«

Im Gegensatz zu dir?, fragte sich Morainn im Stillen, denn sie wusste, dass es nicht klug wäre, so etwas laut zu äußern. Wahrscheinlich würde sie auch keinen Hinweis bekommen, wohin Simon und die anderen geschickt worden waren. Wenn sie das gewusst hätte, hätte sie sich zumindest ausrechnen können, ob sie rechtzeitig zurück sein könnten, um sie zu retten.

Aber im Moment lag ihr etwas ganz anderes auf dem Herzen. »Es besteht kein Grund, dem Jungen wehzutun«, sagte sie.

»Ich würde nie einem Kind wehtun.«

Morainn war unbegreiflich, wie eine derart kaltherzige Mörderin es schaffte, so beleidigt auszusehen. Hielt dieses Weib es tatsächlich für ehrbar, hilflose Frauen zu fesseln und zu Tode zu quälen? Mit einem Helfer wie Small hatten die armen Mordopfer nicht die geringste Chance gehabt, zu fliehen oder um ihr Leben zu kämpfen. Bestimmt hatte der massige Kerl die Frauen gepackt und gefesselt, vielleicht waren sie zuvor von der faden, kalt lächelnden Frau in die Falle gelockt worden.

Plötzlich grinste das Weib Morainn selbstgefällig an, auch wenn dabei derselbe kalte Wahn durchblitzte wie üblich. »Vor allem Tormands Kind nicht.«

Einen Moment lang verschlug es Morainn die Sprache, so verblüfft war sie. Sie musste richtig kämpfen, um wieder klar denken zu können. Doch sie wusste, sie brauchte jetzt einen klaren Kopf, sie musste jetzt wachsam sein, ob sich nicht doch eine Chance zur Flucht ergäbe, wenn schon nicht für sie beide, so doch wenigstens für Walin. Die harten, seelenlosen, dunklen Augen der Frau bargen keinen Hinweis, ob sie die Wahrheit sagte. Aber vielleicht gaben die Augen ohnehin nichts preis bei jemandem, der so wahnsinnig war wie diese Frau. Verrückte glaubten ja auch die Lügen, die sie erzählten.

»Ihr meint also, dass Walin Tormands Kind ist?«, fragte sie und versuchte, eine Spur belustigt zu klingen. »Er hätte den Jungen bestimmt zu sich genommen, wenn er das gedacht hätte.«

»Selbstverständlich hätte er das getan. Manchmal benimmt sich dieser Mann ehrenhaft, aber nicht allzu oft. Doch er wusste nichts von dem Jungen. Margaret Macauley war eine dumme kleine Hure. Wahrscheinlich hat sie sich eingebildet, er würde sie heiraten, wenn er herausfände, dass sie ein Kind von ihm erwartet. Leider hatte sie keine Gelegenheit mehr, ihm das zu sagen, denn kurz nachdem sie mit dem Mistkerl ins Bett gegangen war, schickte ihre Familie sie ins Kloster. Offenbar hatten sie schließlich doch gemerkt, dass ihre Tochter die Seele einer Hure hatte, und wollten sie durch die Kraft der Kirche läutern lassen. Damals weilte ich ebenfalls in dem Kloster, und sie hat mir oft von ihrer großen Liebe zu Tormand erzählt.« In der Stimme der Frau lag eine gewisse Bitterkeit und wachsende Wut.

»Warum hat sie ihn nicht benachrichtigt?«, fragte Morainn. »Er hätte ihr sicher geholfen.«

»Sie hat es versucht, aber all die süßen Liebesbriefe, in denen sie ihm mitteilte, dass sie sein Kind unterm Herzen trug und dass dieses Herz nur für ihn schlug, erreichten ihn nie.«

»Weil sie sich darauf verlassen hat, dass Ihr Euch darum kümmert, sie weiterzuleiten.«

»Schlaues Mädchen.« Ada sah nicht so aus, als freute sie sich darüber. »Aber die Ärmste starb kurz nach der Geburt ihres Sohnes. Sie ist verblutet. So etwas kommt bei Geburten öfter vor.«

Vor allem, wenn eine Verrückte dabei hilft, dachte Morainn. Sie warf einen Blick auf Walin, der die Frau mit großen Augen anstarrte. Sein Gesichtchen war kreidebleich. Walin war ein sehr schlauer kleiner Bursche, sicher hatte er alles verstanden, was die Frau gesagt hatte, und wahrscheinlich auch alle ihre Andeutungen. Morainn hoffte inständig, dass er den Mut aufbringen würde, mit Tormand zu reden, falls sie es nicht schaffte, aus dieser Falle zu entkommen.

Doch Walins Herkunft spielte im Augenblick keine Rolle, und auch nicht das traurige Schicksal seiner Mutter. Jetzt ging es vor allem darum, eine Möglichkeit zu finden, um Walin dem Zugriff dieser beiden Verrückten zu entziehen. Ihm zu befehlen wegzurennen würde nicht viel nutzen, denn Small würde ihn bestimmt im Handumdrehen wieder einfangen, selbst wenn Walin den Fluchtweg aus dem Wohnturm gekannt hätte. Doch sie hatte gar keine Zeit gehabt, ihm das Schlupfloch zu zeigen. Ihr blieb also nichts anderes übrig, als zu hoffen, dass der Junge schlau genug war zu wissen, wann er losrennen und wohin er sich wenden sollte, auch wenn das ziemlich viel verlangt war.

»Aber wie kam es, dass Walin auf meiner Schwelle landete?«,

fragte sie. Einerseits wollte sie es tatsächlich wissen, andererseits hatte sie sich vorgenommen, die Frau so lange mit Fragen zu beschäftigen, bis ihr etwas eingefallen war, um Walin zu retten.

»Ich dachte, Tormand würde mich endlich bemerken, wenn ich ein Kind vorzuweisen hätte. Deshalb habe ich es mitgenommen.« Sie zuckte die Schultern, doch in dieser Geste kam eine Anspannung zum Ausdruck, die Morainn zeigte, dass allein die Erinnerung die Frau aufbrachte. »Mir hat es im Kloster ohnehin nicht besonders gefallen. Meine Eltern dachten erst, das Kind wäre von mir, und wollten Tormand zur Rede stellen und ihn zur Heirat zwingen. Doch dann wollte sich mein Vater noch einmal vergewissern, dass ich nicht log, und ließ mich von einer Hebamme untersuchen. Es kam heraus, dass ich noch Jungfrau war, und meine List flog auf. Sie nahmen mir das Kind weg und gaben es einer Bediensteten. Und mich zwangen sie dazu, das fette Schwein zu heiraten.«

Die Frau wurde immer wütender. Morainn konnte den beißenden Geruch unbeherrschter Gefühle fast riechen. Zwar hätte sie gern die ganze schmutzige Geschichte erfahren, doch sie befürchtete, dass es nicht ratsam war, die Frau zu drängen, den Rest zu erzählen. Ihr war, als hätte sie in ein Wespennest gestochen.

»Nun denn, sie haben dafür bezahlt – jeder von ihnen. Und das fette Schwein, das mir mein Vater aufgenötigt hat, hat ziemlich abgenommen, stimmt's? Auch die Magd, die das Kind aufgenommen und mir die Chance vereitelt hat, Tormand für mich zu gewinnen, hat bezahlt. Damals wurde der Junge hierhergebracht. Ich hätte kommen und ihn holen sollen, nachdem ich mich des Verräters entledigt hatte, der das Kind weggebracht hatte, aber dann wurde ich gezwungen, das fette Schwein zu heiraten.«

Bei der Art und Weise, wie Ada ›jeder von ihnen‹ betonte, wurde Morainn klar, dass wahrscheinlich auch Adas Eltern teuer dafür bezahlt hatten, dass sie ihre Tochter dazu gebracht hatten, etwas zu tun, was sie nicht hatte tun wollen. Offenbar hatte Ada die Magd umgebracht und wahrscheinlich auch ihre Eltern sowie den, der sie angeblich verraten hatte, weil er das Kind zu Morainn gebracht hatte.

Morainn wusste nicht, wie sie sich einer solchen Verrückten gegenüber verhalten sollte. Ein rascher Blick auf Adas Gehilfen gab ihr zu verstehen, dass er über Ada wachte und sie beobachtete, obwohl Ada völlig vertieft zu sein schien in die Erinnerungen an all die Übel, die ihr zugefügt worden waren.

»Warum hat der Mann Euch verraten?«, fragte Morainn.

»Der Bursche hätte das Kind töten und auf Tormands Schwelle ablegen sollen. Ich hatte ein ausführliches Schreiben verfasst, in dem ich Tormand wissen ließ, dass sein Sohn wegen der Sünden seines Vaters sterben musste. Das hätte den Kerl doch bestimmt geschmerzt. Er kann zu Frauen zwar sehr grausam sein und nichts von ihnen wollen, außer mit ihnen ins Bett zu gehen, aber ich wusste, dass er Kinder liebt. Aber nein, der Verräter hat meine Absicht vereitelt, wo die Idee doch so brillant war. Es ist ungerecht, dass ich immer nur von Narren umgeben bin, bis auf meinen wunderbaren Small, der mich noch nie im Stich gelassen hat.«

»Es reicht, M'lady«, sagte der Mann mit seiner tiefen, brummenden Stimme. »Es ist Zeit, dass wir hier wegkommen.«

»Ach, diese Narren werden nicht so bald wieder da sein. Die Hexe will sicher noch mehr erfahren, bevor sie stirbt. Es gehört sich, ihr zu sagen, was sie wissen will.« Sie streckte sich und tätschelte seine Brust. »Wir gehen bald, Small. Ich weiß, dass du es kaum erwarten kannst, die Hexe für unsere Verletzungen bezahlen zu lassen.« Lächelnd blickte sie auf Morainn. »Die alte Ide hat unsere Wunden sehr gut versorgt. Dabei habe ich auch herausgefunden, dass sie dich hasst. Das habe ich genutzt, um sie dazu zu bringen, uns zu helfen. Sie glaubt allen Ernstes, dass du hinter den Morden steckst, obwohl ich denke, das redet sie sich nur ein, um dich am Galgen zu sehen. Sie will, dass du stirbst, Hexe. Die alte Närrin war bereit, alles zu tun, nur damit es dazu kommt.«

Eine Frau, die Menschen wegen eingebildeter Kränkungen umbrachte, machte sich über eine Frau lustig, die sich eine Feindin einbildete? Eine Frau, die ein unschuldiges Kind hatte ermorden wollen, nur um jemanden zu verletzen, und dann den Mann umgebracht hatte, der es nicht übers Herz brachte, ihren Befehl zu befolgen, fand Ides Bedürfnis, eine Rivalin zu beseitigen, verachtenswert? All das bewies nur umso klarer, wie verrückt dieses Weib tatsächlich war. Allerdings hätte sich Morainn nicht wundern sollen, dass die alte Ide alles getan hätte, um sie tot zu sehen. Schließlich hatte sie bei Morainns Mutter genauso gehandelt. Es sah ganz so aus, als würde die Alte abermals siegen.

Adas Gehilfe machte einen Schritt nach vorn, um Morainn zu packen. Sie wich zurück und fragte sich panisch, wohin sie sich nur wenden und wie sie Walin mitnehmen könnte. In dem Moment kam ihr Knochenbrecher zu Hilfe. Er setzte zum Sprung an. Adas Komplize heulte auf, als der Hund sich in seinem Arm verbiss. Morainn wollte zu Walin eilen, doch Ada stürzte sich auf sie. Die Frau führte sich auf wie William, als er auf Adas Kopf gesprungen war. Morainn musste höllisch aufpassen, dass das Weib ihr nicht mit ihren langen Nägeln die Augen auskratzte.

Schließlich wollte Morainn Ada, die ein bisschen kleiner war als sie, an die Wand schmettern. Aus den Augenwinkeln sah sie, dass Knochenbrecher winselnd am Boden lag. Als es ihr endlich gelang, das Weib an die Wand zu schleudern und sich aus ihrem Griff zu befreien, kreischte Ada so laut, dass es Morainn schier das Trommelfell zerriss. Zu ihrer Rechten ertönte ein hoher Wutschrei, und sie sah, wie sich Walin auf Adas Gehilfen stürzen wollte. Sie warnte den Jungen und wollte ihn aufhalten, doch der riesige Kerl holte schon mit seinem blutenden Arm aus und versetzte Walin einen heftigen Schlag.

Entsetzt sah Morainn, wie Walins kleiner Körper durch die Luft flog. Zum Glück landete er auf dem Bett. Doch bevor sich Erleichterung in ihr breitmachen konnte, hüpfte Walins Körper weiter und fiel mit einem dumpfen Schlag auf den Boden. Sie wollte zu ihm eilen, doch eine dicke, schwielige Hand packte sie am Handgelenk. Der Kerl verdrehte ihr den Arm auf dem Rücken, bis sogar das Atmen einen stechenden Schmerz verursachte. Ada hatte sich mittlerweile wieder aufgerappelt. Sie schüttelte sich kurz, dann baute sie sich vor Morainn auf und funkelte sie wütend an.

»Dich umzubringen, wird mir das größte Vergnügen bereiten, du Hexe!«, fauchte sie.

»M'lady, wir sollten jetzt aber wirklich gehen«, mahnte ihr Helfer. »Die Männer können jederzeit zurück sein, und ihnen könnte es vielleicht gelingen, Euch um das zu bringen, was Ihr haben wollt.«

»Wie du meinst.« Ada ging zur Tür.

»Walin«, keuchte Morainn. Sie wollte noch fragen, ob sie sich um den Jungen kümmern dürfte. Aber sie wusste ganz genau, dass von den beiden kein Mitleid zu erwarten war.

»Wenn du jetzt freiwillig mitkommst, werde ich Small nicht auffordern, zurückzugehen und dem Jungen die Kehle durchzuschneiden.«

Morainn blieb nichts anderes übrig, als zu nicken und sich von dem Riesenkerl wegschleppen zu lassen, während er und seine Herrin besprachen, wie sie am besten zu der Hütte gelangen konnten, in der sie sie töten wollten. Als Small sie aus dem Raum zerrte, rief sie: »Walin, ich hab dich lieb. Sag Tormand, dass ich nie aufhören werde, von ihm zu träumen.«

Der Riesenkerl ohrfeigte sie so heftig, dass ihr der Kopf dröhnte. Morainn begann zu beten. Sie betete, dass Walin nicht schwer verletzt war. Sie betete, dass Tormand und die anderen bald zurück sein würden, um Walin zu helfen. Sie betete, dass ihr Geliebter ihre letzte Botschaft verstehen würde, und sie betete, dass der kleine Walin bei Bewusstsein gewesen war und sie gehört hatte. Als sie in den sonnigen Tag hinaustraten, betete sie, dass es nicht regnen sollte, damit die Männer ihrer Spur folgen und sie vielleicht noch retten konnten. Schließlich betete sie für sich selbst, bis der Grobian sie quer über den Sattel warf und ihr die Sinne schwanden.

***

»Wer ist Geordie?«, fragte Tormand Simon.

Tormand hatte das Bedürfnis zu reden, um sich abzulenken und nicht ständig daran denken zu müssen, was Morainn womöglich zugestoßen war. Sein Instinkt sagte ihm, dass er so schnell wie möglich zu ihr eilen sollte, doch stattdessen stand er da und wartete, während die Pferde getränkt wurden und eine kleine Pause bekamen, um auszudampfen. Diese Pause hatten sie dringend nötig. Es hätte niemandem genutzt, wenn sich die Pferde verletzten oder starben, weil sie zu sehr angetrieben wurden. Ohne Pferd kam er nicht zurück zum Wohnturm, Tormand konnte weder rennen noch fliegen. Doch dieses Wissen machte es kaum erträglicher, tatenlos herumstehen zu müssen, während Morainn in höchster Gefahr schwebte.

»Er ist der Zweitgeborene meines Vaters«, erwiderte Simon.

»Der zweite? Du bist der Sohn eines Laird?« Tormand merkte, dass er wahrscheinlich genauso aussah, wie er sich fühlte, nämlich verrückt vor Sorge, denn Simon sprach sonst nie von seiner Vergangenheit oder seiner Familie, und jetzt tat er dies sicher nur, um ihn abzulenken.

»Der zweite Sohn. Mein älterer Bruder Henry ist jetzt Laird. Geordie ging kurz nach mir weg. Meine drei jüngeren Brüder sind …« Simon brach ab, dann zuckte er die Schultern. »… irgendwo. Meine zwei Schwestern wurden verheiratet, sobald sie alt genug waren, aber ich glaube, ihnen geht es ganz gut. Gelegentlich höre ich sogar von ihnen. Henry hingegen ist jemand, mit dem man nicht viel zu tun haben will. Er ist sehr brutal, vor allem Frauen gegenüber. Ich weiß von mindestens zwei Fällen, in denen er eine Frau mit seiner Zuwendung umgebracht hat. Ich glaube, er hat auch unseren Vater umgebracht, und eines Tages werde ich das auch beweisen.«

»Jesus, Simon«, murmelte Tormand entsetzt, und auch in den Mienen seiner Verwandten spiegelte sich der Schreck. »Kein Wunder, dass du nie über deine Familie redest.«

Simon lächelte schief. »Alte Erinnerungen. Seit ich zehn wurde, bin ich nicht mehr dort gewesen. In jenem Jahr stattete ich meiner Familie am Michaelstag einen Besuch ab. Eigentlich hätte ich bei meiner Pflegefamilie bleiben sollen. Danach bin ich nur noch einmal nach Hause, und zwar drei Jahre später zur Beerdigung meines Vaters.«

»Und du glaubst wirklich, dass Henry ihn umgebracht hat?«, fragte Harcourt.

»Wenn mich meine Erinnerung nicht trügt. Allerdings war ich damals noch sehr jung. Ich glaube, dass an Henrys Händen Blut klebt, und zwar das unseres Vaters und das von mehreren Frauen. Das ist auch der Grund, warum ich mich so ins Zeug lege, die Leute zu bestrafen, die unsere Gesetze brechen, sei es die der Kirche oder die unseres Königs. Ich vermute, Henry hat sich im Lauf der Zeit nicht besonders verändert. Geordie hat mir einmal erzählt, warum er das einzige Heim verlassen hat, das er je gekannt hat. Nachdem mein Vater die Zügel nicht mehr in der Hand hatte, wurde Henry immer brutaler. Geordie weigerte sich, einem Mann wie Henry die Treue zu schwören. Deshalb ist er gegangen.

Jedenfalls ist er ein guter Kerl«, fügte Simon noch hinzu. »Er hat mit dieser Sache nichts zu tun.«

»Das weiß ich«, sagte Tormand. »Es war Ide, das alte Miststück. Sie hat eine schwerere Strafe verdient, als lediglich von dir zu Tode erschreckt worden zu sein. Ich kann mir nur nicht vorstellen, worin diese Strafe bestehen soll, denn dem alten Geordie hast du ja versprochen, sie nicht an den Galgen zu bringen.«

»Ja, das schon.« Simon lächelte verhalten. »Aber ich habe ihm nicht versprochen, sie nicht auf andere Weise zu bestrafen. Weißt du, Ide hat gute Gründe zu fürchten, dass Morainn ihre Stelle als Heilerin und Hebamme einnehmen könnte. Ide versteht ihr Handwerk nämlich nicht besonders gut. Sie hat vermutlich schon einige Leute auf dem Gewissen, weil sie so ungeschickt und unwissend ist. Und vor allem wohl auch deshalb, weil sie überhaupt nichts davon hält, dass man nicht nur mit Wasser und Seife eine Menge heilen kann, sondern auch mit Wasser und Seife einen Tod verhindern.«

»Willst du sie denn des Mordes an diesen Leuten anklagen?«

»Nein, denn dann wird sie gehängt, und ich habe Geordie ja versprochen, dass ich das verhüten wollte. Doch das heißt nicht, dass ich nicht etwas anderes tun kann. Ich werde dafür sorgen, dass möglichst viele Leute erfahren, wie gefährlich es ist, sich von der alten Ide heilen oder von ihr ein Kind auf die Welt bringen zu lassen.«

Tormand schüttelte bewundernd den Kopf. »Raffiniert. Das gefällt mir.« Trotzdem warf er immer wieder einen Blick Richtung Wohnturm.

»Die Pferde haben jetzt ausreichend gerastet, sie werden uns diese Pause entgelten«, sagte Simon endlich und sprang sogleich in den Sattel. »Ein stetes, gleichmäßiges Tempo, dann sind wir bald bei Morainn.«

Simon hatte kaum aufgehört zu reden, als auch Tormand schon im Sattel saß und losritt. Simons Rat zu beherzigen fiel ihm allerdings sehr schwer, denn er konnte es kaum erwarten, bei Morainn zu sein. Am liebsten hätte er sein Pferd zum Galopp angespornt. Doch im Grunde war ihm klar, dass sie zu spät kommen würden. Die Falle, die Ide geholfen hatte, für Morainn aufzustellen, war bestimmt bereits zugeschnappt und seine Liebste in äußerster Gefahr.

Seine Liebste. Die Bezeichnung traf Tormand so vehement, dass er fast aus dem Sattel gerutscht wäre. Er liebte Morainn! Das war ihm nun endgültig klar geworden. In seinem Herzen aber hatte er es von dem Moment an gewusst, als er sie zum ersten Mal gesehen und in ihre wundervollen, meerblauen Augen geblickt hatte. Warum hatte er sich so heftig dagegen gewehrt, vor allem, nachdem ihm klar geworden war, dass er nicht mehr zu seinem früheren Leben zurückkehren wollte? Nein, er wollte nicht mehr achtlos von Bett zu Bett springen und sich auf Frauen einlassen, die er im Handumdrehen vergaß. Er wollte Morainn, und sonst keine.

Unwillkürlich musste er an die Liste denken, die auch Morainn gesehen hatte und die in aller Deutlichkeit zeigte, welches Leben er geführt hatte, bevor er Morainn kennenlernte. Nein, ein solches Leben wollte er nicht mehr. Er schickte ein Stoßgebet zum Himmel, dass ihm die Chance gewährt würde, Morainn das wissen zu lassen.

17

Als Tormand sah, dass die Tür zu ihrer gemeinsamen Zuflucht offen stand, nahm seine Eile, Morainn zu finden, rapide ab. Doch diesmal bezwang er die kalte Angst, die versuchte, ihm Einhalt zu gebieten, und ging weiter. Als er keine Leiche und nur wenig Blut entdeckte, stieß er einen tiefen Seufzer der Erleichterung aus. Er bemerkte jedoch Spuren eines Kampfes – einen umgeworfenen Tisch, zerwühlte Binsen auf dem Boden, Blut an der Tür. Rasch wandte er den Blick ab, denn er wollte sich nicht in Panik versetzen lassen.

Auf einmal erklang ein leises Stöhnen hinter dem Bett. Er eilte dorthin und sah, wie Walin sich bemühte aufzustehen. Aus einer Kopfwunde lief ihm Blut über die bleiche Wange. Tormand hatte keine Ahnung, wie und warum der Junge hier gelandet war. Er half ihm auf, und bald saß Walin mit einem Verband um den Kopf auf einem Stuhl und nippte an einem Becher Apfelmost.

Simon kauerte neben seinem Hund, der allmählich wieder zu sich kam. Tormand hörte nicht, was sein Freund zu dem Hund sagte, doch es klang, als versuche er, ihn zum Aufstehen zu bewegen. Da Walin aschfahl war und ziemlich verstört wirkte, unterdrückte Tormand vorerst den Drang, nach draußen zu stürmen und Morainn zu suchen.

»Junge«, sagte Simon, der zu Tormand getreten war, »wie kommt es, dass du und Knochenbrecher hier seid?«

»Ich – ich wollte Morainn sehen«, stammelte Walin. Langsam kullerten ihm Tränen über die Wangen. »Ich habe sie vermisst, und keiner wollte mich zu ihr bringen. Ich wollte sie ja nur ganz kurz besuchen.«

»Was ist hier passiert?«

»Die bösen Leute waren da, die auch schon in unserem Häuschen waren«, erklärte Walin, der inzwischen so heftig schluchzte, dass man ihn kaum verstehen konnte. »Die Frau sagte eine Menge schrecklicher Sachen, und dann sagte der Mann, sie müssten jetzt weg, sonst würdet ihr sie noch erwischen. Er wollte Morainn packen, doch Knochenbrecher hat ihn angefallen und in den Arm gebissen.« Walin sah auf den Hund, der neben Simon saß und sich ein wenig anlehnte, als sei er noch immer etwas benommen.

»Jetzt beruhige dich erst einmal, mein Junge«, meinte Tormand freundlich. »Du musst versuchen, deutlicher zu sprechen, und uns alles erzählen, Schritt für Schritt.«

»Als ihr weggeritten seid, habe ich Knochenbrecher freigelassen und bin euch gefolgt. Morainn hat mich ziemlich ausgeschimpft, aber ich wollte sie doch nur sehen. Dann haben wir etwas gegessen. Und dann sind die bösen Leute gekommen, und die Frau und Morainn haben über vieles gesprochen. Als der Mann Morainn packen wollte, hat ihn Knochenbrecher in den Arm gebissen. Der Mann hat den Hund an die Wand geschleudert, so wie er es mit William getan hat, und dann habe ich versucht, mit ihm zu kämpfen, aber er hat auch mich weggeschleudert. Wird Knochenbrecher wieder gesund?«

»Ich glaube schon«, meinte Simon und kraulte den Hund hinter den Ohren. »Und du bestimmt auch. Jetzt müssen wir nur noch Morainn finden.«

»Sie wollen ihr wehtun und sie töten«, sagte Walin. »Diese Frau hat davon gesprochen, dass sie viele Leute getötet hat. Sie kennt mich und weiß über mich Bescheid und wollte auch mich schon töten lassen. Aber der Mann, dem sie das befohlen hat, konnte es nicht tun und hat mich zu Morainn gebracht. Und dann hat die böse Frau ihn getötet.« Er sah Tormand an. »Und sie hat gesagt, dass Ihr mein Vater seid und dass eine Frau, Margaret Macauley, meine Mutter war. Sie wurde in ein Kloster gesteckt, wo auch diese Frau war. Und dann hat das Miststück meine Mutter getötet und versucht, ihren Eltern zu sagen, dass ich ihr Kind sei, damit Ihr sie heiratet.« Walin sah die Männer an. »Ich glaube, sie hat auch ihre Eltern getötet. Ihr müsst Morainn befreien.«

Tormand schwanden fast die Sinne wie einem schwachen jungen Mädchen, als er Walins Worte allmählich begriff. Er schwankte so stark, dass Harcourt ihn am Arm nahm, um ihn zu stützen. Allerdings schockierte ihn nicht so sehr, dass Walin offenbar sein Sohn war, sondern dass der Junge wegen der Eifersucht dieser Wahnsinnigen schon mehrmals nur knapp dem Tod entronnen war. Beinahe hätte er seinen Sohn verloren, bevor er überhaupt erfahren hatte, dass er einen hatte.

»Jetzt verstehe ich alles«, murmelte Harcourt. »Das erklärt, warum ich immer, wenn ich ihn sehe, denke, dass ich ihn kenne.«

»Verflucht noch mal, ich kann mich jetzt nicht damit beschäftigen.«

»Nein«, pflichtete ihm Walin unter Tränen bei. »Ihr müsst Morainn zurückbringen. Ihr dürft nicht zulassen, dass diese Verrückte ihr wehtut.«

Tormand schob alle Gedanken beiseite, ob das verrückte Weib die Wahrheit gesagt hatte und Walin tatsächlich sein Sohn war, und nickte. »Das ist jetzt die Hauptsache. Weißt du, wohin sie wollten? Hast du irgendetwas mitbekommen, das uns helfen könnte, sie so schnell wie möglich zu erwischen?«

»Nay«, erwiderte Walin tonlos. »Ich bin am Boden gelegen und habe kaum noch Luft bekommen, weil ich vom Bett gefallen und sehr hart gelandet bin. Morainn hat gesagt, dass sie mich lieb hat, dann haben sie sie weggeschleift. Ach ja, und sie hat noch gesagt, ich soll Euch sagen, dass sie immer von Euch träumen wird. Ich weiß nicht, warum sie das gesagt hat. Warum hat sie nicht einfach gesagt, dass sie auch Euch lieb hat? Oder dass ich Euch bitten soll, dass Ihr Euch um mich kümmert oder so?«

»Weil sie mir sagen wollte, wohin sie sie bringen«, erwiderte Tormand leise. Hoffnung keimte in ihm auf. Er kniete sich vor den Jungen und sah ihm fest in die Augen. »Denk ganz fest nach! Haben sie irgendetwas gesagt, wie lang der Weg sein würde oder in welche Richtung sie wollten?«

»Nein, aber wenn Knochenbrecher nicht zu schwer verletzt ist, kann er euch den Weg zeigen. Er hat den Riesen gebissen, und der Kerl hat geblutet wie ein abgestochenes Schwein.« Walin verzog das Gesicht. »Er hat gesagt, dass sie nicht herumlaufen sollten, wenn es hell ist, und man sie sehen kann. Und wenn sie sich nicht beeilen, würden sie sich nicht mehr im Frühnebel verstecken können, denn den würde ja die Sonne in einer Stunde wegbrennen.«

»Knochenbrecher hat sich so weit erholt, er kann wieder jagen«, sagte Simon.

Uilliam trat vor und streichelte Walins Lockenschopf. »Ich bringe den Jungen zu dir nach Hause, Tormand. Wir werden dort auf dich und Morainn warten.«

Walter trat ebenfalls vor und meinte: »Ich gehe mit ihnen, um sie notfalls zu beschützen, es sei denn, Ihr braucht mich.«

Tormand nickte und stand auf. »Nay, wir haben es ja nur mit zwei Leuten zu tun, und mir ist es lieber, dass Uilliam und Walin noch einen Beschützer haben.« Er streichelte die tränenüberströmten Wangen des Jungen. »Wir reden später weiter, wenn wir unsere Morainn wiederhaben, aye?«

»Aye.«

Tormand und die anderen eilten nach draußen zu ihren Pferden. Ein Blick auf den Hund zeigte Tormand, dass das Tier tatsächlich wieder vollkommen hergestellt schien. Knochenbrecher witterte die Fährte rasch und rannte im Kreis, während er darauf wartete, dass die Männer in die Sättel stiegen. Diese Spur ist leicht zu verfolgen, dachte Tormand, als er das Blut auf dem Boden sah. Und diesmal würde keine Ide da sein, um die Wunden des Mistkerls zu nähen.

Während des Ritts bekämpfte Tormand seine wachsende Angst um Morainn, indem er über Walin nachdachte. Er erkannte tatsächlich Spuren von sich in dem Jungen, nun, da er wusste, dass sie verwandt waren. Aber bei einer solch wichtigen Sache konnte er sich nicht allein auf seine Augen verlassen. Außerdem wusste er auch nicht, ob er all dem wirklich Glauben schenken konnte, was der verängstigte kleine Kerl aufgeschnappt und ihnen erzählt hatte. Doch er erinnerte sich vage an eine Margaret Macauley und ihre großen, blauen Augen, die denen Walins sehr ähnelten. Nachdem er sich an ihre Augen erinnert hatte, fielen ihm auch noch weitere Einzelheiten ein.

»Erinnerst du dich daran, mit einer Frau namens Margaret Macauley geschlafen zu haben?«, fragte Simon, als sie kurz haltmachten, damit Knochenbrecher ein bisschen herumschnüffeln konnte, um sicherzugehen, dass er auch die richtige Spur verfolgte.

»Aye. Und die Zeit könnte auch stimmen. Ich habe vor etwa sieben Jahren eine Woche mit dem jungen Mädchen verbracht. Ich weiß noch, dass sie es sehr lustig fand, wie leicht sie sich aus ihrem Haus schleichen konnte. Eines Nachts hat sie mich sogar heimlich hereingelassen, weil sie in ihrem Bett mit mir schlafen wollte, gleich neben dem Schlafzimmer ihrer Eltern.« Er verzog das Gesicht. »Bald darauf habe ich sie verlassen. Nach ein paar Ales fand ich es ganz lustig mit ihr, aber nicht, wenn ich wieder nüchtern war. Außerdem hatte sie dieses Glitzern in den Augen.«

»Was für ein Glitzern?«

»Das Glitzern, das mir immer sagte, wenn sich eine Frau überlegte, wie sie mich wohl am besten zum Altar schleifen könnte. Dort läuft er«, schrie er, als Knochenbrecher mit gesenkter Schnauze weiterrannte.

Tormand vertrieb alle Gedanken an Margaret und einen blauäugigen Sohn und überlegte sich, wie er die Mistkerle töten wollte, die seine Morainn entführt hatten. Dank dieser blutrünstigen Gedanken schaffte er es, sich nicht zu fragen, auf welche Weise sie Morainn womöglich gerade eben quälten. Er hatte ja gesehen, was diese Bestien den Frauen antaten, die sie in ihre Gewalt gebracht hatten. Doch wenn er weiter darüber nachgrübelte, würde er wahrscheinlich genauso verrückt werden wie diese Ungeheuer. Nur an einem einzigen Gedanken hielt er fest: Er würde Morainn finden, und er würde diejenigen töten, die sie ihm weggenommen hatten.

***

Morainn verbiss sich ein Stöhnen, als sie versuchte, die Augen zu öffnen. Nur ein Auge ging richtig auf, und sie zuckte zusammen bei der Erinnerung, warum ihr linkes Auge pochte und kaum aufgehen wollte. Small hatte sie geschlagen, als sie versucht hatte zu fliehen, nachdem er sie in die Hütte geschleift hatte, in der es intensiv nach Schafen roch. Dann hatte sie die in den Boden getriebenen Pflöcke gesehen. Sofort erinnerte sie sich an ihren Traum und wehrte sich mit aller Kraft dagegen, an diese Pflöcke gefesselt zu werden. Jetzt brauchte sie gar nicht erst nachzusehen, sie wusste, dass sie den Kampf verloren hatte.

Einen Moment lang packte sie eine blinde Panik, vor allem, als sie den Lehmboden unter ihrem Rücken spürte und erkannte, dass sie nackt war. Sie kämpfte gegen das kalte Grauen, das ihr die Sinne zu rauben drohte. Es dauerte eine ganze Weile, bis sie sich endlich wieder etwas beruhigt hatte. Doch dann wallte die Wut in ihr auf über das, was ihr hier angetan wurde, und an dieser Wut hielt sie fest, denn sie gab ihr Kraft.

Außerdem sagte sie sich, dass Tormand sie holen würde. In gewisser Weise hatte ihr das Schicksal eine Hoffnung vermittelt, dass sie gerettet werden würde, obwohl sie es seltsam fand, dass diese Hoffnung in der Gestalt eines Hundes namens Knochenbrecher und eines unartigen kleinen Jungen anmarschiert war, der nicht dort hatte bleiben wollen, wo er sollte. Simon würde den Hund auf die Fährte ansetzen, die Ada und ihr Komplize hinterlassen hatten. Doch dann fiel ihr ein, dass der Hund verletzt war, und wieder regte sich Panik in ihr. Sie mahnte sich, fest daran zu glauben, dass sich Knochenbrecher wie ihr Kater William wieder erholen würde und dass er Tormand und die anderen direkt zu ihr führen würde. Und genauso wichtig war es, fest daran zu glauben, dass Walin außer ein paar blauen Flecken keinen Schaden genommen hatte. Sie musste nur am Leben bleiben, bis ihre Retter kamen.

Als sich ihre Folterknechte links und rechts neben ihr niederkauerten, spürte Morainn, wie ihre Wut wuchs – und das freute sie. Obwohl die Messer, die die beiden in den Händen hielten, sie in Angst und Schrecken versetzten, funkelte sie die Ungeheuer zornig an. Sie zwang sich, ihren Blick von dem kalten Stahl zu lösen, der bald auf ihrem hilflosen Körper zum Einsatz kommen sollte, und Ada zu mustern.

Unscheinbar, das war das einzige Wort, um diese Frau zu beschreiben. Morainn hatte noch nie einen Menschen gesehen, dessen Züge so ohne jede Eigenart waren. Die Frau hatte dunkle Augen, aber deren Braun war völlig nichtssagend. Die Haare der Frau waren von derselben, überaus gewöhnlichen braunen Farbe, sie hatten keinerlei rötlichen Schimmer und waren weder zu gerade noch zu dünn noch zu kraus – einfach nur schlichte braune Haare. Ihre Haut war rein, ihre Züge ebenmäßig, aber darüber hinaus nicht weiter bemerkenswert. Das gleiche galt für ihren Körper. Sie war weder zu groß noch zu klein, weder zu dick noch zu dünn. Wenn man genau hinsah, konnte man hinter der auffälligen Gewöhnlichkeit erkennen, dass sie recht hübsche weibliche Formen hatte, aber dazu hätte man wirklich ganz genau hinsehen müssen, und Morainn vermutete, dass sich nur wenige diese Mühe machten. Ada war eine Frau, die in keiner Weise auffiel und wahrscheinlich auf keinen Menschen irgendeinen bleibenden Eindruck machte.

Das erklärte wohl, warum es Simon so schwergefallen war, jemanden zu finden, der die Frau beschreiben konnte. Ada MacLean hatte nichts an sich, das man hätte beschreiben können. Morainn vermutete, dass die Verrücktheit dieser Frau schon bei ihrer Empfängnis eingepflanzt worden war. Aber wenn man jemand war, an den sich keiner erinnerte oder der keinem auffiel, war der Samen der Verrücktheit wohl auf besonders fruchtbaren Boden gefallen.

»Seid Ihr bereit, Eure Strafe zu empfangen, Morainn Ross?«, fragte Ada.

»Wofür? Dafür, dass ich lebe?« Morainn merkte, dass der Zorn in ihrer Stimme die Frau überraschte. »Ich vermute, dass viele Frauen den Verlust von Lady Isabella und von Lady Clara nicht weiter betrauert haben. Aber Lady Marie? Sie war vollkommen unschuldig, ihr einziges Verbrechen bestand darin, Tormands Freundin zu sein. Dafür habt Ihr das Herz eines guten Mannes gebrochen und zwei Kindern die Mutter geraubt. Und Lady Katherine Hay war so heilig, wie es ein Mensch nur sein kann.«

»Sie hat mir meinen Pagen genommen!« Ada musste mehrmals tief durchatmen, bis sie in ihrer üblichen eisigen, dünnen Stimme fortfahren konnte. »Das Miststück hat behauptet, ich sei grausam zu dem Jungen. Dabei habe ich ihm nur die nötige Disziplin beigebracht. Sie hat es meinen Eltern gesagt, und sie haben ihn mir weggenommen. Und das fette Schwein, das ich heiraten musste, hat mir keinen neuen Pagen gegeben.«

»Und dafür habt Ihr sie abgeschlachtet? Ihr habt Sir John die Frau geraubt, die er geliebt hat, seinen Engel, und habt weitere Kinder dazu verdammt, ohne eine liebevolle Mutter aufzuwachsen. Die Strafe passt wahrhaftig nicht zu dem Vergehen.«

»Sie war genauso schlecht wie alle anderen. Sie hat ihre Schönheit und ihre weiblichen Schliche benutzt, um zu bekommen, was sie wollte. Sie hatte kein Recht, sich in meine Angelegenheiten zu mischen. Nicht das geringste Recht. Und du, Hexe, wirst das nun auch nicht mehr tun.«

Der erste Schnitt war nicht sehr tief, aber dennoch so schmerzhaft, dass Morainn beinahe geschrien hätte. Doch sie biss die Zähne zusammen und gab keinen Laut von sich. Die Freude, sie um Gnade winseln zu hören, wollte sie diesen Schlächtern nicht machen.

»Das habe ich bereits getan«, sagte sie, sobald sie das Gefühl hatte, sprechen zu können, ohne ihren Schmerz und ihre Angst preiszugeben. »Sie wissen jetzt, wer Ihr seid, und sie wissen auch, dass Ihr mich entführt habt. Egal, was hier passiert, Ihr werdet Euer grausames Spiel verlieren. Nicht Tormand wird an einem Strick zappeln, sondern Ihr.«

»Nein, du lügst. Das hast du nicht gesehen.«

Morainn entdeckte die Angst im Blick der Frau. »Ich habe alles gesehen, und ich weiß, wie es enden wird«, log sie. »Ihr werdet nicht länger ein Nichts und ein Niemand sein, Lady MacLean, sondern ein Fluch auf den Lippen der Menschen.«

»Mach, dass sie schreit, mein Freund.«

Ein breit grinsender Small fuhr mit der Spitze seines Messers die Innenseite erst des einen, dann des anderen Oberschenkels entlang. Morainn hätte zu gern geschrien, denn der Schmerz war weit schlimmer als der erste, aber die Wut auf den Mann und seine verrückte Herrin hielt sie davon ab. Sobald sie es wagte, den Mund wieder aufzumachen, verfluchte sie die beiden. Es dauerte nicht lange, bis Morainn ein stummes Stoßgebet zum Himmel schickte, dass Tormand sie finden möge, bevor ihr die Flüche ausgingen oder sie verblutete.

Tormand stand mit den anderen da und starrte auf die Hütte, zu der der Hund sie geführt hatte. Er wäre am liebsten sofort mit erhobenem Schwert hineingestürmt, doch ein Rest an gesundem Menschenverstand hielt ihn zurück. Schließlich wusste er nicht, wie die Hütte innen beschaffen war, und er könnte leicht getötet werden. Das würde keinem nutzen. Immerhin wusste er, dass Morainn noch lebte. Sie hatten sie fluchen hören, und zwar lange, bevor sie die Hütte gesehen hatten.

»Glaubst du, ihr Vater war Seefahrer?«, fragte Harcourt, als eine besonders derbe Beleidigung vom Vater von Adas Komplizen und zu dessen unnatürlicher Liebe zu Schafen durch die Luft hallte.

Tormand musste tatsächlich kurz grinsen. »Möglich. Sie kennt wahrhaftig eine Menge Beleidigungen.«

»Ich hatte eher mit Schmerzensschreien gerechnet.« – »Sie hat Schmerzen.« Tormand fühlte es fast. »Aber Morainn hat eine wahnsinnige Wut im Bauch. Ich glaube, sie ist wild entschlossen, diesen Bestien nicht den Gefallen zu tun, um Gnade zu flehen.«

»Das kann ich verstehen, aber wenn sie ihnen nicht gibt, was sie wollen, bringen sie sie womöglich gleich um, statt sie weiter zu foltern.«

»Ja, das könnte passieren. Aber selbst mit ihrer Sturheit wird es Morainn nicht sehr viel länger schaffen, Schmerz und Angst zurückzuhalten. Deshalb sollten wir sie lieber bald retten.« Er sah Simon an. »Wie sollen wir vorgehen?«

Simon wollte ihm gerade eine Antwort geben, als eines ihrer Pferde beim Anblick der vor der Hütte grasenden Pferde laut wieherte. Das Geräusch durchschnitt die momentane Stille wie ein Trompetenstoß. Tormand blickte zu Simon. Dieser nickte, und sie rannten gemeinsam zur Hütte. Ein riesiger Mann kam herausgestürmt, eine kleine, braunhaarige Frau, die er fast trug, im Schlepptau. Tormand gab Bennett einen Wink, in die Hütte zu eilen. Dann zwang er sich, nicht mehr an Morainn zu denken, sondern nur noch an die beiden, die versuchten, der gerechten Strafe zu entgehen, die sie wahrhaftig verdient hatten.

Der große Kerl wollte gerade nach den Zügeln seines Pferdes greifen, als Tormand sich auf ihn stürzte. Die Frau stieß einen markerschütternden Schrei aus und stolperte davon, weg von dem Mann, der versucht hatte, sie zu retten. Tormand schaffte es, Small auf den Boden zu drücken. Da sprang plötzlich Simon über ihn hinweg, und aus den Augenwinkeln bemerkte Tormand, dass sein Freund mit der Frau rang. Er sah auch ein Messer aufblitzen, die Frau hatte Small also nicht, wie er vermutet hatte, im Stich lassen wollen. Sein Irrtum hätte ihm fast ein Messer im Rücken eingebracht.

In dem Moment gelang es Small, Tormand abzuschütteln. Er sprang auf, zog sein Schwert und wollte sich auf Simon stürzen, der noch immer versuchte, die wild um sich schlagende und heftig fluchende Frau zu bändigen. Tormand zückte ebenfalls sein Schwert. Als Small das hörte, drehte er sich zu Tormand um. Einen Moment lang überlegte Tormand, ob er diesen Mann, der um vieles größer und stärker war als er, besiegen konnte. Aber bald stellte er fest, dass Small zwar größer und kräftiger und sogar überraschend flink war für einen Mann seiner Größe, aber nicht so geübt im Schwertkampf wie Tormand. Außerdem wurde er immer wieder von Ada MacLeans Schreien abgelenkt – und das war sein Untergang. Ein falscher Schritt, ein flüchtiger Blick in Adas Richtung, und der Mann hauchte sein Leben aus, Tormands Schwert tief in seiner Brust versenkt.

Nachdem Tormand sein Schwert gesäubert und wieder in die Scheide gesteckt hatte, trat er zu Simon, der neben der gefesselten Ada MacLean stand. Die Frau starrte auf Smalls Leiche, und Trauer kennzeichnete ihr nichtssagendes Gesicht. Dann sah sie Tormand, und der abgrundtiefe Hass in ihrem Gesicht ließ ihn fast einen Schritt zurückweichen. Und dann begann der Wahnsinn dieser Frau in einer Litanei aus Flüchen und grauenhaften Drohungen aus ihr herauszusprudeln.

»Bitte, tu mir den Gefallen und kneble dieses Biest«, meinte er zu Simon, der seiner Bitte eilig nachkam. »Ich muss jetzt nach Morainn sehen.«

***

Morainn starrte auf die Tür, durch die ihre Folterknechte so plötzlich verschwunden waren. Als sie kurz darauf Adas Schreie hörte, war sie so erleichtert, dass sie fast keine Schmerzen mehr spürte. Bei Bennetts Anblick fragte sie sich natürlich, wo Tormand war. Erst, nachdem Bennett eine raue Decke über sie geworfen hatte, fiel ihr ein, dass sie nackt war und wie eine Opfergabe für eine heidnische Gottheit dalag. Sie errötete vor Scham, als Bennett ihre Fesseln durchtrennte.

»Meine Kleider«, stöhnte sie und zog vor Schmerz scharf die

Luft zwischen den Zähnen ein, als er ihr half, sich aufzurichten. »Wo ist Walin?«

»Dem Jungen geht es gut«, erwiderte Bennett, während er ihre Kleider aufsammelte und ihr überraschend geschickt beim Ankleiden half. »Ich weiß nicht, ob du das anziehen solltest, bevor deine Wunden nicht gesäubert und verbunden sind«, meinte er.

»Ich kümmere mich darum, wenn ich wieder zu Hause bin«, erwiderte sie.

Bennett hatte mittlerweile ein paar Streifen von ihrem Unterrock abgerissen, um damit ihr Kleid zuzuschnüren, offenbar hatten die Bestien es ihr vom Leib geschnitten.

»Schließlich kann ich nicht nackt nach Hause reiten«, sagte sie. Obwohl sie beim Anziehen kaum einen Handgriff getan hatte, fühlte sie sich enorm schwach und bekam kaum Luft. Dann hörte sie plötzlich, wie Schwerter aufeinanderprallten. »Tormand?«

»Ist einer der besten Schwertkämpfer, die ich kenne. Und jetzt lehn dich an mich, wenn du weiter sitzen bleiben willst. Du hast so viele Schnitte an deinem Körper, dass ich sie gar nicht zählen will, und viele davon bluten noch.«

Morainn leistete keinen Widerstand. Sie kämpfte nur dagegen an, die Augen zu schließen und sich einer gnädigen Ohnmacht zu überlassen, um die Schmerzen nicht mehr zu spüren; denn sie wollte sich unbedingt davon überzeugen, dass Tormand den Kampf überlebt hatte, auch wenn Bennett ihr versichert hatte, dass er ein guter Schwertkämpfer war. Als er endlich wohlbehalten in die Hütte trat, wäre sie beinahe in Tränen ausgebrochen. Sein Blick sagte ihr allerdings, dass sie wahrscheinlich nicht ganz so wohlbehalten aussah.

»Nicht weiter schlimm«, sagte sie, als er sich neben sie kniete und sie sanft in die Arme nahm. »Die Schnitte sind nicht tief.«

»Dein Kleid ist blutdurchtränkt«, meinte Tormand. »Wir müssen deine Wunden versorgen.«

»Nicht hier. Bitte nicht hier!«

»Sie wollte sich unbedingt anziehen«, sagte Bennett. »Sie meinte, sie wolle sich zu Hause um ihre Wunden kümmern.«

»Aye«, bestätigte Morainn und klammerte sich mit einer zitternden Hand an Tormand. »Nicht hier. Ich will fort von hier. Ich muss fort von hier. Sofort.« Sie schaffte es gerade noch, das letzte Wort zu keuchen, dann umfing sie die Dunkelheit, gegen die sie so lange angekämpft hatte, und trug sie fort von ihren Schmerzen.

Tormand legte rasch die Hand auf ihr Herz. Als er es stetig schlagen fühlte, schwand das Grausen, das ihn gepackt hatte, als er spürte, wie sie in seinen Armen erschlaffte. Sie war am Leben. Das war die Hauptsache.

»Dich hat's ganz schön erwischt, oder?«, murmelte Bennett.

»Aye«, erwiderte Tormand. »Wie einen Lachs in einem geschickt geworfenen Netz. Aber erst muss ich dafür sorgen, dass sie wieder gesund wird und zu Kräften kommt.«

»Und dann?«

»Dann hoffe ich inständig, dass sie nicht beschließt, den Fisch wieder ins Wasser zu werfen und zu gehen.«

18

Der Schmerz war das Erste, was Morainn wahrnahm, als sie sich mühsam aus den Armen des Schlafes befreite, die sie fest umschlungen hatten. Langsam schlug sie die Augen auf und sah sich um. Als sie merkte, dass sie in Tormands Schlafgemach lag, fiel ihr alles wieder ein, und die Angst übermannte sie. Am liebsten hätte sie geweint wie ein Kind, das sich verlaufen hat.

»Morainn?«

Tormand erhob sich von dem Stuhl neben dem Bett und trat näher. Sie umklammerte die Decke so fest, dass er fürchtete, sie würde unter Morainns Griff zerreißen. Sanft nahm er ihre Hand und fuhr vorsichtig mit dem Daumen über ihre weißen Knöchel. Vier Tage lang hatte er an ihrem Bett gewacht, sich um sie gekümmert und darauf gewartet, dass sie zu ihm zurückkam. Gottlob hatte sie nur einen kurzen und milden Fieberanfall erlitten. Dass sie jetzt von Angst gepeinigt aufwachte, tat ihm in der Seele weh.

»Du bist in Sicherheit, Morainn«, versuchte er, sie zu beruhigen, und setzte sich auf die Bettkante. »Small ist tot, und heute Morgen wurde Ada MacLean aufgeknüpft.«

Sie atmete tief ein und langsam wieder aus, wobei sie versuchte, die Angst zusammen mit der Luft aus ihrem Körper entweichen zu lassen. Sobald ihr das gelungen war, merkte sie, dass auch ihre Schmerzen nicht mehr so schlimm waren. Ihre Wunden heilten also bereits.

»Wie lange?«, krächzte sie und zuckte zusammen, denn ihre Kehle war so trocken, dass das Reden schmerzte.

»Vier Tage«, erwiderte er und beeilte sich, ihr ein wenig Apfelmost mit Honig gegen die Halsschmerzen zu reichen.

Während er ihr beim Trinken half, musterte er sie genau.

Gleich nach ihrer Ankunft hatte er sie in sein Bett gelegt und ihr die blutigen Kleider abgestreift. Der erste Blick auf ihren zerschundenen Körper hätte ihn fast in die Knie gezwungen. Er fürchtete, dass er diesen Anblick nie würde vergessen können. Aber nachdem er sich vergewissert hatte, dass sich ihre Wunden nicht entzündet hatten und sie insgesamt schon viel stabiler wirkte, verlor der erste Eindruck seinen Schrecken.

»Nora will heute Vormittag mit ihrer Mutter vorbeikommen und dir beim Waschen helfen, vielleicht auch die Haare waschen, wenn du willst.« Er nahm ihr den leeren Becher ab und umfasste wieder ihre Hand in der Hoffnung, sie würde den festen Griff erwidern, damit er einen Beweis für ihre fortschreitende Genesung hätte.

»Das will ich sehr gern«, sagte sie. »Ich muss alles abwaschen. Hat Ada denn ein Geständnis abgelegt?«

»Sehr laut und sehr umfassend. Sie hatte sogar eine Sammlung kleiner Schleifen, aus Haaren gebunden, die bestimmt von ihren Opfern stammten. Small war ihr Geliebter und Bediensteter.« Er schüttelte den Kopf. »Es ist kaum zu glauben, dass so eine kleine, schlichte Frau so etwas getan hat. Sie war so …« Er zögerte, weil ihm das richtige Wort nicht einfallen wollte.

»Gewöhnlich. Sehr, sehr gewöhnlich«, meinte Morainn. »Sie hatte nichts an sich, was man länger in Erinnerung behalten würde.«

Er nickte. »Vermutlich wird man sich jetzt an sie erinnern, und sei es nur wegen all der boshaften Verwünschungen, mit denen sie die Menge überhäufte, die zu ihrer Verurteilung zusammengeströmt war.«

»Man wird sich daran erinnern, wer sie war und was sie getan hat. Aber ich glaube nicht, dass man sich in einer Woche noch daran erinnern wird, wie sie ausgesehen hat. Ich glaube, die Tatsache, dass sie immer übersehen, immer vergessen und ignoriert wurde, hat die Verrücktheit nur verstärkt, mit der sie schon auf die Welt gekommen ist.« Nachdem beide eine Weile stumm darüber sinniert hatten, fragte sie: »Geht es Walin gut?«

»Aye, recht gut. Ich vermute, er wird sich bald hereinschleichen, um nach dir zu sehen. Das hat er ziemlich häufig getan, während du geschlafen hast. Simon hat eingesehen, dass es ein Fehler war, nicht auf den Jungen zu hören, als er meinte, es handle sich um eine Falle. Offenbar hat Walin mitbekommen, dass Ide damit prahlte, dich bald los zu sein. Wenn wir das gewusst hätten, hätten wir dich wahrscheinlich nicht allein gelassen, als wir zu dem alten Geordie ritten.«

»Walin hört und sieht vieles, was wichtig ist.«

Er nickte, dann atmete er tief durch und sagte: »Walin hat mir gesagt, dass Ada behauptete, er sei mein Sohn.«

Morainn zuckte zusammen. Um Walin nicht hergeben zu müssen, hatte sie in einem Anflug von Selbstsucht überlegt, ob sie das nicht für sich behalten sollte. »Hat Ada nicht darüber gesprochen, als sie ihr Geständnis ablegte?«

»Doch, das schon, aber sie klang so verrückt, dass ich nicht wusste, was ich davon glauben sollte. Allerdings könnte es durchaus möglich sein. Eine Margaret Macauley war vor sieben Jahren meine Geliebte, und später erfuhr ich, dass sie ins Kloster geschickt worden und dort gestorben war. Doch dass sie dort ein Kind bekommen hatte, hat mir keiner gesagt. Aber Walin hat tatsächlich Züge an sich, die mich an meine Familie erinnern.«

»Ja, das stimmt.« Morainn berichtete ihm alles, was Ada ihr im Wohnturm erzählt hatte.

Tormand fuhr sich fluchend durchs Haar. »Sie hat also schon seit langem Leute umgebracht.«

»Jawohl. Wahrscheinlich werden wir nie erfahren, wie viele sie auf dem Gewissen hat. Anfangs war sie stets sehr darauf bedacht, die Spuren ihres Tuns sorgfältig zu verwischen, damit es so aussah, als seien ihre Opfer eines natürlichen Todes gestorben.«

»Aber jetzt sollten wir uns nicht mehr über diese Verrückte unterhalten, sondern lieber über Walin.« Tormand stand auf. »Doch im Moment haben wir wohl keine Zeit dafür, denn ich glaube, Nora und ihre Mutter sind da. Abgesehen davon sollten wir unser Gespräch vielleicht erst fortsetzen, wenn du dich wieder etwas kräftiger fühlst.«

Kaum hatte er zu reden aufgehört, als Nora und ihre Mutter hereinkamen. Morainn war froh über diesen Aufschub. Sie fürchtete, Tormand würde ihr erklären, dass er ihr Walin wegnehmen würde. Deshalb ging er wohl auch davon aus, dass sie erst noch zu Kräften kommen müsse, um mit ihm zu streiten und darauf zu beharren, dass Walin zumindest einen Teil seines Lebens bei ihr verbringen dürfte.

Als Nora und ihre Mutter sie gewaschen hatten, das Bettzeug und das Nachthemd gewechselt waren und auch ihr Haar frisch gewaschen und geflochten war, fühlte sich Morainn so schwach, dass sie nicht einmal ihr Kopfkissen aufschütteln konnte. Die beiden gingen hinaus, um ihr etwas zu essen und zu trinken zu besorgen. Währenddessen lag Morainn nur da, sie war sogar zu matt, um nachzudenken. Als Nora mit Käse, Brot, Obst und etwas, was wie eine würzige Brühe roch, zurückkehrte, kostete es sie Mühe, wieder richtig wach zu werden.

»Ist deine Mutter schon gegangen?«, fragte sie Nora, als ihre Freundin ihr beim Aufsitzen half und begann, ihr die reichhaltige Brühe mit einem Löffel einzuflößen.

»Nein, sie ist in der Küche und macht den Männern etwas zu essen. Sie will Sir Tormand dazu bringen, ihre Cousinen Mary und Agnes einzustellen, um sein Haus sauber zu halten und für ihn zu kochen. Mary und Agnes haben ihr kleines Häuschen verloren und leben mittlerweile bei ihren Söhnen. Sie würden sich freuen, ein Zimmer für sich zu haben und ein bisschen Geld zu verdienen. Auch wenn sie ihre Söhne lieben, fällt es ihnen doch schwer, mit ihnen und ihren wachsenden Familien unter einem Dach zu leben.«

»Ich glaube, Tormand ist ein guter Diensther, egal, was Magda behauptet«, sagte Morainn.

»Aye, das glaubt meine Mutter auch.« Nora reichte Morainn einen Kanten Brot, den sie in Honig getunkt hatte. »Ich habe geweint, als ich sah, was diese Ungeheuer dir angetan haben.«

»Ich habe es überlebt, Nora. Viele hatten nicht so viel Glück wie ich.«

»Das habe ich mir auch gesagt, und es hat mir geholfen. Das und dass die Wunden gut heilen und wohl nicht allzu viele Narben zurückbleiben werden.«

Morainn hatte gerade von dem Brot abbeißen wollen, doch sie hielt bestürzt inne. An die Narben hatte sie noch gar nicht gedacht! War sie womöglich zeit ihres Lebens verunstaltet? Doch gleich darauf schüttelte sie den Kopf und aß weiter. Eitelkeit war ein gefährliches Laster. Sie hatte sich nie für eitel gehalten, aber offenbar war sie es doch, wenn auch nur ein klein wenig. Wann immer sich die Eitelkeit melden würde, wollte sie sich ab sofort vorsagen: ›Ich bin am Leben‹. Die Sorge, wie Tormand ihre Narben empfinden würde, verbannte sie rigoros aus ihrem Kopf. Wenn der Mann nicht ein paar Wundmale auf dem Körper seiner Geliebten ertragen konnte, dann sollte sie froh sein, wenn sie ihn los war.

Was sie wahrscheinlich ohnehin bald sein würde, schoss ihr gleich darauf durch den Kopf. Sie verkniff sich die Tränen. Es würde ihr zweifellos das Herz brechen, wenn er sie verließ, aber sie war entschlossen, nicht allzu lang zu trauern. Sie würde den brünstigen Narren immer lieben, aber sie gehörte nicht zu den Menschen, die es lange nicht verwinden können, wenn ihnen etwas versagt wird. In ihrem Leben gab es vieles, was sie nicht haben konnte. Sie wusste, ohne ihn zu leben wäre viel besser, als ohne seine Liebe zu leben oder sich ständig zu sorgen, wie oft er ihr Bett wegen des Bettes einer anderen verließ.

»Hast du Schmerzen?«, fragte Nora.

Zweifellos hatte ihre Freundin bemerkt, wie sich ihre Miene verdüstert hatte. Morainn war heilfroh, dass Nora nicht den wahren Grund erraten hatte. »Nein, nicht sehr viele«, sagte sie. »Ich musste nur eben gegen einen plötzlichen Anfall von Eitelkeit ankämpfen.« Sie lächelte schief. »Ich habe immer gedacht, ich wäre nicht eitel, aber offenbar ist mein Herz doch nicht ganz frei von dieser Sünde.«

»Davor ist niemand gefeit. Allerdings ist es ratsam, sie möglichst klein zu halten, damit man nicht ständig darüber nachdenkt, wie man aussieht. Ich habe meine Eitelkeit entdeckt, als James mich einmal beim Ausmisten des Schweinestalls überraschte und ich von Kopf bis Fuß voller Mist war. Der Narr hat gelacht. Alsbald war er ebenfalls voller Mist.« Sie grinste breit.

Morainn musste lachen, obwohl ihre Wunden ein wenig schmerzten. »Ich darf mich nicht über ein paar kleine Narben beklagen. Wenn ich den Mut aufbringe, sie anzusehen, werde ich mir sagen, dass ich am Leben bin. Außerdem habe ich noch meine Haare, und die beiden hatten nicht die Zeit, mir das Gesicht zu zerschneiden wie den armen anderen Frauen.«

Nora erschauderte. »Hör auf. Ich will über diese Dinge nicht mehr nachdenken. Sprechen wir lieber von etwas anderem. Ist Walin wirklich Sir Tormands Sohn?«

»Ja, ich glaube schon, auch wenn ich nicht weiß, ob mich dieses Thema aufheitert. Als Ada mir davon erzählte, war sie nicht so verrückt wie später, als Simon sie in den Ort zurückschleppte. Ihr Wahn war zwar da und wäre fast außer Kontrolle geraten, aber ich bin mir sicher, dass sie wusste, was sie sagte, und ich habe ihr geglaubt.«

Sie berichtete Nora alles, was Ada ihr erzählt hatte. »Tormand meint, der Junge weist Züge seiner Familie auf, und das stimmt auch. Die Mutter hat Walin vielleicht das wundervolle schwarze Haar und die großen, blauen Augen vererbt, aber alles andere hat er von Tormand. Das wurde mir sofort klar, als Ada die Geschichte erzählt hat.«

»Und wie soll es jetzt weitergehen?«

»Ich habe keine Ahnung. Er ist Tormands Sohn, dessen bin ich mir sicher. Ich bin nur die Person, die sich vier Jahre um ihn gekümmert hat.«

»Für Walin bist du weit mehr. Weißt du, was ich glaube? Der Junge wird die Sache selbst regeln.«

»Das wäre wahrscheinlich das Beste.«

Bald darauf verabschiedete sich Nora, und Morainn war froh

darüber, auch wenn sie deshalb ein schlechtes Gewissen hatte. Sie war müde, und ihre Wunden schmerzten. Doch am meisten schmerzte ihr Herz. Sich daran zu erinnern, dass sie immerhin noch am Leben war, half ihr in dem Moment nicht sehr viel. Vergeblich versuchte sie, sich einzureden, dass sie bestimmt nur deshalb so niedergeschlagen und den Tränen so nah war, weil sie noch sehr geschwächt war. Die beste Medizin gegen ihre düstere Stimmung bestand wohl darin, sich wieder in den Schlaf zu flüchten. Sie schloss die Augen. Es war ein feiger Rückzug, das wusste sie genau, aber sie nahm sich fest vor, später tapfer und stark zu sein.

»Morainn? Bist du wach?«

Sie wachte nicht auf, weil eine kleine Hand ihr Gesicht tätschelte, sondern weil sie die Stimme des lieben Jungen hörte, die ihr so vertraut war wie die eigene. Sie drehte den Kopf, schlug langsam die Augen auf und lächelte Walin an. Seine besorgte Miene verschwand, und er lächelte zurück. Es gab ihr einen Stich ins Herz, als sie daran dachte, dass sie den Jungen vielleicht bald an seinen Vater verlieren würde, einen Vater, der Walin ein weitaus besseres Leben bieten konnte als sie.

Sie streichelte seine weiche Wange und kämpfte gegen den Drang an, ihn in die Arme zu nehmen und wegzulaufen. Ein lächerlicher Drang, denn sie war noch viel zu schwach, um weit zu laufen, und Tormand würde sie sowieso finden, egal, wie weit sie lief und wie gut sie sich versteckte. Außerdem würde ihm seine große Familie zur Seite stehen.

»Ja, jetzt bin ich's«, scherzte sie. »Warst du artig, während ich geschlafen habe?«

»Natürlich. Sie wollten mich nicht zur Hinrichtung gehen lassen, aber das war mir egal. Ich wollte diese Frau ohnehin nicht noch einmal sehen. Aber Morainn, hast du gehört, was sie gesagt hat? Ich habe einen Vater. Sir Tormand ist mein Vater.«

»Aye, das habe ich gehört, und du bist sein Sohn. Das sehe ich jetzt ganz deutlich.« Als Walin das Gesicht verzog, fragte sie:

»Freust du dich denn nicht? Du wolltest doch immer wissen, wer dein Vater ist.«

»Aye, und ich freue mich ja auch. Aber ich kann dich nicht verlassen, und wenn ich einen Vater habe, bedeutet das, dass ich bei ihm bleiben muss. Seine Brüder und seine Cousins reden ständig darüber, dass ich bald alle Murrays kennenlernen werde, die ja jetzt meine Verwandten und mein Klan sind. Aber ich weiß nicht, ob ich das will. Wenn ich daran denke, fällt mir ein, dass du dann wohl nicht bei mir sein wirst, und dann gefällt es mir gar nicht mehr.« Seufzend schmiegte er den Kopf an ihre Brust. »Ich will dich nicht verlieren. Niemals.«

»Walin, mein Lieber, du kannst mich gar nicht verlieren. Niemals. Aber …« Sie zauste ihm sanft seine dichten schwarzen Locken. »… du wirst jeden Tag älter, und jetzt hast du einen Vater, der dir gern Dinge zeigen und beibringen will. Dich erwartet ein sehr gutes Leben.«

»Ich bin trotzdem noch immer ein Bastard.«

»Das ist nicht zu ändern, aber wir wissen beide, dass viele Bastarde es zu großem Ruhm und Reichtum gebracht haben. Alles, was ich dir bieten kann, ist Arbeit im Garten und mit den wenigen Tieren, die wir haben.«

»Magst du mich denn gar nicht mehr um dich haben?«

»Natürlich mag ich. Sei doch nicht albern. Glaub mir, ich werde dich immer lieben wie mein eigenes Kind. Aber es geht um eine Entscheidung, die du und dein Vater fällen müssen.«

Walin stand auf und nickte. »Aye. Von Mann zu Mann.«

»Ganz genau.«

Morainn hoffte nur, dass sie bei ihren Männergesprächen auch an sie denken würden. Es würde sie umbringen, auch Walin zu verlieren. Dann wäre sie wirklich völlig allein.

***

Es dauerte noch drei Tage, bis Morainn endlich das Gefühl hatte, stark genug zu sein, um sich selbst um das Notwendigste kümmern zu können. Sie nahm sogar wieder die Stickerei für Noras Aussteuer auf, auch wenn sie jeder Handgriff viel schneller erschöpfte, als ihr lieb war. Es würde bestimmt noch mindestens eine Woche dauern, bis sie wieder in ihr Häuschen und zu den dort auf sie wartenden Aufgaben zurückkehren konnte.

Eigentlich wollte sie nicht gehen. Tormand besuchte sie mehrmals am Tag, seine Verwandten spazierten immer wieder auf einen Plausch oder eine Partie Schach zu ihr, und alle kümmerten sich rührend um sie. Sie wurde richtig verwöhnt und musste regelrecht gegen das Bedürfnis ankämpfen, sich an Tormand zu klammern, bis er sie wegwarf, wie er es mit so vielen anderen Geliebten getan hatte. Doch sie wusste, dass es weder ihrem Herz noch ihrem Stolz guttat, so lange zu bleiben, bis alles Gute zwischen ihnen durch seine Ablehnung verdorben würde. Es war besser zu gehen, solange die süßen Erinnerungen noch wach waren. Lieber wollte sie sich selbst den Schmerz des Verlustes zufügen, als es Tormand tun zu lassen.

Als sie ins Bett kroch, um sich ein wenig auszuruhen, kam ihr wieder Walin in den Sinn. Der Junge war hin- und hergerissen zwischen ihr und seiner Freude, einen Vater und eine große Familie zu haben, die ihn mit offenen Armen aufnahmen. Sie hatte sich mit Tormand geeinigt, dass sie Walin Zeit geben wollten, sich alles gründlich durch den Kopf gehen zu lassen. Aber sie wusste, dass Tormand den Jungen gern bei sich aufnehmen wollte. Außerdem wusste sie, dass niemand für ihre Seite und gegen Tormand Partei ergreifen würde, selbst wenn Walin nicht sein legitimer Sohn war.

Jedes Mal, wenn Walin ihr über seine Abenteuer mit den Murrays berichtete, und jedes Mal, wenn er das Wort Vater in den Mund nahm, wurde Morainn trauriger. Sie verlor den Jungen, dessen war sie sich sicher. Als Nora zu Besuch kam, konnte Morainn, wann immer sie von Walin sprachen, am Gesicht ihrer Freundin ablesen, dass sich Nora dessen ebenfalls sicher war.

Plötzlich klopfte es leise an der Tür. Morainn bat den Gast

herein. Anfangs freute sie sich, Tormand zu sehen, doch dann bemerkte sie, dass er sehr ernst wirkte. Hatte Walin seine Entscheidung getroffen?

»Jemand will dich sprechen«, sagte Tormand.

»Wer kann das sein, dass du meinst, ihn so förmlich ankündigen zu müssen?«, fragte sie. »Ist es jemand, den ich nicht kenne?«

»Na ja, du kennst ihn, aber du hast wohl nie persönlich mit ihm zu tun gehabt. Er war in den letzten Tagen schon öfter da, aber ich habe ihn nicht vorgelassen. Ich wollte, dass du erst zu Kräften kommst, bevor du mit ihm redest.«

»Warum?«

»Weil er befürchtet hat, die Nachricht, dass du einen Bruder hast, könnte dich zu sehr erschüttern.«

Morainn starrte auf den Mann, der auf der Schwelle stand. Obgleich sie ihn erst ein einziges Mal getroffen hatte, und das vor zehn Jahren, war Sir Adam Kerr, Laird von Dubhstane, jemand, den man nicht so schnell vergaß. Mit seiner beeindruckenden Statur – er war fast zwei Meter groß –, seinen breiten Schultern und seinem sehnigen Körper sah er fast so gut aus wie Tormand. Sir Adam Kerr hatte blaue Augen und dichtes, langes, schwarzes Haar, und außerdem einen sehr schönen Mund, dessen Unterlippe voller war als die obere. Der Mund eines geschickten Verführers, dachte Morainn. Sein Gesicht war so prägnant geschnitten, dass jeder Bildhauer Tränen der Freude vergossen hätte. Seine überraschenden Neuigkeiten dröhnten ihr in den Ohren, sie hatte das Gefühl, als wiche schlagartig das ganze Blut aus ihrem Kopf. Ihr letzter klarer Gedanke war: Warum hatte Sir Adam Kerr ihre Augen?

»Ich habe Euch doch gesagt, dass sie noch nicht stark genug ist«, meinte Tormand und eilte zu Morainn. Er rieb ihr sanft die Handgelenke, um sie aus ihrer Ohnmacht zu erwecken.

»Vermutlich hätte sie die Nachricht auch dann schwer getroffen, wenn sie bei bester Gesundheit gewesen wäre«, meinte Sir Adam und setzte sich auf den Stuhl neben dem Bett.

»Aber warum musstet Ihr es ihr ausgerechnet jetzt mitteilen?«

»Weil sie bislang noch nie dem Tod so nah gewesen war«, erwiderte er leise. »Mir wurde plötzlich klar, dass sie fast die einzige lebende Verwandte ist, die ich noch habe. Mein Vater hat zwar noch ein paar andere Bastarde gezeugt, aber keiner von ihnen hat besonders lang gelebt. Zu dem Zeitpunkt, als ich sie hätte unterstützen können, waren sie schon lange tot und begraben. Nur Morainn ist übrig geblieben.« Sir Adam Kerr lächelte schwach. »Meine Familie hat sich nicht so ausgiebig fortgepflanzt wie Eure.« Er sah wieder auf Morainn. »Ich glaube, sie rührt sich wieder. Wenn Ihr so freundlich wärt – ich würde gern allein mit ihr sprechen.«

Tormand zögerte einen Moment lang, er hätte Kerr die Bitte am liebsten abgeschlagen, doch dann fügte er sich. Als Kerr das erste Mal auf Tormands Schwelle erschienen war, kurz, nachdem Morainns Wunden versorgt worden waren, hätte er dem Mann fast die Tür in sein viel zu schönes Gesicht geworfen. Er wäre beinahe erstickt vor Eifersucht, als er sich die Frage stellte, welche Rolle dieser Mann wohl in Morainns Leben spielte. Doch dann hatte er eine gewisse Belustigung in den Augen seines ungebetenen Gastes aufblitzen sehen, Augen, die denen Morainns auffallend glichen, und hatte seine Eifersucht überwunden. Das war ihm in jenem Moment leichtgefallen, weil ihm schlagartig etwas klar geworden war: Ihm hatte die Vorstellung gefallen, dass Morainn allein auf dieser Welt war und niemanden hatte außer Walin, er also keinen ernsthaften Rivalen um ihre Zuneigung und ihre Aufmerksamkeit zu fürchten hatte. Als Sir Adam Kerr verkündete, dass er Morainn die Wahrheit über ihre Verwandtschaft sagen würde, ging Tormand auf, wie selbstsüchtig er gewesen war. Dafür lehnte er den Mann allerdings erst einmal ab.

Obwohl er Kerr schließlich mehrmals gestattet hatte, nach Morainn zu sehen, hatte er sich standhaft geweigert, den Mann mit ihr reden zu lassen. Er hatte das Gefühl, dass es ein schwerer Schlag für sie sein würde, wenn sie herausfand, dass sie einen Bruder hatte. Sie sollte erst ganz gesund sein, bevor ihr Kerr diesen Schlag versetzte. Dass Morainn bei der Nachricht die Sinne geschwunden waren, zeigte nur, dass er recht gehabt hatte. Wahrscheinlich war es für eine solche Nachricht immer noch zu früh gewesen. Er beschloss, sich auf den Treppenabsatz zu setzen, weit genug weg, damit sich Morainn und Sir Adam ungestört unterhalten konnten, aber nah genug, um mitzubekommen, wenn das Gespräch zu hitzig wurde oder Morainn Hilfe brauchte.

Als Morainn die Augen aufschlug, erblickte sie Sir Adam Kerr an ihrem Bett, der ihr einen kleinen Becher unter die Nase hielt. Einen Dank murmelnd, nahm sie den Becher, roch, dass es Wein war und leerte ihn in einem Zug. Das starke Getränk wärmte sie rasch, und sie fühlte sich etwas ruhiger, als sie Sir Adam den leeren Becher zurückgab.

»Warum?«, fragte sie, während er den Becher abstellte und sich dann breitbeinig auf den Stuhl neben ihrem Bett niederließ.

»Weil mein Vater ein brünstiger alter Bock war«, erwiderte er gedehnt.

Sie hustete, um nicht lachen zu müssen. »Nein, ich meinte, warum sagt Ihr mir das jetzt? Warum habt Ihr so lange gewartet?«

»Tja nun – solange mein Vater noch lebte, wollte er nicht, dass ich mit den anderen seiner Nachkommen etwas zu tun habe.«

»Hatte er denn noch mehr?«

»Traurigerweise ja, aber du bist die Einzige, die noch am Leben ist. Sobald ich alt genug war, um diesen Abkömmlingen zu helfen, habe ich es versucht, aber die wenigen, die damals noch lebten, weilten nicht lange unter uns. Das Schicksal meinte es nicht gut mit ihnen. Ich versuchte, deiner Mutter zu helfen, aber sie wollte nichts mit jemandem namens Kerr zu tun haben. Sie hatte ihren Stolz. Trotzdem habe ich auf sie aufgepasst. Leider war ich nicht hier, als sich die Leute aus dem Ort gegen sie wandten und dich verstießen.«

»Stolz, ja, davon hatte meine Mutter eine ganze Menge.« Sie verzog das Gesicht. »Deshalb habt Ihr mich also das Häuschen und das Land nutzen lassen.«

Er nickte. »Mein Vater war damals schon zu krank, um zu merken, was ich tat, aber er war noch so klar im Kopf, dass ich dich nicht nach Dubhstane bringen konnte. Und außerdem«, fuhr er augenzwinkernd fort, »machst du einen ausgezeichneten Met.«

Sie lächelte, auch wenn ihr etwas unbehaglich zumute war. Es war seltsam, auf einmal einen Bruder zu haben, einen Blutsverwandten. Unwillkürlich stieg Argwohn in ihr auf. Warum wich dieser Mann auf einmal von dem Pfad ab, den er bislang so standhaft beschritten hatte?

»Aha, jetzt bist du misstrauisch«, sagte er und nickte. »Gut, aber das brauchst du nicht zu sein. Abgesehen von ein paar Cousins, die meist um viele Ecken mit uns verwandt sind, bist du meine einzige Blutsverwandte. Das ist mir aber erst aufgegangen, nachdem ich erfahren hatte, dass du schwer verletzt worden bist.«

»Aber Euer Vater ist doch schon vor Jahren gestorben, wenn ich mich recht entsinne. Warum ist es Euch nicht schon damals aufgegangen?«

»Weil du dich damals recht gut eingerichtet hattest. Ich hatte daran gedacht, es dir zu sagen, aber dann hatte ich das Gefühl, dass schon genügend Bürden auf deinen Schultern lasteten – das Kind, das man dir vor die Tür gelegt hatte, die Leute, die ständig munkelten, du seist eine Hexe, und jeder Narr im Umkreis von mehreren Meilen, der glaubte, du seist mit deiner Gunst recht freizügig und wärst deshalb leichte Beute. Außerdem habe ich den Ruf meines Vaters geerbt, zu oft mit zu vielen Frauen zu verkehren. Warum dich damit weiter in Verruf bringen? Als ich erfuhr, dass dich die Mörder angegriffen hatten, wollte ich zu deiner Rettung eilen, aber Sir Tormand war schneller.«

Er beugte sich vor, stützte die Ellbogen auf die Knie und sah sie eindringlich an. »Was bedeutet dir Sir Tormand Murray?«

Alles, dachte sie, sagte es aber nicht. »Da Ihr so viel über mich wisst, habt Ihr wahrscheinlich auch erfahren, dass ich manchmal Visionen habe.« Er nickte. »Ich hatte Visionen von den Morden«, fuhr sie fort. »Und ich dachte, vielleicht könnten sie helfen, die Mörder zu finden. Sie haben mir jedenfalls gezeigt, dass Sir Tormand nicht der Mörder war. Auch Sir Simon und Sir Tormand glaubten, dass die Visionen bei der Suche helfen könnten. Als die Mörder auf mich aufmerksam wurden, waren Sir Simon und Sir Tormand der Meinung, dass Walin und ich bei ihnen sicherer wären.«

»Das hast du schön gesagt, und es ist sicher wahr, aber es ist nicht die volle Wahrheit.« Er hob eine elegante, schmale Hand, um ihren Protest zu unterbinden. »Aber momentan ist es nicht weiter wichtig. Vielleicht können wir zu einem späteren Zeitpunkt noch einmal darüber reden.«

»Vielleicht. Warum Euer schlechter Ruf Euch davon abgehalten hat, verstehe ich allerdings nicht ganz. Ich gelte als Hexe; man weiß, dass ich ein Bastard bin; und man glaubt, dass das Kind, das ich bei mir aufgenommen habe, mein leiblicher, unehelich gezeugter Sohn ist. Ein Bruder, der ein Lustmolch ist, hätte kaum zusätzlichen Schaden angerichtet.«

»Ich habe nie behauptet, die Sache sorgfältig durchdacht zu haben.« Er lehnte sich zurück, verschränkte die Arme vor der Brust und blickte düster in den Kamin. »Mir war nicht klar, wie selbstverständlich ich stets davon ausgegangen bin, dass du einfach da bist. Das wurde mir erst richtig klar, als ich befürchten musste, du würdest vielleicht sterben. Ich wollte nicht alleine sein«, fügte er leise hinzu.

Morainn verstand sehr gut, was in ihm vorgegangen war, und hätte ihn am liebsten umarmt. Doch sie fand es noch zu früh für solche Nähe, für ein solches Zeichen schwesterlicher

Zuneigung. Sie wusste ja kaum etwas über diesen Mann, nur, was er ihr an Gutem getan hatte, und dass er einen schlechten Ruf hatte. Um ihr Misstrauen aufgeben zu können, das sie sich notgedrungen schon in jungen Jahren angeeignet hatte, musste sie mehr über ihn erfahren.

»Was ist denn mit Eurem Harem?« Sie grinste, als er sie böse anstarrte. »Mit einem Harem ist man doch nie allein.«

Als Adam die Frau ansah, die eine Fremde und doch eine Schwester für ihn war, merkte er, dass sie ihn aufzog. Es fühlte sich seltsam an, aber gleichzeitig auch gut. Niemand zog ihn auf, niemand hatte das je getan, nicht einmal sein Vater. Nun fiel ihm ein, was er jedes Mal, wenn er hierhergekommen war, bei den Murrays beobachtet hatte, und ihm ging auf, dass Necken wohl etwas war, was Familienangehörige miteinander machten. Allerdings musste man sich erst einmal daran gewöhnen.

»Ich habe keinen Harem und hatte auch nie einen. Eine Frau allein macht einem Mann schon genügend Ärger, da braucht er nicht noch mehr.«

»Ach so.« Morainn fand es lustig, wie er sie ansah – so, als wüsste er nicht recht, was er mit ihr anstellen sollte. »Aber was erwartet Ihr jetzt eigentlich von mir?«

»Ich weiß es nicht.«

Das passiert diesem Mann bestimmt nicht sehr oft, dachte Morainn. »Kann ich in meinem Häuschen bleiben?«

»Selbstverständlich. Aber soll das heißen, dass du nicht bei Sir Tormand bleiben willst?«

»Er hat mich nicht darum gebeten.«

»Soll ich den großen Bruder spielen und mich darum kümmern?«

»Lieber nicht.«

»Wie du meinst.«

Morainn glaubte, ein stummes ›einstweilen‹ in seiner Stimme zu hören, aber sie fand, dass jetzt nicht der richtige Zeitpunkt war, um sich darüber zu streiten.

Er streckte die Hand aus. »Sollen wir anfangen zu lernen, wie man sich als Verwandte verhält?«

Sie lächelte und nahm seine Hand. »Warum nicht?« Als er sie umarmte, lachte sie und spürte, dass ihr etwas leichter ums Herz wurde.

Tormand hörte sie lachen und seufzte. Er freute sich für sie, aber ein Bruder konnte auch eine Hürde sein. Es wurde langsam Zeit, dass er seine Beziehung zu Morainn ordnete, bevor ihr neugefundener Bruder seine Nase in diese Angelegenheit steckte.

19

Morainn seufzte, als sich warme Lippen an ihren Halsansatz pressten. Es war ihr nicht gelungen, Tormand aus ihren Träumen zu verbannen, aber kein Traum hatte sich je so echt angefühlt wie dieser. Leicht schwielige Hände umfassten ihre Brüste, und sie schob sich ihrer Berührung entgegen. Sie hatte lange darüber nachgedacht, ob sie noch ein letztes Mal mit Tormand schlafen sollte, bevor sie in ihr Häuschen zurückkehrte, war dann aber zu dem Schluss gekommen, dass es wohl nicht besonders klug wäre. Doch nach vier Tagen, in denen sie ihre schlimmsten Schmerzen mehr oder weniger verschlafen hatte, den darauf folgenden drei Tagen, in denen sie versucht hatte, wenigstens ein paar Stunden am Stück wach zu bleiben, und einer weiteren Woche der Genesung, in der sie ihren Bruder kennengelernt hatte, war sie einfach ausgehungert nach Tormands Berührung.

»Morainn«, flüsterte ihr Tormand ins Ohr. »Wach auf, mein Schatz. Ich möchte, dass du wach und gierig auf mich bist, wenn wir uns lieben.«

Diese Stimme erklang nicht in ihrem Kopf, wie es eine Traumstimme eigentlich hätte tun sollen. Es war ein Flüstern an ihrem Ohr; jedes Wort liebkoste sie mit einem kleinen warmen Lufthauch. Morainn schlug die Augen auf und erblickte Tormand, der auf sie herablächelte. Sie waren beide nackt. Die Entscheidung, ob sie nun eine weitere hitzige Erinnerung zu den andern Erinnerungen, die sie an diesen Mann hatte, hinzufügen sollte, war gefallen. Jetzt lag er in ihren Armen, und sie hatte nicht die Kraft, ihn abzuweisen. Nur allzu bald würden ihre Arme wieder leer sein – und leer bleiben.

»Du bist ganz schön raffiniert«, sagte sie.

»Eher sehr, sehr bedürftig«, entgegnete er und knabberte an ihren Lippen. »Es ist sehr lang her.«

»Viel zu lang«, pflichtete sie ihm bei und küsste ihn.

Die Freude, die er in ihrem Kuss schmeckte, und das Verlangen, das darin steckte und das genauso groß zu sein schien wie sein eigenes, reichten Tormand als Einladung. Er hatte seine Lust gezügelt, solange Morainn in ihrem Genesungsprozess steckte, doch jetzt lockerte er die Zügel. Er wollte diese Frau verschlingen, sich tief in ihr vergraben, wieder und immer wieder. Und nach einer kleinen Verschnaufpause wollte er den Tanz wiederholen. Doch vorerst würde er seinen Hunger wohl nur einmal stillen, zumindest bis nach dem Abendessen würde er wohl warten müssen, um das Bett erneut mit ihr zu teilen. Außerdem musste er bezüglich ihrer gemeinsamen Zukunft einiges regeln; es galt, Pläne zu machen, das konnte er nicht länger hinausschieben.

Am liebsten wäre ihm gewesen, sie würde ihn lieben. Aber er wollte nicht so lange warten, bis sie ihn wirklich liebte, um sie um ihre Hand zu bitten. Sie mochte ihn, dessen war er sich sicher. Außerdem teilten sie das Verlangen nacheinander. Das musste vorläufig reichen. Jetzt wollte er sie erst einmal lieben, bis sie schrie vor Lust, und sie an all das erinnern, was sie teilten.

Nachdem er sie geküsst hatte, bis sie kaum noch Luft bekam und sich an ihm festklammerte, küsste Tormand sich den Weg ihren schlanken Körper entlang nach unten. Er widmete ihren vollen Brüsten so viel Aufmerksamkeit, bis sie keuchte und sich ihm entgegenhob, dann wandte er sich ihrem anderen süßen Punkt zu. Bei jeder Narbe auf dem Weg zu seinem Ziel verweilte er, entschlossen, Morainn zu zeigen, dass sie ihm nichts ausmachten, ja ihre Schönheit in keiner Weise schmälerten.

Sanft küsste er sich den Weg die Narbe auf der Innenseite ihres rechten Oberschenkels nach unten, um dann die Narbe am linken Oberschenkel entlang wieder nach oben zu wandern. Als er die weichen Locken zwischen ihren wundervollen

Beinen küsste, zuckte ihr ganzer Körper zusammen. Ein fester Griff um ihre Beine verhinderte, dass sie sich ihm entzog. Bald spürte er, wie ihr Erschrecken über eine solche Intimität nachließ und sie sich seiner gierigen Zärtlichkeit hingab. Tormand fuhr fort, sie wieder und immer wieder auf lustvolle Höhenflüge zu schicken, ohne ihr zu erlauben, sich zwischenzeitlich zu erholen.

»Tormand«, stöhnte Morainn, »hör auf mich zu foltern.«

Er grinste, den Kopf auf ihren angespannten, seidenen Bauch geschmiegt, und auch sein ganzer Körper zitterte vor Verlangen, in sie einzudringen. »Ist es eine Folter?«, fragte er, als er sich langsam ihren Körper entlang nach oben küsste.

»Tormand«, fauchte sie und schlang ihre Beine fest um ihn, sobald sie spürte, wie seine harte Männlichkeit sie dort streifte, wo sie sich so nach ihm sehnte. »Tu es jetzt!«

»Forderndes Biest!«

Er murmelte diese Worte zärtlich gegen ihren Mund. Dann vereinigte er ihre Körper, und sie seufzte wonnig auf. Er versuchte, die Lust nur langsam zu steigern, doch Morainns Gier kostete ihn seine letzte Kontrolle. Mit einem leisen Fauchen begann er, sich immer heftiger zu bewegen und sie beide mit einer Dringlichkeit, die er bis zu diesem Moment noch nie verspürt hatte, zu den Höhen der Lust zu treiben.

Morainn betrachtete den Mann, der lang ausgestreckt neben ihr lag. Die Befriedigung vibrierte noch in ihr Körper, doch beim Anblick seines großen, starken Körpers spürte sie neues Verlangen in sich aufsteigen. Tormand Murray hatte sie wahrhaftig in ein lüsternes Weib verwandelt, doch das störte sie nicht im Geringsten. Sie dachte daran, wie er aus dem Bett getaumelt war, um ein feuchtes Tuch zu holen und sie beide zu säubern, und wie er danach auf dem Bett zusammengebrochen war, als hätte ihn das den Rest seiner Kraft gekostet. Es schmeichelte ihr, diesen berühmten Liebhaber in eine solche Verfassung versetzt zu haben.

Seine Männlichkeit ruhte schlaff in dem Nest aus goldbraunen Locken zwischen seinen starken Oberschenkeln. Müßig überlegte sie, was sie wohl damit anstellen könnte, um ein ebensolch aberwitziges Verlangen in ihm zu entfachen, wie er es mit seinen intimen Küssen bei ihr tat. Sie schlang den Arm um seine schlanke Taille. Als er die Augen aufschlug, lächelte sie ihn nur unschuldig an, auch wenn ihr in diesem Moment die schamlosesten Gedanken durch den Kopf gingen.

»Wir müssen noch über Walin reden«, sagte er. Seine Stimme klang noch immer rau vor Leidenschaft.

Das war das Letzte, worüber Morainn reden wollte. Sachte fuhr sie über seine Hüften und seine Oberschenkel. Aus dem Augenwinkel bemerkte sie, dass sich zwischen seinen Beinen etwas regte.

Tormand achtete diesmal nicht darauf, wie sein Körper auf ihre scheinbar gedankenverlorenen Zärtlichkeiten reagierte. Er musste sich an diesem Tag endlich wieder einmal am Hof zeigen, schließlich hatte er einige Verpflichtungen gegenüber seiner Familie. Er hatte sich vorgenommen, mit verschiedenen Leuten zu reden, die seinem Klan helfen konnten, sei es durch ein Bündnis oder durch irgendein gewinnbringendes gemeinsames Unternehmen. Doch davor wollte er noch die Sache mit Walin regeln. Die Zeit war zwar zu knapp, um jetzt mit Morainn über all seine Hoffnungen und Pläne zu sprechen und über all das, was er von ihr wollte und brauchte; aber wenn sie über Walins Zukunft sprachen, konnte er vielleicht auch andeuten, wie eine gemeinsame Zukunft für sie alle aussehen könnte. Und vielleicht würde das reichen, dass sie bei ihm blieb, bis er es geschafft hatte, die wahre Liebe auch in ihr zu wecken.

»Ich dachte, wir könnten uns die Aufgabe teilen, ihn großzuziehen.« Er spürte, wie ihre sanfte, neckende Liebkosung etwas zögerlich wurde. »Walin hält das für einen guten Plan. Er möchte uns beide in seinem Leben haben.«

»Und was möchtest du?«, fragte sie.

Ich möchte, dass diese kleine Hand sich ein klein wenig nach links bewegt, dachte er, verkniff sich diese Bemerkung jedoch und sagte stattdessen: »Der Junge braucht eine Familie.«

»Dann soll er eine bekommen. So viel Familie, wie wir ihm bieten können.«

Er musste tief durchatmen. Als hätte sie seine Gedanken gelesen, bewegte sich die Hand, und ihre langen Finger schlossen sich um seine rasch härter werdende Männlichkeit. »Ich denke, wir würden ihm beide guttun.«

Seine Worte ließen sie an eine Hochzeit denken, an eine Zukunft, an Liebe und an Kinder mit unterschiedlichen Augen. Doch rasch verstieß sie diese Träume wieder. Er hatte ihr nicht die Ehe angeboten, es war kein Wort von Liebe gefallen. Sie wollte ihren Schmerz nicht noch mit törichten Hoffnungen und Träumen vergrößern. Und wenn sie ihn falsch verstanden hatte und mehr erwartete, als er ihr bieten wollte, würde sie sich noch komplett zur Närrin machen.

Als sie spürte, wie er in ihrer Hand zu Stahl wurde, beschloss sie, ihn von dem Gespräch über Walin und eine Familie abzulenken. Sie fuhr mit der Zunge über seinen Bauch. Er stöhnte. Offenbar war Tormand sehr leicht abzulenken, vielleicht sogar so leicht wie sie selbst.

Tormand wollte weiter über Walin und ihre Zukunft reden, bevor er weggehen und seine Pflicht seiner Familie gegenüber erfüllen musste. Doch das Gefühl von Morainns Mund auf seiner Haut und ihrer weichen Hand, die ihn streichelte, machte es sehr schwer, einen klaren Gedanken zu fassen, geschweige denn zu reden. Als sie die Innenfläche seiner Oberschenkel küsste, spannte sich sein ganzer Körper in freudiger Erwartung an. Dennoch zuckte er überrascht und gleichzeitig in höchster Wonne zusammen, als sich plötzlich weiche, warme Lippen auf seine Erregung drückten.

»Mache ich etwas falsch?«, fragte sie und wollte sich schon zurückziehen.

»Ganz und gar nicht«, erwiderte er und drängte sie sanft zu beenden, was sie begonnen hatte, indem er ihr mit den Fingern durch das dichte Haar fuhr und ihren Kopf in die gewünschte Richtung lenkte. »Du machst alles richtig. Sehr richtig.«

Morainn liebte ihn weiter mit dem Mund. Seinen beredten Lauten des Wohlgefallens konnte sie entnehmen, welche ihrer Berührungen, welche Küsse und welche Liebkosung mit ihrer Zunge ihm am besten gefielen. Dabei stellte sie fest, dass es auch ihre Leidenschaft entfachte, wenn sie ihn so liebte, und so wurde sie immer kühner, versessen darauf, ihn auf immer größere Höhen der Lust zu treiben. Als er sie bat, ihn ganz in den Mund zu nehmen, zögerte sie kaum. Sie entdeckte, dass sie ebenso große Macht über seinen Körper besaß wie er über ihren.

Plötzlich packte er sie unter den Armen und zog sie hoch, was ihr einen kleinen Schrei des Protests und der Überraschung entlockte. Sie war so benommen von ihrer eigenen Wollust, dass sie erst gar nicht begriff, was Tormand von ihr wollte. Als sie endlich anfing, sich langsam auf ihn zu senken und in sich aufzunehmen, keuchte sie, weil es sich so gut anfühlte. Er flüsterte ihr Ermutigungen ins Ohr, und sie ritt ihn, bis sie beide die Erlösung fanden, die sie so sehr herbeisehnten, und ihre Schreie der Lust zu einem süßen Lied verschmolzen.

Morainn lächelte, als sie aufwachte und sogleich an ihr letztes Liebesspiel mit Tormand denken musste. Sie streckte die Hand nach ihm aus, doch die Stelle, wo sein großer, warmer Körper gelegen hatte, war leer. Sie seufzte. Doch es war besser so. Immerhin würde es jetzt nicht zu einem Streit kommen. Sie konnte einfach ihre Sachen packen und nach Hause gehen.

Sie zwang sich aufzustehen und bereitete sich auf den langen Tag vor, der vor ihr lag. Als sie in die Halle hinunterging, um zu frühstücken, überlegte sie, was sie Walin sagen sollte. Es wunderte sie nicht weiter, dass er schon vor einem vollen Teller am Tisch saß. Walin war ein guter Esser, und Noras Verwandte waren gute Köchinnen. Was sie wunderte, war, dass Adam ebenfalls am Tisch saß. Seit dem Tag, an dem er ihr erklärt hatte, dass er ihr Bruder war, hatte er sie mehrmals besucht, aber nie zu solch einer frühen Stunde. Sie musterte ihn wachsam, als sie sich setzte und sich zu essen nahm.

»Und was hast du heute vor, Morainn?«, fragte Adam, während er ihr einen Becher Ziegenmilch einschenkte.

So, wie der Mann sie beobachtete, schien er die Antwort auf seine Frage bereits zu kennen. Dabei fiel ihr ein, dass Adam nicht ein einziges Mal ihre Visionen und Träume in Frage gestellt hatte. Allmählich glaubte sie, dass ihr Bruder noch ein paar Geheimnisse hatte, die er ihr noch nicht offenbart hatte. Außerdem fragte sie sich, warum er ihr Ziegenmilch eingeschenkt hatte. Eigentlich trank sie nicht sehr oft Ziegenmilch, doch sobald sie den Krug auf dem Tisch gesehen hatte, hatte sie Lust darauf bekommen. Vielleicht hatte sie die Fähigkeit zu Visionen gar nicht, wie sie bislang immer geglaubt hatte, von ihrer Mutter, dachte sie, als sie zu essen begann.

»Ich will heute in mein Häuschen zurück«, erwiderte sie und stellte fest, dass sich in seinem Gesicht nicht die leiseste Überraschung regte.

»Dann muss ich meine Sachen packen«, sagte Walin.

Morainn wollte ihm eigentlich erklären, dass er verschiedene Möglichkeiten hatte, doch dann steckte sie sich lieber einen großen Löffel honiggesüßten Haferbrei in den Mund. Nein, sie wollte nicht darüber sprechen, sie wollte, dass Walin mit ihr nach Hause zurückkehrte, auch wenn das sehr selbstsüchtig war. So sagte sie nichts weiter und ermahnte den Jungen nur ab und zu, nicht zu hastig zu essen. Sie spürte allerdings, wie ihr Bruder sie beobachtete. Doch erst, als Walin fertig war und davoneilte, um seine Sachen zu packen, warf Morainn einen Blick auf Adam und ertappte ihn dabei, wie er sie anlächelte.

»Schlaues Mädchen«, murmelte er.

»Was meinst du damit?«, fragte sie.

»Wenn du den Jungen mitnimmst, bringst du Tormand mit Sicherheit dazu, bald an deiner Schwelle aufzukreuzen.«

»Glaubst du etwa, ich nehme Walin nur als Köder mit?« Zu

ihrer Schande musste sie sich eingestehen, dass sie gedacht hatte, Tormand würde ihr den Jungen vielleicht etwas länger überlassen, wenn sie ihn jetzt mitnahm. Aber sie hatte nie daran gedacht, dass sie Tormand auf diese Weise dazu bringen könnte, ihr hinterherzulaufen.

»Warum klingst du so beleidigt?«

»Warum nicht? Es wäre hinterhältig, so etwas zu tun.«

»Aye, schlau, wie ich schon sagte. Aber warum bleibst du nicht einfach hier?«

»Weil ich es sein will, die beschließt, wann der Zeitpunkt gekommen ist zu gehen.« Morainn wusste nicht, warum sie so aufrichtig war, aber Adam hatte etwas an sich, was ihr die Wahrheit richtiggehend zu entlocken schien.

»Ja, ja, der Stolz. Der Stolz ist manchmal ein sehr kalter Bettgenosse.«

»Genauso wie ein Mann, der lieber bei einer anderen Frau sein will, während er dich in den Armen hält.« Sie seufzte. »Ich will nicht warten, bis er meiner überdrüssig wird und eine andere sieht, die er haben will. Jawohl, es geht um Stolz, aber manchmal ist der Stolz das Einzige, an dem man sich festhalten kann.«

Er zuckte die Schultern. »Der Mann weiß, dass der Junge dich als seine Mutter ansieht. Vielleicht würde er dich heiraten und dich zu Walins rechtmäßiger Mutter machen. Er wäre ein guter Fang für dich.«

»Jawohl, das wäre er.« Sie konnte sich des Gefühls nicht erwehren, dass er sie zu etwas anstacheln wollte. »Aber ein großer fetter Lachs wäre das genauso.« Sie verdrehte die Augen, als er lachte, dann schob sie den leeren Teller weg, um sich mit den Ellbogen aufzustützen. »Ich liebe ihn, Adam.«

»Das habe ich mir fast gedacht. Deshalb habe ich auch nichts unternommen, als er dich zu seiner Geliebten gemacht hat. Aber warum rennst du dann vor der Gelegenheit weg, ihn zum Ehemann zu bekommen?«

Morainn lag schon auf der Zunge, dass ein dreiundzwanzig

Jahre lang unbekannt gebliebener Bruder sich nicht das Recht herausnehmen könne, ihr zu sagen, was sie mit ihrem Leben oder mit ihrer Keuschheit anzufangen habe. Doch sie verkniff sich diese Bemerkung. Zum Teil war sie ja auch deshalb verärgert, weil sie zu lange so gelebt hatte, wie sie es für richtig gehalten hatte. »Ich renne nicht weg.« Sie verzog das Gesicht, als er eine seiner perfekt geschwungenen dunklen Brauen runzelte. »Na ja, vielleicht schon, aber nur vor dem Schmerz, den ich kommen sehe.«

»Warum denkst du, dass er dich verletzen wird?«

»Weil er mich nicht liebt. Ein Mann, der seine Frau nicht liebt, wird selbst dann, wenn er nicht Tormands Ruf eines brünstigen Narren hat, der Versuchung erliegen und sich in das Bett anderer Frauen flüchten. Ich weiß zwar, dass die Liebe kein unüberwindbarer Schutz gegen die Versuchung ist, aber sie hilft. Außerdem bedeutet Liebe, dass man bei den unvermeidlichen großen und kleinen Sorgen einer Ehe nicht sofort daran denkt, sich in die Arme eines anderen zu flüchten. Ich würde es nicht überleben, wenn ich ihn heirate und den Rest meiner Tage und Nächte damit zubringen müsste, mich zu fragen, in wessen Bett er sich gerade tummelt. Das würde mich langsam umbringen.

Außerdem hat er mit mir noch nie übers Heiraten gesprochen. Der Mann liebt seine Freiheit. Im Moment interessiert er sich zwar für mich, aber das könnte sich schon morgen ändern.«

»Und du willst nicht hier sein, wenn es dazu kommt. Das kann ich verstehen. Aber wenn du gehst, verwirkst du die Chance, ihn dazu zu bringen, dich zu lieben.«

So, wie Adam das Wort Liebe aussprach, glaubte er ganz offensichtlich nicht daran. Aber jetzt war nicht der rechte Zeitpunkt, sich darüber zu streiten. »Man kann niemanden dazu bringen, einen anderen zu lieben. Entweder man liebt, oder man liebt nicht. Und was ist, wenn es zu lange dauert, bis seine Liebe wächst? Wenn es zu viele andere Frauen gibt, die wie ich auf diesen Fang warten? Wie viel meiner Liebe wird dann noch übrig bleiben? Na ja, vielleicht bin ich auch töricht genug, ihn trotzdem zu lieben, egal, was er tut und wie untreu er mir ist, aber ich werde ihm nicht mehr vertrauen, und der Schmerz und die Bitterkeit werden alles verderben.

Ich brauche seine Liebe und seine Treue. Jedes Mal, wenn er sich in die Arme einer anderen Frau begibt, würde es mir ein Stück aus meinem Herzen und aus meiner Seele reißen. Es wäre närrisch zu glauben, dass Leidenschaft und ein kleiner Junge genügten, die Gewohnheiten eines Mannes wie Tormand zu ändern. Es braucht ein stärkeres Band dazu, sonst wird er, wie Nora meinte, weiter von Bett zu Bett hüpfen wie ein verwirrter Lurch.«

Morainn wartete geduldig, bis Adam zu lachen aufgehört hatte. Er sah gut aus, wenn er lachte, fand sie. Der Ausdruck milderte einige härtere Züge seines markanten Gesichts. Morainn hatte das Gefühl, dass er nur selten lachte, und das fand sie schade.

»Na ja, ich weiß nicht, ob ich deine Meinung teilen soll«, sagte er schließlich. Seine Stimme klang noch ein wenig rau von dem vielen Lachen. »Aber wenn du meinst, dass du das tun musst …«

»Jawohl, das meine ich«, entgegnete sie fest. »Und es ist ja auch nicht so, als würde ich mitten in der Nacht nach Frankreich segeln. Ich kehre nur in mein Häuschen zurück, und Walin kommt mit, und zwar aus freien Stücken. Tormand weiß, wo er mich finden kann. Ich glaube, es wird mir guttun, eine Weile daheim zu leben. In einem Haus voller Murrays kann es einer Frau ganz schön schwerfallen, einen klaren Gedanken zu fassen.«

»Na gut, dann helfe ich dir. Ich würde dich auch nach Dubhstane einladen, aber wahrscheinlich würdest du diese Einladung nicht annehmen.«

»Nein, zumindest nicht jetzt. Aber ich hätte nichts dagegen, dein Heim bald einmal zu sehen.«

»Komm, wann immer du willst.« Er sah auf William, der auf der Bank neben Morainn saß und ihn beobachtete. »Ich vermute, dir beim Packen zu helfen heißt auch, die Katzen in Körbe zu stecken.«

Morainn streichelte Williams weiches Fell. »Aye. Sie werden zwar fauchen, zischen und versuchen, sich herauszuwinden, aber sie tun einem nicht richtig weh. Das Packen wird nicht lange dauern, ich habe nicht viel.«

Es dauerte trotzdem noch ein paar Stunden, bis Adam vor Tormands Haus stand und sah, wie Morainn in einem kleinen Pferdekarren, den Walter aufgetrieben hatte, davonfuhr. Die Katzen protestierten lautstark gegen den Transport. Adam wusste nicht, ob er all die Sachen glauben sollte, die sie über die Liebe gesagt hatte; aber er wusste, dass sie traurig war. Tormand musste sie irgendwie verletzt haben. Am liebsten hätte er ihn teuer dafür bezahlen lassen, aber er würde dem Wunsch widerstehen, ihm eine Abreibung zu verpassen. Diesen Kampf musste Morainn alleine ausfechten.

»Es wird Tormand nicht gefallen«, sagte Walter, der Morainn finster hinterherblickte. »Nein, Sir Tormand wird ganz und gar nicht erfreut sein. Im Allgemeinen sind es nicht die Frauen, die gehen.«

»Vielleicht tut es ihm ganz gut, wenn es einmal andersherum ist.«

Zu Adams Verwunderung grinste Walter auf einmal breit. »Jawohl, das wird es ganz bestimmt. Ein Schlag auf den Hinterkopf hat diesem Narren schon öfter dazu verholfen, Vernunft anzunehmen.«

»Hältst du ihn denn für einen Narren, dass er meine Schwester gehen lässt?«

»Für den größten Narren der ganzen Christenheit. Obwohl es der Bursche in den letzten Jahren ziemlich bunt getrieben hat, stammt er doch aus einer starken Familie, in der die meisten eine gute Ehe führen und gesunde Kinder zur Welt bringen. Es ist fast, als hätte er dagegen angekämpft und versucht, sich mit Gewalt von allem zu lösen, was er in dieser Familie gelernt hat. Na ja, eine Erkenntnis hat er immerhin schon gehabt.«

»Ach so? Welche denn«

»Er musste eine Liste anfertigen von all seinen hiesigen Geliebten, und diese Liste hat ihm gar nicht gefallen; denn sie hat ihm gezeigt, was aus ihm geworden ist.«

»Ach so? Morainn hat vorhin erwähnt, dass eine Freundin meinte, er hüpfe von Bett zu Bett wie ein verwirrter Lurch.« Er lächelte, als Walter lachte.

»Das drückt es ganz gut aus. Der Dummkopf lief Gefahr, sich völlig zu verschleißen. Aber Morainn hat diesem Hengst ein Geschirr angelegt. Er hat den Punkt erreicht, wo er sich niederlassen muss. Und mit ihr will er sich niederlassen.«

»Und seiner Familie wird es gleichgültig sein, dass sie weder Land noch Geld besitzt und noch dazu unehelich geboren wurde?«

Walter schnaubte abfällig. »Das ist ihnen bestimmt schnurzegal. Und was diese Visionen angeht – so etwas ist bei den Murrays überhaupt nichts Besonderes. In dem Klan gibt es viele mit solchen Gaben. Sie sind richtig stolz darauf.« Er sah Adam prüfend an, als der sich anschickte, ins Haus zurückzugehen. »Ich frage mich nur, woher sie diese Gabe hat.«

»Frag dich ruhig weiter, Alter.« Adam verkniff sich ein Grinsen über Walters verdrossene Miene. »Du glaubst also, Sir Tormand hat sich in meine Schwester verliebt?«

»Aber sicher doch. Er ist umgefallen wie eine große, alte Eiche. Ihr hättet mich das nie gefragt, wenn Ihr Sir Tormand gesehen hättet, als diese Bestien Morainn entführt und verwundet haben. Falls er nicht ohnehin schon erraten hatte, was er für sie empfand, hat er in dem Moment vermutlich eine weitere Offenbarung gehabt. Ich hatte mit so etwas gerechnet. Der Mann hätte jede Frau haben können und hat sich in den letzten Jahren auch oft genug eine genommen, in den letzten drei, vier Monaten aber kein einziges Mal.«

Adam drehte sich zu Walter um. »Willst du damit sagen, dass

Sir Tormand, der große Liebhaber oder der große Sünder, je nachdem, für wie rechtschaffen man sich hält, monatelang keusch gelebt hat?«

Walter nickte und grinste selbstgefällig. »Jawohl. Er hat monatelang jede Nacht in seinem eigenen Bett verbracht. Und bevor Ihr fragt – ich weiß, dass kein Mädchen mit ihm unter der Decke lag. Er hat nie Frauen nach Hause mitgebracht. Einmal hat er mir erzählt, dass einer seiner Cousins ihm geraten hat, ein Mann solle sein Nest nicht beschmutzen. Diesen Rat hat er immer befolgt. Und deshalb glaube ich auch, dass es für ihn Zeit wurde, häuslich zu werden. Er wartete nur noch auf die richtige Frau.«

»Und das ist Morainn?«

»Ohne jeden Zweifel. Wollt Ihr Euch hier herumdrücken, bis Ihr Euch selbst davon überzeugen könnt, wie der Bursche reagiert, wenn er herausfindet, dass sein Vögelchen ausgeflogen ist?«

»Ja, ich glaube, das mache ich.«

»Würfelt Ihr gern?«

»Das tut doch jeder Mann. Hast du denn das nötige Kleingeld?«

»Ihr seid ja sehr siegessicher, Sir Adam. Nun denn, macht es Euch in der Großen Halle bequem, während ich aus der Küche einen Krug Ale und die Würfel aus meinem Quartier hole. Wir werden schon sehen, wer von uns beiden das größere Geschick und das Glück auf seiner Seite hat. Ich glaube allerdings, dass es nicht lange dauern wird, bis Ihr wünscht, der Bursche käme bald zurück, weil Euch sonst nichts mehr bleibt außer den Kleidern am Leib.«

Adam schüttelte den Kopf und ging in die Große Halle zurück. Er hatte schon einiges über Sir Tormands Knappen gehört, dem Mann, der sich geweigert hatte, den Ritterschlag zu empfangen. Man hatte Walter schon alles Mögliche genannt, vom Feigling bis zum Narren, aber wahrscheinlich stimmte nichts davon. Walter gehörte zu den sehr seltenen Menschen, die genau wissen, was sie wollen und was sie glücklich macht, und die sich weder von Erwartungen noch von Beleidigungen dazu bringen lassen, von ihrem Kurs abzuweichen.

Als Adam sich an den Tisch setzte, musste er daran denken, dass Walter den Mann, dem er diente, wahrscheinlich sehr gut kannte. Es würde spannend sein zu erfahren, wie Tormand die Neuigkeiten aufnahm, dass Morainn ihn verlassen hatte. Er klopfte auf die Dokumente, die er unter seinem Hemd verwahrte, und beschloss, von seinem ursprünglichen Plan ihrer Verwendung ein wenig abzuweichen. Wenn Tormand tatsächlich so empfand, wie Walter behauptete, und Morainn liebte, dann würde Adams brüderliches Geschenk für seine einzige Verwandte eine recht stattliche Mitgift ergeben.

***

»Wo ist Morainn? Wo ist Walin? Wo sind diese verfluchten Katzen?«

Bei jeder Frage wurde Tormand lauter, und die letzte brüllte er so laut, dass Adam schon meinte, das Beben der Grundmauern zu spüren. Er verbiss sich ein Grinsen, bat mit erhobener Hand um Stille und starrte auf die Hand von Walter, der wieder die Würfel warf. Dann stöhnte Adam auf, die Würfel hörten auf zu rollen, Walter hatte schon wieder gewonnen und strich kichernd seinen Gewinn ein. Schließlich drehte er sich zu Tormand um.

Tormand wirkte wütend und gleichzeitig vollkommen aufgelöst. In seinem Blick stand Sorge, ja Angst. So sah niemand aus, der einfach nur eine seiner viel zu vielen Frauen verlegt hatte. Jener Tormand hätte wohl ein wenig gepoltert, doch dann wäre er losgezogen, um sich eine neue Frau zu suchen. Dieser Tormand dagegen sah aus, als würde er den Männern in der Großen Halle am liebsten an die Gurgel gehen, um eine Antwort zu erhalten.

»Meine Schwester fand, es sei an der Zeit, nach Hause zu

gehen«, erklärte Adam. Er sah, wie die Farbe aus Tormands Gesicht wich. »Und Walin ist mit ihr gegangen.«

Einen Moment lang verschlug es Tormand den Atem. Er spürte einen Stich, der ihm tief ins Herz drang. Wie konnte sie ausgerechnet nach dem aufregenden Liebesspiel heute Morgen gehen? Keine Frau hatte ihn je auf diese Weise geliebt. Beim Weggehen war er sich sicher gewesen, dass er sie später zu Hause antreffen würde, und dass sie dann bereit sein würde, ihm zuzuhören bei allem, was er ihr zu sagen hatte. Er war sogar früher nach Hause gekommen und hatte seinen jüngeren Bruder gebeten, am Hof zu bleiben und die Interessen ihres Klans zu vertreten, weil er es kaum erwarten konnte, Morainn zu sagen, was er ihr zu sagen hatte. Doch offenbar hatte sie, sobald er weg war, ihre Sachen gepackt und war gegangen.

Wut stieg in ihm auf und erstickte die Kränkung. Sie hatte ihm nicht die geringste Chance gegeben! Er hatte sein Bestes getan, sie zu umwerben, weil er ihr zeigen wollte, dass er nicht mehr der Mann war, für dessen Ruf er sich inzwischen richtig schämte. In seiner Wut dachte er kurz daran, Morainn einfach gehen zu lassen, wenn ihr es so leichtfiel, alles zu vergessen und ihn zu verlassen. Schließlich war es ihm nie schwergefallen, eine Frau zu finden. Doch diesen Gedanken schob er rasch wieder beiseite. Wütend hin oder her, verletzt hin oder her, er wollte keine andere Frau, er wollte Morainn.

»Wann ist sie weg?«, fragte er aufgebracht. Am liebsten hätte er die Belustigung, die er in Adams Blick sah, aus dem Burschen herausgeprügelt. Aber seinem zukünftigen Schwager das Fell zu gerben, noch bevor er dessen Schwester einen Heiratsantrag gemacht hatte, war wahrscheinlich nicht besonders klug.

»Heute Morgen, vielleicht vor drei, vier Stunden. Werdet Ihr ihr nachreiten?«

»Jawohl.«

»Um des Jungen willen?«

»Nein, sondern damit ich sie schütteln kann, bis das bisschen Vernunft, das sie in ihrem Schädel hat, zu klappern beginnt.«

»Wollt Ihr das tun, bevor oder nachdem Ihr sie gefragt habt, ob sie Euch heiraten will?«

Obwohl Sir Adam noch immer ziemlich belustigt wirkte, klang seine Stimme hart. Adam Kerr hatte bislang nichts über die Beziehung zwischen seiner Schwester und Tormand verlauten lassen, aber jetzt war klar, dass die Schonfrist abgelaufen war. Tormand war versucht, ihm an den Kopf zu werfen, dass er sich reichlich Zeit gelassen hätte, Anspruch auf seine Schwester zu erheben, doch er verbiss sich diese Bemerkung. Der Mann hatte Gründe für sein Schweigen gehabt, und Morainn hatte sie akzeptiert.

»Jawohl, ich habe die Absicht, sie darum zu bitten, und ich werde erst gehen, wenn sie eingewilligt hat.«

»Habt Ihr denn auch die Absicht, Euer Ehegelübde einzuhalten?«

»Aye«, erwiderte Tormand zähneknirschend. »Kann ich jetzt los, um das törichte Weib aufzuspüren und sie zur Vernunft zu bringen?«

»Oh, ein Letztes noch.« Adam zog ein versiegeltes Päckchen Dokumente unter seinem Hemd hervor. »Macht diese Papiere auf, wenn Ihr meine Schwester dazu gebracht habt, Euren Antrag anzunehmen und in eine Ehe mit Euch einzuwilligen.«

Tormand nahm das Päckchen, steckte es ein und eilte hinaus. Er beschloss, zu Morainns Häuschen auf einem Umweg zu reiten, um sich auf dem Weg etwas abzureagieren. Es wäre bestimmt nicht besonders hilfreich, erregt in ihre Stube zu stürzen und unwirsch eine Erklärung zu verlangen. Außerdem blieb ihm wohl nichts anderes übrig, als einen Teil der Schuld, dass sie gegangen war, auf sich zu nehmen. Er hätte ihr deutlicher zu verstehen geben müssen, was er in ihr sah und wie er fühlte. Diesmal würde er wahrhaftig dafür sorgen, dass es keine Missverständnisse gab, selbst wenn er eine große Portion seines Stolzes hinunterschlucken musste.

In diesem Moment fiel sein Blick auf Uilliam, der soeben vom Hof zurückgekehrt war. Tormand bat seinen Bruder um

Hilfe, denn es würde die Sache vereinfachen, wenn er und Morainn ihre Probleme bereinigen konnten, ohne dass Walin alles mitbekam. Tormand war dankbar, dass Uilliam sich sofort bereit erklärte, mitzukommen und Walin abzulenken, und noch dankbarer, dass er auf dem Ritt nichts sagte. Da Tormand bislang noch keine Frau richtig geliebt hatte, wollte er sich jedes Wort, das er Morainn sagen würde, sorgfältig zurechtlegen. Denn eines war klar: Es würde nicht einfach werden, Morainn davon zu überzeugen, dass er sich geändert hatte und häuslich werden wollte.

20

Morainn starrte auf ihren Garten. Sie wusste, dass es lange dauern würde, bis sie hier wieder Freude empfinden würde. Die Katzen lagen auf ihren Lieblingsplätzen, Walin spielte mit einem Ball, wobei er darauf achtete, ihn nicht in eines der Beete zu werfen und zarte Pflanzen zu beschädigen. Noras Cousine hatte sich so gut um den Garten gekümmert, dass jetzt gar kein Unkraut zu jäten war. Ihr Garten war immer ihr ganzer Stolz und ihre ganze Freude gewesen, doch jetzt fühlte sie bei seinem Anblick nichts davon.

Tormand war an allem schuld, sagte sie sich verdrossen und ignorierte die kleine Stimme in ihrem Kopf, die sie wegen ihrer Torheit schalt. Aber nein, widersprach sie sich selbst – töricht wäre es gewesen, bei einem Mann wie Tormand Murray zu bleiben. Er stand so weit über ihr, dass sie allein bei dem Gedanken, dass es ihr vielleicht doch gelingen könnte, ihn für sich zu gewinnen, Spott in ihren Ohren hören konnte. Er hatte ihr das Leben gerettet, er hatte sie beschützt, und er hatte ihr die größte Lust geschenkt, die sie je erlebt hatte, aber mehr konnte sie von ihm nicht erwarten.

Etwas in ihr, das sich wohl danach sehnte, bestraft zu werden, wollte, dass sie zu Tormand zurückkehrte und ihm ein paar Fragen stellte. Liebte er sie? Lag ihm überhaupt etwas an ihr? Hatte er seine Abneigung gegen die Ehe überwunden? Konnte er sich vorstellen, eines Tages einer Frau die Treue zu schwören? Doch wahrscheinlich würden ihr die Antworten auf diese Fragen nicht gefallen.

Und was sollte aus Walin werden? Er war Tormands Sohn. Sie hatte kein Recht auf den Jungen, auch wenn sie ihn vier Jahre lang versorgt hatte. Es war nicht Tormands Schuld, dass er nichts von Walin gewusst hatte. Doch jetzt wusste er von ihm, und er wollte den Jungen haben. Er würde ein guter Vater sein, dessen war sich Morainn sicher. Sie hatte nicht das Recht, dem Kind ein weitaus besseres Leben zu verweigern, als sie ihm je würde bieten können.

Tormand hatte gemeint, sie sollten sich die Sorge um den Jungen teilen, und dieses Teilen hätte wohl unter seinem Dach stattfinden sollen. Aber was sollte sie tun, wenn er sie nicht mehr in seinem Bett haben wollte? Dann wäre sie einfach nur noch Walins Kindermädchen und müsste dabei zusehen, wie der Mann, den sie liebte, zu seinem Lotterleben zurückkehrte. Und wenn Walin als Sohn eines Ritters, eines reichen Mannes also, erzogen wurde, bräuchte er kein Kindermädchen mehr.

Natürlich konnten sie und Tormand heiraten, dachte sie, als sie sich auf die Holzbank in den Schatten setzte. Sie war sich fast sicher, dass Tormand so etwas angedeutet hatte, aber sie war nicht darauf eingegangen. Dabei hatte selbst ihr Bruder das für eine gute Idee gehalten.

Morainn seufzte. Sie wollte nicht, dass Tormand sie heiratete, nur weil keiner auf Walin verzichten wollte. Eine solche Ehe würde nicht dafür sorgen, dass ein Mann seiner Frau die Treue hielt, vor allem, wenn er wie Tormand gewohnt war, sich nach Lust und Laune immer wieder eine neue Gespielin zu wählen. Für Morainn war es unverzichtbar, dass er sich mit ihr im Herzen, im Geist und in der Seele verbunden fühlte, so, wie sie sich ihm verbunden fühlte. Das hatte sie ja bereits ihrem zynischen Bruder zu erklären versucht. Nur so konnte sie sich sicher fühlen, nicht den Rest ihres Lebens damit zubringen zu müssen, sich zu fragen, in wessen Bett ihr Mann gerade weilte.

Zwar hatte Tormand einmal erwähnt, dass er so etwas wie eine Offenbarung über seine lüsterne Vergangenheit gehabt hatte, aber wie lange würde das vorhalten, bevor er wieder seinen alten Gewohnheiten verfiel? Ein Mann, der an Abwechslung beim Essen gewohnt war, gab sich nicht damit zufrieden, wenn ihm plötzlich jeden Abend nur noch Hammeleintopf serviert wurde. Wenn sie mit ihm verheiratet war und er wieder seinen alten Gepflogenheiten folgte, würde sie unter dem Gewicht ihres Herzeleids langsam erdrückt werden. Das wusste sie so bestimmt, wie sie ihren eigenen Namen kannte. An dieser harten, kalten Tatsache ließ sich nichts ändern, egal, wie lange man es drehte und wendete oder sich selbst eines anderen zu überzeugen suchte. Doch je länger sie sich die Litanei der Gründe und der Gegengründe vor Augen führte, desto wirrer und unglücklicher wurde sie.

Eine plötzliche Stille holte Morainn aus ihren düsteren Gedanken und dem Selbstmitleid. Sie hörte Walin nicht mehr mit seinem Ball spielen. Als sie aufstehen und nach ihm suchen wollte, kam eine große, sehr vertraute Gestalt in den Garten marschiert, direkt auf sie zu. Dass ein Streit nicht zu vermeiden war, hatte sie gewusst, doch sie hatte gehofft, dass ihr ein wenig mehr Zeit bliebe, um sich besser darauf vorzubereiten. Walins Lachen und das Geräusch eines davontrabenden Pferdes sagten ihr, was passiert war, und sie konnte schon fast hören, wie es ihr das Herz brach.

»Du bist gekommen, um Walin zu holen«, sagte sie, als Tormand bei ihr angekommen war.

»Sei doch nicht so töricht!«, fauchte er, dann setzte er sich leise fluchend neben sie.

Eigentlich hätte sie beleidigt sein sollen, aber sie war zu beschäftigt damit, die Tränen zu unterdrücken. Und nicht nur, weil sie Walin verloren hatte. Tormand trug sein Plaid und ein feines Leinenhemd, er sah so gut aus, dass es fast schmerzte, ihn anzusehen – vor allem, wenn sie sich klarmachte, dass sie diesen Mann nie bekommen würde.

»Ich bin nicht gekommen, um dir Walin wegzunehmen«, sagte er, nachdem seine Blicke eine Weile ziellos im Garten herumgeirrt waren. »Ich habe ihn nur mit Uilliam weggeschickt, damit wir uns in Ruhe unterhalten können. Allein. Ohne jedes Wort abwägen zu müssen, weil ein sechsjähriger

Junge in der Nähe ist und lauscht. Und damit wir reden können, ohne unterbrochen zu werden.«

Das klang bedrohlich. Morainn erstarrte und verschränkte die Hände fest auf ihrem Schoß. »Worüber?«

»Warum fangen wir nicht da an, wo wir aufgehört haben?«

In seiner Stimme schwang Ärger. Morainn fragte sich, ob sie seinen Stolz verletzt hatte. »Ich bin genesen, wir haben die Mörder gefunden, und dir kann jetzt nichts mehr passieren. Eigentlich gab es keinen Grund mehr für mich, bei dir zu bleiben, oder?«

»Ach so. Du hast also alles bekommen, was du von mir wolltest, und dann bist du gegangen. Ist es so?«

Tormand verzog das Gesicht über sich selbst. Er klang ja fast wie eine empörte Jungfrau oder, schlimmer noch, wie eine seiner ehemaligen Geliebten – Frauen, die sich für so geschickt und schön gehalten hatten, dass sie dachten, ihn damit ködern zu können. Wenn er an all seine Liebschaften dachte, bekam er zwar ein schlechtes Gewissen, aber er bezweifelte, dass eine dieser Frauen je so gelitten hatte wie er jetzt. Frauen mit einem zu empfindlichen Herzen und zu hohen Erwartungen war er nämlich stets tunlichst aus dem Weg gegangen.

»Nein, so ist es natürlich nicht. Und wenn ich mich recht entsinne, bist du in mein Bett gekommen. Ich habe nicht den ersten Schritt getan. Warum gibst du dich so empört? Ich habe mir nur das genommen, was mir freigiebig angeboten wurde. Genau dasselbe tust du doch seit vielen Jahren, oder?«

Der Hieb saß, aber sie hatte recht. Dennoch kam Tormand nicht ganz über seine Empörung hinweg. Morainn war doch anders als all die Frauen, die er vor ihr gekannt hatte. In seinem Herzen wusste er das ganz genau. Aber er fand nicht die richtigen Worte, nein, er machte sie wütend, kränkte sie womöglich sogar. Inzwischen kannte er sie gut genug, um zu wissen, dass diese beiden Gefühle ihre Zunge sehr scharf werden ließen. Irgendwie musste er es schaffen, seine Angst und sein Temperament zu zügeln und seine Worte sorgfältig zu wählen, so, wie er es von

Anfang an hatte tun wollen. Es würde zu nichts führen, sich jetzt weiter anzufauchen. Aber sobald sein Blick auf sie gefallen war, waren all sein Zorn und seine Verletztheit wieder voll entbrannt.

Es war wahrhaftig nicht leicht. Er stand auf und begann, vor ihr auf und ab zu gehen. Sollte er ihr sagen, was er zu sagen hatte, um dann herauszufinden, dass sie es nicht wollte? Diese Vorstellung machte ihm Angst. Er hatte Morainn zwar umworben, aber er war sich nicht sicher, ob er sie auch gewonnen hatte. Zum ersten Mal in seinem Leben war es ihm wichtig, was eine Frau für ihn empfand, und er wusste nicht, was er als Nächstes tun sollte. Schließlich sah er sie an und stellte fest, dass sie ihn ziemlich argwöhnisch beobachtete. Wahrscheinlich führte er sich auf wie ein Verrückter.

»Ich dachte, wir könnten heiraten und Walin gemeinsam großziehen.« Als sich ihre Miene verzog, wusste er, dass er sie verletzt hatte. Seltsamerweise verlieh ihm das neue Hoffnung. Schließlich hätte er sie nicht verletzen können, wenn ihr nichts an ihm lag.

»Walin ist wie mein eigenes Kind. Als er auf meiner Schwelle lag, habe ich zwar versucht, seine Mutter, seinen Vater oder sonst einen Verwandten zu finden, aber ich war nicht enttäuscht, als niemand etwas über seine Herkunft wusste.« Sie seufzte und starrte auf ihre Hände. »Ich war so schrecklich einsam. Aber dann kam Walin. Er war wie ein kostbares Geschenk für mich. Von da an war ich nicht mehr allein. Ich hatte jemanden, der mich liebte und brauchte, jemanden, den ich ebenfalls lieben konnte, und jemanden, dem es egal war, ob ich Visionen hatte. Seit dem Tag, an dem ich ihn aufnahm, waren wir bis auf wenige Stunden immer zusammen. Aber nur seinetwegen werde ich nicht heiraten.«

»Warum nicht?«

»Weil es eine zu schwache Grundlage für eine Ehe ist.«

Tormand packte sie an den Händen, zog sie in seine Arme und küsste sie, bis sie sich an ihn klammerte. »Und was ist damit? Was ist mit dem Feuer, das in uns beiden brennt?«

Sie schob ihn weg. »Du hast dich an vielen Feuern gewärmt und trotzdem nicht geheiratet. Willst du mich mit Leidenschaft umgarnen? Ausgerechnet du, der so viele Jahre einer solchen Falle geschickt ausgewichen ist?«

»Leidenschaft ist ein starkes Band in einer Ehe und keine Falle, wenn man sich bewusst darauf einlässt. Was willst du von mir? Sag es mir, damit ich aufhöre, ständig über meine verfluchte Zunge zu stolpern.«

Morainn starrte ihn stumm an. Ihr Mund war noch warm von seinem Kuss. Offenbar war es ihm ernst. Er wollte sie heiraten, um Walin eine Familie zu geben und weil sie einander begehrten. Das war eine ganze Menge, viel mehr als viele Ehefrauen je bekamen. Aber es reichte ihr immer noch nicht.

»Und wirst du mir die Treue halten?«

Tormand versuchte, nicht zu zeigen, wie sehr ihn diese Frage kränkte. Morainn wusste nichts von den Grundsätzen, die in seiner Familie so hochgehalten wurden und von denen er inzwischen wusste, dass er sich davon nicht lösen konnte, ja es nicht einmal mehr wollte. Aber natürlich waren ihre Zweifel nicht unbegründet, er hatte sich seinen Ruf wahrhaftig verdient. Sie hatte die unverschämt lange Liste seiner Geliebten ja mit eigenen Augen gesehen.

»Wenn man einen Eid geschworen hat, muss man ihn auch einhalten«, sagte er und hoffte, dass ihr diese Worte nicht so schwülstig vorkamen wie ihm selbst. Als sie nur die Stirn runzelte, fragte er: »Warum glaubst du mir nicht? Ist es wegen meiner Vergangenheit?«

»Deine Vergangenheit flößt einer Frau wahrhaftig kein Vertrauen zu deinen Treueschwüren ein. Aber nein, ich habe mich nur gefragt, warum du so beleidigt bist, dass ich dir nicht auf der Stelle glaube. Die meisten Männer halten sich nicht an ihr Ehegelübde. Ich denke, auch dir werden viele Männer einfallen, die ihren Schwur vor Gott und der Familie leisten und ihn vergessen, sobald ihnen die Worte über die Lippen gekommen sind. Männer sind bereit, wegen ein paar verächtlicher Bemerkungen auf Leben und Tod zu kämpfen, und behaupten, sie müssten ihre Ehre verteidigen. Aber sie denken sich nichts dabei, einen Schwur zu brechen, den sie ihrer Gemahlin vor einem Priester geleistet haben.«

»Ich gehöre nicht zu diesen Männern, Morainn, und ich werde keinen Schritt weichen, bis wir das geklärt haben. Ich will, dass du meine Frau wirst. Ich möchte dir helfen, Walin großzuziehen, und ich habe dir geschworen, dass ich dir treu sein werde, und dennoch zögerst du. Warum tust du das? Ich schwöre dir, ich werde keine Ruhe geben, bis ich mir sicher bin, dass du mir die Wahrheit gesagt hast.«

Die Wahrheit? Das würde bedeuten, dass sie ihren Schutzschild weglegen, sich eine Blöße geben müsste und womöglich den Todesstoß in ihr Herz erhalten würde. Sie würde diesem Mann sagen müssen, wie viel Macht er über sie besaß. Aber er hatte recht, dieser Kampf war mit halben Wahrheiten nicht zu gewinnen. Sie hatte sich ihrem Bruder gegenüber offen zu ihren Gefühlen bekannt, obwohl sie ihn erst seit einer Woche kannte. Warum fiel es ihr dann so schwer, es diesem Mann gegenüber zu tun, mit dem sie das Bett geteilt hatte und der für immer in ihrem Herzen weilen würde? Immerhin bestand ja auch eine, wenn auch noch so kleine Chance, dass er sich, wenn sie ihm ihr Herz öffnete, offen über seine Gefühle für sie äußern würde, anstatt nur weiter über die Leidenschaft und über eine Familie für Walin zu reden. Es wäre töricht, diese Chance nicht beim Schopf zu ergreifen. Schließlich hatte sie nichts zu verlieren – nur ein bisschen Stolz.

»Dann werde ich dir die Wahrheit sagen: Ich liebe dich.« Sie streckte die Hand aus, um seinen Versuch, sie in die Arme zu ziehen, abzuwehren, denn sie wusste, mit seinen Küssen konnte er sie dazu bringen, nahezu allem zuzustimmen. Aber sie war froh, dass ihr Geständnis ihm kein Unbehagen eingeflößt und ihn auch nicht irritiert hatte. Ganz im Gegenteil, er wirkte aufrichtig erfreut. »Aber weil ich dich liebe, kann ich dich nicht heiraten.«

»Das verstehe ich nicht.« – »Du wirst es verstehen, wenn du mich zu Ende reden lässt. Ich liebe dich – und deshalb mache ich mich so verwundbar, dass ich gar nicht darüber nachdenken will, was passieren könnte, wenn ich dich nur der Leidenschaft und Walins wegen heirate. Dir würde mein ganzes Herz, mein Denken, meine Seele gehören. Was bekäme ich dafür? Nur deine Leidenschaft, solange sie anhält, und ein gewisses Pflichtgefühl. Wahrscheinlich bist du noch bei keiner Frau so lange geblieben wie bei mir, und wahrscheinlich warst du bislang auch keiner anderen treu. Mir ist klar, dass dein Verlangen nach mir momentan sehr stark ist. Aber was passiert, wenn es nachlässt? Was, glaubst du, wird in mir vorgehen, wenn du anfängst, deine Bedürfnisse wieder bei anderen Frauen zu befriedigen?

Es wird mich auffressen, Tormand. Es wird mich langsam zerstören. Mich und alles Schöne, was wir teilen. Und am Ende wird mir nur ein gebrochenes Herz bleiben und eine tiefe Verbitterung, die all meine Gedanken verdüstert und all meine Worte schärft. Ich sehe das so deutlich vor mir wie bei einer sehr starken Vision. Ich liebe dich, und ich liebe Walin, aber es könnte so weit kommen, dass ich uns alle sehr unglücklich mache.«

Sie setzte sich und vergrub das Gesicht in den Händen. Tormand musterte sie fassungslos. Einen Moment lang konnte er nur daran denken, dass sie ihn liebte. Dann zerstörte ihr leises Weinen den Bann dieser Worte. Er setzte sich neben sie und zog sie ungeachtet ihres Zögerns in seine Arme. Dann küsste er sie auf den Scheitel.

»Du hast recht in allem, was du sagst«, meinte er leise. »Und ich kann dir nicht widersprechen, denn ich habe zu viele Ehen gesehen, wie du sie gerade geschildert hast. Aber diesmal ist deine Vision völlig falsch.«

»Tormand«, protestierte sie, auch wenn sie sich in seinen Armen allmählich entspannte.

»Nein, jetzt lässt du mich ausreden. Du hast die Hauptsache

übersehen, als du das alles so sorgfältig überlegt hast: Ich liebe dich. Und deshalb wirst du mich heiraten.«

Er lächelte, als sie den Kopf hob und ihn ungläubig anstarrte. Ihre wundervollen Augen waren verquollen, ihre Nase rot vom Weinen, aber für ihn war sie noch immer die schönste Frau, die er je gesehen hatte. Außerdem wirkte sie ziemlich benommen. Das war allerdings, wie er fand, eine angemessene Reaktion auf die Worte, die er bislang noch keiner Frau gesagt hatte.

»Du liebst mich? Bist du dir sicher?«, fragte sie, auch wenn ein Teil ihres Kopfes, der noch etwas klarer denken konnte, ihr sagte, das sei eine törichte Frage.

Tormand streifte ihre Lippen mit seinem Mund. »Sehr sicher.«

»Oh, dann werde ich dich heiraten.«

»Ich bin froh, dass du endlich Vernunft angenommen hast.«

Bevor sie ihn ausschimpfen konnte, küsste er sie. Morainn entbrannte rasch, denn das heftige Verlangen, das in seinem Kuss lag, erregte auch ihre Lust. Sie merkte es kaum, als er sie aufhob und ins Häuschen trug. Ihr Kopf war zu voll mit diesen drei kleinen Worten, die alles in ihrer Welt gerichtet hatten. Erst als sie nackt in ihrem Bett lag und Tormand dabei zusah, wie er sich rasch seiner Kleidung entledigte, konnte sie wieder etwas klarer denken.

»Walin?«, fragte sie, während sie Tormand in die Arme schloss.

»Wird bei mir zu Hause bleiben, bis ich als verlobter Mann heimkehre. Und jetzt sollten wir uns ein wenig Zeit nehmen, unsere Verlobung zu feiern.«

Ihr Lachen ging rasch in seinen Küssen unter, die sich als Anfang eines sehr sinnlichen Überfalls erwiesen. Er liebkoste und küsste Morainn überall, wobei sie sich so schön und kostbar fühlte wie noch nie. Sie scheute vor keiner seiner Aufmerksamkeiten zurück, sondern genoss sie in vollen Zügen. Sein Liebesschwur hatte die letzten Fesseln ihrer Sittsamkeit gelöst. Nun fühlte sie sich gänzlich frei, ihre Leidenschaft für ihn auszuleben, und das steigerte ihre Lust.

Als er sich anschickte, ihre Körper zu verschmelzen, drückte sie ihn auf den Rücken und begann, die Huldigung, die er ihr hatte angedeihen lassen, in vollen Zügen zu erwidern. Tormand zeigte offen die Lust, die er bei jedem ihrer Küsse, bei jeder ihrer Zärtlichkeiten verspürte. Die Freiheit, mit ihm zu tun, was immer sie wollte, und das Wissen, dass sie einen Mann wie Tormand bei der richtigen Berührung dazu bringen konnte, sich zu winden und zu zucken, machten sie fast schwindelig.

Sie begann, sich ihren Weg seinen Körper entlang nach oben zu küssen, als er sie plötzlich auf den Rücken legte. Dann schob er sich so langsam in sie, dass sie fast geschrien hätte, bis er endlich tief in ihr ruhte. Als er sich nicht bewegte, blickte sie in seine wundervollen, verschiedenfarbenen Augen und bemerkte, wie sie vor Liebe schillerten. Er hielt ihren Blick, während er anfing, sich langsam zu bewegen. Morainn sah, wie sein Blick weicher und verschwommener wurde, als er sich seiner Erlösung näherte. Erst als auch sie sich ihrem Höhepunkt näherte, schloss sie die Augen, schlang die Beine um Tormand und klammerte sich fest an ihn, während sie gemeinsam in höchste Seligkeit versanken.

Tormand war noch immer tief in Morainn, als er sich bemühte, sich auf den Rücken zu drehen. Er zog Morainn mit und lächelte, als sie zutiefst befriedigt und scheinbar willenlos auf ihm liegen blieb. Gedankenverloren streichelte er ihren schlanken Rücken, als ihm die Frage durch den Kopf schoss, wie er es wohl überlebt hätte, wenn sie gesagt hätte, dass sie ihn nicht liebe und deshalb nicht heiraten könne. Er dankte Gott dafür, dass ihm diese Erfahrung erspart geblieben war.

Morainn spürte, wie sich ihr Atem allmählich beruhigte und Tormands Männlichkeit erschlaffte und aus ihr herausglitt. Beinahe hätte sie gegrinst. Sie war so gesättigt von der Lust, die er ihr geschenkt hatte, und so benommen von der Liebe, dass sie sich kaum rühren konnte. Dennoch hätte sie ihn am liebsten gleich wieder in sich gespürt. Doch dazu hätte sie aktiv werden müssen. So beschloss sie, ihn lieber in Ruhe zu lassen.

»Wann hast du denn gemerkt, dass du mich liebst?«, fragte sie, die Wange an seine Brust geschmiegt.

»Tja nun – willst du wissen, wann ich es vermutet habe oder wann ich mir sicher war?« Er grinste schief, als sie ein wenig gereizt brummelte: »Ich habe es nie nur vermutet. Ich wusste es, und zwar sofort.«

»Na ja, du bist eine Frau, und Frauen sind sich in solchen Dingen immer sicherer. Außerdem fühlte ich mich zu jung, um mich niederzulassen. Ich habe schwer dagegen gekämpft. Obwohl ich seit vier Monaten keusch gelebt hatte …«

Morainn hob den Kopf und starrte ihn ungläubig an. »Warst du wirklich vier Monate lang enthaltsam?«

»Musst du das so sagen, als sei es mit der Wiederkunft des Herrn vergleichbar?«, brummte er, dann seufzte er. »Aye, ich habe einfach aufgehört. Ich sagte mir, dass ich eine Pause bräuchte, und habe die Stimme in meinem Herzen überhört, die mir sagte, dass ich das Spiel längst satthatte, ja, dass ich mich selbst ziemlich satthatte. Das heißt allerdings nicht, dass ich bereit war, mir eine Frau zu suchen und sesshaft zu werden.«

»Natürlich nicht«, murmelte sie, stützte den Kopf in die Hand und musterte ihn.

»Es gab viele Gründe für das, was ich fühlte, als ich zum ersten Mal in deine Augen blickte. Und noch mehr Gründe dafür, dass ich offenbar jeden einzelnen Tag versuchen musste, dich wiederzusehen. Ich glaube, du verstehst jetzt, was in mir vorging.«

»Aye, ganz ähnlich ging es mir nämlich auch, als ich anfing, etwas für dich zu empfinden.«

»Ich habe mir immer wieder gesagt, dass ich mich möglichst fern von dir halten sollte, aber es ist mir nicht gelungen. Dann dachte ich gar nicht mehr daran. Schließlich begann ich, dich insgeheim als meine Frau zu bezeichnen. Trotzdem habe ich weiter dagegen angekämpft.«

»Sturer Kerl.« – »Ja, so bin ich manchmal. Aber als diese Ungeheuer dich entführten und töten wollten, wusste ich plötzlich, dass ich dich liebe. Nay, ich gestand es mir endlich ein. Was in mir vorging, als ich fürchtete, dich vielleicht nicht mehr retten zu können …« Er atmete tief durch und drückte sie fest an sich.

»Mir ist es ganz ähnlich ergangen, aber ich habe schon früher erkannt, wovor ich Angst hatte. Warum, glaubst du wohl, habe ich dich in mein Bett gelassen? Ich, die ich mir im Lauf der Zeit so viele Männer mit einem Messer oder meiner Fähigkeit, sehr schnell wegzulaufen, oder einem boshaften Kater vom Leib gehalten habe?«

Er lachte leise. »Ich habe tatsächlich eine Weile darüber nachgedacht, warum du mir deine Unschuld geschenkt hast, zumindest nachdem ich aufgehört hatte, mich stolz wie ein Hahn in die Brust zu werfen.«

»Aber jetzt, glaube ich, sollten wir allen sagen, was wir beschlossen haben. Ich denke, sie warten auf diese Neuigkeit.«

»Zweifellos.«

Tormand küsste sie, dann stand er auf, um sein Hemd zu holen. Als er es hochnahm, fiel ihm das Päckchen in die Hand, das Adam ihm gegeben hatte. Er setzte sich auf die Bettkante neben Morainn, die sich mit dem Aufstehen noch ein wenig Zeit ließ. Stumm streckte er ihr das Päckchen hin. Er war zwar neugierig, wusste aber, dass es für sie bestimmt war.

Morainn richtete sich auf. »Was ist das denn?«

»Dein Bruder meinte, wenn wir verlobt sind, soll ich dir das geben.«

Sie fragte sich, ob ihr Bruder sie wohl mit einer kleinen Aussteuer bedacht hatte. Langsam erbrach sie das Siegel, doch während sie die Dokumente durchlas, wurden ihre Augen so groß, dass sie ihr richtig wehtaten. Selbst beim zweiten Durchlesen konnte sie es noch immer kaum glauben.

»Er hat mir das Häuschen geschenkt«, sagte sie schließlich, »und ein bisschen Land.«

Tormand nahm die Dokumente, die sie ihm hinhielt. »Du weißt ja, dass ich dich auch geheiratet hätte, wenn du nichts als ein Hemd gehabt hättest. Aber das ist natürlich sehr schön von ihm.« Er stockte, während er die Dokumente durchlas. »Ein bisschen Land? Jesus, Morainn, hast du gewusst, wie viele Morgen zu dem Häuschen gehören?«

»Nay.« Sie blickte noch einmal auf das beiliegende Schreiben, das ihr Bruder an sie verfasst hatte. »Er meint, das sei die Mitgift seiner Mutter gewesen. Er hatte es mir ohnehin demnächst schenken wollen, doch dann fand er, es sei eine passende Mitgift.« Sie las die beiden letzten Sätze, die ihr Bruder geschrieben hatte, bevor er schwungvoll unterschrieben hatte, und errötete. Also hatte sie doch recht gehabt und Adam hatte ein paar Geheimnisse; denn offenbar hatte er einen kleinen Blick in die Zukunft geworfen. »Er meint, auch wenn du eigenes Land hast, wäre es ein Anwesen, das du gut an einen deiner Söhne weitergeben könntest.«

»Einen meiner Söhne? Na ja, wahrscheinlich werden wir einen Sohn bekommen, und außerdem muss ich auch an Walin denken. Aber um ehrlich zu sein: Ich habe zwar ziemlich viel Geld, doch wenig Land. Falls du dich mit einem solchen Geschenk allerdings nicht wohlfühlst, brauchst du es nicht anzunehmen.«

»Nein, selbstverständlich nehme ich es an, und sei es nur, weil Adam ohnehin vorhatte, mir das Land zu übereignen. Außerdem glaube ich, dass er genügend Ländereien hat und ich seinen möglichen Kindern nichts wegnehme. Aber was ist mit deinem Stadthaus?«

»Das gehört meiner Familie, nicht mir. Wir haben ein Haus in jedem Ort, in dessen Nähe der Hof eine Zeit lang verweilt.« Er umarmte sie und sah ihr in die Augen. Dabei stellte er fest, dass sie ein wenig beklommen wirkte. »Wenn es dir nicht schwerfällt, Adams Geschenk anzunehmen, warum wirkst du dann so … komisch?«

»Weil ich daran denke, dass ich meine Fähigkeit, Dinge zu

sehen, wahrscheinlich von Adams Vater geerbt habe.« Sie hielt ihm den Brief hin. »Lies mal den letzten Satz!«

Tormand las ihn, dann keuchte er. »Zwillinge? In acht Monaten?« Er sah sie fragend an. »Bist du denn schwanger?«

»Nicht, dass ich wüsste, aber möglich ist alles. Werden wir unseren Erstgeborenen Adam nennen, wie er uns gebeten hat?«

Tormand lachte und drückte sie wieder aufs Bett. »Erst einmal feiern wir und tun unser Bestes, um sicherzugehen, dass er mit seiner Prophezeiung auch recht behält.«

»Sündiger Mann«, murmelte sie.

»Aye, aber einer, der nur dir gehört. Von nun an sündige ich nur noch mit dir.«

»Gott sei Dank. Ich hatte schon befürchtet, du wärst vollkommen geläutert.«

»Niemals, zumal ich gerade herausgefunden habe, dass die Liebe das Sündigen um vieles aufregender macht«, flüsterte er gegen ihre Lippen.

»Aye, mein Liebster, das tut sie wahrhaftig.«

Morainn hielt ihn ganz fest. Innerlich musste sie ein wenig lächeln. Später würde sie ihm sagen, dass ihr Bruder tatsächlich eine Gabe besaß, denn seine Prophezeiung passte genau zu einem Traum, den sie erst kürzlich gehabt hatte. Während sie sich wieder von der Lust gefangen nehmen ließ, die Tormand ihr schenkte, beschloss sie, noch ein wenig zu warten, bevor sie ihm erzählte, dass die Zwillinge, die bald zur Welt kommen würden, die ersten von acht Söhnen sein würden. Aber diesen Schrecken wollte sie ihrem Liebsten noch ein Weilchen ersparen.